UN ASESINO
EN TU
SOMBRA

Ana Lena Rivera nació en Oviedo en 1972. Estudió Derecho y Administración de Empresas en ICADE, en Madrid. Después de veinte años como directiva en una gran multinacional, cambió los negocios por la escritura y creó a la investigadora protagonista de su serie de intriga.
Los muertos no saben nadar es la tercera novela protagonizada por Gracia San Sebastián, después del éxito de *Lo que callan los muertos*, galardonada con el Premio Torrente Ballester, y *Un asesino en tu sombra*.

www.analenarivera.com

Si tienes un club de lectura o quieres organizar uno, en nuestra web encontrarás guías de lectura de algunos de nuestros libros. www.maeva.es/guias-lectura

Este libro se ha elaborado con papel procedente de bosques gestionados de forma sostenible, reciclado y de fuentes controladas, avalado por el sello de PEFC, la asociación más importante del mundo para la sostenibilidad forestal.
www.pefc.es

EMBOLSILLO apuesta para frenar la crisis climática y desea contribuir al esfuerzo colectivo y permanente de proteger y preservar el medio ambiente y nuestros bosques con el compromiso de producir nuestros libros con materiales sostenibles.

ANA LENA
RIVERA

UN
ASESINO
EN TU
SOMBRA

EM BOLSILLO

© Ana Lena Rivera, 2020
© de esta edición: EMBOLSILLO, 2021
Benito Castro, 6
28028 MADRID
www.maeva.es

EMBOLSILLO defiende el *copyright*©.
El *copyright* alimenta la creatividad, estimula la diversidad, promueve el diálogo y ayuda a desarrollar la inspiración y el talento de los autores, ilustradores y traductores.
Gracias por comprar una edición legal de este libro y por apoyar las leyes del *copyright* y no reproducir total ni parcialmente esta obra por cualquier medio o procedimiento, ya sea electrónico o mecánico, tratamiento informático, alquiler o cualquier otra forma de cesión de la obra sin la autorización previa y por escrito de los titulares del *copyright*. Diríjase a CEDRO (Centro Español de Derechos Reprográficos) a través de la web www.conlicencia.com o por teléfono en el 91 702 19 70 / 93 272 04 47, si necesita fotocopiar o escanear algún fragmento de esta obra. De esta manera se apoya a los autores, ilustradores y traductores, y permite que EMBOLSILLO continúe publicando libros para todos los lectores.

ISBN: 978-84-18185-18-2
Depósito legal: M-220-2021

Diseño e imagen de cubierta: Mauricio Restrepo
    sobre imágenes de Shutterstock
Fotografía de la autora: © Aurelio Martínez
Preimpresión: Gráficas 4, S. A.
Impresión y encuadernación: CPi
Impreso en España / Printed in Spain

*A Carlos, David y Alfonso,
mis más jóvenes y entregados lectores.
A mi marido y a mi hijo, los pilares de mi vida.*

ESCENARIOS DE LA NOVELA

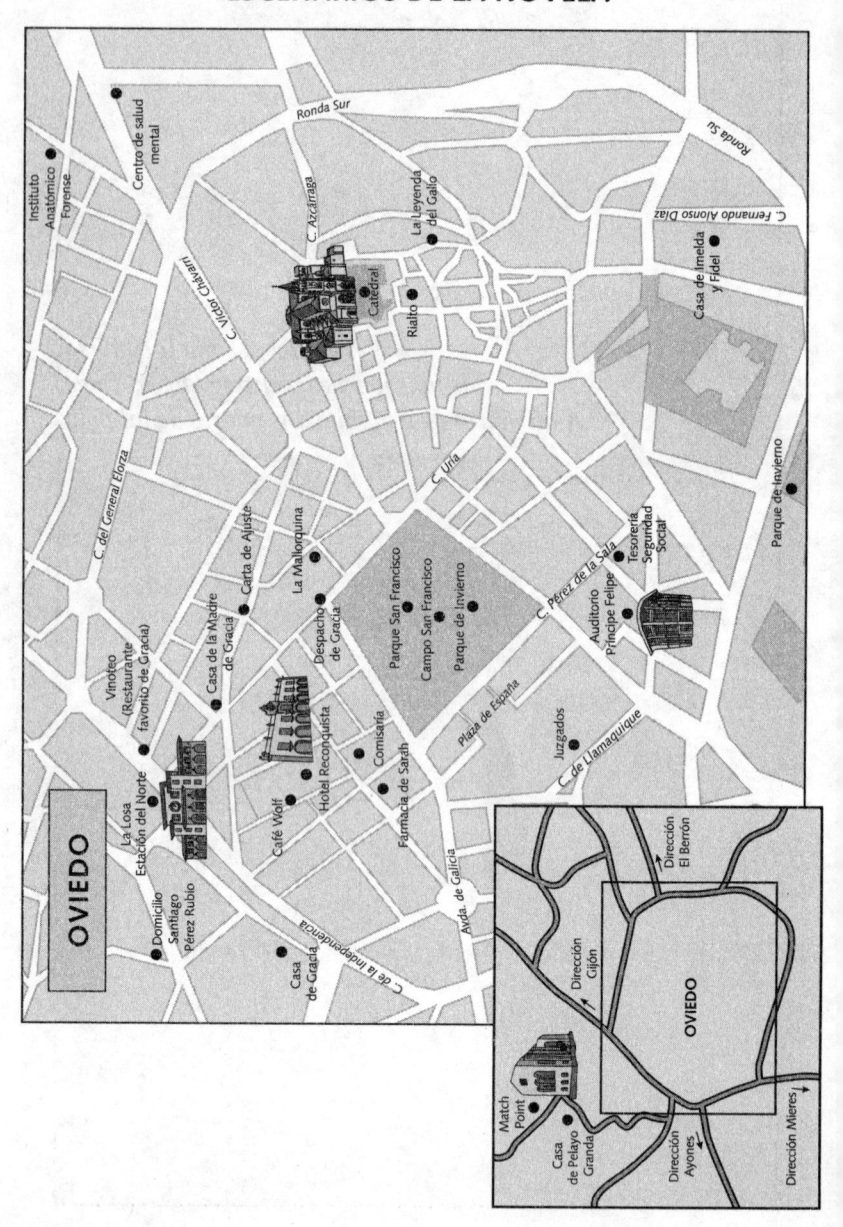

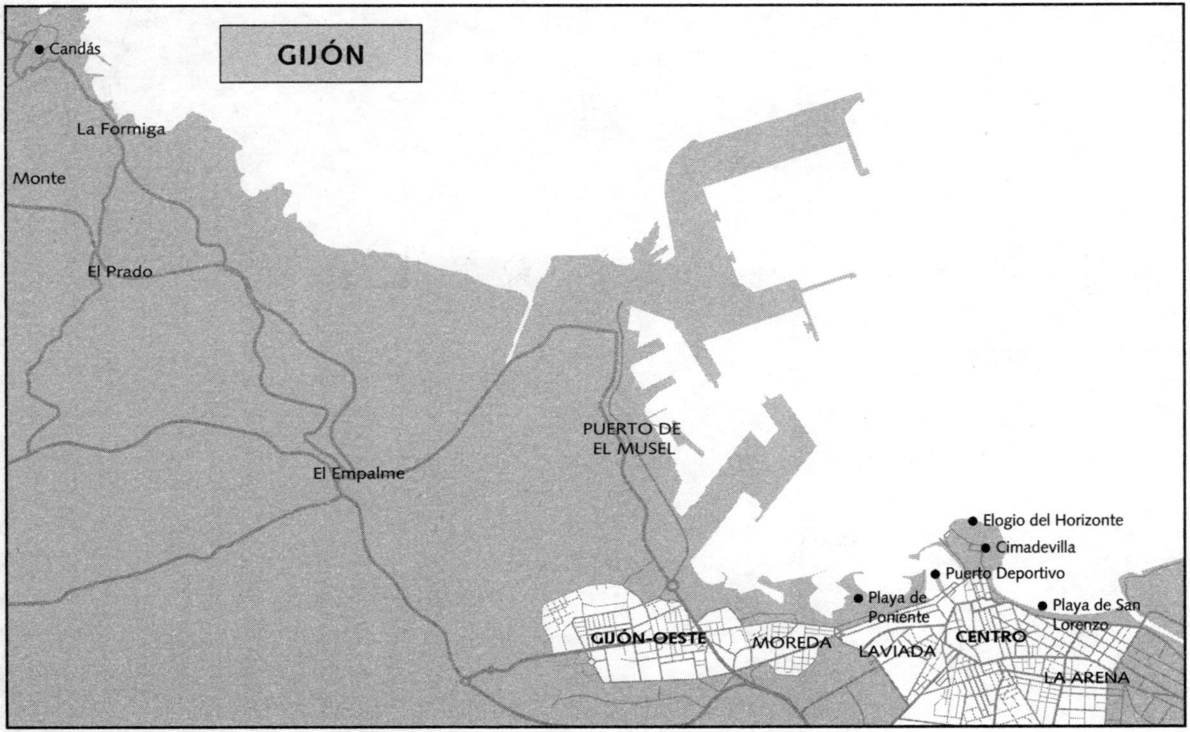
GIJÓN
Candás
La Formiga
Monte
El Prado
El Empalme
PUERTO DE
EL MUSEL
Elogio del Horizonte
Cimadevilla
Puerto Deportivo
Playa de
Poniente
Playa de San
Lorenzo
GIJÓN-OESTE
MOREDA
LAVIADA
CENTRO
LA ARENA

Los hombres somos los guardianes del infierno.

El diablo descansa desde hace tres mil siglos mientras observa cómo nosotros nos encargamos de hacer su trabajo.

13 de agosto de 2019. 1:00 de la madrugada. Oviedo

Las ruedas metálicas del tren al cercenar un cuello humano le recordaban el machete que utilizaba su abuelo para sacrificar a las gallinas. Un tajo preciso y la cabeza se separaba del cuerpo con extrema limpieza, como si fueran dos piezas ensambladas. Parecía un truco de magia en el que, al volver a juntar las dos partes, el animal empezaría a cacarear. La ilusión se desvanecía en el momento en que la sangre brotaba a borbotones del cuello recién cortado. Cuando eso ocurría, el animal ya había perdido la capacidad de sufrir. El privilegio del dolor estaba reservado a los vivos. Mientras los pensamientos se mezclaban en su cabeza por efecto de la adrenalina que le recorría el cuerpo, observó el gesto de la que iba a ser su víctima.

Los cuatro gramos de GHB que había diluido en su *gin-tonic*, elaborado con esmero por un camarero experto, estaban haciendo efecto. El amargor de la tónica tapaba por completo el toque salado de la droga. Empezaba a notar el aturdimiento en su mirada. Unos minutos más y podría hacer con ella lo que quisiera. Debía sacarla del bar antes de que fuera evidente para las personas que estaban allí y si se quedaba inconsciente antes de llegar al destino, no podría moverla. No le había costado demasiado convencerla de que necesitaban una copa. Ella no desconfiaba. No tenía motivos. Todo había sido muy repentino y la espera estaba siendo larga y angustiosa.

Habían transcurrido siete años desde la primera y única vez que había segado una vida humana. Le asaltó el recuerdo de la chica alemana despertándose con el ruido de aquella máquina descomunal que se abalanzaba sobre ella. Se levantó e intentó huir. El tren la arrolló y su cuerpo se convirtió en una horrible masa de sangre, huesos y carne picada. Esta vez se aseguró de que no sucediera lo mismo.

–Acompáñame al coche, cariño. Es solo un momento. Aún tardarán un par de horas en darnos noticias –le dijo mientras la tomaba del brazo para dirigirse hacia el aparcamiento.

Su víctima, confiada, desconocedora de su destino y con la voluntad anulada por la droga, se dejó guiar como un corderillo al matadero.

Mientras conducía, la miró por el retrovisor interior. Parecía dormida, a pesar de tener los ojos abiertos. Unos minutos más y llegarían a su destino.

1

8 de agosto de 2019. Oviedo

«He comprado helados para el niño, me he acostado con mi marido y he metido cerveza en la nevera. Ya puedo irme tranquila a mi clase de yoga», exclamaba la protagonista de la serie que tenía puesta de fondo en Netflix mientras le daba al botón de la Nespresso para el primer café de la mañana. Pensaba en lo mucho que me gustaría poder comprarle helados a mi hijo y haberme despertado al lado de mi marido cuando sonó el móvil.

—¿Bárbara? —respondí mientras intentaba conectar el manos libres. Solo podía oír los ladridos ensordecedores de *Gecko*, su pastor de los Pirineos.

—Gracia, necesito que me ayudes. La hermana de Teo ha desaparecido. —La voz de mi hermana se expandió por el despacho.

Entendí que se refería a Teo Alborán, su amigo y compañero del hospital.

—Aparta a *Gecko*, te oigo fatal.

—La hermana de Teo ha desaparecido —gritó Bárbara de nuevo, haciendo caso omiso a mi petición sobre su perro.

—¿Qué quieres decir con que ha desaparecido? —pregunté. Por fin, *Gecko* se calló.

—Llevan sin localizarla desde el fin de semana, no responde al móvil ni a los whatsapps. Imelda, la hermana de Teo, había quedado en ir a ver a su tía Julia el domingo y no se presentó. La tía no se preocupó en ese momento, pero después de llamarla al móvil varias veces sin obtener respuesta, avisó a Teo. La relación entre Teo y su hermana es un poco tensa.

Yo no conocía a Imelda, era la primera vez que oía hablar de ella, pero evité preguntar por qué me estaba llamando a mí y decidí dejar que se explicara.

–¿Han ido a su casa? –pregunté.

–Antes de ayer. Su tía Julia tiene un juego de llaves para emergencias. Encontraron platos sucios en el lavavajillas y la casa desordenada. No saben cómo solía tenerla.

–¿Cuántos años tiene la hermana de Teo?

–Treinta y uno. Está separada. Teo dice que el marido es un pintas impertinente que se mete en el cuerpo cosas que no se venden en el supermercado. Es artificiero de la Guardia Civil. Hace unos meses, Imelda le echó de casa. Y ahora no la encuentran. Su tía dice que la última vez que la vio tenía ojeras y estaba hinchada.

–¿Han avisado a la policía? –pregunté en un intento de descubrir el motivo de la llamada de Bárbara.

–Sí, pero la policía ha contactado con el marido y él ha negado que esté desaparecida. Según él, estuvieron juntos el domingo. Asegura que se han reconciliado, que Imelda ha salido de viaje y que volverá en un par de días. Él tampoco sabe dónde localizarla. Como es adulta y no hay ningún indicio de que le haya ocurrido nada malo, la policía no puede hacer más.

–¿Habéis preguntado en el trabajo? –insistí–. ¿En qué trabaja?

–Hace sustituciones en distintos hospitales. Es psicóloga y está en la lista de interinidades. Todavía no tiene plaza asignada. Es especialista en pacientes oncológicos.

–¡Vaya historia! ¿Y para qué me llamas a mí con esta urgencia? –pregunté ya sin ánimos de averiguarlo por mí misma.

–Para ver si puedes hacer algo. Teo está muy preocupado.

–¿No dices que no se llevan bien?

–No deja de ser su hermana pequeña. El padre falleció hace unos años y cuando murió la madre, Imelda era tan pequeña que apenas la recuerda. Teo siempre ha ejercido de hermano mayor. Tiene miedo de que le haya sucedido algo malo.

–Ya entiendo. ¿Y ese algo que quieres que yo haga qué es? Esto está un poco lejos de mi área de conocimiento.

–Quiero que investigues. Eres investigadora.

Financiera. Yo era investigadora financiera. Aun así, me ablandó su fe en mí. Ella, que no creía en nada más que en la ciencia.

–¿Quieres que me ponga a buscar a una desaparecida que su marido dice que no está desaparecida y que lo más seguro es que esté de fiesta aprovechando que no tiene que trabajar estos días?

–Por favor, Gracia. Teo es un buen amigo –me rogó Bárbara, aunque sonó más a orden que a súplica.

La adiviné dando vueltas a su inseparable coleta rubia, impaciente, incómoda por tener que pedir favores a alguien, aunque ese alguien fuera yo.

Colgué el teléfono después de que Bárbara me diera todos los datos sobre Imelda. No sabía por dónde empezar. Solo había aceptado hacer algunas averiguaciones en uno de esos ataques de falta de asertividad que me daban cada vez que mi hermana pequeña me pedía algo.

Yo investigaba fraudes para la Administración Pública, no mujeres desaparecidas con maridos… ¿Cómo había dicho Bárbara? Impertinentes.

Me entristecí al pensar que, a diferencia de la protagonista de la serie que me acompañaba durante mi desayuno solitario en el despacho donde había pasado la noche las últimas semanas, yo no me acostaba con mi marido desde hacía tres meses, no tenía cerveza en la nevera y, sobre todo, ya no tenía un hijo al que comprarle helados.

Miré el reloj. No tenía tiempo de ponerme melancólica. Me arreglé y me dirigí a los juzgados para testificar sobre un caso muy sencillo, pura burocracia: Santiago Pérez Rubio, funcionario desde hacía once años, con bajas reiteradas por lumbalgias durante los últimos diez. Los dos últimos años las había enlazado hasta el punto de no aparecer siquiera por su despacho. En cambio, competía alrededor del mundo como triatleta en las pruebas más exigentes, en la categoría Ironman. Nueve horas treinta y dos minutos en el Ironman de Frankfurt era un tiempo envidiable para un triatleta *amateur*. Para alguien con lumbalgias recurrentes, un milagro médico. Todo apuntaba a que era un fraude chapucero.

La única dificultad del caso era que Santiago nunca competía en España. Le había descubierto y denunciado un compañero que encontró un artículo sobre él en una revista deportiva. La vanidad o un descuido le habían hecho participar en un reportaje donde exaltaban la calidad de los triatletas españoles en las grandes pruebas internacionales. A partir de ahí, mi cometido había sido reunir pruebas de que era él quien competía y aportar la documentación necesaria de la empresa organizadora para presentarlas ante el juez.

De eso habían pasado varios meses debido al colapso de la Justicia. Fui al juzgado como si se tratara de un peritaje rutinario, pero nada salió como debería.

—¿Me está diciendo que este hombre, que pasa la vida en su casa, con infiltraciones de lidocaína para soportar los dolores que le produce la esclerosis múltiple que padece, compite en triatlones de larga distancia? ¿Nos están tomando el pelo? –se dirigió a la juez el abogado defensor señalando a Santiago Pérez Rubio.

El juicio estaba perdido. Allí estaba el funcionario al que habíamos acusado, sentado en una silla de ruedas, con las piernas como palillos, los hombros caídos y nulas posibilidades de correr la maratón que requiere un Ironman después de montar ciento ochenta kilómetros en bici y de nadar casi cuatro kilómetros, todo ello sin descanso. Santiago no parecía capaz de correr siquiera un kilómetro sin desfallecer. Menos aún de subirse a una bici o nadar en aguas abiertas. Acusarle de hacerlo todo seguido y en semejantes distancias parecía una broma pesada.

El letrado de la Seguridad Social a cargo del caso me miraba pidiendo una ayuda en forma de datos que yo no podía darle. Estaba tan atónita o más que él. Los médicos, que habían acudido en calidad de peritos citados por nosotros, parecían horrorizados por el trato que le estábamos dando a Santiago Pérez Rubio, al que después de muchos años de dolor habían conseguido diagnosticarle esclerosis múltiple. Las conclusiones de los médicos eran tan recientes que aún no las habían comunicado al departamento de recursos humanos y yo acababa de enterarme. Las lumbalgias no eran un síntoma común de la enfermedad y por ello la esclerosis había pasado desapercibida mientras el paciente empeoraba. A pesar de las circunstancias, no dejó de parecerme un diagnóstico muy oportuno, justo a tiempo para sacarlo en el juicio.

Aquel hombre no podía ser el mismo de las fotos de la revista *Triatlón*. De rasgos equilibrados, delgado y con la piel morena, se asemejaba al hombre de la foto, pero ahí terminaba el parecido. El Santiago atleta tenía un aspecto saludable, estaba curtido por el sol y el frío debido a los entrenamientos al aire libre y las fibras de músculo habían sustituido la grasa de su cuerpo. En cambio, el Santiago de la silla de ruedas estaba demacrado, flaco y con la masa muscular debilitada por la imposibilidad de moverse con normalidad o de hacer ejercicio. Su ropa parecía dos tallas más grandes de lo que necesitaba.

–Mi cliente –oí decir al abogado de Santiago Pérez Rubio– no sabe quién es el triatleta que compite con los datos de su DNI y, en sus circunstancias, no es su principal interés saberlo. Su única preocupación ahora mismo debe ser la batalla contra su recién diagnosticada enfermedad. Como usted sabe, señoría, la esclerosis múltiple...

–Está bien, letrado –cortó la juez–, no hace falta que teatralice. No está usted en una película y aquí no hay ningún jurado al que convencer. Quien sea el hombre de la revista y de las fotos que presentan los abogados de la acusación no debe ser asunto de su cliente ni es él quien debe alegar nada al respecto. Queda más que probado que el demandado tiene razones suficientes para continuar de baja laboral. Recomendaré en la sentencia que su caso sea revisado por el tribunal médico para otorgarle una posible invalidez total y permanente, pero eso es algo que no podemos ni debemos valorar aquí –concluyó la juez dando mi caso por cerrado. Y por perdido.

Salí de la sala frustrada y con una sensación de que me habían timado que pugnaba por salir de debajo de la culpabilidad que me había provocado la escena. Según las apariencias, habíamos acusado a un hombre enfermo de ser un estafador y le habíamos llevado ante un tribunal para cuestionar su derecho a recibir el dinero necesario para mantenerse.

–¿Qué diablos ha ocurrido en el juzgado, Gracia? –me increpó minutos después un malhumorado Rodrigo Villarreal, responsable del departamento de asesoría jurídica de la Seguridad Social, mi principal cliente. Rodrigo era un profesional con un historial brillante, poco acostumbrado a que su departamento perdiera los casos que llevaban a juicio y nada dispuesto a ser benévolo con los fallos ajenos.

—No lo sé, no sé qué ha pasado, pero estoy dispuesta a averiguarlo.

—¿Averiguar el qué? Ese hombre ha tenido que presentarse en el juzgado en silla de ruedas. Nuestro propio perito médico ha validado los informes de la defensa sobre su esclerosis múltiple con sintomatología atípica. ¿Me quieres explicar que pretendes averiguar? Nos has hecho perder el tiempo y el dinero de los contribuyentes de forma vergonzosa.

—Entiendo que en este momento estés molesto... —empecé a decir, pero él me cortó.

—¿Molesto? ¿Crees que estoy molesto? No, señorita San Sebastián, lo que estoy es muy cabreado porque, gracias a ti, ahora se cuestionará mi prestigio profesional. Eres una incompetente y voy a hacer todo lo que esté en mi mano para que no vuelvas a trabajar con nosotros.

Si Rodrigo ya me parecía un prepotente que me caía regular, en ese momento empezó a caerme muy mal.

Fuera cual fuera el resultado del juicio, mi informe pericial estaba basado en pruebas reales y contrastadas, que a él le habían parecido más que suficientes para demandar por fraude al funcionario. Esa había sido su decisión, no la mía. Lo que había que hacer era arreglarlo, no faltarme a mí al respeto. De todas formas, intenté calmarle.

—Voy a aclarar lo que ha ocurrido y después tú ya decidirás qué hacer —dije.

—Que no, Gracia, que no. Olvídate de volver a trabajar conmigo ni en este ni en ningún otro caso. Yo no quiero tener cerca a gente tan negligente e incapaz como tú.

—¿Sabes qué, Rodrigo? ¡Que te den!

Me fui decidida a averiguar qué había pasado. Semejante fallo podía hundir mi carrera cuando empezaba a tener prestigio resolviendo los casos más complicados. En los años anteriores de vida profesional, en el FiDi de Nueva York, estuve en el epicentro de un sistema financiero que terminó causando la ruina de muchas familias en el mundo occidental y cuando intentaba ayudar a crear una sociedad mejor, donde todos contribuíamos al bien común según nuestras posibilidades, terminaba acosando a enfermos graves, cuestionando su derecho a recibir las ayudas que como ciudadanos les correspondían. No podía haberme equivocado tanto. Mi investigación parecía correcta, pero era obvio, a la vista del resultado del juicio, que tenía que haberse producido un error garrafal en alguna parte o muchos pequeños fallos a lo largo del proceso, y no iba a parar hasta descubrirlo. De todas formas, tendría tiempo libre. Después de semejante fiasco, deducía que no iban a lloverme los encargos.

Crucé el Campo de San Francisco en dirección a mi despacho, caminando rápido, sin ni siquiera echar una mirada a los patos del estanque como me gustaba hacer siempre que no estaba de tan mal humor.

Antes de empezar de nuevo la investigación sobre Santiago Pérez Rubio, quería quitarme de encima el absurdo compromiso adquirido con Bárbara: indagar en la supuesta desaparición de Imelda, la hermana de Teo, amigo o algo más de mi hermana y pediatra de Marcos, mi único sobrino.

Empecé a hacer lo que sabía, como si fuera un caso de los que me encargaban habitualmente, aunque no tenía claro que el método para destapar fraudes sirviera para buscar gente desaparecida.

Imelda Alborán vivía en la calle Fernando Alonso. Era psicóloga especializada en pacientes de oncología, tenía treinta y un años y estaba casada con Fidel Girón, de treinta y tres, artificiero de la Guardia Civil y, según mi hermana, un impertinente, fuera lo que fuera que eso significara para ella. Una psicóloga y un artificiero a los que, según Teo, les gustaba colocarse. Mi hermana me lo había contado escandalizada mientras yo pensaba cuántos médicos o conductores de autobús no tendrían la misma costumbre. Imelda y Fidel no tenían hijos. La única familia de Imelda eran su tía Julia y su hermano Teo, y ellos no tenían el contacto de ninguna de sus amigas.

Poco podía hacer con aquella información, así que decidí acercarme a su casa a ver si allí averiguaba algo más. Bajé a la calle y paré un taxi. Aunque mi destino no estaba a más de quince minutos andando del despacho, situado en plena calle principal de la ciudad, el cielo cada vez más gris amenazaba con esa lluvia fina que no se ve, pero que moja. El clima cantábrico no se guiaba por las estaciones.

El taxi me dejó en un lugar anodino de la ciudad, con muchas casas antiguas, sin nada de especial, algunas de las cuales habían sido sustituidas por edificios nuevos. Cualquiera habría esperado que el Ayuntamiento le dedicara una calle más moderna al piloto responsable de despertar la pasión por la Fórmula 1 en España y, durante un tiempo, la locura en su tierra con cada carrera. Supuse que era una de tantas calles renombradas, que en otro tiempo llevaría el nombre de algún alto cargo de la dictadura franquista.

Llamé al telefonillo y nadie respondió.

Empezaba a orbayar y tuve que buscar un lugar donde refugiarme a esperar. El edificio donde vivía Imelda era de nueva construcción, los bajos estaban sin ocupar, pero en la acera de enfrente encontré uno de esos cafés de barrio de toda la vida con aspecto de llenarse al mediodía de trabajadores que acudían a reconfortar sus estómagos con el menú del día. El Café Clarín era el único sitio desde donde podía vigilar el portal. Pedí una Coca-Cola Zero y me senté en la barra mirando hacia los ventanales, que poco a poco iban cubriéndose de minúsculas gotitas de lluvia. Después de media hora en la que no entró ni salió nadie del edificio, me invadió la inquietante sensación de estar perdiendo el tiempo en una tarea que no parecía que fuera a dar ningún fruto, así que aprovechando una tregua del orbayo, salí de la cafetería decidida a decirle a mi hermana lo que tenía que haberle dicho desde el inicio, que yo era experta en leyes financieras, no un detective privado creado por un guionista de televisión. En ese momento, una señora de unos sesenta años con el pelo teñido de rubio anaranjado y unas grandes raíces que mostraban entre las canas parte de su color negro original, y una chaqueta gorda de dibujos geométricos que había conocido un tiempo mejor, inoportuna en pleno mes de agosto por gris que estuviera el día, salió del portal.

Crucé con paso rápido y la abordé.

–Buenos días, ¿podría usted ayudarme? Estoy buscando a una persona que vive en este edificio.

Me miró con desconfianza y me examinó de arriba abajo, antes de decidirse a responder.

–Yo no conozco a casi nadie en el edificio, pero dígame usted a quién busca, a ver si me suena.

–A una mujer que vive en este portal, en el 5º A, Imelda Alborán, ¿la conoce?

–¡Claro que la conozco! Trabajo en su casa un día por semana. Vengo de allí.

–¿Está ella en casa?

–Ella no, solo está su marido. Acaba de levantarse –explicó para mi sorpresa.

–¿Está Fidel en casa? –quise confirmar. Según la información que me había dado mi hermana, Imelda había echado a su marido de casa varios meses atrás–. He llamado al telefonillo y no me ha respondido nadie.

–Fidel se acaba de levantar y está en la ducha, y yo siempre limpio con la radio puesta. No la he oído. Vuelva a llamar, Fidel le abrirá. Ya habrá salido del baño. Yo tengo que irme. Entro a las doce a limpiar en la sucursal del BBVA que está en el casco antiguo y no puedo llegar tarde. Ni siquiera me ha dado tiempo a terminar en su casa. Fidel es un poco desordenado. Es joven –aclaró como si eso fuera una excusa–. Desactiva bombas, un trabajo muy peligroso. Hay que ser muy listo y tener mucho temple.

–Gracias a que tenemos gente como él, que nos protege, este país es bastante seguro para vivir. Fidel es muy simpático, ¿verdad? –arriesgué.

–Simpático, guapo y trabajador. Su amiga ha tenido mucha suerte.

La mujer hablaba de él como si fuera un actor famoso. Fidel tenía encandilada a…

–Por cierto, no nos hemos presentado, soy Gracia, Gracia San Sebastián, ¿y usted?

–Felisa Fernández para servirla.

Después de unos momentos más de conversación en los que Felisa me contó dónde vivía, en qué trabajaba su marido y media vida de sus hijos, se fue apresuradamente para no llegar tarde a su trabajo.

Apreté el botón del 5º A mientras veía alejarse a Felisa.

Sentí el ruido seco de la puerta del portal al abrirse. Había preparado una excusa que no tuve opción de utilizar. Entré y llamé al ascensor. Una vez arriba, encontré la puerta entreabierta y la empujé con cautela.

–¡Vaya! ¿Y tú quién eres? Esperaba a otra persona –me dijo un hombre mirándome con sorpresa desde el centro del salón. Era joven, con el pelo muy corto, en vaqueros, sin camiseta y con el pecho muy tatuado. Supuse que era Fidel.

–Venía a hablar con Imelda.

—Pues no está ahora mismo. ¿Eres amiga suya?
—Soy Gracia San Sebastián. ¿Tú eres Fidel?

Me invitó a pasar. El piso era muy impersonal, muebles modernos y decoración comprada para rellenar. Parecía un piso de esos que se alquilan amueblados. Tal vez fuera así.

Fidel me recibió sin suspicacia apreciable y me ofreció una cerveza que rechacé. Desapareció y volvió con un botellín de Heineken. Era un sustituto sorprendente para el café del desayuno. Sobre todo, en un artificiero.

No podía dejar de mirar sus tatuajes: una serpiente subía por su pecho desde donde tapaba el pantalón y se enrollaba en uno de sus pectorales y, en la espalda, una especie de bosque frondoso se extendía por sus omóplatos. Los brazos los llevaba totalmente limpios. No hizo ningún ademán de taparse.

—Ayer estuve de juerga porque hoy tengo día libre. Esto es lo mejor para la resaca —me explicó señalándome el botellín.

—Menudo trabajo el tuyo, una pasada lo que hacéis. Hay que tener unos nervios de acero y un absoluto control mental —dije, intentando caerle bien.

—No es para tanto, no es como en las películas. Yo no he desactivado una bomba cargada en mi vida y espero que siga siendo así muchos años. Entonces, ¿eres amiga de Imelda? Veo que sabes muchas cosas de mí.

—La verdad es que no la conozco.

—Ah, ¿no?

—No —dije—, vengo por Teo, el hermano de Imelda.

—Teo. Ya —resopló Fidel con un gesto de meterse los dedos en la boca para provocarse el vómito.

—La verdad es que a Teo casi no le conozco, es muy amigo de mi hermana. Compañeros de profesión, un par de empollones. Todo lo hacen bien. A su lado, te sientes un desastre —rectifiqué intentando congraciarme.

—Ahí has dado en el clavo. Mi cuñado parece que camina sobre las aguas. Un metro por encima del resto de los mortales. ¿Tu hermana también?

—Mi hermana es todavía peor. Teo es pediatra y trata con niños pequeños, mi hermana es cardióloga y se dedica a la investigación. Las relaciones humanas no son su fuerte —expliqué.

—Pues vaya pareja. Tú no pareces ser así.

—Ella es la lista de la familia. Yo me he llevado las imperfecciones.

—¿Y qué quiere mi cuñado? —me preguntó con sonrisa cómplice.

—Quiere hablar con tu mujer, pero no la localiza.

—Y ¿cómo es que has venido tú y no él?

—Porque cree que Imelda está enfadada con él y por eso no le coge el teléfono. Así que me ha pedido el favor.

—Y tú has aceptado.

—Es que es el pediatra de mi único sobrino. Tiene seis meses.

—¡Acabáramos! Eso sí lo entiendo —asintió con una sonora carcajada—. Pues todo sea por tu sobrinito. Menudos huevos tiene el colega para encargártelo a ti y no venir él en persona.

—¿Cuándo puedo ver a Imelda? —pregunté con toda la candidez que fui capaz.

—Volverá en un par de días. Hemos estado un tiempo separados y ahora me tiene a prueba.

—Lo siento —dije.

—No te preocupes, nos estamos reconciliando, no tardará en volver.

—¿Sabes dónde puedo localizarla?

—Lo cierto es que no. Me envió un whatsapp el domingo diciendo que si me interesaba quedarme el piso y vine de inmediato.

–¿Quedártelo? Entonces, ¿se ha ido?

–Mi mujer es muy pasional, ¿sabes? Me echó hace varios meses y yo me fui a casa de un compañero del curro, esperando que se le pasara la rabieta. No quería pillarme nada para dejarlo en unas semanas. Esta casa es de alquiler y está fenomenal de precio. Tenemos contrato por tres años y falta uno para que termine. Te aseguro que esto de que si quiero quedarme yo la casa es una treta para pedirme que vuelva, pero sin decírmelo. Para mantener su orgullo, ya sabes. Cosas de tías... Y, como ves, me he apresurado en aceptar. Tiene aquí todas sus cosas. Me está castigando antes de perdonarme del todo. Si te soy sincero, me lo merezco, me porté como un capullo.

–¿Desde cuándo no la ves?

–Desde el domingo. Hace cuatro días. Me devolvió mis llaves y se marchó con una maleta pequeña, dijo que estaría unos días fuera. Nos hemos cruzado algunos whatsapps y estoy seguro de que volverá pronto. Está un poco fría, se está haciendo de rogar. Lo siento por Teo, pero si necesita algo urgente de ella tendrá que buscar en otro sitio. El muy exagerado ha llamado a la policía. No le han hecho ni caso, claro. No sé qué puede correrle tanta prisa. Si me dejas tu teléfono, te llamo en cuanto vuelva. A él no pienso avisarle, que lo haga Imelda, si ella quiere.

–¿Cuándo os cruzasteis los últimos mensajes? –insistí. Me parecía que Fidel estaba demasiado tranquilo dadas las circunstancias.

–Ayer mismo, ¿por qué lo preguntas? –respondió con un tono de voz un poco menos amigable.

No consideré oportuno seguir importunándole. Le di mi teléfono y me despedí.

Cuando llegué a la calle, hice una llamada.

–¿Rafa Miralles, por favor?

Rafa era el comisario de la comisaría del centro y el marido de una antigua compañera de clase, Geni, la Chismes. Ella no era mi persona favorita de la ciudad, su afición al cotilleo me resultaba insufrible. En cambio, su marido, Rafa, me parecía un tipo excepcional.

Después de esperar unos minutos y hablar con varias secretarias que me preguntaron hasta la talla de mi dedo anular, me pasaron con el despacho del comisario.

—Hola, Gracia. ¡Qué sorpresa! ¿Cómo estás? ¿Persiguiendo a algún defraudador de las arcas públicas?

—Como siempre, ya sabes, limpiando el mundo de aprovechados. Pero no te llamo por eso —titubeé—. Un amigo de Bárbara no consigue localizar a su hermana y hay algo que me da mala espina.

—¿Qué es lo que te da mala espina?

—Nada concreto. He estado en su casa y su marido me ha contado una historia un poco rara.

—Gracia, ¿es muy urgente? —me interrumpió Rafa—. Tengo que irme y esto parece que va a requerir tiempo, ¿por qué no me lo cuentas después tomando algo?

—Sí, mejor con un café, que hace mucho tiempo que no nos vemos. ¿Conoces el Carta de Ajuste? ¿En la calle San Bernabé?

—¡Qué raro que no propongas Casa Anselmo! —se sorprendió Rafa. Era el lugar que siempre elegía para tomar algo, quedara con quien quedara. Me encantaban sus dueños, África y Anselmo, y era una adicta a su ensaladilla de rape.

—Casa Anselmo estará cerrado todo el mes de agosto —expliqué—. Se han tomado vacaciones por primera vez desde que abrieron.

Cuando colgué, le envié un whatsapp a mi amiga Sarah.

«¿Estarás esta tarde por la farmacia? He quedado con Rafa Miralles a las siete. ¿Me paso a verte después?»

«Te espero. ¿Por qué vas a ver al comisario? ¿Te has metido en líos? Recuerda que es el marido de tu amiga Geni. *Emoticono llorando de risa.*»

Sarah se burlaba de mí por mi reciente amistad con Geni, la Chismes, a la que conocía desde los cuatro años y a la que siempre tuve inquina porque el primer día de colegio me hizo una brecha en la cabeza.

Corté los mensajes sin seguirle el juego.

El gris que había cubierto el cielo desde el amanecer filtraba entonces la luz del sol, oculto tras la espesa panza de burro. Con tiempo de sobra para disfrutar del paseo, empecé a caminar cruzando la zona antigua de la ciudad. Me encantaban las calles peatonales, enlosadas, llenas de historia, de gente y de tiendas variopintas, que vendían camisetas con divertidas leyendas en asturiano, artesanía, embutidos, quesos y demás representantes de la gastronomía local, que daban al centro histórico de Oviedo un casi imperceptible pero delicioso aroma a hogar. Sin prisa, crucé el arco del Ayuntamiento, la calle Cimadevilla, siempre llena de gente, la Plaza de la Catedral y me dirigí hacia el despacho, apurando el paso a la altura de Rialto para no ceder a la tentación de comprar las exquisitas moscovitas de chocolate y almendras ni ninguna de las demás delicias que mostraban en el escaparate. Tenía intención de salir a correr cuando llegara al despacho y hacerlo con el estómago lleno de chocolate no me pareció una gran idea.

La carrera me despejó la mente y me dio una idea para resolver mi problema laboral: revisar las listas de participantes de los próximos Ironmans y medio Ironmans del año. Si Santiago Pérez Rubio, el atleta, continuaba compitiendo, estaría en alguno de ellos. Si era así, solo tendría que presentarme allí para comprobar su identidad.

Una vez sentada delante del ordenador, no tardé en encontrar lo que buscaba, no había tantas competiciones como había imaginado: unos cuarenta Ironmans y algo más de cien medio Ironmans. Era en esas distancias donde Santiago, a la vista de su historial, prefería competir: dos medios Ironmans y dos Ironmans completos cada año. No me costó descubrir que en el mes de junio había participado en el medio Ironman de Luxemburgo con excelentes resultados. Estaba claro que no era la misma persona que había visto el día anterior en el juzgado. Si su plan de competición era similar al de otros años, ya estaría inscrito en alguna de las grandes pruebas, así que revisé las listas de participantes de las competiciones más cercanas: Hamburgo, Zúrich, Maastricht, Gdynia en Polonia, Dublín, Kalmar en Suecia y Copenhague. Ahí lo encontré. Santiago estaba en la lista de participantes del Ironman de Copenhague que se celebraría en agosto en menos de dos semanas, al lado del mar.

Sin pensarlo demasiado, empecé a buscar vuelos a la capital danesa. Allí le vería en plena acción. No tenía muchas más opciones. Si no hacía nada, no resolvería el lío laboral en el que me había metido y entonces me sobraría el tiempo, gracias a Rodrigo Villarreal, así que empecé a repasar de nuevo la documentación sobre Santiago hasta que llegó la hora de acudir a mis citas de la tarde, con Rafa primero y con Sarah después.

El Carta de Ajuste era un local moderno y a la vez acogedor, resultado de la combinación de los tonos negros del techo con la madera clara que cubría suelos, paredes y barra, y unas vanguardistas lanzas de madera que sobresalían de la pared como si estuvieran sufriendo el asedio de un enemigo en plena Edad Media. Me recordaba algunas de las esculturas que había visto en el MoMA de Nueva York. Entré en el local cuando faltaban un par de minutos para las siete. Rafa ya estaba allí.

—Hola, Rafa. ¿Cuánto tiempo hace que no nos vemos? Has adelgazado un montón —dije a modo de saludo mientras intercambiábamos un par de besos. La última vez que le había visto pesaría más de ciento veinte kilos.

—Se nota, ¿verdad?

—Muchísimo. Veo que el balón intragástrico está funcionando.

—He perdido veintitrés kilos en tres meses.

—Me lo contó Geni, pero como no te he visto en todo este tiempo, no me había hecho a la idea.

—No he querido hacer vida social por las tentaciones, ya sabes. Como igual que el hámster de las nenas, enseguida me duele el estómago, pero me siento mucho mejor. Ya no podía jugar con mis hijas, me ahogaba. Si todo va bien, el verano que viene pesaré ochenta kilos y habré terminado. Explícame por qué me has llamado. ¿La mujer de la que me has hablado tiene que ver con algún caso tuyo?

—No tiene nada que ver con mi trabajo. Es la hermana del pediatra de Marcos, que es amigo de Bárbara. Me ha pedido ayuda y no he sabido decir que no.

—Cuéntame qué sucede.

Le expliqué lo que sabía de Imelda y mi entrevista con Fidel.

—¿Por qué crees que el marido miente? —preguntó Rafa cuando terminé.

—No sé si miente, pero su actitud y la historia que me ha contado me resulta poco creíble. El caso es que ha sido muy agradable conmigo considerando que me he presentado en su casa sin avisar, preguntando por su mujer. Lo que me extraña es que, después de llevar meses separado de su mujer, ella le llame para que se quede con el piso, se largue con una maleta y él esté tranquilo y convencido de que solo le está poniendo a prueba antes de volver con él. ¿No te suena raro?

–No estará de más hacer algunas comprobaciones. Si esa mujer aparece, avísame. Estamos cortos de recursos y los que emplee para investigar su paradero será a costa de otros casos.

Nos despedimos con la promesa de llamarnos en cuanto uno de los dos tuviera más información y me encaminé hacia la farmacia de Sarah.

Sentadas en el sofá del apartamento que Sarah tenía montado en la trastienda, le hablé de Rodrigo Villarreal, con la esperanza de que le conociera.

–No me suena, ¿debería conocerlo? ¿Cómo es? –preguntó Sarah.

–Atractivo, deportista y con muy mala leche, al menos en el trabajo. Está bastante cachas y ya pasa de los cuarenta, así que pensé que podría tomar suplementos deportivos. Como tu parte de parafarmacia es tan grande y no está lejos de su despacho, tenía la esperanza de que fuera cliente tuyo.

–Yo no vendo suplementos deportivos.

–Ah, ¿no? Entonces, ¿dónde se compra eso?

–En las tiendas especializadas. Aquí cerca hay una, donde el hotel Reconquista. Conozco al dueño, estamos en la asociación de comerciantes de la zona. ¿Por qué es importante si tu cliente toma o no suplementos? ¿De qué te sirve saber eso? –preguntó Sarah escéptica.

–Me importa un pimiento lo que tome o no tome Rodrigo Villarreal. Creí que tú los vendías en la farmacia y como conoces a mucha gente y quedas habitualmente con tíos diferentes y esta ciudad es pequeña… –Mientras hablaba me di cuenta de que me estaba adentrando en terreno farragoso y corté la explicación–. Bah, déjalo, olvida lo que he dicho.

–O sea, que pensaste que cabía la posibilidad de que yo le conociera e incluso hubiera tenido un rollo con él

–adivinó Sarah sin dejarme salir airosa del jardín en el que me había metido yo sola.

–La verdad es que sí –confesé–, pensé que no era descabellado, aunque ni siquiera sé si está casado. ¿Estás molesta?

–¡Claro que no! Aunque más te vale que el tío esté bien, si no sí que lo estaré… –bromeó–. Vas a tener que resolver tus problemas laborales por el método tradicional.

Como siempre Sarah tenía razón. La única manera de solucionar el desencuentro con el encargado de pasarme expedientes para investigar era resolver el caso y, esta vez, sin fallos.

Esa noche me acosté sin devolver la llamada perdida que tenía de Jorge, mi marido. Tras la muerte de Martin, nuestro hijo, intenté refugiarme en él. El mundo había sido tan cruel conmigo que busqué apoyo en mi marido perfecto. Jorge cumplía los sueños de cualquier niña que buscara el príncipe azul que nos habían inculcado a todas a base de cuentos, pero él se cerró a mí. Jorge solo compartía conmigo su cuerpo, el espacio físico y muchas conversaciones banales, pero se negó a dejarme ver la pena que había en su interior. La muerte de nuestro pequeño Martin nos había roto y ya no éramos las mismas personas, solo lo parecíamos. Entre nosotros, todo era tan perfecto como solo podían serlo las cosas que no existían.

13 de agosto de 2019. 1:30 de la madrugada. Soto del Rey

CUANDO DETUVO EL coche, su víctima descansaba con una sonrisa ida en el asiento de atrás.

Era atractiva, como también lo era Verena, la chica alemana, sacrificada siete años antes.

Le daba lástima que tuviera que morir, por eso iba a asegurarse de que no sufriera.

La ayudó a bajar del coche. Solo estaban a veinte metros de las vías.

Había escogido el lugar el día anterior. Era perfecto. Los árboles lo ocultaban a los automóviles que circulaban por la carretera principal y se encontraba al final de una curva de los raíles con escasa visibilidad. El maquinista no tendría tiempo de reaccionar, aunque al acercarse a la ubicación elegida intuyera el cuerpo tumbado sobre las vías y activara el freno de emergencia. Era noche de luna nueva y solo algunas estrellas se adivinaban tras las nubes. Se necesitaba mucha más distancia para detener las trescientas toneladas de metal que rodaban a ciento cuarenta kilómetros por hora.

A pesar del efecto del GHB, le costó ponerle la bolsa en la cabeza.

Tenía tiempo: todavía faltaban trece minutos para el paso del tren.

Sacó una almohada cervical recién comprada, la desenvolvió y la apoyó en el raíl metálico de las vías. Si todo salía según lo previsto, quedaría reducida a cenizas.

Con cariño y palabras dulces la ayudó a recostarse sobre la almohada y comprobó su respiración. Justo a tiempo. Ya dormía.

El tren debía de haberse adelantado porque podía oír su traqueteo constante. Cada vez más nítido. Cada vez más cerca. Tenía que darse prisa.

2

9 de agosto de 2019. Oviedo

Me levanté por la mañana con una nueva idea para afrontar el caso de Santiago Pérez Rubio.

No eran ni las ocho cuando llamé a mi hermana. Sabía que a esas horas solía estar despierta.

—Hola. Hablo bajito, que Marcos está todavía dormido. ¿Me llamas por Imelda? —respondió.

—No. De Imelda solo puedo decirte que la policía está investigando.

—Eso es fantástico. ¿Le has pedido el favor al marido de Geni?

—Sí, pero aún no tengo novedades. En cuanto tenga noticias, te aviso. No llamo por eso. Quiero pedirte ayuda. He metido la pata en un caso importante y necesito solucionarlo. Me harías un gran favor si pudieras mirar en la ficha de un paciente y me dieras sus datos, con el compromiso de que nunca saldrá de mí lo que me cuentes. No te lo pediría si no fuera mi única opción.

—No puedo hacer eso —respondió Bárbara cumpliendo todas mis previsiones. Era cuadriculada como una hoja de cálculo.

—Sé que puede parecer poco ético... —empecé a argumentar soltando toda la artillería dialéctica y moral que había preparado.

—Corta el rollo, que no es eso, ya entiendo que si me lo pides es por una razón importante —susurró mi hermana.

—Entonces, ¿cuál es el problema?

—No puedo hacerlo porque queda registro de todos los accesos a los datos de los pacientes y si nadie me lo deriva o no pide cita conmigo, ¿cómo lo justifico? Estamos en plena auditoría y ese es uno de los puntos críticos.

—¡Joder, qué mierda!

—Y así se esfumaron años de esmerada educación. —Rio Bárbara olvidando que su hijo dormía.

—No te rías, que vas a despertar a Marcos. Si nos pudiéramos saltar ese control, ¿lo harías? —pregunté intentando encontrar una solución.

—¿Le vas a pedir a Jorge que me instale algún programa de frikis para que pueda acceder a la información sin dejar rastro en la base de datos? —preguntó Bárbara.

—Pero ¿tú a qué crees que se dedica Jorge? ¿Cuántas pelis has visto durante la baja maternal?

Jorge era *hacker* blanco, se dedicaba a poner a prueba las medidas de seguridad de las grandes empresas, bancos y pasarelas de pago en su mayoría, que invertían grandes sumas para que él y las personas que trabajaban con él alrededor del mundo descubrieran los agujeros de seguridad por donde podrían colarse los malos para robar los datos financieros de sus clientes. Jorge se había montado por su cuenta poco antes de mudarnos y continuó con su negocio cuando abandonamos Nueva York para irnos a vivir a la pequeña capital de la costa cantábrica que me había visto nacer. Incluso los que conocían su profesión tenían una visión un poco distorsionada del *hacking* ético, gracias a Hollywood y a las series de televisión.

—Supongo que podría hacerlo —respondió Bárbara.

—Yo no lo tengo tan claro; en cualquier caso, si se pudiera, sería muy caro y es un delito.

—Si le pillan —puntualizó mi hermana.

–Delito es. Si no le pillan, no le empapelan, pero no deja de ser delito. Estoy interesada en resolver el caso, pero no tanto.

–Entonces, ¿a qué te referías? –preguntó.

–Si he entendido bien, si Santiago es paciente tuyo no hay problema en que te descargues sus datos, ¿verdad?

–No lo habría, pero no es paciente mío. ¿Es el Dr. Jekyll y Mr. Hyde ese que te trae de cabeza? ¿El funcionario con esclerosis que se convierte en Ironman cuando toma la superpoción? –bromeó mi hermana volviendo a susurrar.

–Ya te vale. ¿Y si pide cita contigo? Aunque luego no vaya, ¿podrías mirar la ficha?

–Sí, claro. De hecho, antes de las consultas siempre reviso la ficha de los pacientes. Ya lo he entendido. Déjamelo a mí. Luego te doy el número al que tienes que llamar y lo que tienes que decir. El único problema es que le esté viendo otro cardiólogo ya. Si es así, no hay nada que hacer, pero vamos a intentarlo.

Colgué sorprendida ante la buena disposición de mi hermana a saltarse las normas para ayudarme.

Puse un Linizio Lungo en la Nespresso, me di una ducha y después fui caminando al despacho de Rodrigo Villarreal, próximo al auditorio. Diez minutos de paseo cuesta arriba bordeando el parque que marcaba el corazón de la ciudad. Me había convocado él, sin consultarme ni darme otra opción. Después de la escena que me había montado en el juzgado no tenía ni idea de qué iba a encontrarme.

–¿Gracia San Sebastián? –preguntó en voz alta su secretaria–. Pase, por favor.

Me levanté de la incómoda silla de plástico negro en la que había estado esperando durante los últimos treinta minutos y la seguí hasta una pequeña sala de reuniones vacía. Rodrigo Villarreal llegó casi al instante.

–Nos van a denunciar por acoso –me espetó Rodrigo nada más entrar en la sala, sin sentarse y ni siquiera cerrar la puerta–. Han tenido la delicadeza de informarnos antes de presentar la demanda. Nos han enviado hasta una copia. Alegan que el juicio y las acusaciones a las que le hemos sometido le han provocado un nivel de estrés que ha agravado su estado general de salud.

–Ya sabíamos que era una posibilidad cuando salimos del juzgado –dije poniéndome en pie.

–Gracias a tu metedura de pata –continuó, con un discurso que adiviné tan preparado como aparentemente casual, construido con la intención de acobardarme.

Rodrigo calló esperando una respuesta por mi parte que no pensaba concederle. Yo también sabía jugar a ese juego.

–¿No vas a decir nada? –insistió.

–¿Me puedes imprimir una copia para leer la argumentación?

–Estoy seguro de que podrás deducirla.

–Aun así, preferiría leerla –respondí, decidida a que ningún Rodrigo del mundo me hiciera perder la calma.

–¿Qué piensas hacer?

–Respecto a la demanda, nada, ese es tu trabajo. Yo voy a continuar con el caso hasta que descubra lo que está ocurriendo.

–¿Después de la que has organizado pretendes continuar? –respondió elevando la voz–. ¿Sigues insistiendo en que un tipo en silla de ruedas compite en dos triatlones de categoría Ironman al año?

–Mira, Rodrigo, tengo un caso que resolver y es lo que voy a hacer.

–Lo que tienes que hacer es disculparte con ese hombre y demostrar buena voluntad, ya que la has cagado tú.

–Ese hombre quiere el dinero público, no mis disculpas, pero te doy permiso para disculparte en mi nombre si quieres. –No pude evitar la tentación de sacarle un poco más de quicio.

–¡Qué desfachatez tienes, Gracia San Sebastián! ¿Te crees que por venir de Wall Street estás por encima del bien y del mal? Aquí no eres nadie y, por este camino, dudo que llegues a serlo.

–¿Me has hecho venir para algo más que para tener de nuevo esta interesante charla acerca de lo que opinas sobre mis cualidades profesionales? Mi tiempo es muy caro y os lo voy a facturar.

Ya guardaría mis respuestas a sus improperios para otra ocasión. No era momento de devolver pelotas, sino de trabajar para descubrir lo que había sucedido con el triatleta.

Abandoné la sala llevándome un nuevo rapapolvo de Rodrigo y una copia de la demanda por acoso a Santiago Pérez Rubio, funcionario del grupo A y triatleta profesional, según las pruebas que yo había presentado en el tribunal contra él, y enfermo de gravedad para cualquier persona en su sano juicio.

Salí del edificio y aspiré el aire húmedo y templado de la calle. Necesitaba otro café y algo sólido. La mañana se me estaba haciendo larga y no eran ni las once.

En algún momento del día tendría que llamar a Jorge. Mi marido tenía mucha paciencia, hasta que dejaba de tenerla. Entonces era como Atila, donde pisaba no volvía a crecer la hierba, y yo no estaba preparada para destrozar nuestra relación. Pero tampoco lo estaba para continuar como si nada.

Entré en el Camilo de Blas de Santa Susana, atraída por la deliciosa visión de los carbayones, las casadielles y el resto de las delicias del escaparate. Después de sopesar las opciones y calcular el aporte calórico de cada una me conformé con una pequeña empanada de bonito del norte que me hizo salivar solo con el olor. Cada vez me costaba más mantener el perímetro de mis caderas a raya. Resistí la tentación de comérmela allí mismo y pedí que me la envolvieran para llevar. La acompañaría con un Linizio de mi Nespresso mientras miraba a la gente caminar por el parque desde el ventanal de mi despacho. Bajé por la empinada calle del Rosal, lugar de encuentro de los adolescentes las noches de los fines de semana, que a aquellas horas solo mostraba bares cerrados o, los más madrugadores, en proceso de limpieza.

¿Qué había hecho mal en un caso que parecía tan sencillo?

Santiago Pérez Rubio solo competía fuera de España, pero uno de sus compañeros de trabajo había leído un artículo sobre él en la revista *Triatlón* y le puso una denuncia. No me había supuesto ninguna dificultad recabar de la empresa organizadora de la prueba la documentación de las inscripciones y clasificaciones de Santiago. Estas últimas incluso estaban publicadas en la página web de la organización.

Todo el caso había sido sencillo, casi burocrático y, como resultado, había llevado ante el juez a un funcionario con una grave enfermedad degenerativa, despertando las iras de un abogado competitivo y de mal perder al que, para mi desgracia, debía mantener contento. A la vista de la situación, mi investigación era una chapuza. El error venía de inicio. Me había conformado con una fotocopia a baja resolución de una revista para dar el fraude por cierto y eso me llevó a concentrar todo el esfuerzo en la búsqueda de pruebas que lo justificaran en vez de investigar desde cero. Lo incomprensible era que había encontrado multitud de pruebas que avalaban el fraude: inscripciones, clasificaciones, tarjetas de crédito, reservas de hotel... ¿Qué estaba mal, entonces?

Antes de subir al despacho, me senté en un banco del paseo que marcaba el inicio del parque para llamar a Jorge desde allí. No me apetecía hacerlo desde la soledad de mi oficina, desangelada e impersonal. Allí, arropada por los álamos centenarios que daban nombre al paseo, al menos, veía pasar a la gente caminando y a los jubilados sentados en los bancos, leyendo el periódico o pasando el rato mientras contemplaban el ritmo animado de la ciudad.

–Hola –respondió al tercer tono– ¿No has tenido un momento para llamarme desde ayer? –preguntó con razón y con un enfado que tenía mal retorno.

–Lo que no he tenido han sido fuerzas –me sinceré.

–Tendrás que sacarlas de algún sitio porque necesito que hablemos.

Su voz implacable me sorprendió. Esa rudeza era mala señal.

–Quisiera verte esta noche –continuó.

–¿Esta noche? –repetí tratando de ganar tiempo.

–O a mediodía si prefieres. Tengo una videoconferencia con un cliente en Estados Unidos a las siete. Tu antiguo competidor –explicó refiriéndose a un banco de inversión que operaba en el mismo mercado y con similar volumen que el que me había dado trabajo durante los años que vivimos en Nueva York–. Hasta entonces no tengo nada que no pueda cancelar por ti.

–¿A las ocho? Después de que termines de hablar con tu cliente.

–A y media. Te espero en casa.

Sentada en el banco, me fijé en el suelo del paseo de los Álamos, el gigante mosaico de mármol de casi medio kilómetro de longitud que tantas veces en mi vida había pisado sin apreciar su belleza, como tantas veces había dado por hecho que Jorge y yo pasaríamos el resto de nuestra vida juntos.

Me levanté cuando el semáforo más cercano se puso en verde y crucé la calle forzándome a llevar la espalda recta, a buen ritmo, poniendo en el gesto la seguridad que no sentía en el corazón, para refugiarme como un animal en su cueva, en mi despacho reconvertido en hogar, sin cama, sin garaje, con una cocina que solo servía para hacerme mis Linizio Lungo y calentar precocinados.

Apenas me había dado tiempo a dejar la empanada sobre la mesa cuando sonó el móvil y la cara de mi hermana apareció en la pantalla.

—Vas a flipar —dijo según descolgué—. Santiago Pérez Rubio no ha sido atendido en el hospital desde que, a los veintiocho años, se rompió un menisco. Le hicieron resonancia y artroscopia. Nunca más desde entonces.

Calculé de memoria. Santiago ya era funcionario en ese momento. Recién sacada la oposición.

—No lo entiendo. ¿Se puede estar tratando la esclerosis en un centro privado?

—No conozco ninguna clínica privada en Asturias con medios comparables a los que tiene el Hospital Central para tratar esta enfermedad.

—¿Entonces dónde pueden tratarle? ¿Madrid? ¿Barcelona?

—Lo lógico, si vive aquí —puso en duda mi hermana—, es que, le traten donde le traten, las pruebas cotidianas se las haga aquí. Nadie se desplazaría para un simple análisis de sangre.

—¿Tienes su domicilio?

—Avenida San Pedro de los Arcos, 47. ¿Vas a ir a verlo?

—No lo sé. De momento me interesa saber si coincide con el que yo tengo.

Y coincidía. Consulté Google Maps. Me llevaría unos quince minutos ir andando hasta allí. No tenía nada que perder, de todas formas, ya iban a poner una demanda reclamando una indemnización por acoso. El café tendría que esperar. Saqué una Coca-Cola Zero de la nevera, le di un buen mordisco a la empanada y, armada con mis víveres, bajé la escalera. Hacía bochorno, como si la ciudad se hubiera puesto un gorro de lana gris que conservara el calor en sus calles y la estuviera haciendo sudar. Parecía que ni el tiempo ni yo estábamos pasando una buena semana. Bajé al portal y dirigí mis pasos hacia la falda del Naranco, el monte que rodeaba la ciudad y alojaba, entre otras, una de las zonas residenciales más exclusivas de Oviedo. Caminé a buen paso hasta que empezaron a estorbarme la americana y el pañuelo. Incluso los zapatos, cómodos y bastante usados, me hacían daño por el calor. Estaba incómoda por fuera y por dentro. Tenía miedo de enfrentarme a Jorge y perderle y estaba preocupada porque el fiasco del juicio supusiera el fin de mi carrera como investigadora financiera.

Con dolor de pies y la nuca húmeda de sudor, llegué a la dirección del funcionario, guiada por el GPS de mi móvil. Era un chalé antiguo, con estética de los setenta. Bien conservado pero no reformado. El azul celeste de la fachada contrastaba con el cielo gris, como si se hubieran intercambiado los papeles. Solo la piedra que adornaba los bordes de las ventanas hacía juego con el ambiente. No era el tipo de casa que me imaginaba para alguien soltero que no llegaba a los cuarenta. Mi imaginación pintaba a un matrimonio mayor rodeado de nietos jugando en el jardín.

Me paré delante de la cancela blanca que lo separaba de la calle y le daba más privacidad que seguridad.

Una voz sonó en el telefonillo. Me recordó a una película de terror psicológico. Yo no había llamado aún.

–Puede pasar –dijo la voz.

Crucé el pequeño jardín y me acerqué a la puerta principal, de madera, con una sola hoja, bien barnizada y separada del suelo por tres escalones. Me fijé en que no había rampa para silla de ruedas ni elevador eléctrico. Todo estaba limpio y cuidado a pesar de los años que se le adivinaban. En la esquina del jardín varios enanitos de piedra parecían haberse quedado paralizados en medio de una fiesta eterna alrededor de una fuente que no echaba agua.

También abrieron aquella puerta antes de que llamara. Debía de ser costumbre de la casa.

–Pase, por favor –me invitó una mujer de mediana edad procedente de algún país de Latinoamérica–. La señora la espera.

–Seguro que no me espera porque no la he avisado de que venía.

–¿No viene usted por el anuncio?

–No vengo por ningún anuncio.

–En ese caso, va a tener que marcharse porque la señora está esperando a una persona que viene por lo del anuncio.

–Yo no vengo a ver a la señora –expliqué.

–Perdone, entonces, ¿a quién viene usted a ver?

–A Santiago.

–Eso no puede ser. El señor murió hace casi un año. –La mujer bajó la mirada y el tono de voz–. ¡Dios le tenga en su gloria!

–¿Cómo que murió? –me sorprendí. Hasta que caí en la cuenta–. Me gustaría hablar con el hijo, no con el padre –le expliqué.

–Pues no entiendo. El hijo no vive aquí. Y no se llama Santiago.

–Me había dicho que hoy estaría aquí. Vengo de la Seguridad Social –improvisé. Algo me decía que la información recibida, aunque incomprensible en ese momento, era muy valiosa, pero confiaba en conseguir más.

–¿Fede? –se extrañó la asistenta–. ¿Hoy? No puede ser. Ha debido de haber un error. Permítame que lo consulte con la señora.

Mientras yo optaba por callar y no meter la pata preguntando todo lo que pasaba por mi cabeza, sobre todo quién era Fede, la mujer me dejó de pie en aquel recibidor repleto de muebles antiguos. Me fijé en el taquillón de caoba y mármol a juego con un espejo y un perchero, cuyo primer alojamiento no parecía haber sido aquella casa, a juzgar por los más de cien años que le calculé. Eran visibles los agujeritos donde se habían alojado las polillas antes de que algún experto acabara con ellas.

La asistenta no tardó mucho en volver a aparecer.

–Dice la señora que pase –me invitó.

Con mi mejor cara de funcionaria, entré en el salón. Estaba tan atestado de muebles que harían imposible el paso habitual de una silla de ruedas.

Una señora de unos sesenta años, porte elegante y el pelo rubio recién teñido y peinado de peluquería, se levantó de un sillón tapizado en tela brocada de color dorado para recibirme.

–Perdone a Lucila, que es muy buena pero muy despistada. Qué tonta, decirle que mi hijo no vive aquí. Lo que ocurre es que no está en este momento.

–Ya me imaginé que era una confusión –dije, asintiendo sonriente–. ¿Cómo no va a vivir aquí Santiago? Qué tontería.

–Fíjese usted, ¿quién iba a atenderle si no? Desde que murió mi marido, estamos los dos solos. Y Lucila, que nos ayuda mucho. A pesar de sus despistes. Lleva con nosotros toda la vida.

La intuición me dijo que Lucila era mucho menos despistada de lo que la madre de Santiago Pérez Rubio intentaba hacerme creer.

–Imagino que andará de médicos –dije, invitándola a explicarme dónde estaba Santiago.

–Claro, ya sabe usted, cuando no son pruebas de una cosa, son análisis de otra. Esta enfermedad es terrible por la incertidumbre de no saber cuándo se producirá un nuevo brote.

Lucila nos interrumpió.

–Señora, viene un chico por lo del anuncio, ¿qué hago?

–Que espere, Lucila, que espere –ordenó Carolina apretándose las manos hasta el punto de que se le pusieron los nudillos blancos, sin sangre.

No sabía qué pasaba allí, pero mi visita estaba removiendo algo.

–¿Cuándo podría localizarle?

–¿Le urge mucho? ¿No la puedo ayudar yo?

–La verdad es que no. No corre prisa, pero necesito hablar con él en persona.

–Nos vamos para la playa esta tarde, para que le dé el aire. Si me dice usted cuándo podría venir la semana que viene, estará aquí esperándola.

Sin más motivo para insistir, me despedí con el compromiso de concertar una cita para la siguiente semana y salí a la calle con una gran confusión. Tenía que consultar el registro civil. ¿Qué pasaba en la familia Pérez Rubio? ¿Quién era Fede? ¿Y el Santiago que estaba muerto? ¿Quién habría pensado aquella señora que era yo?

Bajé caminando de nuevo en dirección a mi despacho, sin prisas, esta vez cuesta abajo. Durante el paseo de vuelta me di cuenta de que algo no encajaba con lo que me había contado Bárbara. ¿Quién le firmaba a Santiago las bajas médicas si no le estaban atendiendo en el hospital de la

Seguridad Social? Un parte de baja solo podía firmarlo un médico de la sanidad pública.

Llamé de nuevo a mi hermana, pero no se podía acceder al dato desde las fichas de los pacientes del hospital. «Lo harán en un centro de salud, las bajas médicas suelen firmarse en atención primaria, salvo que haya hospitalización», me había aclarado Bárbara.

Si quería conocer el nombre del médico que firmaba los partes, no me quedaba otra opción que preguntárselo a Rodrigo.

Rechazó mi llamada al segundo tono. Después de la reunión en su despacho por la mañana, no me extrañó. Callejeé por el vecindario y descubrí que las calles de casas individuales, elegantes y señoriales continuaban en una zona de viviendas de los años cincuenta, edificios subvencionados, construidos con prisas y sin ningún lujo, que separaban los chalés del centro de la ciudad. No llevaba ni cinco minutos caminando cuando llamó Rodrigo.

–¿Puedo hacer algo por ti? –ofreció con evidente ironía.

–Sí, la verdad. Necesitaría saber el nombre del médico que firma las bajas de Santiago Pérez Rubio.

–¿Ahora vas a acosar al médico?

–Rodrigo, no voy a parar hasta que entienda qué está pasando aquí. Este tío os va a denunciar por acoso, así que ayúdame con los datos que te pido y yo intentaré molestarte lo menos posible. Salvo, claro está, que prefieras admitir que te equivocaste llevándole a juicio, paguéis la indemnización que solicita y, a cambio de tu prestigio profesional, te des el gusto de que yo no vuelva a trabajar para vosotros. Tú decides.

Rodrigo no respondió. Por un momento pensé que la llamada se había cortado y miré la pantalla para comprobarlo. Cuando volví a colocar el móvil en mi oreja, su voz solventó mis dudas.

–¿Has avanzado algo? –preguntó.

–He avanzado.

–La doctora se llama Silvia Molina. ¿Quieres su número de colegiada?

No sabía si lo decía en broma o en serio. ¿Se había inventado el nombre? ¿No tenía que mirarlo?

–Si lo tienes, sí, por favor, necesito localizarla.

–33/28/87998.

–¿Tienes los datos delante?

–Sí, adiviné que me llamabas por el caso, no para invitarme a cenar –respondió con su incansable sarcasmo.

–Pensé que no querías que hiciera nada.

–Ya que lo estás haciendo, más vale que sirva para quitarme a este tío de encima.

Rodrigo era un borde, pero tenía razón.

Había lidiado con tipos peores, solo estaba un poco oxidada después de los tres años que llevaba sin torear a especímenes como él.

Pasé la tarde haciendo un esquema con la información recibida y decidiendo los siguientes pasos y, a las ocho y veinte, estaba en el portal de mi casa, donde había quedado con Jorge, sin decidir si entrar con las llaves o llamar al telefonillo.

Saqué del bolso la caja de ansiolíticos que me había dado Sarah y me tragué uno. Sin agua. Abrí con la llave la puerta del portal. De camino al ascensor, me tragué otro. Sarah me había dicho que podía tomar hasta cuatro, siempre que tuviera cuidado con el alcohol y que no cogiera el coche. Había prometido hacerle caso en lo último. Hacía ya tiempo que no los tomaba como caramelos, pero sabía bien cómo reaccionaba mi cuerpo a su efecto milagroso.

Una vez arriba llamé al timbre y, acto seguido, entré con mi propia llave y con mayor firmeza de la que sentía.

Oí a Jorge hablar en inglés en el salón.

Entré en la cocina y fui al frigorífico a buscar agua para ayudar a los ansiolíticos a bajar por el esófago. De niña, cuando me ponía nerviosa, miraba lo que había en la nevera. Verla repleta de comida me infundía paz en el estómago y en el corazón. El frigorífico de mi casa no me reconfortó. La nevera de Jorge no se parecía mucho a la nevera de Jorge y Gracia. Era como si, al haberme ido, sus gustos hubieran cambiado. Marcas que nunca usábamos, curris, botes de salsas indias y una cantidad ingente de fruta. Nada similar a la nevera que compartíamos antes, llena de queso, jamón y productos locales. ¿Desde cuándo le había dado de nuevo por la comida india? Incluso había un paquete de *naan* fresco para hornear. Recordé que le encantaba cuando le conocí, pero a mí no me gustaba demasiado y era raro el día que pedíamos cena india. Ganaban la cocina japonesa, china, mexicana e italiana. Durante el tiempo que vivimos en Manhattan nos alimentábamos de comida para llevar y salíamos a comer fuera los fines de semana. No empezamos a usar la cocina hasta que nació Martin y nos mudamos a Brooklyn Heights, a una casa más amplia y con un pequeño jardín, para que nuestro hijo pudiera estar al aire libre y nosotros con él.

–Hola. Perdona la espera, mi reunión se ha alargado –dijo Jorge a modo de saludo mientras me daba un beso en la mejilla–. ¿Quieres una copa de vino? –ofreció–. Queda alguna botella de Matarromera.

Era el vino que bebíamos en las ocasiones especiales. Para mal o para bien supuse que aquella iba a serlo.

–Me parece una idea estupenda –acepté, haciendo caso omiso de las indicaciones de Sarah–. Te ha dado por la comida india.

–He retomado mis viejos hábitos en la cocina. Como no estás, tengo más tiempo libre –aclaró–. ¿Quieres picar algo? ¿Tienes hambre?

Jorge preparó unos aperitivos, los colocamos en la mesa de centro del salón y, con la botella de Matarromera ya mediada, nos sentamos a hablar.

–¿Vas a volver a casa? –preguntó Jorge a bocajarro.

–No lo sé.

–Es hora de que te aclares. Yo necesito seguir adelante y no voy a estar esperando a ver si te decides o sigues en un «no sé». Vivo en una ciudad extraña donde no conozco a nadie que no sea amigo tuyo y que me viene mucho peor cada vez que tengo que viajar. No tiene sentido que yo esté aquí si tú no estás conmigo.

Le miré y me pareció tan atractivo como el día que nos conocimos: alto, fuerte, con aquellas pequeñas orejas que tanto me gustaban y los rizos castaños siempre recortados para mantenerlos a raya. Me hubiera gustado decirle que lo tenía claro, que volvía a casa en ese mismo instante. En vez de eso, pregunté:

–¿De qué plazo estamos hablando?

–No hay plazo. Está agotado, el momento es ahora. Si no vuelves a casa, yo me voy.

–¿Adónde irás? –pregunté como si eso fuera lo importante, quería calcular a qué distancia estaría de mí.

–A Nueva York –soltó como una bomba.

–¿Vas a volver a Nueva York?

–Depende de ti.

–Si yo vuelvo a casa, ¿tú no te vas?

–Si vuelves, la decisión de dónde vivir no sería mía, sería de los dos. De hecho, ya habíamos decidido vivir aquí. Juntos. Eres tú la que te has ido de casa.

–¿Cómo puedes pensar en volver a Nueva York? –repliqué, lanzándole el reproche como una flecha envenenada.

–Porque no veo las cosas como tú. Martin estará muerto en Nueva York, en Madrid, aquí o en la China. Vivamos donde vivamos, eso no va a cambiar. Tú quieres huir, pero no parece que cambiar de ciudad te esté ayudando a dejar atrás el pasado.

–¡Es que no quiero dejar atrás a nuestro hijo! –dije alzando la voz.

La conversación me estaba revolviendo el dolor más agudo, que se mantenía agazapado en espera de ocasiones como aquella. Le odié por querer olvidar.

–Pues Martin se ha ido, Gracia, se ha ido y no volverá –me replicó con una calma que me encendió aún más.

Le habría estrangulado por su capacidad de continuar como si nada hubiera ocurrido, por sus ganas de empezar una vida nueva.

–Lo que tú quieras no va a cambiar la realidad –continuó–. Martin no va a volver y tú solo puedes decidir si quieres intentar ser feliz el resto de tu vida o pasarla amargada llorando por algo que no tiene solución. El mundo sigue, contigo o sin ti.

Le miré con desprecio y, sin responderle, salí a la terraza. Necesitaba aire. No podía entender qué razones tenía Jorge para querer volver a la ciudad donde nuestra frenética vida dedicada a un trabajo que, en mi caso, no me hacía mejor persona, había terminado con la muerte de Martin en nuestra propia casa, con una cuidadora inexperta que le dejó solo en la bañera mientras ella discutía con su novio.

Cuando Martin nació, sentí que me conectaba con el origen de la vida. Dejé de preguntarme por el sentido de mi existencia porque lo tenía en mis brazos. Cuando murió, comprendí que, en el mismo mundo, en el mismo momento e incluso en el mismo lugar, hay personas que viven en el paraíso, la mayoría en el purgatorio y otras, como yo entonces, en el infierno.

Sentí subir por mi pecho una oleada de ira. Jorge eligió mal momento para salir tras de mí a la terraza en un intento de continuar la conversación.

–Gracia… –le oí decir a mi espalda.

Dolida y resentida con él le escupí parte de ese orco que llevaba dentro.

–No le querías, no le querías como yo –le acusé a la vez que liberaba la rabia que llevaba conteniendo tanto tiempo–. Ni siquiera quieres recordarle. Vete, lárgate a Nueva York, forma otra familia y olvídate de nosotros. Estoy mejor sin ti que a tu lado viendo cómo nos ignoras. A mí y a Martin.

Sin darle tiempo a reponerse del ataque, abrí la puerta y salí corriendo escaleras abajo.

No paré de correr hasta muchos metros más allá cuando mis pulmones ardían pidiendo tregua y las lágrimas no me dejaban ver.

13 de agosto de 2019. 1:45 de la madrugada. Soto del Rey

El tren avanzaba hacia su destino. Era el último de la noche.

Sus escasos pasajeros dormitaban o avisaban a casa de su llegada tardía desde los móviles. Solo se oía el zumbido rítmico y constante que en los trenes modernos remplazaba al traqueteo de los antiguos.

Ramón Fernández, el maquinista, había quitado el piloto automático para manejar el tren en la curva. La siguiente parada era la estación de Oviedo, tan solo unos kilómetros después. Mientras tomaba los mandos para reducir la velocidad, Ramón sintió un pequeño bache.

Supuso que era otro gracioso poniendo piedras en las vías. Sus lugares favoritos eran las curvas cerradas. Nunca se cansaban. «A ver si el tren descarrila» decían. Como si eso tuviera alguna gracia. Los adolescentes no pensaban en las consecuencias de sus actos. Por suerte, no había piedra que hiciera descarrilar un tren.

En menos de media hora terminaría su turno.

El tren continuó su marcha, mientras la sangre que brotaba del cuerpo decapitado de la mujer teñía de rojo las pequeñas piedras que rellenaban el hueco entre las vías. La cabeza, aún envuelta en la bolsa de los supermercados Alimerka, saltó por los aires y fue a parar a un prado contiguo, unos cien metros más allá.

La sangre empezaba a coagularse sobre los raíles cuando, a escasa distancia, un coche arrancó el motor.

Antes de quitar el freno de mano, su ocupante elevó la vista al cielo y se santiguó. «Cuida de ella, mamá. Tiene tu misma edad.» Después consultó el reloj. Había completado su misión y aún le sobraba más de una hora para estar de vuelta a tiempo de no levantar sospechas.

3

12 de agosto de 2019. Oviedo

La semana grande de Gijón era, tras el Descenso del Sella, una de las fiestas más multitudinarias de Asturias. En pleno agosto y al lado del mar, con la ciudad más grande del Principado llena de turistas, los asistentes a los espectáculos, los conciertos y la noche de los fuegos artificiales abarrotaban playas, calles, apartamentos y habitaciones de hotel hasta el punto de que resultaba imposible encontrar un lugar para pasar la noche salvo que se reservara con mucha antelación. Así habíamos hecho Sarah y yo para el primer fin de semana de lo que se conocía coloquialmente en la ciudad como La Semanona. Los niños de Sarah estaban en Alemania pasando unos días con sus abuelos y Sarah no quería pasar ni una noche en casa. Aun así, después de mi pelea con Jorge, la llamé con intención de cancelar el plan y pasar un fin de semana de sofá, lamiéndome las heridas y sin ver a nadie.

Media hora después de hablar conmigo, Sarah se presentó en mi despacho dispuesta a arrastrarme hasta Gijón, aunque para ello tuviera que drogarme. De hecho, me amenazó con una jeringuilla por cuyo contenido no quise preguntar y aunque su expresión resuelta y agresiva casi me asustó, preferí pensar que solo era una herramienta de persuasión y que en ningún caso la habría utilizado. La primera noche teníamos reservada mesa en un restaurante en Cimadevilla, el antiguo barrio de pescadores, rehabilitado y convertido en la zona más turística de la ciudad. Cimadevilla era una península empinada coronada por un parque con vistas al mar adornado con una enorme escultura de Chillida que, si bien llevaba como nombre el Elogio del Horizonte, era conocido por todos como el Váter de King Kong. El barrio me encantaba, con sus calles enlosadas y los edificios restaurados, parecía una pequeña fortaleza reconvertida en museo. A un lado, el puerto deportivo y la playa de Poniente, al otro, la playa de San Lorenzo y, de frente, el imponente mar Cantábrico, que dejaba en los callejones una ligera brisa húmeda y un penetrante olor a sal. Empecé la cena decidida a disfrutar de la deliciosa empanada de ceviche, de los puerros confitados con salmón y del pixín alangostado. Así lo hice, pero cuando llegamos a la esfera de chocolate blanco con maracuyá y frambuesa, las tres copas de vino con las que acompañé la cena hicieron efecto y empecé a hablar de Jorge y de Rodrigo Villarreal. Creo que Sarah no consiguió intervenir en mi monólogo hasta las dos de la mañana cuando, derrotada en su intento de salvar la noche, propuso terminarla.

Cuando estábamos llegando al hotel donde nos alojábamos, vi salir de un conocido bar de copas a Rodrigo Villarreal. Me costó reconocerlo sin corbata, con una camiseta oscura y vaqueros. Se quedó en la puerta a unos cien metros de nosotras, parecía estar esperando a que saliera alguien más. Me paré en seco.

–Sarah, mira, ¿ves aquel tipo que está en la puerta de ese local? Es Rodrigo Villarreal.

–Gracia, tía, ¡qué nochecita! Estás obsesionada.

–Es él. Te lo prometo.

En ese momento, salió otro tío del bar y echaron a andar juntos, dándonos la espalda. No daba crédito.

–¡Va con Fidel!

–¿Con quién?

–Con el marido de Imelda, la hermana de Teo, el amigo de Bárbara. Te lo conté: la chica que está buscando la policía.

En ese momento los dos giraron en una bocacalle y los perdí de vista.

–Ya. Rodrigo va con Fidel –dijo Sarah bastante mosqueada–. Te han sentado fatal las copas. Vamos a dormir antes de que creas ver a Jorge unirse a ellos para ir de marcha por Gijón.

–Estoy segura de que eran ellos –protesté sin éxito, dudando ya de lo que acababa de ver.

El sábado me levanté en la habitación del hotel sudando después de una noche de duermevela y con el dedo de Sarah a diez centímetros de mi nariz mientras oía las amenazas de su propietaria.

–Te he consentido una noche de autocompasión, pero hoy no me das el día. Vamos a pasarlo bien este fin de semana, así que dúchate que nos vamos a desayunar. Y –amenazó– si vuelves a pronunciar el nombre de Jorge o de Rodrigo Villarreal una vez más, te prometo que llamo al abogado ese al que ya tengo muchísima tirria y le pido una cita de tu parte.

No sé si fue la amenaza de Sarah, la culpa que sentía después del desahogo de la noche anterior o el buen tiempo al lado del mar, pero me esforcé mucho en que se lo pasara en grande y, por alguna razón, el efecto secundario de fingir alegría y buen humor fue que yo también me animé. La noche del sábado estuvimos bailando hasta las tantas, conocimos gente, Sarah no durmió en nuestra habitación y yo no me desperté hasta mediada la mañana cuando ella abrió la puerta con un sigilo similar al de una manada de elefantes. El domingo de playa terminó de levantarme el ánimo y el lunes me desperté de mucho mejor humor y con una perspectiva más objetiva de la situación con Jorge. Acepté que él tenía razón en muchas de las cosas que decía, me di cuenta de que me había comportado como una chiflada irracional y de que, si no lo arreglaba pronto, el final de nuestra historia sería muy distinto al que yo deseaba. Tenía muchas cosas que solucionar y el caso de Santiago Pérez Rubio iba a ser la primera. Con un Linizio Lungo en la mano, entré en la página web de la revista *Triatlón*. No tenían hemeroteca *online*, pero sí un teléfono de atención al cliente y otros datos de contacto.

—Necesito encontrar al redactor que escribió uno de sus artículos —expliqué a la voz femenina que me atendió al otro lado del teléfono.

—¿Qué número de revista?

—No lo sé.

—¿Nombre del redactor?

—Tampoco lo sé.

—¿Y cómo quiere que la ayude?

—Sé de qué iba el artículo. Entrevistaban a un triatleta español *amateur*: Santiago Pérez Rubio.

—Ya.

—¿Qué datos necesitaría para encontrarlo? —pregunté al darme cuenta de que no iba a servir de nada insistir.

—Número de revista, página, título y nombre del redactor sería suficiente.

—De acuerdo.

Volví a marcar y, al tono y medio, el destinatario de mi llamada la desvió: «Este es el buzón de voz de Rodrigo Villarreal. Por favor, deje su mensaje».

—Hola, Rodrigo. Soy Gracia San Sebastián. Por favor, ¿puedes facilitarme la copia de la revista *Triatlón* que fundamentó la denuncia a Santiago y la apertura del caso? Los datos que necesito no aparecen en el dosier del traspaso de expediente. Muchas gracias de antemano.

Mientras esperaba la respuesta, repasé las pruebas que habíamos presentado.

El resto del proceso probatorio documental seguía diciendo lo mismo y era contundente: Santiago Pérez Rubio, funcionario, diagnosticado hacía dos meses de esclerosis múltiple y de baja médica repetitiva durante los últimos años por lumbalgias recurrentes, era el mismo que competía en triatlones de larga distancia alrededor del mundo. El DNI era el suyo y los pagos de las competiciones estaban efectuados con sus tarjetas de crédito. Alguno de los pasos de la investigación me estaba aportando información errónea o era falso.

Cuando estaba a punto de prepararme el segundo café recibí un whatsapp de Rafa.

«Necesito un expreso doble de cafetería. ¿Te apuntas a hacerme de conciencia para que no lo acompañe con una napolitana? Tengo información sobre Imelda Alborán. En el Wolf a las 11:30.»

Acepté y me dirigí hacia allí de inmediato. Era una cafetería de toda la vida, en la manzana contigua a la comisaría.

Cuando llegué, Rafa ya había pedido los cafés. Tenía prisa por volver, había hecho un hueco para darme la información y, según mis sospechas, porque era adicto al expreso y yo le había servido de excusa para poder escapar un momento a por su dosis diaria.

Los primeros datos que Rafa había recopilado sobre Imelda eran tan sorprendentes que, en cuanto salí de la cafetería, avisé a Bárbara.

«Tengo información sobre Imelda. ¿Nos vemos?»

«¿Qué haces para comer? Yo voy a ir a casa de mamá. ¿Vienes y lo comentamos allí?»

En diez minutos estaba de vuelta en el despacho, sentada frente al ordenador, dando cuenta de media docena de naranjas confitadas cubiertas de chocolate. Acababa de comprarlas en La Mallorquina con la excusa de que me ayudarían a concentrarme, pero mi pensamiento se iba una y otra vez a mi último encuentro con Jorge. Dejé vagar mi mirada por las copas de los árboles de enfrente hasta que el sonido de un SMS en el móvil me devolvió a la realidad. Me extrañó. Los únicos SMS que me llegaban eran los del banco cada vez que hacía un cargo a mi tarjeta de crédito. Era un mensaje de Rodrigo Villarreal.

«Imposible.»

Esperé, pero no llegó nada más.

Respiré hondo y cuando estaba a punto de responder, preferí llamarle, no sin antes comprobar que Rodrigo no tenía Whatsapp ni Telegram. O añadía *tecnófobo* a su lista de defectos o quizá tuviera otro número personal al que yo sería la última en tener acceso.

Rodrigo no respondió a mi llamada y no me quedó más remedio que utilizar los SMS.

«¿Podemos hablar?»

Cinco minutos después, llegó su respuesta:

«Llámame.»

Si pretendía irritarme, lo estaba consiguiendo, pero no iba a hacérselo saber.

Marqué de nuevo su contacto en mi móvil sin grandes esperanzas de que esta vez respondiera. Para mi sorpresa, no había llegado a sonar el segundo tono cuando le oí al otro lado del teléfono. No se molestó en saludar.

–No puedo darte la documentación de la denuncia porque es confidencial.

–¿El artículo de la revista es confidencial? –pregunté sin entender.

–La identidad del denunciante lo es.

–Por supuesto. No la necesito.

–No puedo darte una sin la otra. Forma parte del mismo dosier.

–¿No puedes darme solo una copia completa del artículo? En la que yo tengo, los datos que necesito no se ven.

–No. Procedimiento –zanjó. Sabía que no podía pedirle a Rodrigo que se saltara el protocolo interno sin que se convirtiera en una roca, así que arriesgué.

–¿Y me podrías mirar unos datos del artículo? Con las referencias mínimas para que en la redacción de la revista puedan identificarlo me bastaría.

–¿Qué pretendes conseguir con eso?

–Hablar con el redactor que entrevistó a Santiago Pérez Rubio.

–¿Qué datos necesitas? –preguntó.

–Número de la revista, página, título del artículo y si viene el nombre del redactor, perfecto.

–Si no recuerdo mal, en el expediente está todo menos el nombre del redactor, pero ahora no puedo dártelo, estoy en una reunión. Ya imaginarás que no me lo sé de memoria. He salido para responder a tu insistencia y debo volver. Después te lo enviaré por email.

–Gracias, Rodrigo… –respondí un poco acobardada.

–Razones tienes para dármelas –dijo y acto seguido escuché el pitido de llamada finalizada.

Rodrigo me resultaba exasperante, pero parecía interesado en ayudarme a solucionar el caso en vez de darle carpetazo. Cada vez me parecía más improbable que Fidel y él fueran los hombres que había visto salir de aquel bar en Gijón. Fidel y Rodrigo debían llevarse quince años, pertenecían a entornos diferentes y yo había tomado unas copas, llevaba hablando de Rodrigo buena parte de la noche y era posible que mi subconsciente me jugara una mala pasada. Por un momento, durante la conversación, tuve la tentación de preguntarle si conocía a Fidel Girón, el marido de Imelda, pero descarté la posibilidad, no fuera a pensar que estaba tan obsesionada con él que le iba confundiendo con otros tíos que me encontraba por la calle.

Hacía semanas que no iba a ver a mi madre. Ella no podía evitar hacer un drama de mi separación y yo no tenía ganas de hablar del tema, pero tampoco podía evitarla para siempre.

Cerré la puerta del despacho y bajé por las escaleras las dos plantas que me separaban del portal. El cielo volvía a estar gris y cubierto de nubarrones sospechosos. Todo indicaba que iba a caer un chaparrón y no había cogido paraguas. Solo estaba a dos manzanas de distancia. Así era el tiempo allí: voluble. Por un momento me sentí muy identificada con el clima cantábrico.

Por suerte, las primeras gotas empezaron a caer cuando pasaba por delante de la iglesia de San Juan, a solo unos metros de la casa de mi madre. Apreté el paso y me refugié en el portal justo a tiempo de ver como el suelo se cubría de unos enormes goterones que sonaban al caer como si, en vez de agua, fueran granizo.

Mi madre abrió la puerta y me recibió con un gran abrazo y su habitual verborrea.

–¡Hija mía! Qué alegría que hayas venido. Cinco minutos más tarde y llegas empapada. ¡Vaya chaparrón que está cayendo! El tiempo está loco. Bárbara y Marcos ya están aquí. ¡Menos mal que no les ha pillado la lluvia en la calle! Me puse muy contenta cuando me dijo que comías con nosotras. Tengo empanada de cecina con setas y escalopines con salsa de queso La Peral y, si quieres, te preparo…
–mi madre continuó enumerando platos y provisiones.

–¿Hay tarta? –pregunté visualizando el placer del dulce que ya hacía tiempo me había prohibido a mí misma entre semana en un intento de controlar mi peso entre los límites que consideraba razonables.

—Sí, de nuez y melocotón. ¿Comemos? Vamos a aprovechar que Marcos está dormido y así me ponéis al día de la chica desaparecida. Espero que no le haya pasado nada. ¡Tan joven!

—¿Se lo has contado? —dije mirando a Bárbara.

—Sí —confesó mi hermana—. Un momento de debilidad.

—¿Debilidad por pedirme ayuda? ¡Para eso está una madre! —protestó.

—Mamá, no te he pedido ayuda, así que ni se te ocurra contarle a nadie esto ni intentar averiguar nada —le ordenó Bárbara con una actitud que habría aterrorizado a una clase entera de niños de primaria.

Mi madre no se dejaba apabullar tan fácil.

—¿Por qué no? A tu hermana la ayudé el año pasado con el caso de la pensión del militar ese que resultó ser pariente del vecino y lo hice muy bien.

—Vamos a comer, que estoy hambrienta. ¿Dónde está *Gecko*? —propuse para ver si conseguíamos distraerla y quitarle la idea de la cabeza.

Mi madre no se amilanó.

—Bueno, hijas, si no queréis mi ayuda, vosotras sabréis. Gracia, ¿has visto a Jorge? ¿Vas a volver a casa? Que como dice el refrán «cuando no hay calor en el nido, lo busca fuera el marido» y Jorge, hija, es un chico guapo y trabajador, y seguro que hay muchas...

—Mamá, ya te vale, cállate —le espetó mi hermana—. Gracia, por favor, cuéntame ya lo que sabes de Imelda. Teo está muy preocupado.

—He estado con Rafa esta mañana. Imelda no responde al teléfono, por ese lado no pueden hacer más.

—¿No lo pueden localizar por GPS o algo así? —preguntó Bárbara.

—Sería posible porque la tecnología lo permite, pero no es legal. Si fuera sospechosa de un delito, sí.

—No entiendo, hija. ¿Y si a esta pobre chica la han secuestrado? —preguntó mi madre, ya resignada al cambio de tema.

—Podrían intentar localizar al secuestrador si saben quién es. A ella no.

—Eso no tiene sentido —protestó mi madre.

—Es lo que dice la ley.

—¿Y Jorge no puede hacer nada?

Esa última era de nuevo mi madre. Bárbara y yo le dirigimos sendas miradas de recriminación que hicieron un efecto relativo.

—No, si lo digo porque como se dedica a eso de los *jáquers* que entran en todos los sitios, pensaba yo que... —No se atrevió a terminar la frase.

—Han comprobado las llamadas al móvil de Fidel —continué—, lo ha facilitado él mismo. Y, tal cual él dice, Imelda lo llamó el pasado domingo, el día en que había quedado en ir a ver a su tía y no apareció, y ayer mismo le envió un whatsapp en el que le dice que volverá en un par de días. También han hablado con Felisa, la asistenta, y confirma el día que volvió Fidel a casa.

—Si Fidel le ha hecho daño —dijo mi hermana—, puede haberse llamado a sí mismo con el móvil de Imelda y continuar enviándose todos los whatsapp que considere.

—Podría ser, pero me falta contaros lo más importante. Hay solo dos movimientos en la tarjeta de crédito de Imelda en la última semana.

—Entonces está viva. ¡Gracias a Dios bendito! —exclamó mi madre con más fervor del que habríamos esperado.

—¿Dónde? —se apresuró a preguntar mi hermana.

—En dos sitios diferentes —continué—. Aquí, en un local frecuentado por prostitutas de lujo.

—¿Perdona? —saltó Bárbara.

—Sí, en un sitio llamado Match Point. Está en el Naranco, en la calle que sube a las iglesias prerrománicas. Un cargo de veinte euros.

—¡Uy! Por esa zona ha habido sitios de esos toda la vida —afirmó mi madre.

—No sabía que estuvieras tan puesta al día en este tema —bromeé.

—Si hija, sí, esos sitios los hay desde siempre. Antes había incluso más porque las chicas no éramos tan liberales como sois ahora. Hoy, los hombres, ¿para qué van a pagar si se lo servís en bandeja? Y también os digo que hacéis bien. Tenéis independencia económica para hacer lo que os dé la gana. Como debe ser. Antes solo se divertían ellos. Ahora solo pagan los que son muy feos. O los muy guarros también. O a los que les gustan las cosas raras, que hay mucho pervertido.

—Dejad de desvariar las dos, por favor, que esto es serio —pidió Bárbara al ver mi intención de continuar la chanza con mi madre—. ¿Qué hacía Imelda allí?

—No lo sé, deja trabajar a la policía. Ellos irán a preguntar. Pero el otro cargo de su tarjeta es más sorprendente si cabe. Ochenta francos suizos en Zúrich. Hace dos días. En un lugar llamado Tasca Romero.

—¿En Zúrich? —repitió Bárbara—. ¿Qué diablos es la Tasca Romero? Suena muy castizo.

—Es que es un bar español. Pero lo más sorprendente no es que Imelda esté o haya estado en Zúrich —dije.

—Ah, ¿no? Bueno, tienes razón, lo del puticlub me ha dejado muy despistada.

—Sí, eso también, pero me refiero a otra cosa. Ha pagado en Zúrich. Y ¿cómo ha llegado hasta allí?

—En avión, digo yo —dijo mi hermana—. ¿Dónde está el problema?

—En que no ha utilizado los cajeros y no hay más cargos en la tarjeta. Los billetes de avión ha podido sacarlos hace tiempo, pero ¿y el taxi al aeropuerto? ¿Y el transporte que haya utilizado allí? ¿Paga con tarjeta en un bar y el resto en efectivo? ¿Con francos suizos? ¿Qué te dice eso?

—¡Que va con alguien! —exclamó mi madre—. Paga otra persona. ¡Esta mujer ha dejado al marido y se ha liado con un suizo! Claro que si ha tenido que ir a buscarle a un puticlub mal empieza con él. Ya decía vuestro abuelo aquello de «No compres la burra coja pensando que sanará, que si la sana cojea, la coja ¿qué hará?». Las personas no cambian con el tiempo, al contrario, empeoran.

—Tengo que hablar con Teo para contarle esto —dijo Bárbara haciendo caso omiso a las conclusiones de mi madre—. No le va a gustar, pero es un alivio. ¿Por qué habrá ido a Zúrich? Él quizá sepa si Imelda conocía a alguien en Suiza.

—Fenomenal. Con lo que sea, informad a la policía. Si Rafa me llama para contarme algo más, te aviso. Ahora me voy, que tengo un trabajo que hacer y me he retrasado por dedicarme a esto —empecé a despedirme.

—¿No vas a seguir con el caso? —preguntó mi madre.

—¿Con qué caso, mamá? Por lo que sabemos, hace dos días Imelda estaba viva y en Suiza y ayer mismo le envió un whatsapp al marido en el que asegura que vuelve en un par de días. Si esa chica no quiere hablar con su hermano, es cosa suya y nadie debe entrometerse.

—¿Eso quiere decir que no vas a investigar más? —insistió también mi hermana.

—De nada, Bárbara, por emplear mi tiempo en buscar a la hermana de tu amigo y pedir favores a mis contactos. Que si no fuera porque veo que tienes mucho interés en Teo, jamás lo habría hecho. Esta información procede de la policía, yo no puedo investigar nada más.

–Si yo te lo agradezco mucho –concedió Bárbara–, pero no puedes dejarlo aquí. Puede estar en peligro. Quizá alguien esté usando su tarjeta de crédito. ¿Por qué diablos no le coge el teléfono a la policía, Gracia? ¿Y si le han robado y está por ahí tirada en cualquier cuneta y alguien está utilizando su móvil?

–¿Le roban y utilizan su móvil para tranquilizar al marido? ¿Qué sentido tiene eso?

–No lo sé, pero quizá la hayan secuestrado. Trata de mujeres, por ejemplo. Puede que estén ganando tiempo para que cuando empiecen a buscarla ya haya desaparecido sin dejar rastro.

–Podría ser –concedí muy poco convencida–. Por eso se encarga la policía. Yo busco a defraudadores de guante blanco que son mucho más pacíficos.

–Vale, vale. Es que pensé... –Bárbara no terminó la frase.

Me levanté para irme, pero mi madre me detuvo.

–Espera, nena, llévate la empanada que ha quedado, que no debes de estar comiendo nada, ahí tú sola en el despacho, sin una cocina en condiciones –empezó a decir, envolviendo la empanada sobrante.

–No, mamá, déjalo. No hace falta. No me han gustado mucho las setas, saben a campo.

–¡Claro! Porque no son de esas de piscifactoría. Estas me las trajo Regina, que su yerno va a recogerlas los fines de semana, pero no te preocupes que pasa por la sociedad micológica a que se las inspeccionen. La mayoría eran rebozuelos, que en verano hay muchos en el monte, aunque también había otras que yo no conozco.

–Un día nos envenenas, mamá –sentenció Bárbara.

Al final, repartí besos y me fui un poco frustrada por la reacción de mi hermana y con media empanada de setas que «no eran de piscifactoría».

Cuando salí de nuevo a la calle, los coches y las aceras estaban mojados, pero el chaparrón había pasado.

De vuelta a mi despacho, guardé la empanada en la nevera, abrí una lata de Coca-Cola Zero y dediqué la tarde a investigar lo que de verdad era un caso: Santiago Pérez Rubio. Con los datos facilitados por Rodrigo Villarreal no tuve ningún problema en localizar al redactor del artículo que había detonado la investigación sobre Santiago. Era un periodista *free lance*, Lorenzo Granado. Le llamé y le encontré dispuesto a hablar. Por la voz, parecía joven.

El tal Lorenzo corría maratones. Triatlones no, «no le iba mucho lo de la bici». Había conocido a Santiago en mayo de 2017, en una carrera solidaria a favor de la esclerosis múltiple. Al oír el nombre de la enfermedad se activaron mis alertas. La carrera se había celebrado en Madrid y no constaba en el registro de competiciones de Santiago. Cuando se conocieron, Santiago llevaba la camiseta de *finisher* del Ironman de Frankfurt. Un colega de Lorenzo había competido el mismo año y empezaron a charlar mientras esperaban en la cola para recoger el dorsal y el material que les facilitaban antes de la carrera. Hablaron de tiempos, de edad, de horas de entrenamiento y a Lorenzo se le ocurrió hacer un artículo. Lo envió a la revista y se lo compraron por muy poco dinero. Triatletas *amateurs* había muchos y Santiago, aunque bueno, era uno más.

–En la foto no se le ve bien con la gorra y la sombra de la visera en la cara –dije en un momento de la conversación.

–Él quiso que fuera así, ¿por qué es importante?

–Porque estoy investigando un fraude y necesito hablar con él.

–¿Un fraude en la fundación?

–¿Qué fundación? –pregunté atisbando una nueva pista.

–De una con nombre inglés, Multiple Sclerosis Foundation o algo así. Llevaba el nombre en la camiseta.

–¿Qué tiene que ver Santiago con esa fundación?

–Es miembro o trabaja allí, es de su familia creo, no me acuerdo bien. ¿Por eso le investiga la policía?

–La policía no. Estoy investigando un fraude administrativo. No puedo comentarte más –respondí– porque lo más probable es que él no tenga nada que ver, no vamos a echar por tierra su prestigio profesional, ¿no te parece? Por eso te pediría que mantuvieras el secreto. Por respeto a su reputación.

–Vale, entiendo, pero tendrás que contarme cómo acaba la historia, no puedes dejarme así, sin saber qué pasó. Soy periodista. Curioso por naturaleza.

–Prometo informarte, cuando acabe la investigación, de todo lo que pueda hacerse público sin dañar a nadie.

–Me parece bien. ¿Eres de las que cumple sus promesas?

–Siempre –aseguré–. ¿Puedo preguntarte algo más? ¿Iba con alguien?

–Estaba con una chica morena. No sé si era su novia o su mujer. Pareja eran seguro por cómo le felicitaba al final de la carrera.

Lorenzo no había vuelto a ver a Santiago Pérez Rubio desde entonces. Lo que me había contado de la fundación, aunque poco preciso, podía ser importante. Un camino por el que continuar. Lo que más me llamaba la atención es que le hubiera conocido en una carrera por la esclerosis múltiple hacía dos años, pero el diagnóstico de Santiago era tan reciente que nos habíamos enterado en el mismo juicio. Cuando muchas casualidades aparecen juntas, es que alguna de ellas es una impostora.

Llevaba un rato perdida en internet leyendo todo lo que encontraba sobre triatlón y atletas con enfermedades degenerativas cuando llegó un whatsapp de Sarah.

«Hola. ¿Te apetece que cenemos en el Vinoteo? ¿Nos vemos allí a las nueve y media?»

El Vinoteo era mi restaurante favorito de la ciudad. Estaba situado en plena ruta de los vinos y se accedía al comedor por una empinada escalera negra, que me recordaba al desván de la casa de mi abuela.

Después de dar cuenta de una cena a base de pulpo a la brasa, setas con salsa de queso y langostinos crujientes, Sarah me soltó la noticia en el postre.

—Voy a conocer a tu abogado favorito —dijo de sopetón mientras hincaba la cuchara en el *brownie* caliente que rezumaba chocolate.

—¿Y eso? —pregunté sorprendida.

—Después de tanto hablarme de él el viernes, despertaste mi curiosidad, así que llamé al dueño de la tienda de suplementos que te comenté y resulta que Rodrigo Villarreal es cliente suyo.

—¿Qué le dijiste al tío de la tienda para que accediera a presentarte a Rodrigo?

—Que una amiga me había hablado de él y que quería conocerle —respondió Sarah.

—¿Sin más?

—Sin más. Y también me contó lo que suele comprar Rodrigo.

No pregunté si era legal que el dueño de la tienda le proporcionara a Sarah información sobre los hábitos de consumo de sus clientes porque sabía que a los hombres les costaba mucho resistirse al encanto de mi amiga. La naturalidad con la que retomaba su acento argentino después de veinte años en España, la ingenuidad que ponía en sus palabras, que la hacían parecer prendada del que tuviera delante en ese momento, obraba maravillas. Yo había intentado copiar la técnica alguna vez y el resultado había sido desastroso. Era cuestión de talento, pero también de un físico tan espectacular como el de Sarah y, aunque el resto de los seres mortales pudiéramos entrenar lo primero, era difícil llegar al mismo resultado sin que la naturaleza nos hubiera dado lo segundo y yo tenía un físico aceptable, pero que no despertaba pasiones.

—Sigo teniendo ganas de dulce, ¿compartimos un helado de turrón de Diego Verdú? —propuso Sarah.

—¡Pero si casi no me has dejado probar el *brownie*! —fingí protestar—. Pide lo que quieras, pero sigue contándome.

—Tenías razón, Rodrigo Villarreal toma suplementos deportivos, pero no los que tú creías. Lo suyo son proteínas, aminoácidos, sales y ese tipo de cosas. La tienda tiene una zona de alimentación ecológica y según el dueño, compra kéfir, batidos vegetales frescos, avena a granel y un par de cosas más igual de poco apetitosas. Eso es muy sensato cuando se hace mucho deporte. He quedado con él mañana por la noche.

—¿Una cita? —pregunté alarmada obviando decirle que me era totalmente indiferente la dieta de Rodrigo—. Sarah, es una mala idea y no te va a gustar, ese tío no es tu tipo.

—Es posible. Ya lo decidiré cuando le conozca. Que conste que lo he hecho por ti.

—¿Por mí? ¿Esto en qué me ayuda a mí? Yo prefiero que no lo hagas. Si te lías con él, me va a suponer un montón de complicaciones. Hay un montón de hombres más guapos, más simpáticos y, sobre todo, con los que no tengo que trabajar y que no piensan que soy una incompetente.

—Te aseguro que no voy a hacer nada que pueda perjudicarte. Mi intención es justo la contraria.

—Ya. Tú, por si acaso, ten cuidado.

—¿Cuidado? ¿Por qué? Tal como le describes es un abogado un poco fantasma, nada más.

—Con el que yo tengo que trabajar. Por favor, intenta no complicar más mi relación con él que como le generes expectativas y luego le digas que no, todavía se cabrea y termino pagando yo el pato.

—¿Quién te ha dicho que le voy a decir que no? —cortó Sarah.

La imagen que se formó en mi imaginación me resultó perturbadora.

Después de la cena, no me apetecía volver al despacho sola y Sarah quería aprovechar los días que iba a estar sin los mellizos, así que nos fuimos a las terrazas de la zona antigua a tomar una copa. Después del chaparrón de mediodía, se había quedado una noche preciosa. Sarah no me dejó seguir intentando convencerla de que no quedara con Rodrigo y yo no quise hablar de Jorge, así que le conté lo ocurrido con la hermana de Teo. Volví al despacho pasada la una de la mañana y, cuando estaba a punto de quedarme dormida, me acordé de las palabras de mi hermana, después de que yo le contara las buenas noticias sobre Imelda. «Quizá la hayan secuestrado. O quizá alguien esté usando su tarjeta de crédito. ¿Y si le han robado y está por ahí tirada en cualquier cuneta?» Me invadió una inquietud inesperada que me tuvo dando vueltas en la cama hasta bien entrada la madrugada.

13 de agosto de 2019. 6.58 de la mañana. Soto del Rey

Luciano Fernández se había prejubilado cinco años antes, después de una vida entera en la mina sacando carbón de las entrañas de la tierra. Siempre pensó que moriría aplastado bajo un costero mal fijado o en una explosión de grisú. Sin embargo, el primer aviso de que llegaba su hora lo había recibido dos años atrás, cuando un infarto lo sorprendió al levantarse de la cama. Luciano entendió el mensaje y, convencido de no querer abandonar tan pronto el mundo, dejó de fumar y de beber y empezó a caminar. Entre diez y quince kilómetros al día. Cada día de la semana, una ruta distinta; cada semana, las mismas rutas. En cuanto llegaba el buen tiempo, Luciano empezaba su paseo al amanecer. Le gustaba ser el primero en pisar el rocío de la mañana.

Ese día, Luciano salió de su casa de Soto del Rey y tomó la senda que le llevaría a las Caldas pasando por las Segadas. A poco más de un kilómetro de su casa, el camino transcurría paralelo a las vías del tren.

La brisa fresca de la cornisa cantábrica le erizó la piel. El sol aún no había terminado de asomar por detrás de la montaña y era el único senderista que caminaba a esas horas por la ruta. Se detuvo un momento a mirar el reloj: las 6:58 de la mañana. Los días eran cada vez más cortos. Al reanudar la marcha, vio una bolsa de plástico sobre la hierba, al otro lado de las vías. Afeaba el paisaje. La escena le hizo recordar a una chica de su pueblo; era muy guapa, pero tenía una gran verruga en la barbilla. Con los años, según la medicina avanzaba y las condiciones de vida mejoraban en España, se deshizo del estigma, pero durante mucho tiempo, le amargó la juventud. Sumido en sus recuerdos, Luciano se dirigió hacia la bolsa para recogerla y depositarla en el sitio adecuado. Al acercarse se dio cuenta de que no estaba vacía. Algún guarro habría dejado allí su basura, lejos de las casas, pensó. Cuando cogió la bolsa, la sangre coagulada le manchó las manos y los pantalones. La arcada que siguió arrastró el desayuno a medio digerir desde su estómago y se mezcló con los restos de la cabeza decapitada de la mujer.

4

13 de agosto de 2019. Oviedo

Me levanté tarde y oliendo a cigarrillos de extraños, con los que había compartido espacio en las terrazas la noche anterior. Me consoló la clásica imagen de los detectives de los años sesenta, que amanecían resacosos, durmiendo en un rincón de su despacho y tomando un café cargado antes de lanzarse a las calles a investigar.

Fiel a su estilo, después de una larga ducha, me preparé uno de mis Linizios. Con la cafeína caliente en el estómago, salí a dar un paseo por la zona donde vivía la madre de Santiago Pérez Rubio y, según su ficha de la Seguridad Social, él también. Después de recorrer la calle principal de la ciudad, llena de gente, con las tiendas recién abiertas y los últimos días de rebajas en El Corte Inglés, llegué a la estación del Norte, tomé las escaleras mecánicas y abandoné el centro para adentrarme en el barrio que ocupaba la falda del monte Naranco. Callejeé durante un buen rato por las calles contiguas a la de la familia Rubio. Eran unas manzanas de casas independientes, con jardín, de construcción irregular, unas antiguas, otras renovadas. Continué por la zona de bloques de pisos y, en uno de ellos, descubrí una peluquería elegante, clásica, en la que se adivinaban clientas mayores, del barrio, con impecable pelo rubio, siempre enjoyadas y con ropa de marca. Entré sin ninguna expectativa concreta. La peluquería no parecía muy concurrida y pensé que, aunque no consiguiera ninguna información, a mis puntas no les vendría mal que las arreglaran un poco.

Una vez dentro, me encontré con dos clientas que se correspondían con la imagen que me había hecho del local. Eran clones de Carolina Rubio, la madre de Santiago Pérez Rubio. Despertaron mi interés. Pregunté a la chica que me recibió si podían atenderme y, aunque las dos peluqueras estaban ocupadas, se liberarían pronto y podrían peinarme si no me importaba esperar. Al contrario, me apetecía muchísimo esperar para intentar meter baza en la conversación. Hablaban de un suceso del que yo no tenía noticia: un suicidio en las vías del tren.

–¿Cómo te has enterado? –preguntó una de las clientas a la otra–. En el periódico de la mañana no salía nada.

–Por internet. Me ha avisado mi hija.

–¿Era una chica joven?

–La noticia solo decía que era una mujer, con una bolsa en la cabeza y que el señor que la encontró tuvo que ser atendido por el SAMUR. Le dio un ataque de ansiedad.

La conversación de las mujeres fue derivando hacia una clasificación de tragedias familiares. A ellas les resultaba muy diferente que una muerte fuera causada por una negligencia, por un suicidio, por un crimen o que fuera una desgracia, como una enfermedad. Todo era duro, pero lo último se aceptaba mejor. A su parecer, si era una enfermedad, era cosa de Dios, lo demás era un fallo humano. No sabía si entendía bien la lógica de su razonamiento, pero ellas parecían estar muy convencidas.

–¡Qué razón tienen! –intervine después de un par de comentarios banales para mostrar mi acuerdo con lo que decían–. Yo conozco a un chico que vive aquí al lado, en la casa azul, en San Pedro de los Arcos, que está en silla de ruedas por esclerosis múltiple. Tiene que ser muy doloroso para una madre ver a su hijo cada día más enfermo sin poder hacer nada por evitarlo, pero claro, aún es peor que un hijo se suicide de una forma tan horrible...

–¿En la casa azul? –me cortó una de las mujeres–. Ahí no vive ningún discapacitado.

–Sí, Santiago Pérez Rubio.

–¿Santiago qué? No, no, Rubio es Carolina. Él era Santiago Baides, pero murió ya hace más de un año y nunca estuvo en silla de ruedas. Ahí seguro que no es. Porque te refieres a la casa azul del número 47, ¿verdad? Azul no hay otra.

–Sí, exacto. El 47 –confirmé.

–No puede ser porque ahí vive Carola, que se quedó viuda hace un año, ¡pobre Santiago! Era joven, aún no había cumplido los setenta. Tiene un hijo que se llama Fede, Fede Baides, pero no va en silla de ruedas. Al contrario, a Fede, cada vez que viene, le veo trotando arriba y abajo y saliendo con la bicicleta. Los conocemos de toda la vida.

–Te confundes de casa –reforzó la señora de las mechas–. Seguro que te refieres a Fernando, al chico en silla de ruedas de la casa de enfrente de la iglesia, el número 17, claro que la casa no es azul. Fernando tiene parálisis cerebral de nacimiento. Le conocemos desde niño. Ya tendrá por lo menos cuarenta años. Una pena. No llegó a hablar siquiera, la madre dice que le entiende, mira tú, ¿qué le va a entender? Claro que una madre es una madre...

–Carola, la de la casa azul, tiene un sobrino que está enfermo –volvió a intervenir la del tinte completo–, el hijo de su hermana; vivió un tiempo con ellos, pero ya no. Ahora vive en Madrid con el padre. Me lo contó ella, una pena, un chaval muy listo, muy buen estudiante, funcionario con plaza fija, pero le dio una enfermedad de esas degenerativas que tú dices.

–¿Le suena que sea esclerosis múltiple?

–Eso mismo. Lo sé porque cuando está aquí Fede, el hijo de Carola, el que pasa el día corriendo y montando en bici, lleva camisetas con eso escrito en la espalda.

Me llamaron para lavarme el pelo y aproveché el agua fría en la cabeza y el masaje posterior para ordenar unas ideas que, por mucho que las combinaba, no llegaban a casar.

Con la melena brillante y mucha más información de la que esperaba conseguir antes de entrar en la peluquería, me dirigí a casa de mi madre. Esperaba que se le hubieran terminado las setas y quería ver a Bárbara. Mi hermana iba a comer allí casi todos los días, antes de empezar su turno en el hospital. No me había gustado cómo había terminado la conversación con ella el día anterior.

Tania, la persona que trabajaba en casa de mi madre, me abrió la puerta seguida de *Gecko*, que meneaba el rabo como si recibirme fuera la mayor alegría de su existencia.

–Hola, Tania, ¿qué hace este aquí? ¿Está mi madre?

–Sí, pasa, Adela está con el bebé –respondió refiriéndose a mi madre por su nombre de pila–. Pobre chica. ¡Qué cosa más horrible!

–¿Pobre chica? ¿Quién?

Tania me enseñó en su móvil un artículo en la edición digital de *La Nueva España,* el periódico regional de mayor tirada. El mismo del que hablaba la mujer de la peluquería. «Un vecino de Las Segadas encuentra la cabeza de una mujer decapitada por un tren en una bolsa de Alimerka», decía el titular, y la foto no mejoraba mucho la escena. Un minero retirado había salido a dar un paseo siguiendo las vías del tren y había encontrado una bolsa de plástico de un supermercado local llena de sangre, con una cabeza de mujer dentro. Más tarde, la policía localizó el cuerpo apoyado en la vía. Todo indicaba que había sido un suicidio.

Tania me contó que, cuando ella era adolescente, dos hermanas, compañeras suyas de colegio, se habían suicidado con el mismo procedimiento, allá en Chisinau, su ciudad natal. Al parecer, su padre era un maltratador, que las violaba de forma habitual. La capital moldava había quedado conmocionada con la noticia y los periódicos habían hablado mucho del tema y del consiguiente juicio al padre de las chicas. Según me explicó Tania, era un método frecuente entre los suicidas. Metían la cabeza en una bolsa para evitar retirarse de la vía de forma instintiva cuando se acercara el tren. Me pareció una forma horrible de morir. Angustiosa. Agónica. Allí apoyada, oyendo el fragor del tren cada vez más cerca, notando cómo el temblor de los raíles aumentaba por el peso y la velocidad de la máquina mortal aproximándose cada vez más hasta segarle el cuerpo y la vida. Pensé en el hombre que se había topado con la escena. Menuda impresión.

En ese momento, mi madre entró en el salón con mi sobrino en brazos y cara de circunstancias.

–¡Qué bien! Ya ha llegado Bárbara. Quería hablar con ella –dije.

–Tu hermana no está, ha traído a Marcos y a *Gecko* de camino al Anatómico Forense. Pobre Teo. Tener que ver a su hermana así. Estoy muy nerviosa, nena. ¡Es tremendo suicidarse de esa manera!

Entonces entendí por qué Tania estaba tan afectada. No solo era por revivir el suicidio de sus compañeras de colegio.

–¿Es ella? ¿La mujer de las vías del tren es Imelda? ¿Han ido a identificarla? –pregunté alarmada.

–No sabemos, hija, no sabemos nada de nada. Coinciden la edad, la complexión y no sé qué más. ¿Te imaginas? Ahí tumbada esperando a que pase el tren, se me ponen los pelos de punta. ¡Qué sangre fría! ¡Con lo preciosa que es la vida! Todos tenemos nuestras penas, claro está, esto no es un camino de rosas, ¿qué te voy a contar a ti, hija? ¿Qué te voy a contar con lo que tú has pasado? Pero siempre hay un motivo para vivir o al menos una esperanza. Los periódicos no explican nada, al parecer no dan detalles de los suicidios, pero la gente comenta que la cabeza estaba muy lejos del cuerpo. ¡Mira que matarse así! ¡Ay, señor! Dicen que algunos vecinos hicieron fotos con el móvil antes de que llegara la policía y que están intentando impedir que las suban a internet. ¿A quién se le ocurre hacer fotos de algo así? Parece que la fuerza del tren le cortó la cabeza como si fuera una guillotina y salió despedida. La encontró un minero. Pobre hombre. ¡Vaya papeleta! No va a olvidar esa imagen por muchos años que viva. El cuerpo, en cambio, estaba casi intacto, en la misma postura en la que esperó el tren. El maquinista y los pasajeros ni se enteraron.

Como ya había oído la noticia en la peluquería no me costó procesar el discurso de mi madre.

—No puede ser Imelda, mamá —dije aplicando la lógica—. Estaba en Zúrich, ¿cómo va a ser ella?

—No sé, hija, pero si han llamado a Teo, por algo será. Ojalá estén equivocados, pero no creo que hagan pasar a una familia un trago así si no están muy seguros.

—En eso tienes razón. ¡Qué horror! Se me está revolviendo el estómago. Acércame un poco de agua, por favor. Háblame de pañales o de lo que sea —le pedí, con sensación de mal cuerpo. No estaba lista para hablar de muertes horribles.

Mi madre me puso a Marcos en el regazo mientras iba a buscar un poco de agua y su contacto me reconfortó, me ayudó a evadirme, hizo que el mundo exterior, hostil, agresivo y cruel dejara de existir y nos quedáramos solos él y yo, protegidos, a salvo, sin más preocupaciones que proporcionarle refugio. Abrió los ojitos y me sonrió. Le acerqué el dedo y lo cogió con sus manos de muñeco, lleno de júbilo, como si le hubiera entregado un tesoro.

Yo no tenía ganas de hablar y mi madre lo respetó. Pensar en Teo identificando el cadáver de Imelda me había hecho recordar el momento en que Jorge y yo tuvimos que hacer lo mismo con Martin.

Quería seguir allí con Marcos. Olía a nuevo, a esperanza y a futuro. Ese olor, en contraste con la cercanía de la muerte, era lo que hacía que vivir mereciera la pena. Cuando sintió hambre, empezó a llorar y las tres comenzamos a movernos muy deprisa. Yo a acunarle, mi madre a buscar el biberón en el bolso que Bárbara le había dejado y Tania a encender el fuego donde calentar la leche al baño maría. El mundo continuaba a pesar de los que lo abandonaban, por terrible que fuera su salida. En menos de tres minutos de carreras e incoherencias, Marcos chupaba el biberón como si le fuera la vida en ello, que era lo que en realidad ocurría.

–Gracia, hija, anímate, vuelve con Jorge, ten otro hijo. O dos. O los que sean. Estás a tiempo. Mira esta pobre chica, con toda la vida por delante. Hay que aprovechar mientras estamos en el mundo.

–Mamá, no rompas el momento. Déjalo aquí.

–Yo lo dejo, pero no lo dejes tú también.

Acosté a Marcos en su cuna vestida de rosa, la misma que habíamos usado Bárbara y yo, para sentarme a comer.

No habíamos empezado cuando un whatsapp de Bárbara a mi madre confirmó lo peor.

«Es Imelda. Esto va a ser largo. No voy a ir a trabajar hoy. ¿Te puedes quedar con Marcos y *Gecko* hasta que yo llegue? Avisa tú a Gracia.»

–Ay, Gracia, hija, parece como si se me hubieran enfriado los huesos. Con la cantidad de tragedias que hay cada día en el mundo y como si no fuéramos nosotros sobrados de fatalidades, pero no sé por qué estoy como si me hubieran cubierto con una manta helada.

Me levanté a abrazarla. Mi madre, aunque fuerte, era muy sensible, su empatía natural le hacía vivir las alegrías y las tristezas de los que la rodeaban de forma muy intensa. Estuvimos un buen rato así hasta que se repuso y su curiosidad innata recuperó el protagonismo.

–Que alguien quiera eso para sí mismo es tan incomprensible que angustia. Me dijo Bárbara que habías conocido al marido, ¿verdad?

–Sí, un tipo peculiar –respondí volviendo a sentarme.

–Teo no habla bien de él.

–Supongo que no es el típico hombre que elegiría la familia de Teo para emparentar con él. A mí me pareció un tío agradable.

–Algo de razón tendría la familia de Teo porque estaban separados –reflexionó en voz alta.

–Bueno, mamá, no sé si eso tiene algo que ver. Jorge y yo también lo estamos y a ti te encanta Jorge. Y a papá le tenía totalmente encandilado.

–¡Ay, nena, tienes razón! Ya no sé ni lo que digo. Hasta tu padre y yo tuvimos malos momentos, sobre todo cuando Bárbara y tú erais pequeñas, aunque siempre procuramos que vosotras no os enterarais. ¿Cómo se me ha ocurrido semejante cosa en este momento? ¿Qué sé yo de lo que pasaba entre ellos? ¡Pobre mujer! ¡Pobre familia!

Me despedí aún aturdida por la noticia y con *Gecko* olisqueando el mundo al otro extremo de la correa que llevaba atada a mi muñeca.

Una mujer se había quitado la vida haciéndose decapitar por un tren y Teo había perdido a la única familia que le quedaba. La vida era dolorosa. Sentí ganas de volver a ver a Jorge, de que me abrazara. Ya era hora de arreglar las cosas. Mi madre tenía razón, todas las parejas tenían baches y el nuestro estaba más que justificado.

La muerte de Imelda me había producido una extraña sensación de urgencia por vivir.

Caminé con *Gecko* por la amplia avenida peatonal salpicada de fuentes que desembocaba en nuestra casa, a la que todo el mundo conocía como La Losa, a pesar de haber sido bautizada con un nombre que pocos recordaban.

Cuando llegué al portal, llamé al telefonillo y nadie contestó. Jorge no solía levantarse cada vez que el timbre sonaba. Casi siempre estaba en reuniones por videoconferencia. Si se hubiera levantado a abrir cada vez que el «cartero comercial» pasaba a dejar publicidad en los buzones, no habría podido trabajar desde casa. Entré con mis llaves y encontré la casa vacía, el salón ordenado, sin sus sempiternas tazas de Ristretto a medio terminar repartidas por los rincones. Con el corazón agitado, temiendo que se hubiera ido sin avisar, me dirigí escaleras arriba hacia su despacho y la angustia me tensó el cuerpo cuando vi que su ordenador no estaba en la mesa. La enorme pantalla de alta definición donde conectaba su portátil estaba allí, sus juegos en la estantería, la PlayStation 4 Pro en su lugar y toda su ropa en el armario. Estuviera donde estuviera, no se había ido. Al menos, no para siempre.

«Hola, ¿dónde estás?», escribí el whatsapp sin importarme cómo habíamos terminado la última vez. Conocía a Jorge y sabía que, más o menos cabreado, respondería.

Entré en nuestro cuarto y me tumbé en la cama, de dos por dos, uno de los lujos a los que no habíamos querido renunciar al volver a España. Compramos una igual que la que teníamos en la casa de Brooklyn, pensada para estar cómodos cuando Martin quería dormir con nosotros. Me tumbé y busqué el rastro de Jorge en las sábanas, pero no lo encontré. Estaban limpias, nadie había dormido allí. La mujer que limpiaba, cocinaba y planchaba en casa iba tres días por semana y ese día no tocaba. Jorge no había dormido allí. Con la ansiedad sujeta al estómago vi que entraba un whatsapp. Era suyo.

«En Nueva York. ¿Necesitas algo?»

No era lo que quería leer.

«¿Ya te has ido?»

«He venido a una reunión. Estoy saliendo hacia el aeropuerto.»

«¿Te puedo llamar?»

No sabía qué iba a decirle, pero saber que volvía me alivió tanto que eso no me preocupó.

−¿Vuelves a casa entonces? −pregunté en cuanto descolgó el teléfono, necesitando una nueva confirmación.

−Sí, el avión sale a las 7:30 de aquí.

Su voz sonaba neutra, ni enfadada ni distante.

−Temí que te hubieras ido ya.

−Te habría avisado.

−Por si acaso preferí guiarme por la pista de que habías dejado la pantalla y la PlayStation −dije, intentando bromear.

−¿Por qué estás en casa? −preguntó.

Supuse que ya se había hartado de rodeos.

−Necesito verte. ¿A qué hora aterrizas?

−Mañana voy a pasar el día en Madrid visitando clientes y me quedaré a dormir. Vuelo al día siguiente por la mañana. Si quieres, nos vemos a la hora de comer o de cenar.

−Claro −me apresuré a aceptar−. ¿En casa?

−Depende, si vas a volver a salir corriendo, prefiero ir a verte o quedar en un sitio donde no puedas irte gritando.

−Pasado mañana a mediodía en casa −ofrecí en son de paz, convencida de que la conversación iría bien esta vez−. Prometo no salir corriendo. Si hace buen tiempo, podemos comer en la terraza. Yo me encargo de la comida.

No le hablé de Imelda ni de cómo me había afectado. La muerte era un tema prohibido entre los dos.

Cuando volví al despacho, con *Gecko* decepcionado porque no le permití jugar en el parque, intenté ahuyentar la sensación de desazón que me había dejado la noticia de Imelda de la única forma que sabía: concentrarme en el trabajo. Me senté frente al portátil y abrí mi buscador. Tecleé «Fundación Esclerosis Múltiple» y aparecieron más de cuarenta resultados en España.

Llamé a un organismo al que pertenecían la mayoría de las asociaciones y fundaciones relacionadas con la enfermedad. Pregunté por un atleta con esclerosis que hacía dos Ironmans al año.

—¿Dos Ironmans al año? —cortó la persona que me atendía—. Eso no es posible. Tenemos algún compañero con esclerosis que ha hecho uno y otros que lo van a intentar. Dos al año durante cinco años seguidos con esclerosis múltiple sería una proeza que conoceríamos todos. Somos cincuenta mil enfermos en España. Sería famoso entre nosotros —insistió.

Según habían alegado los abogados de Santiago en el juicio, el diagnóstico era reciente, posterior a la publicación del artículo. Eso podía explicar que Santiago no hubiera hecho referencia a su enfermedad. En cambio, ya en aquella fecha pertenecía a una fundación dedicada a la esclerosis múltiple y participaba en carreras solidarias para apoyar a los enfermos. También habían argumentado en el juicio que no podía caminar con normalidad y, según los registros de las competiciones, acababa de hacer el medio Ironman en Luxemburgo e iba a hacer uno completo en Copenhague en unos días.

Algo no casaba en el puzle y todavía no era capaz de encontrar la pieza que faltaba. Levanté la mirada y, a través del cristal, vi a la gente que paseaba por el parque.

¿Qué clase de vida tendrían? ¿Cuántos serían felices y cuántos llevarían un peso más grande que ellos en el corazón? ¿Cuándo habría caminado Imelda por ese paseo la última vez?

Imaginé de nuevo la escena de su muerte. ¿Qué pensaría mientras se dirigía hacia las vías? ¿Una bolsa de plástico en la cabeza para qué? ¿Para no ver cómo se acercaba el tren? Aún parecía más horrible, si es que eso era posible: oírlo acercarse sin ver nada.

Necesitaba tomar el aire y *Gecko* se mostró feliz ante mi cambio de opinión.

Me acerqué al Anatómico Forense con la esperanza de encontrar a Bárbara y, si no era así, al menos me despejaría. Cuando llegué a la puerta, dejó de parecerme buena idea. Si no se habían ido ya, no solo encontraría a Bárbara sino a Teo, pasando uno de los peores momentos de su vida. Yo no pintaba nada allí.

Iba a dar la vuelta para regresar al despacho cuando un hombre salió empujando la puerta con furia y le dio una patada a la pared exterior del edificio con una bota militar. Reconocí a Fidel, el marido de Imelda. Me quedé allí parada sin saber qué hacer. Noté que *Gecko* se ponía en guardia y miré inmóvil mientras Fidel continuaba desahogándose con la piedra de la fachada. Por duras que fueran las botas, iba a destrozarse el pie. No había pensado en él. Solo en Teo. No me atreví a acercarme, pero tampoco me fui. Cuando dejó de dar patadas, apoyó la cabeza en la pared y empezó a llorar. No sabía qué hacer. En un impulso me acerqué a él, a pesar de la resistencia del precioso pastor de los Pirineos de mi hermana.

–Fidel –dije.

No se inmutó.

–Fidel –repetí, posando mi mano en su hombro.

Se giró con la cara enrojecida, llena de lágrimas y una mirada de desesperación. Me miró sin reconocerme. Tardó unos segundos en acordarse de quién era yo.

—Eres la amiga de Imelda. Gracia, ¿verdad? La han matado. Han matado a mi mujer —gritó entre lágrimas—. Han matado a Imelda. Cuando pille al hijo de puta que lo ha hecho te juro que me lo cargo a hostias. Va a desear no haber nacido.

Le dio otra patada a la pared sin dejar de llorar.

Me conmovió su tristeza y le puse mi mano en su espalda, temiendo que me apartara de un empujón, pero no lo hizo. Se quedó quieto, entre sollozos, y después me abrazó sin fuerza, como un muñeco de trapo.

Estuvo así durante varios segundos hasta que noté que su cuerpo se tensaba.

Cuando levantó la mirada hacia mí, la rabia distorsionaba su cara.

—La han matado, Gracia. La han matado —dijo mirándome a los ojos.

—¿Qué quieres decir con que han matado a Imelda?

—Que se la han cargado.

Su voz contenía una mezcla de agresividad desatada y sollozos contenidos que hacían difícil entenderle.

—Las primeras noticias dicen que fue un suicidio.

—Claro que no —dijo levantando de nuevo la voz—. Imelda no se suicidaría jamás. Y menos así, le horrorizaba el dolor.

—Fidel, lo siento muchísimo. Tiene que haber sido un trago horrible identificarla y...

—¿Me estás escuchando? ¡La han asesinado! —gritó.

Gecko soltó un gruñido de aviso y dos policías, que salían del edificio, nos miraron, alertados por los gritos de Fidel.

—¿Todo bien? —preguntó uno de ellos.

—Sí, agente. Acaba de identificar el cadáver de su mujer —expliqué.

—¿La chica que se ha suicidado en las vías del tren? —preguntó el policía.

Fidel estalló al oírlo. Empezó a gritar como un loco y a gesticular sin control.

—¡Que no se ha suicidado, joder! ¡Que alguien se la ha cargado!

Gecko empezó a ladrar ante el escándalo mientras yo intentaba tranquilizarle.

—Cálmese, por favor —ordenó el policía mientras Fidel continuaba cada vez más fuera de sí—. Y usted, señora, aparte al perro de aquí. ¿Cómo se llama? —continuó dirigiéndose a Fidel—. ¿Cómo se llama? Cálmese o tendré que llevármelo.

Obedecí y bajé los cuatro escalones que me separaban de la acera arrastrando a *Gecko* que no paraba de ladrar, mientras veía que Fidel perdía la cabeza. Una de sus patadas alcanzó al policía en el muslo.

Entre los dos agentes le redujeron, le pusieron las esposas y le mantuvieron en el suelo. Fidel pateaba y se retorcía gritando, a pesar del esfuerzo de los policías por controlarle. Debía de haberse golpeado porque chorreaba sangre por la frente.

—Perdonen, se llama Fidel Girón y es guardia civil, artificiero —dije desde la acera, levantando la voz, para hacerme oír por encima de los ladridos nerviosos de *Gecko*.

Uno de los policías me miró mientras continuaba presionando la espalda de Fidel contra el suelo.

—¿Le conoce?

—No mucho, pero soy hermana de una buena amiga del hermano de su mujer —respondí acariciando a *Gecko* en un intento inútil de que se sentara. Al menos dejó de ladrar.

—¿Es usted guardia civil? —preguntó el otro policía a Fidel.

Me quedé allí hasta que Fidel se calmó, se identificó y los policías se relajaron. Me fui cuando los agentes aseguraron que ellos mismos se ocuparían de acompañarle a casa.

Volví al despacho alterada y sin ganas de ver a nadie. Me obligué a olvidarme de Fidel y de Imelda porque la experiencia me decía que la única forma de conjurar la pena era centrarme en el trabajo y establecer una situación de normalidad a mi alrededor.

Busqué el número de colegiado de la doctora que firmaba las bajas por lumbalgia a Santiago Pérez Rubio y llamé al Colegio de Médicos.

La doctora Silvia Molina Magaña había solicitado la baja del Colegio de Médicos de Asturias hacía tres semanas. Hasta entonces trabajaba en el centro de salud mental nº 2. Era psiquiatra. Cuanto más investigaba, más circunstancias sospechosas encontraba. ¿Qué hacía una psiquiatra firmando partes por lumbalgia? ¿Por qué se había dado de baja justo antes del juicio de Santiago Pérez Rubio?

Busqué en Google la dirección del centro de salud, cogí el bolso y a *Gecko*, que dormitaba a mis pies después de los momentos de excitación vividos con Fidel y me fui a visitar el lugar donde la doctora Silvia Molina Magaña había trabajado los últimos años y donde había firmado las bajas de Santiago Pérez Rubio. Hasta hacía tres semanas.

El centro de salud mental nº 2 se encontraba en un barrio contiguo al centro al que podía ir caminando. El largo paseo hasta allí me vendría bien. Mis recuerdos infantiles de aquella zona la pintaban lejos y aislada. Google Maps me transportó a la actualidad: escasos veinticinco minutos andando desde mi despacho y la antigua marginalidad suavizada por un plan de urbanización que había convertido el barrio en un área de nueva construcción, rodeando los viejos edificios que lucían ahora su mejor cara, pintados y con los jardines arreglados para desentonar menos con los nuevos bloques de viviendas que habían venido a conectarlos con la ciudad, a proporcionar al barrio grandes centros comerciales, anchas avenidas con glorietas, un enorme hospital y muchos servicios de los que antes carecían. Las antiguas casas de la Colonia Ceano, construidas en la época del franquismo para alojar a familias obreras sin hogar tras los bombardeos que devastaron la ciudad durante la Guerra Civil, no habían ganado en calidad con el paso del tiempo y se podían ver los grafitis que cubrían algunas de las fachadas, pero conservaban una dignidad propia del que se siente satisfecho con el lugar que ocupa en el mundo.

El paseo a pleno sol se me hizo más largo que agradable. *Gecko* lo disfrutó mucho más que yo.

En el mostrador de la entrada había un hombre atendiendo a varias personas que requerían información.

—¿Doctora Silvia Molina, por favor? —pregunté cuando llegó mi turno.

—Tiene que ir a la otra ala. Aquí es atención primaria. Por la otra puerta, saliendo a la izquierda, en la consulta 5.

—¿Atiende ella? —pregunté sabedora de la respuesta.

Me miró por encima de sus gafas de vista cansada.

—Pasa consulta el doctor Aguado.

—Necesitaría verla a ella.

—El doctor Aguado es un gran médico también —dijo en tono conciliador.

—Seguro que sí. No lo dudo. No soy una paciente. Necesito hablar con ella. Es debido a una —bajé la voz y me acerqué— investigación judicial, por unos informes que llevan su firma.

El hombre dudaba. Puse mi mejor cara de funcionaria judicial aburrida.

—Si usted me puede ayudar a recabar la información adicional que necesita el juez... —arriesgué.

Eso pareció convencerle.

—¿Le importaría esperar un momento? Voy a llamar a alguien que pueda darle los datos que necesita. Siéntese si quiere, no sé cuánto van a tardar. Avisaré que es urgente —me dijo con una sonrisa señalando tres filas de sillas de plástico verde unidas de seis en seis, en su mayoría desocupadas.

Después de esperar unos minutos, se acercó al mostrador un hombre de unos cincuenta años, con bata blanca y una calvicie pronunciada. El recepcionista me señaló y el hombre calvo se acercó a mí.

—¿Pregunta usted por la doctora Molina?

—Sí. Vengo por unos informes médicos que llevan su firma. Se han presentado como prueba en un juicio y necesitamos verificarlos.

—La doctora Molina ya no trabaja aquí.

—¿Podría otro médico del centro presentarse a explicar los informes de la doctora? —insistí.

—Acompáñeme un momento.

Le seguí hasta un despacho con un cartel en la puerta en el que se leía Administración. Había dos mujeres detrás de dos mesas blancas con sendos ordenadores de pantallas obsoletas. La modernidad tecnológica no había llegado al centro de salud mental nº 2.

—Hola, doctor —saludaron—. ¿En qué podemos ayudarle?

—Esta señora..., perdone, no me ha dicho usted su nombre.

—Gracia San Sebastián.

—Encantado, soy el doctor Cárdenas, subdirector del centro —dijo, y continuó dirigiéndose a las dos mujeres del despacho de administración—. ¿Tenemos una dirección disponible para localizar a la doctora Molina?

–¿Que haya dejado ella? No –afirmó una de ellas.

–¿Eso qué quiere decir? –le preguntó el doctor Cárdenas.

–Tenemos los datos de su ficha, pero esos no podemos proporcionarlos. Ella no dejó nada.

–Pero ¿sabemos adónde ha ido?

–En un centro tan pequeño, todo se sabe.

–Miren –intervine, viendo que no iba a obtener lo que buscaba por aquel camino–, necesitamos una declaración en el juzgado por unos partes de baja que firmó la doctora Molina. No sé si el centro puede enviar a otro médico para que los revise y explique al juez lo que los abogados necesiten preguntar.

–¿Hay algún problema con los partes? –preguntó el médico.

–Son unos partes recurrentes por lumbalgias.

–¿Firmados por la doctora Molina?

–Firmados por ella. ¿La doctora Molina llevaba mucho trabajando aquí?

–Seis años –aseguró el doctor.

La información cuadraba con las fechas que yo conocía del momento en el que ella había empezado a firmar los partes de baja de Santiago Pérez Rubio. Hasta ese momento los habían firmado una sucesión de médicos que cambiaban cada pocos meses.

–¿Y se ha ido? ¿Ha abandonado su plaza? –pregunté intentando calcular el importe del fraude para que compensara abandonar una plaza de psiquiatra en la sanidad pública.

–Estaba cubriendo una excedencia por maternidad. La doctora titular se reincorpora a su plaza.

Tenía sentido entonces que la doctora Molina dejara su trabajo interino unas semanas antes si veía que corría peligro de que la llamaran a declarar en el juzgado. Solo perdía unas semanas de trabajo.

–¿Son muchos? –preguntó el doctor calvo.

–¿Muchos qué? –respondí para cerciorarme de lo que me estaba preguntando.

–Partes. ¿Son muchos los partes de lumbalgia firmados por la doctora Molina?

–Varios años. Quizá sea un modo de mantener confidencial algún tipo de trastorno mental.

–No es una práctica habitual.

–Entonces, tenemos que hablar con la doctora Molina o, si está ilocalizable, con alguien del centro que nos explique los motivos de esos partes.

–Abra por favor la ficha de la doctora Molina –ordenó el subdirector a la mujer que había hablado antes.

Ella tecleó en el ordenador sin decir ni palabra y le mostró la pantalla.

–¿Tiene para apuntar? –dijo el subdirector Cárdenas dirigiéndose a mí.

Me fui con un número de móvil y una dirección de sobra conocida. Había estado en aquella casa hablando con Carolina Rubio sobre su hijo. Aquella familia tenía mucho que explicar.

Pensé de nuevo en Fidel, llevaba acordándome de él desde que le había dejado en el Anatómico Forense. Fidel estaba viviendo una situación terrible. Su mujer había elegido un modo espantoso de morir. Yo llevaba el mismo tiempo separada de Jorge que Fidel de Imelda y no podía imaginar la desesperación que sentiría si Jorge hiciera algo así. Era irreal porque Jorge jamás se suicidaría. Y menos de ese modo. Eso mismo pensaba Fidel de su mujer. Me pregunté por qué Imelda habría ido a Zúrich solo dos días antes de suicidarse. Y con quién.

Diciembre de 2008. Zúrich

Pelayo Granda tenía a Henrik Krain cogido por las pelotas. Krain, máximo representante del Partido Liberal Radical, uno de los siete miembros del Consejo Federal y potencial candidato para ocupar la presidencia de Suiza el siguiente año, era uno de sus mejores clientes. Pelayo Granda era el encargado de proporcionarle chicas al dirigente más influyente del país. Las conseguía como al consejero Krain le gustaban: menores, rubias, bajitas y pechugonas, pequeñas réplicas adolescentes de Pamela Anderson y Samantha Fox, que tan de moda habían estado en la juventud del carismático líder político. Más de diez menores de otros países, secuestradas en barrios marginales y posteriormente retenidas con golpes, drogas y amenazas, habían sido forzadas a satisfacer al consejero. Pelayo tenía fotos y vídeos de Krain con todas ellas. El consejero desconocía la existencia de las grabaciones y, mientras todo fuera bien, no debía saberlo. A Pelayo nunca le había hecho falta usar su material de seguridad. Henrik Krain siempre le había demostrado agradecimiento por los servicios que le prestaba. Pelayo Granda era muy cuidadoso en sus negocios oficiales: todas sus chicas eran mayores de edad y trabajaban para él de forma voluntaria. Solo realizaba servicios especiales para Krain y otros clientes como él, a los que era poco prudente negarse a complacer. Esos servicios le reportaban unos beneficios y una inmunidad inalcanzable de otro modo. Todos ganaban. Todos menos las niñas, raptadas nada más terminar su infancia, drogadas y violadas, cuyas vidas destrozaban sin piedad.

Fue el propio Krain quien le presentó a Julien Bennot, un sicario sin ficha policial, con una clientela exclusiva y una tapadera impecable, cuando Pelayo se vio comprometido por un error que hubiera podido costarle muchos años de cárcel.

Lo que no sabía el consejero Krain era que Pelayo Granda se tiraba a su mujer, Martina. O, si lo sospechaba, tenía buen cuidado en disimularlo. Para Henrik Krain, su esposa era una alcohólica por la que había perdido el interés hacía mucho tiempo. Su matrimonio era una fachada y mientras su mujer sonriera en las fotos y no transcendiera a la prensa su afición por el vodka, así es como debía ser. *Carpe diem*, vive y deja vivir.

5

14 de agosto de 2019. Oviedo

ME DESPERTÉ TEMPRANO y animada por mi cita con Jorge. Tenía claro lo que iba a decirle y confiaba en que todo saliera bien. Me acordé de que la noche anterior Sarah había cenado con Rodrigo Villarreal. Miré el móvil y no tenía ningún mensaje de mi amiga. Me extrañó.

«Hola, ¿todo bien?», escribí.

«Fenomenal. Rodrigo todavía está durmiendo. Noche espectacular.»

«Ok. Luego hablamos», tecleé boquiabierta.

«Es broma, tonta, *emoticono llorando de risa,* tengo reuniones con clínicas todo el día, ¿nos vemos mañana por la noche?»

«Vete a *emoticono de caca con ojos.* ¿En el Vinoteo?»

«OK.»

Marqué el número de la casa de Carolina Rubio, donde oficialmente vivían todos los relacionados con el caso, aunque yo solo la había visto a ella. Incluso era el domicilio de la doctora que firmaba las bajas a Santiago Pérez Rubio: Silvia Molina.

–Carolina, buenos días –saludé cuando la asistenta le pasó el teléfono a la que figuraba como la madre de Santiago Pérez Rubio–. Soy Gracia San Sebastián, estuve el otro día en su casa. Veo que aún no han salido para la playa.

–¿La playa? –Se quedó en silencio unos instantes, supuse que mientras recordaba la excusa que había puesto para no darme una cita con su supuesto hijo–. Ah, sí, sí, nos vamos a Ribadesella esta tarde. Hemos tenido que retrasarlo. A Santiago le viene muy bien el aire del mar. ¿Llamaba para concertar una cita con él?

–Llamaba porque me han dado su dirección como el domicilio de contacto de la doctora Silvia Molina, ¿la conoce usted?

–Pues sí, la conozco –respondió dejándome sorprendida. Esperaba que lo negara.

–¿Vive con usted?

–Sí. Bueno, vivía. Ya no. Quiero decir que hace tiempo sí vivió aquí, pero ya no –respondió críptica.

–Tenemos que localizarla.

Me dio un número de móvil que no coincidía con el que me habían facilitado en el hospital.

–¿Podría hablar con su hijo Santiago? –pregunté con mi peor intención.

–Qué mala suerte, no se encuentra en casa –se excusó–. Estos días está de médicos y justo ha ido a preguntar por él cuando está en consulta.

–Sí que es mala suerte, sí –respondí.

Probé con el número de la doctora Silvia Molina nada más colgar. Comunicaba. O Carolina Rubio había sido más rápida que yo o el teléfono que me había dado no era el de la psiquiatra.

Mientras esperaba para volver a llamar, consulté la información que había recibido del Registro Civil sobre la filiación de Santiago Pérez Rubio y de Carolina Pérez Rubio.

En el Registro Civil solo podían solicitarse tres tipos de documentos: certificados de nacimiento, de matrimonio y de defunción. Con esa restricción había intentado construir la vida de Santiago Pérez Rubio, solicitando todos los certificados de las personas que rodeaban al funcionario.

Quería comprobar los datos que había recabado con la visita a su madre y a la peluquería, donde me habían dicho que Carolina no tenía ningún hijo llamado Santiago.

Según el certificado de nacimiento de Carolina Rubio Fernández, era hija de Santiago Rubio Leónidas y de María Aurora Fernández de Armada. Tenía cincuenta y ocho años. Según su certificado de matrimonio, se había casado con Santiago Baides León en mil novecientos ochenta y dos. Conforme al certificado de defunción de Santiago Baides León, este había muerto en el año dos mil dieciocho, a los sesenta y cuatro años. Hasta ahí todo parecía en orden. Lo que no cuadraba era lo demás. Carolina Rubio y Santiago Baides habían tenido un único hijo, nacido en mil novecientos ochenta y tres, un año después de la boda de sus padres. El hijo de Carolina tenía treinta y seis años y no se llamaba Santiago Pérez Rubio, sino Federico Baides Rubio. Carolina Rubio se había casado con un hombre que se llamaba igual que su padre, Santiago. En cambio, no le había puesto Santiago a su hijo, sino Federico. Me quedaba un último certificado por comprobar. El de Santiago Pérez Rubio. Sin motivo mi corazón empezó a latir más fuerte. Sabía que estaba ante algo importante. Santiago, funcionario con una terrible enfermedad degenerativa, aparecía en el registro civil como hijo de Fernando Pérez de Isidro y María Aurora Rubio Fernández. Esta última era la hermana de Carolina Rubio Fernández.

Repasé de nuevo los certificados para asegurarme de que todo era correcto y que no había confundido ningún dato. Llegué de nuevo al mismo resultado: Santiago Pérez Rubio, el funcionario con esclerosis múltiple, era el sobrino de Carolina, hijo de su hermana María Aurora, y se llamaba Santiago como su abuelo, el padre de su madre y de su tía.

El fraude se estaba complicando más de lo que parecía a primera vista. Al menos ya sabía quién era quién. Carolina era madre de Federico Baides, desconocido para mí, y tía de Santiago Pérez Rubio, mi funcionario con esclerosis y supuesto estafador.

Volví a llamar a Silvia Molina al móvil que me había dado Carolina sin esperanza alguna de obtener respuesta, pero contestó una voz femenina.

–¿Silvia Molina?

–Sí, soy yo.

–Me llamo Gracia San Sebastián.

–Esperaba su llamada. Me avisaron los compañeros del centro de salud de que me estaba buscando.

–Este número no me lo han dado ellos. El que me han facilitado no está en servicio.

–Sí lo está, es que lo uso poco, se habrá apagado. Quiere preguntarme por unos partes de baja, ¿verdad?

–Sí, eso es.

–¿De Santiago Pérez Rubio?

Desconfié. Si ella estaba guiando mis preguntas me estaba llevando por donde ella quería. De todas formas, iba a dejarla hacer, a ver dónde terminaba.

–Supongo –me dijo– que le habrá sorprendido que una psiquiatra firme partes por lumbalgias, más propias de un traumatólogo.

–Pues sí. Queremos confirmar que es correcto –respondí animándola a que se esforzara por darme una excusa plausible.

–La explicación es muy sencilla. Santiago terminó en atención psiquiátrica por las crisis recurrentes de dolor que sufría. Llegó a pensar que era psicosomático porque los médicos no encontraban una causa física al dolor. A veces, el diagnóstico de la esclerosis es muy complejo. Santiago tuvo muchas manifestaciones poco habituales de la enfermedad y hubo un momento en que ya no se le hacían pruebas porque no había nuevos síntomas. La lumbalgia es una sintomatología atípica de la esclerosis múltiple. Hay pocos casos en los que se manifieste como síntoma primario. Ya imaginará que cuando uno vive cada día con el dolor y desconoce lo que le ocurre, la atención psiquiátrica es muy necesaria.

–Desde luego, cualquiera caería en la desesperación –accedí convencida, sin tener que fingir. Vivir a diario con el dolor debía de ser terrible.

–En su estado, era más sencillo que yo le firmara los partes que tener que acudir al médico de cabecera cada dos semanas solo para eso. Piense que es una persona a la que muchos días el dolor le impedía moverse con normalidad.

–Tiene sentido.

–Ya sabe lo que se dice: las explicaciones más simples a menudo son las más probables –afirmó Silvia Molina al otro lado del teléfono.

Sospeché que debía llevar mucho tiempo preparando su historia por si llegaba el momento de necesitarla. El momento llegó con mi llamada y la había usado. Me habría convencido si no hubiera sabido nada más. Con la información que yo conocía, su historia se tambaleaba.

–Hay un detalle que no acabo de entender –dije.

–Pregúnteme lo que necesite.

–¿Por qué Santiago iba al psiquiatra en Oviedo si no vivía aquí? –disparé más a tuertas que a ciegas.

–¿Cómo dice?

Repetí la pregunta.

–Que yo sepa Santiago sí vivía en Oviedo. No tengo noticia de otra cosa –aseguró, con una voz menos confiada que la que tenía hasta entonces.

Colgué segura de que Silvia Molina se encontraba en ese momento mucho más intranquila que antes de mi llamada.

Con una Coca-Cola Zero en la mano me senté en el quicio de la ventana para observar a la gente que caminaba por el paseo. Era mi lugar favorito para reflexionar.

Yo también estaba intranquila ante la proximidad de mi cita con Jorge. Me repetía a mí misma que nada podía salir mal. Iba a darle lo que él quería. En ese momento el teléfono vibró en mi mesa. Nunca respondía a números desconocidos. Era la única forma de esquivar a los teleoperadores, tan ansiosos por vender como mal pagados, que pretendían que me cambiara de compañía de telecomunicaciones o que contratara un seguro por si acaso me despeñaba por el Aconcagua. Cuando dejó de sonar, saltó el mensaje del buzón de voz. No era una llamada de telemarketing. Esos nunca dejan mensajes. Cuando marqué el número de mi buzón escuché una voz de hombre que al instante reconocí.

«¿Eres Gracia? Espero que lo seas, apunté el número, pero no el nombre. Si eres Gracia por favor llámame. Quisiera disculparme por lo que ocurrió ayer.»

Mantuve el teléfono conectado esperando algo más y después de unos segundos de silencio el mensaje continuó.

«Perdona, que no te he dicho quién soy. Soy Fidel, el marido... El viudo de Imelda. Llámame, por favor.»

Sin pensarlo un momento, le devolví la llamada.

—¿Gracia? Quería disculparme contigo —soltó al descolgar.

—He oído tu mensaje y no tienes nada por lo que pedir disculpas. Siento muchísimo lo que te ha ocurrido.

—Eres la primera de su familia que me lo dice. Parece que solo les importa a ellos, que solo les duele a ellos. Era mi mujer —dijo con suavidad, después de unos momentos.

No quise corregirle aclarándole de nuevo que yo no era familia de Imelda.

–Imelda no se suicidó –continuó y tengo miedo de que no lo investiguen a fondo porque todos están convencidos de que sí. Teo el primero. Y su tía.

–¿Por qué crees que no se suicidó?

–Ella estaba deseando tener un hijo y yo no me porté bien. Ahí empezaron nuestros problemas, pero le pedí perdón y ella me perdonó. Íbamos a volver y teníamos muchas ilusiones con esta nueva etapa. Teo es un viejo prematuro e inflexible que la ha descrito como si fuera una cabeza loca con una vida desordenada. Incluso le ha dicho a la policía que Imelda consumía drogas. No sabe lo que dice y, desde luego, no conoce a su hermana en absoluto. Imelda era una mujer responsable y trabajadora.

Fidel se quedó callado al otro lado del teléfono. Le animé a hablar.

–A mí también me han comentado lo de las drogas. Entonces, ¿no es cierto? ¿No tomaba drogas?

–¡Hace siglos que no! Cuando estábamos estudiando, consumíamos éxtasis alguna vez que salíamos de fiesta y, de vez en cuando, nos fumábamos un porrito. Eso es todo lo que hacíamos. Un día, cuando Imelda tenía veinte años, Teo le pilló unas pastillas y puso el grito en el cielo. Desde entonces, se comporta como si Imelda le hubiera decepcionado de por vida. Aquella etapa fue eso, una etapa y ya hace mucho que acabó. Desde que empezamos a trabajar no tomamos nada más que copas. Cuando salí de la Academia tuve que pasar los reconocimientos de acceso al servicio y ya no funcionaban ni los rábanos ni las alcachofas ni ningún otro potingue de los que tomaban antes. Ahí lo dejé y nunca más.

–¿Tomar qué? –pregunté antes de filtrar.

–Los limpiadores que la gente tomaba antes de los controles. Para no dar positivo. Hace muchos años que no sirven de nada. Lo análisis lo detectan todo.

–Ya.

No tenía ni idea de lo que hablaba Fidel.

–No sé cómo su propia familia puede pensar que Imelda se suicidaría. Decapitada por un tren. Cuando pille al hijo puta...

–Fidel, no sabes qué ocurrió en realidad.

–Por eso te llamaba. Quiero pedirte que me ayudes –dijo.

–¿Yo? ¿Ayudarte a qué?

–A explicarle a Teo por qué sé que la han matado. Necesitamos hacer frente común. Si la investigación se cierra como suicidio, ese desgraciado se va a librar. La policía anda con pies de plomo porque soy guardia civil, pero noto que creen que soy el marido chalado que se niega a aceptar lo ocurrido. Después de mi escena de ayer, el teniente coronel me ha sugerido que me tome unas semanas libres.

–Yo no tengo relación con Teo –confesé.

No le dije que tenía alguien mucho mejor a quien convencer, al comisario, porque no creía que Fidel estuviera en lo cierto. Pensé que el impacto de la tragedia le hacía negar lo que había pasado, que necesitaba culpar a alguien y buscar venganza.

–Teo te pidió que buscaras a Imelda.

–Me lo pidió alguien que le conoce –expliqué sabiendo que sonaba poco convincente.

–Tu hermana, me imagino. Estaba con él en la identificación. Mira, déjame que te invite a un café y que te lo explique. Si me crees, me ayudas y, si no, te dejo en paz. Sin más compromisos.

–Fidel, tengo muchos problemas en este momento.

–¿Más graves que el mío? –Oí su risa desesperada al otro lado del teléfono. Mi frase había sido muy desafortunada. –No hace falta que lo hagas por mí. Hazlo por ella, es una mujer como tú, con toda la vida por delante y la han asesinado. Dame treinta minutos –suplicó–. Me acerco adonde tú me digas.

No pude negarme. Iba a quedar con él en Casa Anselmo, cuando recordé que estaba cerrado por vacaciones y, como buen animal de costumbres, me decidí de nuevo por el Carta de Ajuste.

Llamé a Bárbara para que me acompañara. A fin de cuentas, si alguien tenía alguna posibilidad de hablar con Teo y valorar con él las sospechas de Fidel era ella, no yo.

–Imposible –respondió mi hermana a mi petición.

–Es un marrón, ya lo sé. Media hora y nos vamos.

–Cojo un avión dentro de tres horas. Me voy a Londres. Hay un hospital en el que están haciendo un ensayo cardiológico muy similar al nuestro y vamos a compartir los avances que hemos conseguido. El laboratorio quiere presentar resultados conjuntos. Son muy prometedores. Por cierto, ¿puedes quedarte unos días más con *Gecko*? Si te da mucho la lata, llévaselo a mamá.

–¿Vas a dejar a Teo solo?

–Mi viaje está planificado desde hace semanas, tenía que haber volado esta mañana y he cambiado el vuelo para la noche. Ya me estoy perdiendo la cena de inauguración. Lo peor era la identificación de Imelda y ya ha pasado. Ahora poco puedo hacer.

Mi hermana marcaba distancia en cuanto alguien se le acercaba demasiado. O, tal vez, el viaje a Londres era tan importante como ella decía. O las dos cosas.

–¿Cuándo vuelves?

–El sábado. El viernes por la noche vamos a tener una cena de hermanamiento entre equipos y el sábado por la mañana vuelvo. Espero que con el cargo de directora del ensayo.

–Menuda mierda –exclamé.

—Gracias por alegrarte de esta gran oportunidad en mi carrera.

—No quería decir eso, me alegro muchísimo por ti. Perdona. Lo conseguirás, eres la mejor. Ya te contaré a la vuelta lo que me dice Fidel. Que vaya todo muy bien en Londres. ¡Lávate el pelo para la cena!

El fino pelo rubio de mi hermana era más bien graso y no siempre le daba toda la higiene que necesitaba. Sobre todo, cuando se estresaba. Para Bárbara el aspecto físico no tenía demasiada importancia.

Al colgar valoré mis alternativas. Juntar a Rafa con Fidel no era una opción. La relación con Jorge no estaba para pedirle que me acompañara. Meter a mi madre en algo así era como darle a un niño una caja de fuegos artificiales y un mechero. Solo me quedaba Sarah. Me di cuenta de lo reducido que era mi círculo vital. Y si Jorge se iba lo sería todavía más. Entonces tuve una idea atrevida: Geni era la persona perfecta. Y la mujer del comisario. Ella sí que podía ayudar a Fidel.

Nada más contarle lo ocurrido, Geni se mostró encantada de acompañarme.

—Si el marido tiene razón y a esa chica la han matado de esa forma tan cruel, es urgente que hagamos algo. No puede quedar así. Tenemos que ayudarle a averiguar qué ha pasado con Imelda. Y, si al final, es solo una idea loca de ese hombre pues nos tomamos unas cañas juntas después, que me apetece mucho charlar contigo. Cuenta conmigo. No me lo perdería por nada del mundo.

—Geni, por favor —advertí—, ni se te ocurra decirle que tu marido es el comisario de policía.

Antes de salir del despacho para mi cita con Jorge, dejé a *Gecko* con mi madre y llamé al restaurante japonés al que solíamos encargar la comida para recoger el pedido de camino a casa. La moda del sushi —la cocina japonesa solo había desembarcado en forma de arroz, pescado crudo y sus múltiples variedades– había llegado tarde y se expandía con dificultad en una zona con una excelente gastronomía propia, acostumbrada a las comidas potentes, abundantes y cocinadas a fuego lento. Los que sobrevivían era porque hacían platos mucho más elaborados que poner un trozo de salmón crudo congelado encima de una bola de arroz cocido. Cogí la caja de ansiolíticos que tenía en el despacho y la tiré en la primera papelera que encontré. Dado lo poco eficaces que habían sido la última vez, no merecían la pena. A cambio, paré en el supermercado de El Corte Inglés a comprar un sugerente vino blanco frío.

Subí ilusionada por La Losa, disfrutando de la combinación del sol y la brisa del verano. Hacía un día precioso, perfecto para empezar de nuevo.

Cuando entré en casa era demasiado temprano para que hubiera aterrizado Jorge. La encontré tal cual la había dejado el día anterior. Eso me tranquilizó. Puse la mesa en la terraza. Aunque la brisa era fresca solo se necesitaba un jersey fino para estar cómodos. Aquella terraza era la razón por la que habíamos comprado la casa. Desde allí se veía, a un lado, gran parte de la ciudad con la torre de la catedral marcando el centro neurálgico de la zona antigua; al otro, el monte Naranco, siempre verde, protegiendo la ciudad del viento húmedo del mar que algunos días podía olerse desde la cumbre; y, de frente, la avenida peatonal llena de fuentes y bancos que acababa de atravesar. Solo entonces me di cuenta de que estaba preparando una cita romántica, no una negociación.

Cuando Jorge llegó, la comida japonesa le esperaba en las planas bandejas rectangulares de nuestra vajilla oriental. Solo la usábamos en días especiales.

Entró con expresión neutra, expectante, pero al ver el escenario que yo había preparado, su expresión se relajó.

—¡Vaya! Esto no me lo esperaba. ¿Qué celebramos? —dijo Jorge.

Parecía alegrarse del cambio de tercio desde nuestro último encuentro. Hacía tiempo que no veía su cara tan sonriente. Me abrazó, me besó en la mejilla y empezó a contarme cosas de su viaje como solía hacer antes de separarnos, olvidando que no vivíamos juntos y que él estaba a punto de abrir una brecha en nuestro matrimonio de cinco mil kilómetros físicos, más de la mitad que la fosa marina más profunda conocida y que, como ella, daba mucho miedo.

El sushi era aún mejor de lo que recordaba. Quizá el restaurante había evolucionado o tal vez hacer algo que pensabas que nunca más ibas a repetir, mejoraba la experiencia. Solo habíamos dado cuenta del *sashimi* de *toro* y del tartar mixto de atún, salmón y pez mantequilla, cuando ya nos estábamos riendo, bromeando y disfrutando como hacía años, cuando todavía éramos novios y muy jóvenes.

Una broma llevó a otra broma y a otra cada vez más tonta, el vino entraba fácil, fresquito, al sol y, para cuando terminamos la comida, momento que habíamos fijado para hablar de nosotros, ninguno tuvo ganas de romper la magia.

Recuerdo con cierta vergüenza cómo acaricié la cremallera del pantalón de Jorge con una sonrisa insinuante. Recuerdo también cómo él simuló que se sorprendía o tal vez se sorprendió de verdad, cómo me devolvió el cumplido poniendo sus manos encima de mi blusa, que enseguida empezó a estorbarle. No sé cómo salimos de la terraza, solo sé que el primer polvo fue en las escaleras y que, por primera vez a su lado, no me acordé de Martin ni una vez. En ese momento fue como si nunca hubiera existido. Solo hubo risas y sexo travieso, sin complicaciones, sin tristeza.

Me desperté unas horas después, sudando por la espalda, pegada al pecho de Jorge y muerta de frío en las piernas desnudas, sin tapar, cuando ya empezaba a anochecer. Necesitaba beber agua y algo para abrigarme o, aún mejor, una ducha caliente. Jorge dormía, respiraba de forma acompasada y tranquila, solo gruñó un poco cuando me moví para liberarme de su abrazo.

El agua caliente me despejó y me sentí culpable. Había conseguido ver de nuevo al Jorge que quería y, lejos de sentirme bien, la angustia tomó el control. Habíamos pasado una tarde maravillosa y, sin embargo, me sentí como si hubiera abandonado a Martin por no acordarme de él durante unas horas. Empecé a temblar a pesar del calor del agua. Era como si le hubiera dejado ir. No sentir dolor era dejar de sentir a mi pequeño.

No sé cuánto tiempo estuve llorando en la ducha. Mucho, a juzgar por el gesto de preocupación de Jorge cuando por fin salí del baño. Esa noche no hablamos. Por primera vez fui yo la que no quiso hablar, me había quedado tranquila, en paz y no quería que ninguna conversación me hiciera abandonar ese estado. Lo que sí hice fue dormir en mi cama, la nuestra, abrazada a él y con un sueño profundo como no tenía desde hacía muchos años.

Febrero de 2009. Zúrich

LA MUERTE DE Martina Krain, esposa de un miembro del Consejo Federal suizo, Henrik Krain, ahogada a poca distancia de su casa en el lago que bañaba la ciudad de Zúrich, acaparaba las portadas de los periódicos locales.

Desde los organismos oficiales se había pedido intimidad para la familia en semejantes momentos de dolor, pero la prensa amarilla rumoreaba sobre las circunstancias de la muerte. Había sido una noche oscura, muy fría y húmeda, nada propicia para pasear y, aún menos por la orilla del lago, fuera de la zona iluminada. Unos estudiantes que volvían a sus casas después de celebrar los resultados de los exámenes avisaron a la policía. Bajaron hasta el borde del agua, pero ninguno de ellos intentó entrar para salvarla. Declararon unánimes que la habían visto unos momentos antes de oírla caer al agua, caminando descalza y sin abrigo, dando tumbos, con una botella en la mano y aspecto de estar muy borracha.

Henrik Krain tenía fama de mujeriego y de ser demasiado aficionado a las fiestas. Hombre de mucho tirón mediático con los electores, había obligado a su partido a dar más de una explicación de los vídeos donde aparecía en algún club nocturno rodeado de chicas de profesión legal en el país, pero que no por ello dejaba de ser controvertida, especialmente cuando sus clientes eran hombres famosos y casados.

Los más atrevidos incluso hablaron públicamente de una grave depresión de Martina Krain causada por los escarceos de su marido que habría derivado en un serio problema de alcoholismo.

La autopsia de la mujer reveló un grado de alcohol en sangre próximo al coma etílico.

El partido de Krain dedicó mucho esfuerzo y recursos para acallar los detalles del suceso y, aunque el resultado de la autopsia se filtró a la prensa, el informe oficial nunca se hizo público y, al final, solo hablaban de los problemas de Martina Krain con el vodka unos pocos medios independientes de escaso alcance y reputación de sensacionalistas.

El funeral de Martina contó con representación masiva de la clase política del país. Los estudiantes fueron liberados de cualquier cargo por omisión de socorro, aunque en la opinión pública se sirvió la polémica. El agua estaba a dos grados la noche en que Martina Krain murió. Lanzarse al lago con aquella temperatura, en una zona oscura, habría supuesto un riesgo para su vida que ninguna ley les obligaba a asumir. El consejero aprovechó la desgracia para fortalecer su carisma con el pueblo consolando a los estudiantes en su nombre y en el de sus hijos.

«Quiero dar las gracias a Reto, Katrina, Herrick y Hubert por vuestra impecable actuación y vuestros esfuerzos para ayudar a mi esposa. Sabemos que compartís nuestro dolor, que hicisteis todo lo que estaba en vuestras manos. Quiero agradeceros vuestra diligencia en avisar a las autoridades. Gracias a vosotros hemos podido localizar el lugar exacto del accidente y recuperar con rapidez el cuerpo de nuestra Martina para que pueda descansar en paz. Sois unos ciudadanos ejemplares» dijo Krain en su primera aparición pública tras la muerte de su mujer.

La popularidad política de Henrik Krain subió más de un dieciocho por ciento. Incluso los votantes de partidos de ideología opuesta simpatizaron con su desgracia y la nobleza demostrada con sus palabras de agradecimiento a los estudiantes.

En cambio, el patrimonio de Henrik Krain disminuyó en varios millones de euros, que pasarían en unos días, a través de distintas transacciones internacionales no rastreables, a engrosar las cuentas de Julien Bennot en pago por el trabajo realizado. El alcoholismo de Martina se había convertido en un grave problema para la carrera política de su marido, sus salidas de tono eran cada vez más frecuentes y ya eran muchas las apariciones públicas que había tenido que cancelar porque ella no se encontraba en condiciones de presentarse ante nadie, mucho menos ante la prensa. Bennot solo había necesitado dos semanas para solucionarle a Krain de forma definitiva la complicada situación con su mujer. Sus servicios bien valían el precio a pagar.

6

15 de agosto de 2019. Oviedo

Me desperté tarde después de una noche de sueño reparador en brazos de Jorge.

Me desperecé e intenté retomar las caricias del día anterior, pero Jorge se levantó para ir al baño. Esperé a que volviera, pero al escuchar el agua de la ducha, me levanté yo también, me vestí con su camiseta y fui a la cocina a preparar el desayuno con intención de ducharme después y estar preparada para lo que pudiera surgir de nuevo entre los dos. Era festivo y todo lo que tenía que hacer podía esperar.

Cuando Jorge entró en el salón, ya vestido y con sus rizos castaños recién peinados, se encontró tostadas recién hechas, café y zumo en la mesa de centro, listo para sentarnos en el sofá y disfrutar del desayuno.

Esperaba por lo menos un beso y una sonrisa, pero Jorge se sentó sin decir nada y mis alertas se activaron. Cogió su Ristretto y sin ninguna introducción previa me preguntó por lo sucedido la tarde anterior.

Se lo expliqué, pero mi explicación no le gustó.

—O sea, que pasamos una tarde genial, terminamos en la cama y, cuando me despierto, te encuentro encerrada en el baño llorando como si estuvieras fuera de ti, no me abres la puerta y ahora pretendes convencerme de que ha sido una reacción normal. A mí no me lo parece –respondió cuando le conté lo que me había ocurrido.

–No sé si es normal o no, lo único que digo es que me desahogué y ya pasó.

–¿Por qué llorabas? Quiero saber por qué llorabas –exigió.

–No lo sé, porque lo necesitaba, supongo.

–¿Por qué? ¿Qué se te pasó por la cabeza?

–Que nos habíamos olvidado de Martin. Eso fue lo que pensé.

Jorge me miró como si estuviera chalada.

–Lo peor es que me imaginaba algo así –dijo por fin.

–Pero ya está. No pienso eso, no tiene importancia, estoy contenta, me lo pasé muy bien contigo y me apetece muchísimo continuar donde lo dejamos ayer.

–Debería verte un psiquiatra.

–Lo último que necesito es un psiquiatra –respondí muy mosqueada–. ¿Tú nunca sientes la necesidad de liberar todo lo que llevas tiempo aguantando dentro y dejarlo ir?

–No. En absoluto.

–Pues yo sí. Eso fue lo que hice ayer y me sentó genial.

–Esa explicación no tiene ninguna lógica y yo necesito entender lo que sucede en mi vida y, de momento, tú eres parte de ella.

No me gustaba nada el giro que estaba tomando la conversación con Jorge, no auguraba un buen final, así que evité el tema y me fui alegando que tenía trabajo pendiente con el compromiso de llamarle más tarde. No iba a permitir que me arruinara el día.

Cuando llegué al despacho empecé a buscar hotel en Copenhague, donde se celebraba la prueba deportiva en la que planeaba localizar a Santiago Pérez Rubio, el atleta. Encontrar alojamiento fue una tarea muy sencilla: la organización recomendaba un hotel cercano a la salida con el que habían concertado muchas facilidades para los atletas, como el almacenaje y cuidado de las bicicletas o un desayuno especial que se serviría a partir de las cuatro de la madrugada el día de la competición. La mayoría de los triatletas se alojarían allí. Confiaba en que Santiago también lo hiciera.

Después llamé a Tania para que me esperara con *Gecko* en el portal. No me apetecía encontrarme con mi madre. Ni con ella ni con nadie. Quería disfrutar de mi perezosa serenidad mientras durase.

Hice la reserva del hotel y me levanté a prepararme un café. Me hacía falta. El día que tenía por delante se me antojaba muy largo. A las siete y media había quedado con Geni y Fidel en el Carta de Ajuste y, a las nueve, con Sarah en el Vinoteo para que me contara su encuentro con Rodrigo. Iba a ver a demasiada gente para ser un día en el que me apetecía estar sola y relajada.

Puse la Nespresso en marcha y sonó el teléfono. Era Geni. Adiós a la calma.

–Hola, Geni, buenos días.

–Gracia, te llamo porque Rafa me ha prohibido ir contigo a la cita con Fidel.

–¿Y eso? No vas a ir como la mujer del comisario. Vas como amiga mía. No le vamos a decir quién es tu marido.

–No es por eso. Es una situación muy delicada porque Fidel es oficial de la Guardia Civil, estaba separado de Imelda y han descubierto que Imelda estaba embarazada.

–¿Eso te lo ha contado Rafa? ¿Ya está el informe de la autopsia?

–No, pero sé que les han informado del embarazo. Avisaron a Rafa ayer a última hora, le escuché hablar por teléfono, y esta mañana, cuando se ha levantado, me ha ordenado que no asistiera. Ata cabos.

–¡No jodas! Eso quiere decir que Rafa piensa que no es un suicidio. Y que Fidel es sospechoso.

–Ya sabes que cuando una mujer muere, al primero que miran es al marido. Deben de haber encontrado algún indicio de que no es un suicidio porque en la comisaría están muy revueltos. Rafa no me cuenta nada, pero yo lo noto. Ayer estuvo hasta las tantas hablando por teléfono con el jefe de policía.

—Yo voy a ir de todas formas.

—Y yo también voy a ir —afirmó Geni contundente.

—¿No acabas de decirme que te lo ha prohibido Rafa?

—Sí, pero no te he dicho que fuera a hacerle caso. Es mi marido, no mi superior. No puede darme órdenes como si yo fuera un policía a su cargo. Te llamaba para que supieras lo del embarazo de Imelda.

—Geni, ¿estás segura de que quieres venir? No quisiera meterte en líos.

—Completamente segura. Rafa está muy pesado últimamente. El balón gástrico está haciendo milagros con su sobrepeso y su salud, pero le ha vuelto un poco insoportable. Estoy deseando que termine el proceso y se lo quiten. Así que, lo dicho: nos vemos esta tarde. Te dejo, que Daniela acaba de tirar el bol de cereales al suelo y *Dragón* lo está pisando todo.

Geni colgó dejándome perpleja. Imelda estaba embarazada y yo le había pedido a la mujer del comisario que me acompañara. ¿En qué momento me había parecido buena idea? Quizá cuando no tenía duda de que hubiera sido un suicidio y no contemplaba la opción de que la hubieran matado. Rafa se iba a enfadar y con Geni no tendría más remedio que reconciliarse cuando se le pasara el cabreo porque era su mujer, pero conmigo no. En cualquier caso, estaba hecho, no tenía arreglo. Ya encontraría la forma de solucionarlo después.

Volví a pensar en Jorge. Yo no era como él, no siempre tenía una justificación lógica para mis emociones, pero de todas formas tenía que intentarlo. No podía dejar las cosas así. Habíamos pasado una tarde maravillosa que me había devuelto la esperanza en nosotros. Le escribí un whatsapp.

«¿Podemos vernos esta noche?»

«Esta noche no.»

Me sorprendió, pero no se lo tuve en cuenta, supuse que me estaba contestando a la vez que discutía con alguien en otro lugar del mundo o que estaría concentrado en alguna negociación. El equipo de Jorge era internacional, así que para él los festivos nacionales eran días laborables.

«¿Mañana por la tarde?»

«Mañana estaré toda la tarde en casa, pásate cuando quieras.»

Su segundo mensaje me dejó más tranquila. Estaría ocupado. Al día siguiente podría verle y arreglarlo todo.

No me apetecía trabajar y no tenía a nadie a quién llamar así que, pensando que la ciudad estaría desierta en un día festivo de agosto, con un tiempo que animaba a ir a la playa y en plenas fiestas de Gijón y de muchos pueblos de la costa, salí a dar un paseo por el centro y lejos de encontrar las calles vacías que esperaba, las hallé llenas de gente. Si bien los residentes habituales en la ciudad parecían haber huido, la calle estaba llena de turistas. Había corros de gente en bermudas y chanclas haciéndose fotos con las estatuas más famosas de la ciudad: ganaba en popularidad la de Woody Allen, seguida por la del inmenso Culo de Úrculo que competía con la de Mafalda. También había cola para fotografiarse con la controvertida estatua homenaje a Tino Casal por la imposibilidad de reconocer al transgresor cantante en ella, en la Maternidad de Botero e incluso para subir a los niños a los Asturcones. Imaginé que la plaza de la Catedral y la estatua de la Regenta estarían aún más llenas de gente, así que di la vuelta, me aprovisioné de comida en el McDonald's de debajo del despacho y pasé la tarde viendo *Juego de Tronos* en el iPad, tumbada en mi futón, que hacía las veces de cama y sofá. No podía seguir viviendo de aquella manera. Tal vez había llegado el momento de volver a casa.

A las siete me dirigí al Carta de Ajuste, un rato antes de la hora a la que habíamos quedado con Fidel, para tener tiempo de contarle a Geni todo lo que sabía de Imelda. Cuando llegué, Geni me esperaba en uno de los taburetes altos de la barra lateral. Solo estaba ella dentro del local. En cambio, en la terraza no quedaba ni una mesa libre. En el interior tendríamos la intimidad necesaria para tratar el tema que nos había llevado hasta allí.

–¡Qué emoción! Hemos quedado con un potencial asesino –bromeó Geni cuando la puse al día.

No había acabado de decirlo cuando Fidel apareció por la puerta con vaqueros de marca, camisa azul celeste, mocasines de ante y recién afeitado.

–¡Qué cambio, Fidel! No se ven los tatuajes –dije a modo de saludo.

–No podemos llevar tatuajes visibles. Normas de la Guardia Civil.

–Te presento a mi amiga Geni, está al tanto de lo sucedido.

–No nos conocemos –dijo Geni dándole un par de besos como si fuera una reunión social–, pero siento mucho lo que te ha ocurrido. Es una tragedia terrible. No puedo siquiera imaginar por lo que estás pasando.

Fidel no hizo preguntas y se mostró agradecido de que alguien más quisiera escucharle.

–¿Cómo te encuentras? –le pregunté después de que pidiera una Coca-Cola al camarero. Tras haberle visto desayunar una Heineken, me parecía otra persona.

–No lo sé. Hay ratos en los que siento mucha ira; otros, mucha tristeza. Lamento el espectáculo del otro día.

–No tienes que volver a disculparte –dije–. En esos momentos, todo vale. Espero que no tuvieras muchos problemas con los policías.

–En cuanto me identifiqué, los agentes fueron muy considerados. Ahora necesito pillar al malnacido que lo hizo.

–Explícanos por qué estás tan seguro de que Imelda no se suicidó –pedí, directa al tema que nos había llevado allí.

–Porque la conozco muy bien. Imelda tenía muchas ilusiones. Quería ser madre, tener plaza fija en un hospital, montar una clínica por su cuenta y que nos compráramos una casa bonita. Hasta quería tener un perro. Imelda aspiraba al jardín con enanitos. Estaba luchando por conseguirlo y estábamos en el buen camino.

–Fidel, te voy a ser sincera: cuando hablas de Imelda me parece una persona muy distinta a la que pintan otros.

–¿Teo? ¿Su tía? Ya lo sé. Si escuchas al hermanito perfecto hablar de nosotros parece que éramos una pareja con una vida alocada. Tiene muchos más trapos sucios él, te lo digo yo, que esto es pequeño y todo se sabe –acusó sin que supiéramos a qué se refería–. La verdad es que, al principio de estar juntos nos gustaba mucho la fiesta. Estábamos en la universidad y solo nos veíamos algunos fines de semana porque ella estudió aquí y yo en la Academia Militar de Zaragoza primero y después en la de Aranjuez. Lo que le pasa a Teo es que esperaba que Imelda se casara con un tipo como él, aburrido y tradicional, pero se casó conmigo, que no soy ni lo uno ni lo otro. Pero soy un buen tío, joder. Llevo trabajando siete años con un expediente impecable y soy uno de los más jóvenes de mi rango. ¿Sabéis? Para mi trabajo solo se seleccionan personas que mantengan la serenidad y la cabeza fría en situaciones límite, que sepan trabajar en equipo. Si uno falla, salimos volando todos. Las pruebas de ingreso son jodidas. Pero Teo solo ve que mi padre es panadero, que llevo tatuajes y que con veinte años tenía una planta de maría en el baño. No se han parado a preguntar nada más. Como si ellos descendieran del Olimpo.

—¿Tu padre es panadero? ¿Dónde trabaja? —preguntó Geni tan a destiempo que nos costó reaccionar.

—Trabajó muchos años en una tahona tradicional que había muy cerca de la catedral, pero cuando yo era pequeño la cerraron. El Molinón se llamaba —explicó Fidel, que parecía confuso por el cambio de tercio en la conversación—. Después trabajó en varios sitios distintos hasta que decidió montar la suya propia.

—¡Yo me acuerdo de esa tahona! —nos sorprendió Geni—. Hacían unos bollos preñaos impresionantes. De pequeña me encantaban. Me los compraba mi madre para merendar. ¿Sigue haciéndolos en la suya?

—¿Te acuerdas? Pues sigue haciéndolos. ¡Anda que no habré comido bollos de los que hace mi padre! Siempre tenía alguno calentito cuando llegaba del colegio —recordó Fidel mucho más relajado con una sonrisa en los labios—. Ahora los fabrica en su propia panadería, aunque dice que no son iguales, por no sé qué de la levadura industrial, porque ya no hay levadura artesana como antes. Siempre cuenta historias de aquella época. Lo cierto es que los que hace ahora también están riquísimos.

La idea de Geni no había sido mala, había relajado la tensión creciente en el tono de Fidel. De todas formas, había que volver al tema. Ella debió de pensar lo mismo porque no me hizo falta intervenir.

—¿Cómo se llevaban con los padres de Imelda? —preguntó.

—Ni siquiera yo llegué a conocerlos. La madre murió cuando era pequeña y el padre poco antes de que empezáramos a salir. En ese momento, Teo quiso ocupar su lugar y empezó a controlar los movimientos de Imelda hasta que ella se hartó de que la tratara como a una niña. Teo no tiene trato con mis padres. El día de la boda y poco más. No hay nadie suficientemente bueno en el mundo para ser el marido de su hermana. Solo habría estado contento si Imelda hubiera ingresado en un convento de clausura o hubiese emparentado con la Casa Real.

–¿Y tus padres con Imelda? –preguntó Geni y yo la dejé seguir a ver adónde nos llevaba.

–Encantados con ella y ella con ellos. Deseando nietos.

–Es natural –intervine y me callé.

–Y ahora Imelda estaba embarazada –continuó Fidel.

–Lo siento muchísimo, Fidel –interrumpió Geni–. Es terrible.

–Estoy seguro de que a Imelda la mató el cabrón que la embarazó –soltó Fidel dando un golpe a la mesa.

Nos quedamos los tres en silencio. Yo di un sorbo a mi Coca-Cola, Geni a la suya y Fidel miraba la mesa como si esperara que en algún momento cambiase de forma o empezase a hablar.

–¿No era hijo tuyo? ¿Estás seguro? –pregunté cuando conseguí procesar la sorpresa.

–Estoy totalmente seguro de que no era hijo mío.

En ese momento pensé en el motivo de Rafa para no querer que Geni acudiera a la cita con Fidel. Si la policía sospechaba de él, lo que acababa de decir no ayudaría a eliminar esas sospechas. Al contrario.

–Fidel, eso que dices es muy grave –advertí.

–Sé lo que digo y lo que implica, no te preocupes por mí. Quiero que pillen al asesino de mi mujer. Imelda y yo queríamos tener un hijo. Llevábamos un año intentándolo y no llegaba. Se emperró en hacernos las pruebas y las mías salieron mal. Disparo con fogueo –explicó con rabia–. Ella me dijo que no pasaba nada –continuó–, que podíamos adoptar o buscar un donante. La realidad es que sí pasaba.

Al menos, para mí. No reaccioné bien. Me frustré con el resultado de las pruebas. Me cabreé. No quise escuchar ninguna de las opciones que Imelda planteó. Fui a otro médico para repetir las pruebas, sin decirle nada a ella, y los resultados fueron los mismos. Empecé a hacer todas las cosas que según internet mejoran la calidad del esperma, desde comer tomate a usar calzoncillos más anchos, de los que no aprietan el… ya me entendéis. No es fácil para un tío aceptar que todos sus soldados son objetores.

Geni soltó una risita del todo inapropiada ante la metáfora militar de Fidel mientras yo le echaba una mirada asesina.

—Y os separasteis –afirmé para que la historia continuara.

—En realidad, me echó de casa. Y no la culpo porque yo estaba insoportable. Discutíamos por todo. La traté fatal. Nunca le dije que estaba intentando que pudiéramos tener un hijo ni compartí con ella lo culpable que me sentía por no ser capaz de dejarla embarazada. Lo que no imaginé es que fuera a liarse con otro. Imelda estaba enamorada de mí. Y yo de ella. Lo pasábamos bien, nos llevábamos bien. Solo estuvimos mal unos meses.

—¿Llegaste a… –no sabía cómo preguntarlo– a ponerte más borde de la cuenta?

—Ya te digo que sí. Todo me molestaba y bastaba que ella quisiera ver una peli para que a mí me apeteciera ir a hacer deporte, o que ella quisiera cenar pescado para que yo quisiera un chuletón. Casi no follábamos y cuando lo hacíamos era apresurado y yo no era nada generoso con ella.

—Lo que quería preguntarte –aclaré– es si en algún momento pudo llegar a tener un poco de miedo. Aunque no hubiera razón para ello, pero a veces uno se siente como se siente y si vuestra relación se volvió más agresiva…

—¿Miedo de mí? ¿Imelda? Claro que no. Yo jamás le habría hecho daño. Me conocía mejor que nadie en el mundo. Me echó porque estaba muy cabreada conmigo. Imelda era muy dulce, pero también tenía mucho carácter. No estuve a la altura. Después de separarnos, hablé con un colega. Hasta entonces no se lo había contado a nadie y me vino muy bien su punto de vista. Tardé varias semanas hasta que me di cuenta de que no estaba enfrentando los problemas como debía y que, si la forma de tener un hijo era con un donante, no importaba porque sería hijo mío igual. Así que la llamé. Se lo expliqué, le pedí perdón y le ofrecí lo que ella quisiera: inseminación, adopción, lo que hiciera falta. Incluso miré casas con jardín a las afueras para mudarnos, como ella quería. Teníamos dinero ahorrado y podíamos comprar una casa chula.

—Pero no te perdonó. Te dejó la casa y se fue —insistí.

—Sí que me perdonó —aseguró Fidel con una convicción que parecía sincera—. Me dijo que había sido un capullo, pero que me quería. Ella quería construir una familia conmigo y la única condición que puso es que le diera tiempo para solucionar un asunto. Esto fue el pasado domingo. Imelda iba a volver a casa en unos días, pero alguien se lo impidió.

—¿Te perdonó y te pidió tiempo? ¿Y accediste sin saber qué era lo que tenía que solucionar?

Quería profundizar en su respuesta. Fallaba algo en la historia que contaba Fidel.

—Mirad, yo no estaba en posición de negociar. La había liado yo, me había portado como un imbécil y ella me perdonaba. Todo iba a volver a la normalidad. Intentaríamos tener un hijo y ella solo me pedía unos días. Le hubiera dicho que sí a cualquier cosa que me hubiera pedido.

—¿Y no te dijo para qué quería ese tiempo extra? —insistí.

—No. Solo me dijo que debía solucionar unos temas. Lo último que imaginé fue que estuviera embarazada de otro. No entendí que se fuera, pero no quise cagarla otra vez.

—¿Cuándo te enteraste de que estaba embarazada? —pregunté.

—Esta mañana. Me lo dijo la policía. Estaba de trece semanas. Ni siquiera nos acostamos en ese tiempo.

—¿Les has dicho que no es tuyo?

—No. Lo haré mañana cuando vaya a prestar declaración.

—¿Te das cuenta de la gravedad de lo que nos has contado? —pregunté—. Que tu mujer esté embarazada de otro es un motivo para matar.

—Sé que tengo a toda la policía y a toda la guardia civil mirándome con lupa. Lo último que necesita la imagen del Cuerpo es otro escándalo de este tipo. A mí me da igual, solo quiero que pillen a ese tipejo y quiero machacarlo. Nos ha destrozado la vida y el que no lo entienda, es su problema. Han matado a mi mujer de una forma cruel, rastrera y cobarde. Quiero destrozar a ese cabrón y no voy a permitir que se escape mientras pierden el tiempo investigándome a mí.

—Tienes razón —volvió a intervenir Geni—. Si a mí me hicieran algo así y mi marido no quisiera triturarle con sus propias manos, me sentiría muy decepcionada.

—Vamos a centrarnos —dije—. No te ofendas, Fidel, pero si Imelda estaba embarazada de un tío que no eras tú pudo ser una razón para el suicidio. Es verdad que es una razón un poco pobre, pero si estaba deprimida, es un posible motivo.

—Que Imelda no se suicidó, ¡joder! —gritó Fidel.

El camarero nos miró desde la barra.

—Perdonad —se disculpó Fidel—. Estoy un poco alterado. Estar embarazada de otro es un motivo para que la maten, no para que se suicide. Para nosotros era un problema menos. Ya no teníamos que ir a ninguna clínica de fertilidad. Con que el otro no lo hubiera sabido nunca era suficiente.

—¿Te habrías hecho padre de un hijo que no era tuyo, fruto de unos cuernos de tu mujer? —le increpé un poco más agresiva de lo que hubiera sido apropiado tratándose de un viudo reciente—. Quizá ahora que Imelda ha muerto lo veas así, pero en otras circunstancias lo dudo mucho.

—A mí me parece un gesto precioso —me cortó Geni—. De novela romántica.

—Eso es. De novela romántica, no de realidad —contradije.

—No sé qué habría pasado —confesó Fidel—, ahora que está muerta y que no voy a tenerla nunca más, no me parece tan grave. Habría sido un problema menor comparado con el que tengo en este momento, pero es posible que me hubiera sentado fatal.

—¿Y? —le animé a seguir.

—Y nada, me habría cabreado, pero al final la habría perdonado. ¿Qué iba a hacer si no? Era mi mujer. La quiero, llevamos toda la vida juntos.

—¿Sabes quién podría ser el padre?

—Lo estoy buscando. Y lo voy a encontrar.

—Te vas a meter en problemas —advertí.

—¿Piensas que me importa? ¿Crees que en este momento hay algo que me importe una mierda más allá de que el canalla que mató a mi mujer pague por su crimen?

—Te vamos a ayudar con eso, cuenta con ello —le prometió Geni, mientras a mí me apetecía estrangularla.

Fidel le agradeció sus palabras y, después de insistir en que el asesinato de Imelda debía ser investigado, se fue. La historia que nos había contado Fidel sobre Imelda y su vida juntos distaba mucho de la versión de Teo.

—Parece buen tío —dijo Geni cuando Fidel se fue y nos quedamos solas.

—No lo sé, Geni. No sé si es un buen tío o un asesino que se ha cargado a su mujer por ponerle los cuernos.

—Pues yo confío en él.

—Tú que te pasas la vida buscando trapos sucios de todo el mundo, ¿crees a este tío sin dudarlo?

—No seas cáustica, Gracia, ¿tú por qué no le crees? —me preguntó.

—Yo ni le creo ni le dejo de creer. Lo que no me trago es que le creas tú.

—Lo hago porque la pena no se finge.

—O sea que tú, que siempre sospechas que todo el mundo miente y oculta secretos y los persigues hasta que te enteras de cuál es esa parte oscura de su vida que no quieren que se sepa, ahora confías en la sinceridad de un potencial sospechoso de asesinato al que acabas de conocer.

—Estás un poco borde, Gracia. Sé que me he ganado el apodo de la Chismes, pero por eso confío en él, porque detecto cuando la gente miente y este hombre dice la verdad. Reflexiona un poco: puestos a inventar una mentira, ¿no habría planeado algo mejor? Nadie sabría que el hijo no era suyo si no nos lo hubiera dicho él.

—No sé cuál es el protocolo forense en caso de suicidio, pero seguro que él sí que lo sabe. Es más, es posible que él sepa que le van a hacer una prueba de ADN al bebé de Imelda y, si es así, sabe que averiguarán que no es hijo suyo.

—Entonces, ¿por qué este empeño en contarte a ti su versión? ¿De qué le va a servir? —insistió Geni.

—Porque se ha enterado de que conozco al comisario y a su mujer —respondí.

—¿Que me conoces? —preguntó Geni con media sonrisa—. Querrás decir que somos amigas.

No dije nada. No tenía ni idea de por qué Fidel nos había contado todo aquello y me arrepentía de haber llevado a Geni conmigo.

–¿Por qué no te caigo bien, Gracia?

La pregunta de Geni me pilló desprevenida.

–No me caes mal.

–¿Ves cómo soy buena cazando mentiras? La tuya es una de las gordas.

–¿Qué tonterías estás diciendo? –rebatí de nuevo.

–Cuanto más lo niegas más se nota.

–Vale. Me caes fatal –respondí con sorna–. ¿Así mejor?

–¿Por qué?

–Que no me caes mal, Geni, por favor. Deja de darme la tabarra.

–No me ofendas así. No me mientas a la cara. Necesito entenderlo –me pidió.

–Porque cuando tenía cuatro años me hiciste una brecha en la cabeza –admití, cansada ya de aquel juego.

–¿Yo?

–¿No te acuerdas?

–No. ¿Cómo fue?

–Me empujaste y me di contra la esquina de la ventana. Me dejaste una cicatriz en la coronilla. Puedes palparla si quieres.

–¿Estás segura de que fui yo? Te prometo que no me acuerdo.

–Y yo te prometo que fue así.

–¿Por eso me guardas rencor? ¿Por una cosa que pasó hace más de treinta años cuando estábamos en la escuela infantil?

Geni parecía a punto de echarse a llorar, pero no me ablandé.

–No es solo por eso. Es porque te metes en la vida de la gente, traficas con los asuntos privados de los demás, no respetas la intimidad de nadie y eso hace que me resulte muy difícil confiar en ti.

Fui muy injusta porque me había demostrado que sí podía confiar en ella. Al menos, para las cosas importantes. Jamás me había preguntado por la muerte de Martin y había respetado mi silencio sobre la separación de Jorge.

–No eres justa conmigo, Gracia San Sebastián. Sí que puedes confiar en mí. Y, si no lo ves, es que no eres tan lista como tú te crees.

Los ojos se le llenaron de lágrimas, cogió su bolso y se fue apresuradamente, tropezando con unos clientes que entraban en ese momento en el bar. No hice nada por detenerla. El camarero debía de haber estado observando la escena desde la barra porque cuando miré hacia él, subió los hombros en un gesto de impotencia y después desvió la mirada.

Me arrepentía de mi arrebato de sinceridad con ella. No ganaba nada y podía perder mucho. Desde la brecha en la cabeza cuando ni siquiera sabíamos leer habían pasado muchos años. No era una excusa razonable para tratarla así, aunque estaba hecho y tampoco iba a arreglar nada mortificándome. Al día siguiente lo arreglaría. Llegaba tarde a la cita con Sarah y aún no había sacado a *Gecko* a dar el paseo de la noche. Tendría que conformarse con una corta salida de cinco minutos.

Llegué tarde al Vinoteo y Sarah ya estaba allí, en la mesa que habíamos reservado, con el móvil en la mano y bebiendo una copa de vino tinto.

–No tienes buena cara. ¿Ha pasado algo? –preguntó al verme, sin reproches por la tardanza.

No esperaba que fuera tan evidente.

–Pasan muchas cosas –me sinceré–. He acusado de fraude a una persona en silla de ruedas con una enfermedad degenerativa. Me huelo que hay algo gordo en el caso, pero tanto si lo hay como si no, he fallado, he hecho mal mi trabajo. Mi relación con Rodrigo Villarreal, del que depende que me sigan derivando casos, es penosa y me da igual que él no me lo esté poniendo fácil porque tengo tablas suficientes como para gestionar a cualquier tío por inflexible que sea, pero con él no me está saliendo bien. Además, he estado hablando con el marido de una mujer que creía que se había suicidado y ahora parece que alguien la ha asesinado, posiblemente el propio marido. Para completar mi colección de meteduras de pata, he puesto verde a Geni y le he dado un disgusto que no merecía y lo peor ya lo conoces de sobra: me he separado de Jorge que está a punto de irse a vivir a otro continente si yo no le retengo y, lejos de arreglarlo cuando he tenido la oportunidad, la he cagado. Ayer tuve una especie de ataque de ansiedad después de una maravillosa tarde juntos porque me sentí muy culpable por haberme olvidado de Martin mientras nos acostábamos y, cuando me recuperé, me sentí genial y esperanzada con nuestro futuro, pero él se ha cabreado conmigo porque mi explicación no tiene lógica, según él, cree que le oculto algo y debe de estar pensando que estoy chalada. Hasta me ha sugerido ver a un psiquiatra.

–¿Tuviste un ataque de ansiedad? ¿Qué pasó?

–No quiero hablar de ello. No te mereces eso. La otra noche en Gijón fue más que suficiente. Y no es importante porque me sentó fenomenal. Cuéntame cómo fue tu cena con Rodrigo Villarreal.

–¿Seguro?

–Estoy bien, de verdad. Cuéntame tú, que lo tuyo es más interesante.

–Si te pones en el lugar de Jorge, que os acostéis y luego te tires una hora llorando, no ha debido ser muy bueno para su ego –bromeó.

–Sarah, déjalo y cuéntame de una vez qué ha pasado con Rodrigo Villarreal.

–Vale, aunque con lo del viudo asesino me has dejado en ascuas. Lo de Rodrigo lo vas a arreglar –aseguró animosa–. Tuvimos una cena de lo más agradable. Aquí.

–¿Aquí? ¿Rodrigo eligió el Vinoteo para cenar? –dije esperanzada. Todavía era posible que tuviéramos algo en común.

–Lamento decepcionarte, pero en realidad, el sitio lo elegí yo –confesó Sarah–. No me pareció mal tío.

–Que no lo parezca cuando intenta ligar contigo no quiere decir que no se porte como un capullo conmigo. Y pensar que cuando le conocí, creí que flirteaba y me pareció que tenía cierto atractivo.

–Porque lo tiene y no parece tan malo como lo pintas. Es prepotente, competitivo, perfeccionista, orgulloso… –dijo sonriendo y no supe si lo decía en broma o en serio.

–No me estás animando mucho con esa descripción –interrumpí.

–Déjame acabar. Me da la sensación de que defiende algo que le ha costado mucho conseguir. No ha entrado en detalles, pero Rodrigo ha debido de tener una infancia complicada.

–Vaya pestiño de cita tuviste, te contó toda su vida. Vale, ya me callo –rectifiqué ante el gesto de reproche de Sarah.

–Lo cierto es que no me contó nada concreto, fueron retazos que surgían en la conversación, detalles que venían a cuento de otros temas. La charla con él fue interesante. Le apasiona el Krav Magá. Dijo algo como «si yo hubiera sabido pelear así de pequeño me habría ahorrado un montón de palizas en el colegio. Hace cuarenta años, ser un niño gordo en mi pueblo no era buen negocio», pero no estaba autocompadeciéndose; tal como lo dijo y en el contexto tenía gracia.

–Conozco el Krav porque a Jorge le gusta mucho el MMA, la versión light del Krav Magá.

–Yo soy una experta desde ayer. Por lo que me contó Rodrigo, no hay combates porque son ilegales.

–No sé si esto me ayuda. ¿A qué clase de tío le gusta un deporte tan violento que los combates son ilegales?

–Gracia, cielo, hay mucha gente a la que le gustan los deportes de contacto. No seas negativa e intenta entenderle un poco a ver si consigues conectar con él.

La camarera nos interrumpió para tomarnos nota. Pedimos sin mirar la carta. La sabíamos de memoria. Sarah propuso pulpo a la parrilla con salsa de beicon y cachopo de queso azul con foie. Me pareció una excelente elección.

–Lo que estaba intentando explicarte –continuó mi amiga–, es que conmigo empezó la noche un poco forzado, con pose de chico duro al estilo Humphrey Bogart. Se le notaba incómodo, era casi una cita a ciegas, pero le hablé de mis abuelos en los campos de concentración alemanes, de mi madrina muerta en el atentado a la AMIA en Buenos Aires y de cómo me vine para acá con trece años cuando mis padres tuvieron que emigrar porque la situación económica en Argentina era un caos y, después de contarle todo eso, se relajó y estuvo encantador toda la noche.

–¿Le contaste que tus padres son investigadores médicos de prestigio?

–No lo preguntó.

–Te conozco, Sarah y estoy segura de que se lo vendiste bonito. Judíos perseguidos por los nazis que consiguen huir a otro país y buscar un futuro para sus hijos, pero estos tampoco lo encuentran allí y, después de perder a uno de ellos de una forma horrible, los otros tienen que emigrar del país para buscarse la vida. Esa no es tu vida, es otro cuerpo con el mismo esqueleto.

—Le conté la verdad y no te consiento que frivolices con el tema porque la realidad es que mis abuelos estuvieron en Auschwitz y mi madrina murió en el atentado a la AMIA. El caso es que...

—Tienes razón —interrumpí—, perdóname, lo siento mucho, me he pasado, no pretendía frivolizar con lo que le ocurrió a tu familia...

—Olvídalo, no tienes que disculparte. Lo que quiero que entiendas es que, después de contarle todo eso, se relajó y cambió su forma de tratarme. Pasó de intentar impresionarme a ser un tío mucho más cercano. Es un poco arrogante, pero tiene corazoncito.

—Y ¿cuál es tu sugerencia para que yo me lleve mejor con él? Porque no pienso contarle mi vida. No estoy preparada para contársela a nadie. Siempre puedo decirle que me crie en la montaña cuidando ovejas con un perro San Bernardo, mi abuelo y un pastorcillo, hasta que me enviaron a un internado donde conocí a Clara, que estaba en silla de ruedas...

—Vale, guapa —dijo Sarah riéndose de mi broma—, ya me has entendido. Ahora está en tu mano.

—Tengo que reconocer que Rodrigo, a pesar de sus modales déspotas, me ha facilitado toda la información que le he pedido después del fiasco en el juzgado.

—Empiezas a ser objetiva. ¡Esta es mi chica!

—¿Te puedo preguntar?

—Sí, voy a volver a quedar con él. Y no, no me acosté con él. De hecho, no hizo el menor intento.

—¿Lo harás?

—Si no la caga antes, es posible. Es un tipo simpático, no es feo, se cuida y tiene una conversación interesante. Salvo que te interese a ti, claro —dijo guiñándome un ojo.

–¡Anda ya! Todo para ti. Yo tengo intención de volver a casa con Jorge esta misma semana y solucionar las cosas entre nosotros.

–Y yo que veía una tensión ahí que prometía… –dijo con una carcajada.

Sarah siguió riéndose a mi costa durante un buen rato y llegamos a los postres bromeando y diciendo tonterías.

Cuando llegué al despacho caí rendida en mi futón, mucho más moderno que cómodo, pero durante la noche me desperté muchas veces, sudando, inquieta, para volver a coger un sueño frágil e intermitente.

16 de agosto de 2019. 7:42 de la mañana. Oviedo

A LAS SIETE Y media de la mañana del día siguiente a su alta hospitalaria, Pelayo Granda salió de su casa vestido con zapatillas de deporte y pantalón cómodo y se encaminó hacia el enorme parque que rodeaba su casa. El médico le había recomendado pasear para recuperarse de su reciente operación, drenar líquidos y prevenir un trombo. Estaba dolorido, pero caminaba con firmeza. La herida por la que le habían sacado el apéndice inflamado, lleno de residuos infectados, se quejaba por el movimiento. Vio a tres corredores con porte militar que se acercaban en dirección contraria a la suya. La primera hostia le pilló totalmente desprevenido. Supo al instante quiénes eran. Llevaban las camisetas técnicas de la guardia civil. No querían dejar dudas de quién enviaba el mensaje.

El instinto le pedía que se protegiera la cabeza, la razón le llevó a proteger la herida. Si le provocaban una hemorragia abdominal tendría un problema grave. Una conmoción cerebral no sería mucho mejor. El sabor metálico de su propia sangre en la boca le asqueó. No podía oponer resistencia, no tenía nada que hacer contra ellos: estaba solo, convaleciente y tenía veinte años más que cualquiera de sus atacantes. No creía que quisieran matarle. Solo era la venganza del orgullo herido. A esas alturas, Fidel Girón ya sabría que su mujer estaba embarazada de otro y había conseguido dar con él. Una patada le alcanzó de lleno en el riñón. El dolor se volvió insoportable. Aunque no quisieran matarle, iban a conseguirlo.

Sin previo aviso, sus asaltantes siguieron corriendo como si allí no hubiera sucedido nada. Antes de intentar moverse, Pelayo hizo repaso de los daños. Le dolía todo el cuerpo, pero no tenía nada roto, alguna costilla como mucho. Solo le habían dado un aviso. Aun así, Pelayo Granda no era de los que dejaban las afrentas sin devolver. Era una cuestión de respeto. Sin embargo, eso tendría que esperar. Sacó el teléfono para hacer una llamada. Su prioridad era volver a casa y desaparecer mientras se curaba las heridas. Nadie debía enterarse de que le habían dado una paliza. En su mundo, la fragilidad era el prólogo del fracaso. «¡Maldito cabrón!», se dijo pensando en Fidel Girón, a sabiendas de que él habría hecho lo mismo.

7

16 de agosto de 2019. Oviedo

Me levanté temprano y con una importante decisión tomada.

Le puse la correa a *Gecko* y salí del despacho sin desayunar, buscando el aire fresco y húmedo de la mañana mientras él disfrutaba de su paseo matutino. Llamé a Rafa sin saber si todavía tenía línea directa con él y cuál iba a ser su tono al recibirme.

—Hola, Gracia, ¿cómo estás? Iba a llamarte ahora.

—¿Y eso? —pregunté suspicaz.

—Ayer Geni llegó muy rara a casa. No quiso cenar. Se fue a la cama y se acostó.

—¿No te ha contado nada?

—Nada, pero que Geni se salte la cena es síntoma de una gran catástrofe emocional. Ya que ella no quiere hablar, ¿vas a contarme tú qué pasó?

—¿Podemos vernos?

—Iba a tomar un café. ¿Dónde estás?

—En el parque, a cinco minutos de la comisaría, con el pelo mojado, mala cara y un perro peludo con ganas de encontrar a alguien que se deje llenar de lametones.

—Podré sobrevivir a tu terrible aspecto y a los lametones de *Gecko*. Sube a verme al despacho que a él no le van a dejar entrar en ningún sitio. Ahora aviso para que te autoricen.

Cuando llegué, di mi nombre y una secretaria me acompañó hasta el despacho de Rafa. Nunca había estado allí y me sorprendió que me acompañara un civil y no un policía. En cuanto dejamos atrás la zona pública de la comisaría, el ambiente era el mismo que en cualquier oficina. Salvo por los uniformes. *Gecko* y yo seguimos a la persona que nos guiaba dejando atrás un rastro de miradas curiosas. No era para menos.

–Tenías razón –exclamó Rafa después de cerrar la puerta de su despacho–, ¡vaya pinta!

–Es mi aspecto habitual antes de arreglarme.

–Pues ¡cómo cambias! Quiero decir que… En fin, ¿qué pasó ayer? –preguntó Rafa al darse cuenta del charco en el que estaba a punto de meterse–. Geni llegó fatal. Ni siquiera les dio un beso de buenas noches a las niñas. Farfulló algo de que tengo que tomar cartas en el asunto de Imelda Alborán, que no puede quedar así, y se encerró en la habitación.

–¿Y no has vuelto a verla?

–Hoy, antes de irme, pero no ha querido hablar. Solo me ha pedido que investigue el asesinato de esa chica, pero no me ha dado razones.

–Y ¿qué vas a hacer?

–Nada.

–¿Nada de nada?

–Nada distinto a lo que iba a hacer. No voy a cambiar el curso de una investigación porque lo diga mi mujer. Ya es bastante compleja la situación. El marido de Imelda es oficial de la guardia civil.

–¿Entonces no vas a investigar?

–Yo no he dicho eso.

–Entendido. ¿Geni te contó que discutimos?

–¿Vosotras dos? –se extrañó–. No. ¿Qué pasó? ¿Por eso está así?

–Prefiero empezar por el asunto policial que me ha traído aquí y luego, si quieres, hablamos de eso.

–Adelante.

–El bebé que esperaba Imelda Alborán no era de su marido.

Rafa me miró serio antes de responder.

–No te voy a preguntar cómo te has enterado de que estaba embarazada. Al menos, no de momento. Solo espero que esto no tenga nada que ver con lo que sea que haya pasado entre Geni y tú. Ahora dime, ¿cómo sabes que no es de su marido? Aún no han llegado los resultados de la prueba de ADN.

–Porque ayer me lo contó Fidel. También me dijo que os lo contará hoy cuando venga a declarar. –Omití explicarle que ya sabía del embarazo de Imelda por Geni y que ella estaba presente en el encuentro. Rafa no quería que ella fuera a la cita con Fidel y, aunque ya debía de haber adivinado que Geni no le había hecho caso, no quería ser yo quién se lo confirmara–. Parece que los espermatozoides de Fidel no son aptos para tener hijos. Según me contó, iban a buscar un donante de esperma. Dice que se enteró de que estaba embarazada ayer mismo, cuando vosotros se lo comunicasteis.

Le referí la conversación con Fidel del día anterior. No sabía lo que iba a declarar Fidel y mi obligación con Rafa era contarle todo lo que sabía. Cuanto antes lo supieran, antes podrían actuar.

–Gracias por venir a contármelo. Esto complica las cosas porque le pone a él aún más, si cabe, en el punto de mira. Lo que nos faltaba.

–Se lo dije. No pareció importarle mucho. Está obsesionado con pillar al padre del niño porque está convencido de que fue él quien mató a Imelda. Él desconoce mi vinculación contigo.

–Tal vez que Geni te acompañara le diera alguna pista al respecto –me espetó Rafa.

Como si no le hubiera escuchado, puse cara de póquer y pregunté:

–¿Está confirmado que ha sido un asesinato?

–No te lo puedo decir. Estamos terminando de preparar el informe para la juez de instrucción y es una noticia muy jugosa para la prensa. No puedo permitir ninguna filtración.

–O sea que sí. La han matado.

Esta vez fue Rafa el que me miró con cara de póquer a mí, como era de esperar, así que continué.

–Me preocupa que Fidel encuentre al padre del hijo de Imelda y vaya a por él –dije.

–Después de lo que me has contado, a mí también. No quiero a un grupo de guardias civiles cabreados con el amante de la mujer muerta de uno de ellos.

–Suena a marrón. Y a peligroso. Siento traerte malas noticias.

–Yo te lo agradezco. Sería mucho peor que esto me pillara por sorpresa. Fidel viene a declarar hoy a mediodía.

En ese momento sentí vibrar mi móvil y lo desvié al buzón de voz.

–Ahora que ya te he contado lo que sé, ¿quieres que te hable de mi discusión con Geni? –pregunté.

–Depende. ¿Tiene que ver con la muerte de Imelda Alborán?

–No.

–¿Interés policial?

–Ninguno.

–¿Me lo quieres contar por algo en especial?

–En realidad, prefiero no hacerlo, pero entiendo que puede afectar a mi amistad contigo y, si va a ser así, prefiero partir peras a la cara, que es más fácil.

–Pues entonces no quiero que me contéis nada ni tú ni ella. Prefiero evitar la tentación de posicionarme.

–Me encanta tu decisión. Eres un tío estupendo y el mejor comisario que ha tenido esta ciudad.

–Y tú eres una pelota redomada –respondió riendo.

–Anda, haz una llamada de esas que me abra todas las puertas para salir antes de que te abrace.

–Quieta ahí, no te lances, que ahora que me estoy poniendo guapo todas me miráis con malas intenciones y yo soy un hombre casado –bromeó con una carcajada.

Salí de la comisaría aliviada por la reacción de Rafa y un poco preocupada por el caso de Imelda. ¿Y si Fidel era un asesino capaz de matar a sangre fría a su mujer embarazada? ¿Y si lo que nos había contado era un cuento que no se tragaría ni un niño de seis años? Fidel parecía sincero y Geni le había creído como si se hubiera hecho realidad una de esas historias de novela romántica que tanto le gustaba leer. En cualquier caso, no era prudente fiarse de las apariencias. ¿Con quién habría ido Imelda a Zúrich?

La llamada que había recibido mientras estaba en la comisaría era de Rodrigo Villarreal. Nada más salir, consulté el buzón de voz.

El mensaje era desconcertante.

«Gracia, soy Rodrigo Villarreal, el abogado de la Seguridad Social –como si yo no supiera quién era–, llámame por favor o pásate por mi despacho. Hay novedades en el caso que tenemos abierto y me gustaría que me comunicaras los avances de tu investigación.»

Volví a escuchar el mensaje. El cambio de tono hacia mí era evidente. Quizá solo dejaba mensajes educados en las máquinas porque, como buen abogado, no quería que pudieran usarlos en su contra. O había ocurrido algo que yo desconocía. Llamé a su secretaria y quedé en acercarme a primera hora de la tarde.

Animada y deseando que llegara el momento de ver a Jorge para arreglar las cosas, empleé el tiempo en investigar la fundación a la que pertenecía Santiago Pérez Rubio. Me llevó menos de quince minutos localizarla. La única que cuadraba con el nombre que me había dado Lorenzo, el redactor de la revista *Triatlón*, se llamaba Multiple Sclerosis Sport Life Foundation y en su página web se podían ver fotos de Santiago en diferentes actos con pacientes de esclerosis múltiple. Me pareció chocante que estuviera en inglés y en alemán, pero no en español, y más extraño aún no encontrar en la web información sobre los estatutos o los patronos de la fundación. Ni siquiera tenían las memorias anuales publicadas. Miré las webs de otras fundaciones y asociaciones sobre esclerosis múltiple, ELA y otras enfermedades degenerativas, y en todas aparecían sus datos legales. Si bien una web podía contener lo que su propietario considerara oportuno, la costumbre era que esos datos estuvieran disponibles en la página de cualquier entidad.

En la web de Santiago había varios artículos sobre la esclerosis múltiple, sus efectos, tipos, síntomas, diagnóstico, estadios, dónde acudir, pero nada sobre la propia fundación más que fotos emotivas en hospitales infantiles con payasos o con Santa Claus, de Santiago en distintas competiciones y de actos que parecían ser conferencias.

Busqué en la base de datos *online* de fundaciones y no apareció. No quería decir nada: encontré más casos de asociaciones con las mismas características que tampoco aparecían. Además del Registro Estatal había distintos registros autonómicos, sin presencia en internet. No era una pista fiable.

Tampoco había forma de solicitar las cuentas anuales de las fundaciones desde internet. El Protectorado de Fundaciones solo obligaba al depósito de cuentas a las entidades que ejercían su labor a nivel estatal, no a las que lo hacían en una comunidad, aunque tuvieran mucho volumen económico o incluso realizaran su actividad en el extranjero. Se me cruzó la idea de que, si yo quisiera defraudar, la opción de una fundación sería una posibilidad para tener en cuenta.

Podía intentar hacer una parada en Madrid antes de volar hacia Copenhague y visitar las oficinas del Protectorado sin ninguna garantía de éxito, o podía intentar que lo solicitara Rodrigo desde su posición de letrado de la Seguridad Social. Él tendría más facilidades para encontrarlo y yo no me gastaría un dineral en un cambio de billete a última hora. Se lo pediría durante la reunión de la tarde si tenía oportunidad.

A la una del mediodía sonó mi teléfono. Era Rafa. Me extrañó. Había estado con él a primera hora de la mañana.

–Gracia, no quiero molestarte, pero ¿podrías venir a la comisaría? –me pidió.

–¿Ahora?

–Fidel Girón está aquí, ya ha terminado de prestar declaración, pero ha pedido hablar conmigo y que te avisemos a ti también para comentar algunos temas. Es irregular, pero me interesa escuchar lo que tiene que decir.

Me sorprendió y no era lo que más me apetecía hacer, pero no iba a negarle nada a Rafa. Desde que le conocía, me había hecho varios favores en nombre de mi amistad con su mujer, amistad que yo había saboteado el día anterior. No sabía cuál era el código de vestimenta en una declaración policial, pero por si acaso, busqué una americana en el armario, cogí mi bolso y subí caminando a la sombra de los enormes árboles del parque. En menos de diez minutos estaba en la comisaría.

–Acompáñame –dijo Rafa cuando me recibió en la puerta de su despacho–. Fidel está esperándonos en una sala.

–Me da pena este hombre, pero me inquieta que me haya llamado. ¿Para qué quiere que yo esté aquí? –pregunté mientras le seguía por el pasillo.

–No tengo ni idea. Si te ayuda, te recuerdo que fuiste tú la que te presentaste en su casa sin conocerle de nada a sonsacarle información sobre su mujer.

–Te lo estás pasando bien a mi costa, ¿eh? Como sea un asesino en serie y esto una treta para localizarme, se te va a caer el pelo, comisario –bromeé.

–No parece que Fidel tenga mucho problema en localizarte y que te vayas a tomar unas cañas con él y con mi mujer. Además, sería el primer asesino en serie que elige la comisaría como lugar de encuentro con su víctima.

–¿Ya sabéis lo que hizo Imelda los últimos días antes de morir? –pregunté, evitando responder a su pulla, y continué avanzando por el pasillo.

–Sabemos que Imelda estuvo en Zúrich varios días, sabemos en qué avión fue y en qué avión volvió. También sabemos quién pagó sus billetes y viajó con ella. Fueron y volvieron juntos según los registros.

–¿Quién es?

Rafa se calló, con un gesto que no dejaba lugar a dudas: no iba a darme su nombre. Al final, se paró y abrió la puerta de la sala donde nos esperaba Fidel acompañado de un policía. El agente salió en cuanto entramos nosotros.

La estancia era una habitación sencilla, con ventana, una mesa de madera con un teléfono en medio y varias sillas negras, imitación de piel. Una sala de reuniones sobria y funcional. Me había imaginado que entraríamos en un habitáculo sin luz ni salida al exterior, con un gran espejo en la pared y mobiliario de metal que parecería sórdido bajo una luz mortecina. Demasiadas películas de polis americanos.

–Hola, Gracia, me alegro mucho de que hayas podido venir –dijo Fidel cuando entramos. Se levantó de su silla y me dio dos besos que en aquel entorno me incomodaron.

Fidel se había vestido con su uniforme. Debía de estar pasando calor. Hacía un día de bochorno y en la sala no estaba puesto el aire acondicionado.

–Hola, Fidel, ¿o debería llamarte comandante? –pregunté al fijarme en las tres estrellas de sus galones. No sabía mucho de la guardia civil, pero creía recordar que las estrellas de los galones indicaban rango de oficial.

–Capitán, soy capitán –dijo con voz firme.

–¿Capitán? Si eres muy joven.

–Ya te conté que había estudiado en la academia militar. –Agradecí que no nombrara a Geni–. Salí de teniente, me especialicé en explosivos en Madrid, después me presenté a capitán. Me ascendieron este año.

–¡Vaya carrerón!

–¿Nos sentamos, por favor? –invitó Rafa cortando la conversación–. Capitán Girón, cuando quiera.

–Como he afirmado en mi declaración, no es posible que yo sea el padre del hijo que esperaba mi mujer –dijo Fidel abordando el tema sin dilación–. No es fisiológicamente posible.

El lenguaje y el comportamiento de Fidel eran diferentes a los que yo conocía de mis anteriores encuentros con él. Me recordó a un niño portándose bien delante de sus padres mientras que decía más palabrotas que ningún otro cuando no había adultos presentes.

–Si da su consentimiento, le haremos una prueba de ADN para cotejarlo con el del bebé que esperaba su esposa y adjuntarlo como prueba en el informe del caso –respondió Rafa.

–Por supuesto, comisario. Cuente con ello. He pedido hablar con usted y con Gracia para contarles algo que no consta en mi declaración porque no tengo pruebas de lo que voy a decir: he estado averiguando lo que hizo Imelda en los últimos meses y creo saber quién es el padre del niño. En vez de hablar yo con él, he preferido notificárselo a ustedes de forma extraoficial.

–Cuéntenos, capitán, por favor.

Rafa se mostraba educado en exceso. Parecía que ambos estaban bailando un vals acompasados. Desconocía cómo era la relación entre la Policía Nacional y la Guardia Civil, supuse que complicada como en todos los cuerpos que tienen funciones cruzadas, pero no tenía constancia de ello. Lo que sí parecía haber era un respeto mutuo por el cargo del otro. Me costaba mirar a Fidel desde esa óptica. Yo seguía viendo al tipo tatuado que desayunaba Heineken después de una noche de juerga y al marido destrozado por la muerte de su mujer.

El hombre del que sospechaba Fidel era suizo, hijo de emigrantes asturianos que fueron a trabajar allí en los años sesenta. Los padres, una vez jubilados, habían vuelto a vivir a su tierra, a Candás, un pequeño pueblo costero cercano a Gijón y a Avilés, de donde eran naturales. El hombre era veinte años mayor que Imelda. Llevaba poco en España, aunque desde niño acostumbraba a pasar el verano y la Navidad en casa de sus abuelos. La historia que contaba Fidel era la de tantos otros. Lo que no era tan habitual es que el potencial padre del niño de Imelda era un proxeneta de lujo, tenía una empresa de hostelería y, en sus locales, las prostitutas de alto nivel contactaban con sus clientes. La mayoría de sus negocios estaban en Suiza y había empezado a abrir locales en España, uno de ellos era el Match Point, donde Imelda había pagado veinte euros con su tarjeta.

—¿De todo esto te has enterado esta noche o ya lo sabías ayer cuando hablamos? –pregunté. Yo no tenía que seguir ningún protocolo.

—Ayer no estaba seguro. Hoy sí. Llevo investigando desde que me notificaron la muerte de Imelda.

—Es raro que Imelda utilizara la tarjeta en el local de su... —no encontré la palabra adecuada para terminar la frase.

—Tabaco, supongo –dijo Fidel.

—¿Imelda fumaba? ¿Embarazada?

—No lo sé. En los últimos años lo dejó varias veces, pero volvió a recaer.

—Aun así, es un poco caro para tabaco.

—En ese local una botella de agua cuesta el doble de eso.

—¿Ha estado usted allí? –intervino Rafa.

—Sí. Ayer. Quería conocer los negocios del tipo que estaba liado con mi mujer.

—¿Cómo se llama? –intervino Rafa.

—Pelayo Granda.

Miré a Rafa y su gesto me indicó que la investigación de Fidel iba por el camino correcto. Ese debía de ser el hombre con el que Imelda viajó a Zúrich.

—¿Y ese señor se encuentra bien? –intervine mientras me invadían las sospechas.

Fidel me miró alertado, como si acabara de traicionarle.

—¿Tiene conocimiento de si Pelayo Granda se encuentra bien, capitán Girón? –repitió Rafa.

—Algo me han contado acerca de una pelea callejera esta mañana, pero nada grave.

—Ya –dijo Rafa–. Sería estupendo, capitán, que mientras investigamos a Pelayo Granda, la guardia civil y en especial el grupo de artificieros estuviera alerta para mantener su seguridad. ¿Podría la policía contar con esa colaboración?

—Claro, comisario —se apresuró a confirmar Fidel—. ¿Eso quiere decir que le van a investigar por el asesinato de Imelda?

—Eso quiere decir que hasta que no terminemos la investigación sobre la muerte de su mujer no vamos a cerrar el caso. Y para eso es necesario garantizar la seguridad de todos los implicados.

—Por supuesto, cuente conmigo y con todo el cuerpo de la Guardia Civil.

—Me alegra oír eso, capitán Girón. Tenga paciencia.

—¿Paciencia, comisario? ¿Sabe lo que estaba haciendo yo mientras asesinaban a mi mujer? Estaba en Gijón de copas con un amigo, disfrutando la semana de fiestas mientras esperaba paciente a que ella volviera a casa. ¿Se imagina cómo me siento cada vez que lo pienso? ¡Joder! Si hubiera sabido lo que estaba ocurriendo en ese momento... No me pida ahora que vuelva a tener paciencia.

Fidel metió la cabeza entre las manos y Rafa y yo nos quedamos callados, en respeto a su dolor.

En ese momento supe que Rodrigo y Fidel eran los dos hombres que había visto salir del local cercano al hotel donde me alojé con Sarah en Gijón la madrugada del viernes. No me había equivocado.

Rafa se levantó para darle la mano y salió de la sala haciéndome un gesto para que le siguiera. Me levanté, pero no salí tras él, me quedé sujetando la puerta. Fidel ya se había repuesto y me miró expectante.

—¿Para qué querías que estuviera hoy aquí? —le pregunté cerrando la puerta de nuevo al apoyar mi espalda contra ella.

—Porque eres mi mejor referencia en este asunto. También he preguntado por ti y sé quién eres y que tienes buena relación con el comisario Miralles. Sé que la amiga con la que viniste ayer es su mujer. Con lo que acabo de contarles, me he convertido en el principal sospechoso: el marido cornudo y estéril.

Aquella confesión me alarmó. Cuando vi a través del cristal de la puerta que Rafa se alejaba por el pasillo, me senté de nuevo.

–No creo que al comisario le guste que un sospechoso de asesinato haya estado hablando del caso con su mujer –dije–. Y a mí no me gusta nada que hagas averiguaciones sobre mí.

–Yo no voy a contarle nada de esto al comisario si es lo que te preocupa. Es cosa vuestra. Pero no voy a quedarme en casa llorando. Imelda era mi mujer y no voy a dejar de luchar hasta conseguir que el que le ha hecho esto se pudra en la cárcel.

–Pero ¿qué es lo que estás haciendo? ¿Investigar a otras personas a saber con qué medios ilegales y pegar palizas?

–Ilegales no. –Obvió lo de las palizas–. Yo no he hecho nada ilegal. Solo he buscado y preguntado por ahí.

–¿De qué te has enterado?

–De que eres investigadora privada, experta en fraudes financieros, que llevas poco tiempo aquí y que perdiste a tu hijo. Lo siento. Muchísimo. Ahora sé que entiendes mejor que nadie por lo que estoy pasando. Supongo que por eso conecté contigo. Hay cosas que se perciben. Reconoces al que sabe cómo te sientes.

Fidel tocó el único tema que no le iba a permitir. ¿Cómo se atrevía a pensar que podía imaginar cómo me sentía yo, a cuantificar mi dolor o a compararlo con otros? ¿Acaso había medido yo su pena?

–No sé si es muy prudente por mi parte decirle esto a un capitán de la guardia civil vestido de uniforme, pero me están entrando unas ganas tremendas de mandarte a la mierda –le dije sin importarme que fuera guardia civil, asesino o domador de elefantes.

Vi la sorpresa en la cara de Fidel ante mi reacción.

–Lo siento –farfulló–. No sé qué he dicho para que te pongas así, pero no quería molestarte. Es que tengo la sensación de que, si yo no hago nada, el asesino de Imelda se librará.

–Pues confía en que la policía sabe hacer su trabajo –dije.

–¿Qué harías tú en mi situación?

–¿De qué conoces a Rodrigo Villarreal? –le increpé haciendo caso omiso de su pregunta.

Si se sorprendió de que yo supiera el nombre del amigo con el que estaba en Gijón la noche de la muerte de su mujer, no dio ninguna muestra de ello. ¿Ya lo sabía y habría estado hablando de mi vida con Rodrigo? Era lo último que necesitaba yo en ese momento.

–Nos conocemos desde hace tiempo. Entrenamos juntos y le tengo mucho aprecio. Practica Krav Magá, como yo, y en Oviedo solo hay un sitio para entrenar. Somos pocos. Tenemos muy buen rollo desde hace años.

–¿Te contó él a qué me dedico y el resto de las cosas que has averiguado?

–A lo que te dedicas es público, viene en tu página web y en LinkedIn. Ahí me enteré de que conocías a Rodrigo, lo tienes de contacto. ¿Por qué estás tan cabreada?

–Porque me has investigado, porque trabajo con Rodrigo y porque me hubiera gustado mantener mi vida privada y profesional separadas.

–Por mí puede seguir así. No quiero causarte ningún problema. No voy a hacer nada que pueda perjudicarte. Hoy has venido hasta aquí y estoy muy agradecido.

–Por lo pronto, te has dedicado a hurgar en mi vida.

–No he contado a nadie lo que he averiguado y no lo voy a hacer. Ni siquiera a Rodrigo, si es eso lo que te preocupa. Soy un tío de palabra –aseguró–. Tampoco he encontrado ningún secreto, que yo sepa. Busqué información sobre ti antes de saber que Imelda había muerto. En cuanto saliste de mi casa. ¿Pensaste que podías aparecer por allí haciendo preguntas sobre mi mujer y que yo me iba a quedar tan tranquilo?

Guardé silencio. Fidel tenía razón. Yo me había quedado con la idea del tío insensato y juerguista que habían descrito Teo y mi hermana, pero Fidel era mucho más que eso. Era un tipo listo y un profesional. Lo que aparentara era otra historia.

–Por cierto –continuó–, Rodrigo está quedando con una amiga tuya. Te lo cuento por las molestias que te estoy causando.

–¿Te lo dijo él?

–No, ni siquiera sé si Rodrigo sabe que sois amigas, yo no se lo he dicho y él tampoco me ha comentado nada, pero sí me ha hablado de ella. Dice que es espectacular, guapa, lista y divertida. Cuando me dijo que era farmacéutica y se llamaba Sarah, caí en que era tu amiga. La había visto en tu Instagram y en tu Facebook, las dos tenéis los perfiles poco protegidos. Y el de Geni está igual. Por eso sé quién es. Rodrigo me contó que a Sarah se la presentó Ricardo, un colega que tiene una tienda de suplementos deportivos. Es un tío muy majo. Entrena Krav con nosotros. Todo el grupo compramos en su tienda. La parte de alimentación biológica es única.

–¡No jodas! ¿Todos los tíos de esta ciudad practicáis la bestialidad esa del Krav Magá? ¡Y no fastidies que tú tomas alimentación biológica! –dije, aunque lo que en realidad me molestaba era haber permitido que un Fidel cualquiera accediera a lo poco que publicaba en redes sociales. Poco pero suficiente para localizarnos a Sarah, a Geni y a mí.

–El Krav no es ninguna bestialidad y sí, prefiero los alimentos naturales, ¿qué problema hay? Soy deportista y me gusta cuidarme.

—Pero si el Krav Magá ni siquiera se considera deporte. Los combates son ilegales.

—¿Ves? No somos agresivos. Al que le gusta dar de hostias hace otra cosa, va donde las pueda dar. ¿Qué es lo que te molesta tanto? No entiendo qué he hecho para que te hayas puesto así.

—Tienes razón. Disculpa. No estoy molesta contigo, yo en tu lugar también habría investigado. Es solo que es el último crep de la torre —respondí. Él no me entendió.

De pequeñas, Bárbara y yo hacíamos torres de creps con chocolate. Yo ocultaba los rotos en el medio, empapados de chocolate y dejaba los más bonitos para el final. Quería ganar a mi hermana por un crep de más y, siempre, al poner el último, mi torre se desmoronaba dejando ver todos los creps rotos del interior. Ya tenía bastantes complicaciones y que Fidel Girón y Rodrigo Villarreal fueran amigos no presagiaba nada bueno.

Hice ademán de despedirme. Lo último que necesitaba Fidel en su situación era aguantar mis frustraciones.

—Espera, no te vayas, necesito hablar contigo. Quiero pedirte algo muy importante. Necesito que vayas a Zúrich —dijo.

—¿Estás de broma?

En ese momento un agente de policía entró con varios papeles en la mano. Supuse que era la declaración de Fidel, para que la firmara. Fidel le pidió un par de minutos más y el agente vaciló, pero salió de la habitación. Le vi quedarse observando por el ventanuco de cristal de la puerta.

—Quiero contratar tus servicios como investigadora privada —dijo Fidel—, yo corro con los gastos y con tu tarifa. No haré preguntas. Puedes irte al hotel más caro y a cenar al restaurante de moda. No diré nada. Me parecerá bien con tal de que investigues. Sea cual sea el resultado.

—¿A qué quieres que vaya a Zúrich?

—A investigar dónde estuvo Imelda y a encontrar pruebas contra ese cabrón de Pelayo Granda. La policía española no puede hacer nada más que esperar a que les respondan los suizos y ya entenderás que yo no puedo ir. Estoy en el punto de mira de la policía y de la guardia civil. Es posible que incluso me quiten el pasaporte.

—Entiendo que lo estás pasando muy mal, pero es una mala idea.

—¿Por qué? Tú te dedicas a esto, ¿cuál es el problema? Te contrato. Soy un cliente como otro cualquiera —insistió.

—Entiendo que contrates a un detective, pero no a mí. Yo soy investigadora financiera, soy buena con los números, pero no tengo la menor idea de investigar ninguna otra cosa y menos una muerte. Si aceptara tu encargo sería una irresponsabilidad profesional por mi parte —intenté razonar.

Fidel guardó silencio pensativo.

Ya se me había pasado el cabreo con él. A fin de cuentas, él conocía a Rodrigo mucho antes de que yo, una completa desconocida, me presentara voluntariamente en su casa preguntando por su mujer. Aunque tenía muchas dudas sobre él, si lo que decía era cierto, no había hecho nada que yo no hubiera hecho en sus circunstancias. Si la historia de Fidel era cierta y ese tipo, Pelayo Granda, había matado a su mujer después de dejarla embarazada, tenía que estar desesperado.

—Me da igual —dijo de pronto—, yo prefiero que lo hagas tú. Rodrigo dice que eres concienzuda y muy persistente y eso es lo que yo necesito.

¿Rodrigo Villareal había dicho eso de mí? Eso sí que me sorprendió, pero no quise que Fidel lo notara. Había hablado con Rodrigo sobre mí. Me costaba creer que no le hubiera contado que Sarah y yo éramos amigas.

—Aunque quisiera aceptar tu encargo no es posible porque me voy unos días. Estoy en medio de una investigación.

—¿Adónde vas a ir?

—A Dinamarca.

—Zúrich está cerca de Dinamarca.

—Zúrich está más cerca de Madrid que de Copenhague, aunque en el mapa no lo parezca. Lo siento, Fidel, no voy a aceptar tu encargo. El comisario Miralles averiguará lo que le pasó a Imelda —me despedí y salí de la sala antes de arrepentirme y ceder ante las peticiones de un viudo atormentado. Era un tío muy pesado. Y simpático. Y capitán de la guardia civil. Y quizá un asesino cruel y despiadado.

Me fui directa desde la comisaría al despacho de Rodrigo Villarreal. Tenía la desagradable sensación de que empezaba a encontrar a Rodrigo hasta en la sopa. Mi futuro profesional estaba en sus manos, Sarah y él estaban quedando y ahora, además, era amigo de un sospechoso de asesinato que quería convertirse en mi cliente. Llegué a su despacho con tres minutos de antelación.

«Adelante, don Rodrigo la está esperando», me dijo su secretaria con una sonrisa que dejó ver un resto de comida entre su colmillo izquierdo y su primer molar. Parecía un trozo de lechuga. Me dio asco ver aquella combinación de labios pintados de rojo y dientes sucios.

En un aséptico cartel negro sobre una puerta gris que daba paso al despacho de Rodrigo Villarreal leí: Subdirector Asesoría Jurídica. Nunca había estado allí. Siempre me había recibido en una sala de reuniones.

—Pasa, ¿qué tal estás? —me saludó Rodrigo poniéndose de pie—. ¿Un café? —ofreció como si fuéramos amigos o alguien interesante a quien quisiera conocer.

—¿Un café? ¿Hoy tenéis el expreso especial con un toque de arsénico?

Su cara volvió a ser la que yo solía ver, con el sarcasmo listo para ser disparado. Para mi sorpresa, Rodrigo se contuvo.

–Lo decía en serio, intentaba hacerte sentir cómoda.

–Y yo te lo agradezco, aunque no niego que me sorprende.

–No soy tan mala gente.

Ignoré su comentario y él continuó.

–Santiago ha retirado la demanda por acoso –dijo–. ¿Fuiste a ver a su madre?

–Sí.

Esperaba que el Rodrigo Villarreal más crítico apareciera detrás de aquella máscara amable que se había puesto para la ocasión. En cambio, se interesó por mi investigación.

–¿Qué averiguaste?

–De la visita a la madre, poco. Que él no estaba en casa y que, según la asistenta y las vecinas, allí no vive nadie llamado Santiago. Sin embargo, la madre asegura que sí, que viven allí los dos. Su marido murió hace poco. Eso lo confirma su certificado de defunción. Por el contrario, los certificados de nacimiento indican que ella no tiene ningún hijo llamado Santiago Pérez Rubio. Sí que tiene un hijo, pero se llama Federico Baides Rubio. En cambio, la hermana de Carolina, una tal María Aurora Rubio Fernández, tiene un hijo llamado Santiago Pérez Rubio. Federico y Santiago son casi de la misma edad. Carolina, la supuesta madre de nuestro funcionario, se puso muy nerviosa con mi visita. Me dijo que Santiago estaba en el médico.

–A ver si me entero –dijo Rodrigo–. Santiago Pérez Rubio no es hijo de la señora que vive en el domicilio de su ficha, la tal Carolina, pero ella dice que sí. Sin embargo, es hijo de ¿su hermana? O sea, que es su sobrino.

–Eso parece –confirmé.

—Me resulta muy curioso que si ellas son hermanas y Santiago Pérez es el sobrino de Carolina, se llame igual que su marido.

—No es tan raro, es una simple coincidencia: el padre de Carolina y su hermana también se llamaba Santiago, como el marido de Carolina. Nuestro funcionario lleva el nombre de su abuelo. Santiago es un nombre común. No es extraño que hayan coincidido.

—¿Has avanzado más? –preguntó.

—¿De verdad te interesa?

—Si este tío es un defraudador y no está enfermo, quiero pillarlo. No me gustaría que nos tomara el pelo.

—¿Y este cambio a qué se debe? Antes no querías hacer nada –insistí–. ¿Qué ha pasado para que cambies de opinión?

—Tú ves claro que este tío miente, ¿no?

—Sí. Yo sí. Y tú no.

—Yo lo que veo son muchas cosas raras. Si este tío ha retirado la demanda por acoso es por alguna razón. Creo que tu insistencia le ha asustado y eso significa que tiene algo que ocultar. ¿Qué más sabes?

—Sé que no le ha atendido ningún médico aquí para la esclerosis múltiple, al menos en la sanidad pública. Hace más de diez años que no va al hospital.

—¿Cómo te has enterado? Esos datos son confidenciales.

—Lo sé –concedí sin ninguna intención de dar más explicaciones. Bárbara me había hecho el favor y ese secreto se iría conmigo a la tumba. Entonces, me di cuenta de que Rodrigo no había demostrado la más mínima sorpresa–. ¿Tú ya lo sabías?

—Sí. Lo descubrí ayer. Lo que no sabía es que lo sabías tú.

—¿Y cómo lo sabes tú? –pregunté.

—Igual que tú, simplemente lo sé. Parece que llevamos la misma línea de pensamiento –reflexionó Rodrigo.

—Sí. Y no deja de resultarme chocante —resoplé.

Rodrigo hizo caso omiso de mi comentario y continuó preguntando.

—¿Sabes algo más?

—Sé que en el barrio no conocen a ningún enfermo en esa casa y que el hijo de Carolina, y con hijo me refiero al del Registro Civil, Fede Baides, no a nuestro funcionario, no vive con ella. Ni siquiera vive en Oviedo. Cuando viene a visitarla sale a correr y a montar en bici por el Naranco con una camiseta que pone «Multiple Sclerosis Sport Life Foundation».

—¿Cómo te has enterado de todo eso?

—Necesitaba un corte de pelo.

—¿Preguntaste en la peluquería?

—Resumiéndolo mucho: sí.

—Impresionante. ¿No pensabas decirme nada? —recriminó Rodrigo.

—Te pusiste hecho una furia cuando perdimos el juicio, así que no pensaba comunicarte novedades hasta que tuviera datos en firme que se pudieran usar en el juzgado.

—Tenía motivos para estar cabreado. Todavía lo estoy y, aun así, te he proporcionado toda la información que me has pedido, incluso la que no debía, pero parece que ha valido la pena arriesgarse. Los certificados de nacimiento sí son pruebas que podemos utilizar en el juzgado cuando llegue el momento.

—También tengo los de matrimonio y defunción, pero no me pareció suficiente para contártelo. Hace unos días no querías ni oír hablar del tema.

—¿Por qué te estás tomando tantas molestias? —preguntó.

—Porque no me gusta equivocarme, ¿por qué te las tomas tú?

—Por algo parecido.

–¿Y ahora qué? ¿Vas a seguir?
–Mañana salgo para Dinamarca –respondí.
–¿De vacaciones?
–No, me voy a Copenhague a ver la competición del único Ironman que se celebra en una capital europea y en el que compite Santiago Pérez Rubio o quien sea con su nombre. Se celebrará este domingo y voy a verle en persona y a hablar con él.
–¿Vas a Copenhague a buscar a ese tío? A esto le llamo yo tomarse un caso en serio. No la hacía tan peleona, señorita San Sebastián. ¿Sabes que si no podemos volver a llevarle a juicio y ganamos no vas a recuperar los gastos?
Asentí con la cabeza.
–¿Dónde te vas a alojar? –preguntó
–¿Por? ¿Acaso quieres apuntarte, señorito Villarreal?
–Quiero tenerte localizada. Por si acaso –respondió sin darse por enterado de mi pulla.
–Qué detalle, Rodrigo. No es necesario, me cuido sola. –A la vista de su expresión rectifiqué. No me interesaba forzar que nuestra relación volviera al mal camino–. Me alojo en el hotel oficial de la competición donde supongo que también se alojará él. Un detalle más que olvidaba: la médica que ha firmado los partes de enfermedad de Santiago durante los últimos cinco años se dio de baja en el colegio de médicos de Asturias hace tres semanas. Dicen que se ha trasladado a otra comunidad, pero no tienen más información. Es psiquiatra.
–Curiosa especialidad para atender a un paciente con lumbalgias recurrentes que termina con esclerosis múltiple –reflexionó Rodrigo en voz alta.
–Ella dice que atendía a Santiago porque el dolor recurrente, sin una explicación sobre su origen, le estaba produciendo una depresión.
–¿Has conseguido hablar con ella?

—Sí. Resulta que su domicilio también es la casa de Carolina. Según el padrón, eso es el camarote de los hermanos Marx. La realidad es que, de todos los que dicen que viven ahí, viven muy pocos. Necesitaría hacer algunas comprobaciones más. En una de ellas me sería muy útil tu ayuda.

—¿Qué necesitas? —ofreció.

Le pedí que consiguiera las cuentas de la fundación a la que pertenecía, todavía no sabía en calidad de qué, Santiago Pérez Rubio.

—Es importante comprobar si la fundación existe de verdad y yo no vuelvo hasta dentro de una semana —dije.

—¿Vas a estar una semana fuera?

—Después de Copenhague, voy a hacer una parada en Zúrich.

—¿Zúrich? ¿Por el caso?

—Un tema personal.

En algún momento, posiblemente antes de salir de la comisaría, había decidido hacer lo que me había pedido Fidel. Por mi cuenta y sin decirle nada. No quería darle falsas esperanzas ni comprometerme con su caso de forma oficial.

—Yo me encargo de la fundación de Santiago Pérez Rubio. Tú continúa en la misma línea. Tengo la sensación de que vamos a llegar al final de este enredo.

El plural que utilizó Rodrigo me dejó atónita. ¿Desde cuándo éramos un equipo?

Nos despedimos muy educadamente como si las tensiones de los días anteriores no hubieran existido, como si él no supiera quién era Sarah y yo no conociera a Fidel.

Volví al despacho de muy buen humor: la relación con Rodrigo parecía haberse suavizado, iba a descubrir el secreto de Santiago Pérez Rubio en Copenhague, hacía un día precioso y lo más importante: iba a volver a casa con Jorge y empezar de nuevo.

Cuando llegó la hora de dirigir mis pasos hacia mi encuentro con Jorge, lo hice exultante, con las ideas claras y un futuro que, por primera vez en tres años, se me antojaba interesante.

Todo a mi alrededor era bullicio y alegría. Los columpios de La Losa estaban llenos de niños jugando y comiendo helados y, en las terrazas, donde pequeños y mayores merendaban o tomaban una cerveza al sol del norte, que calentaba la piel sin quemar ni molestar, no había un solo sitio libre. Aquellos días la ciudad estaba ocupada por los turistas que, en las últimas horas de la tarde, ya de vuelta de las excursiones del día o de la playa, paseaban mientras hacían fotos y consultaban en el móvil cómo llegar a los sitios de interés. Sin prisa, inmersa en mis pensamientos, llegué al portal de nuestra casa y llamé al telefonillo.

–Sube –respondió Jorge–. Estoy en una videoconferencia con México. En diez minutos termino.

Subí, entré con la llave y me serví un vaso de agua.

–¿Cuándo tienes la siguiente reunión? –pregunté en cuanto asomó la cabeza por la puerta del salón, nada más librarse de los mexicanos.

–En dos horas. Ahora tengo curro, pero puedo hacerlo luego.

–¿Estás haciendo limpieza? –dije señalando varios montoncitos de objetos clasificados que se apilaban junto a la escalera, en el recibidor de nuestro piso.

Me miró con una expresión que no me gustó.

–Estoy preparando todo para irme –soltó sin preámbulos.

Noté que mi corazón se aceleraba.

–¿Cómo qué irte? Yo no quiero que te vayas.

–Explícate –respondió muy serio, aunque inmediatamente suavizó el gesto.

No dejé de notar que había hecho una pausa más larga de lo normal antes de contestar. Jorge mantenía el tipo en todas las situaciones aparentando más aplomo del que sentía, que superaba con mucho la media de la población humana, pero yo reconocía sus momentos de recomposición cuando algo le descolocaba para bien o para mal.

Achaqué la duda de Jorge a la sorpresa por mi declaración después del final de nuestra última cita y le conté lo que había ido a proponerle.

–Siento mucho lo que ocurrió el otro día. Quiero volver a casa contigo. Quiero tener otro hijo. O dos. O los que sean. Y no me importa que nos vayamos de aquí. O que nos quedemos. Lo único que no quiero es volver a Nueva York. Madrid, si tú quieres, estará bien. O cualquier otro lugar en el que pudiera seguir con mi actual trabajo. O con algo parecido. Te quiero. Eres el hombre de mi vida. Y siento mucho haber necesitado irme tres meses para reconocer que no quiero estar separada de ti por duros que sean los momentos que nos toque vivir.

Su cara se quedó rígida, sostuvo la mirada y no dijo nada. No era esa la reacción que esperaba. Me invadieron mis peores temores, pero confié en que solo necesitaba tiempo para asimilarlo.

–¿Por qué quieres irte de aquí? –preguntó con aspereza.

–¿Qué clase de pregunta es esa? De todo lo que te he dicho ¿me preguntas eso?

Algo no iba bien. Nada bien.

–Te lo pregunto. ¿Por qué?

–No me has entendido. Yo no quiero irme, pero tampoco necesito estar aquí. Lo de Madrid era solo una idea porque el otro día dijiste que estar aquí complicaba tus viajes. Si tú quieres, claro que nos quedamos. Yo encantada. Solo entendí que querías irte.

—Pero no estás preparada para volver a Nueva York.

—No, no quiero volver a Nueva York—respondí sin saber adónde quería ir a parar Jorge.

—El otro día ni siquiera estabas preparada para pasar una tarde feliz conmigo. Tuviste una reacción totalmente desproporcionada. Y si tenemos un hijo y no estás preparada para volver a ser madre, ¿qué haremos?

—Eso es una gilipollez. ¿Adónde quieres llegar?

Me estaba cabreando mucho y muy rápido.

—No quiero llegar a ningún sitio. Lo que quiero es entender el porqué de este cambio y su solidez. El otro día tuviste un ataque de histeria porque te habías permitido ser feliz conmigo. No estás bien.

—Llorar en la ducha no es un ataque de histeria y me sentó fenomenal. Solo necesitaba soltarlo. Ya está. Fue algo bueno —dije haciendo un gran esfuerzo por parecer relajada y tranquila.

—¿Algo bueno? Vale, no lo llamemos histeria si no quieres, pero yo también estaba allí y sé lo que ocurrió: pasamos una tarde maravillosa y después estuviste una hora llorando en la ducha. Y hace una semana me gritaste que yo no quería a Martin y te fuiste corriendo. ¿De verdad esperas que confíe en que lo que me propones es cierto?

—Lo espero porque estoy plenamente convencida de mi propuesta.

—Últimamente que tú estés plenamente convencida no es ninguna garantía.

—No te pases, Jorge. Sé lo que quiero y ni tú ni nadie va a hacerme dudar —respondí, manteniendo la calma, en un duro ejercicio de autocontrol.

—No hace falta que yo te haga dudar, ya lo haces tú sola.

—Ya entiendo. Tú no quieres volver a empezar conmigo porque ya tienes otros planes —le acusé. Le conocía demasiado bien.

—No he dicho eso.

—No lo has dicho, pero es así. Ya no quieres estar conmigo ni quieres tener otro hijo.

—No es eso. Lo estás diciendo tú todo —protestó.

—Lo estoy diciendo yo porque tú no estás diciendo nada. ¿Quieres estar conmigo? ¿Quieres tener más hijos?

—Ahora mismo, no —admitió.

—¿Ahora no? ¿Y después sí?

—Con el tiempo sí quiero tener más hijos.

—Yo no tengo mucho más tiempo. Y, cuando llegue tu momento, ¿querrías tenerlo conmigo o con otra persona?

—No voy a negar que con otra persona sería más fácil —confesó Jorge.

—Claro que sería más fácil. Sin recuerdos dolorosos, sin miedos irracionales, sin traumas, todo de cero. Volver a empezar sin la carga del pasado. ¿Quieres hacer eso? ¿Borrarlo todo e intentarlo otra vez? Conmigo no puedes.

—Así es. Estos días he comprendido que tú y yo no podríamos hacer eso y yo no quiero vivir siempre entre miedos y recuerdos tristes. No quiero que, si tengo otro hijo, todo eso le caiga encima. No quiero sobreprotegerle ni traumatizarle.

—Lo que estás diciendo es que si tengo un hijo le voy a amargar la vida porque el miedo por lo que le pasó a Martin no me va a permitir ser una madre normal —dije.

—Lo que digo es que va a ser difícil que, si tenemos otro hijo, podamos educarle como merece, partiendo de cero para él.

—Quieres decir que yo no puedo, pero tú sí.

—Quiero decir que juntos sería difícil hacerlo bien.

Yo no hablé y Jorge calló, en uno de esos silencios que dicen más que las palabras.

—Me estás echando a mí la culpa de tus propios miedos y yo no puedo asumir tu carga, llevo haciéndolo tres años y me está machacando. Me duele muchísimo que te vayas, muchísimo y, desde luego, no era así como pretendía que acabara nuestro matrimonio, pero tienes razón, si te sientes así, es lo mejor para los dos –dije después de los varios segundos que me costó procesar las palabras de Jorge, la persona que más quería en el mundo, el hombre que pensaba que era mi refugio y que había dejado de serlo desde el primer momento en que lo necesité. Había sido una ingenua al pensar que todo podía volver a ser igual.

Salí de mi propia casa dolida, decepcionada, con mis sueños hechos polvo, como si hubiera estado casada diez años con una persona que huía buscando la solución fácil.

Caminé largo rato por la calle, sin rumbo, hasta darme cuenta de que Jorge no era el tipo de persona que huía. Él era un guerrero, se esforzaba mucho por conseguir lo que quería y si no luchaba por nosotros era porque yo ya no le interesaba. Jorge había perdido las ganas de pelear después de tres años de silencio entre los dos. Se iba, quería empezar una nueva vida lejos de mí y de nuestros recuerdos.

21 de septiembre de 2012. Zúrich

Verena Bauer estaba deseando que llegara el sábado para contarles a sus padres que iba a casarse. Se había mudado a Zúrich desde Friburgo contratada por el cuerpo diplomático alemán dos años atrás. Primera de su promoción en sus estudios de Educación Infantil, su familia poseía tres guarderías en Friburgo y dos en Villingen-Schwenningen, la ciudad natal del embajador alemán en Suiza, cuyos sobrinos asistían a uno de los centros propiedad de los padres de Verena. La experiencia familiar tuvo mucho peso cuando la seleccionaron para el puesto. La salida laboral más natural para Verena habría sido trabajar en la empresa familiar y en esa dirección se enfocaban sus planes, pero primero quería conocer otras formas de gestionar el negocio, curtirse y ver mundo. Su trabajo le encantaba y la vida en Zúrich era fascinante. En invierno le gustaba ir a esquiar en sus días libres. En verano, la ciudad se llenaba de turistas y entraba en ebullición, se convertía en una especie de parque de atracciones con actividades al aire libre, terrazas, vida social, deportes acuáticos en el lago Zürisee y un sinfín de posibilidades. Echaba de menos a sus padres y a sus hermanos, pero se escapaba a menudo a verlos y ellos la visitaban con frecuencia. Solo estaban a dos horas de trayecto.

Todavía no le había hablado a su madre de Pelayo Granda. Pelayo estaba divorciado de una profesora de flamenco, tenía dos hijos y veinticinco años más que ella. Le había conocido en casa del consejero cultural, padre de uno de los niños que ella atendía, y Pelayo la conquistó de inmediato. Se sintió atraída por aquella fuerza animal innata, que Verena había visto fingir a otros hombres sin conseguirlo. La de Pelayo era natural. En principio, pensó que sería una aventura, una experiencia inolvidable para recordar el resto de su vida, antes de buscar un novio y tener la vida que deseaba: Verena quería casarse y tener hijos antes de los treinta. No entraba en sus planes hacer todo eso con un hombre mayor, pero sin que pudiera evitarlo, la aventura con Pelayo se convirtió en mucho más. Pelayo tenía un magnetismo irresistible y Verena se enamoró de él. No quiso decírselo, temía que la dejara o que la tomara por una niña. El día que él le declaró su intención de formar una nueva familia con ella, sintió una explosión de felicidad que no había conocido nunca. No tardó ni un minuto en decirle que sí. Pelayo quería conocer a sus padres, presentarle a sus hijos y después, casarse.

Aquella tarde, Verena se estaba arreglando para acudir a una desconcertante cita que no se había atrevido a rechazar. Quería hacer las cosas bien con Pelayo.

Unas horas después, los pedazos recuperados del cuerpo de Verena Bauer descansaban sobre la mesa de autopsias, los descontaminadores limpiaban el lugar del accidente y la forense se preguntaba por qué habría cambiado el turno con su compañero. Si hubiera hecho su horario habitual, se habría librado de lidiar con aquel amasijo irreconocible de materia humana.

8

17 de agosto de 2019. Copenhague

AL ENTRAR EN la habitación del hotel me sentí como si estuviera a punto de lanzarme en paracaídas. Cuando se despejó la ilusión me percaté de que la causa del engaño era una cristalera que ocupaba una pared entera de la habitación, situada en la planta dieciocho del hotel Bella Sky. Al acercarme, me dio la sensación de estar flotando en el cielo. En cuanto me acostumbré pude apreciar al frente las impresionantes vistas del mar, que parecía más cercano de lo que en realidad estaba, y del centro de Copenhague a mi izquierda. Dejé la admiración del paisaje para más tarde. Por la noche, aquellas vistas debían de ser un verdadero espectáculo. Tenía el tiempo justo para dar una vuelta antes de la cena. Con suerte coincidiría en el comedor con Santiago, que tendría que cenar temprano y cargarse de carbohidratos si quería estar preparado para la competición del día siguiente.

Durante el vuelo, había girado la cabeza hacia la ventanilla con los ojos cerrados. Recordaba una y otra vez la conversación con Jorge. Aún me costaba creer que fuéramos a divorciarnos, a vivir con un océano de por medio. Incluso el absurdo whatsapp con el que me había despertado Sarah, («Rodrigo no es impotente. *Emoticono guiñando el ojo.*») me había parecido una pequeña tragedia al leerlo. Estaba en uno de esos momentos en los que, si me hubiera tocado la lotería, le habría visto la parte negativa a recibir un montón de millones de euros.

Reservé mesa a las siete en el restaurante del hotel y bajé a dar un paseo.

El ambiente en el vestíbulo era deportivo y a la vez jovial. Los atletas revisaban sus bicis, charlaban con el personal del hotel sobre la predicción meteorológica, elucubraban sobre cómo se complicaría la carrera si llovía y cuál sería la temperatura del agua para la natación. Se notaba la emoción de triatletas y acompañantes por el gran reto del día siguiente. Me sentí desubicada, alejada del entusiasmo que parecían compartir los participantes.

No vi a Santiago por ningún sitio. No me importó. Quería presenciar por mí misma cómo terminaba la competición. Solo me hubiera gustado comprobar que estaba por allí y que mi viaje no había sido inútil.

El hotel se ubicaba en una torre altísima para los estándares del país, en una zona residencial cerca del centro de la ciudad, el barrio de Amager, y estaba diseñado para que los huéspedes disfrutaran con la contemplación de la grandeza del mar Báltico, a pesar de estar a una hora de camino de la playa. Allí, en Amager Beach, era donde se daría la salida de la prueba de natación. Sabía por internet que, en todos los triatlones, de cualquier distancia, la natación era la prueba inicial por motivos de seguridad, más aún en un Ironman, que podía suponer hasta dieciséis horas de ejercicio intenso continuado, y de entre once y trece para más de la mitad de los participantes. Si la natación fuera la última prueba, con los atletas extenuados, el riesgo de muerte por ahogamiento sería muy alto. Siempre nadaban al inicio, cuando estaban frescos y llenos de adrenalina, luego la bicicleta y, por último, la maratón que, aunque estuvieran agotados, podían hacer andando o parar a media carrera con total seguridad para los atletas.

Tenía tiempo hasta la cena para dar un paseo, conocer la zona y alejarme del bullicio. El sol me había recibido a la llegada, pero una hora después unas nubes negras amenazaban con aguar mi paseo, así que rechacé las bicis de alquiler. Los alrededores del hotel estaban bastante despoblados, con algún edificio de oficinas desperdigado por las cercanías. Armada con un paraguas cortesía del hotel, un chubasquero y unas zapatillas de deporte, tomé un taxi hasta Amager Beach, dispuesta a pasear y a estudiar la zona de la salida donde esperaba desenmascarar a Santiago al día siguiente. El parque natural de Amager, mezcla de aguas batidas, vegetación, arena, tierra y agua tranquila de la laguna salada que el Báltico había tenido el capricho de formar allí, estaba lleno de gente. A los daneses no les asustaban las nubes negras. Había personas de todas las edades con patines, bicicletas, paseando, volando cometas, haciendo kayak en las marismas o jugando a un divertido fútbol en el que los jugadores, metidos dentro de unas enormes burbujas redondas de plástico que les cubrían el cuerpo y solo dejaban libres las piernas para correr, tenían como principal reto no ya acertar en la portería contraria con la gigantesca pelota amarilla que hacía las veces de balón, sino ser capaces de incorporarse cada vez que un choque con otro jugador los tiraba al suelo. Me entraron muchas ganas de jugar, de recuperar la ilusión y la capacidad de reírme a carcajadas con un juego disparatado. Los participantes de la carrera con sus familias superaban en número a los residentes, que se divertían pasando la tarde del sábado. Los triatletas, cargados con sus mochilas y sus camisetas de *merchandising,* llevaban las bicis a los *boxes*, donde los esperarían al día siguiente cuando salieran del agua y se quitaran el traje de neopreno en tiempo récord. Revisaban una y otra vez el contenido de sus tres bolsas antes de dejarlas en los *slots* que tenían habilitados con las etiquetas *swim*, *bike* y *run*, para asegurarse de que no les faltara nada en la carrera, exploraban la salida de la prueba de natación, memorizaban las boyas que señalizaban el recorrido en el mar, en calma gracias al enorme brazo de arena que lo protegía de oleajes y corrientes, hablaban de las numerosas algas, algunos con asco, otros con curiosidad, y repasaban una y otra vez la posición asignada en los *boxes* a su bicicleta y la salida hasta la carretera. Al día siguiente cada minuto contaba. No estaba permitido ningún error. Di varias vueltas por allí con la intención de coincidir con Santiago. Era más que probable porque todos debían dejar la bicicleta esa tarde. Aun así, seguían siendo más de tres mil personas.

Cuando empezó a llover, abrí el paraguas y me encaminé hacia la salida del gran parque. Al llegar a la carretera me fijé en las casas de la zona y algo en mi interior, semejante al grito de las sirenas, me hizo adentrarme en las pequeñas calles. La zona que miraba al parque y al mar estaba llena de casas independientes, casi todas antiguas, familiares, restauradas con gusto la mayoría de ellas, con jardines en los que se podían ver los juguetes de los niños y las grandes mesas para las comidas familiares los días de buen tiempo. En algunas no faltaban las barbacoas. Era la versión danesa del ambiente de mi antiguo barrio neoyorkino de Brooklyn Heights, construido también al amparo de un precioso parque y del mar. Me invadió la melancolía por todo lo que había perdido y por lo poco que lo disfruté mientras lo tuve.

Caminé un rato bajo la lluvia, nostálgica, consolándome con mis recuerdos, que, aquel día, me reconfortaron. A veces, el dolor también necesita que lo acunen para quedarse tranquilo.

Regresé al hotel cuando faltaba media hora para bajar a cenar.

Entré en la web de la Multiple Sclerosis Sport Life Foundation con la única intención de tener ocupados los minutos que faltaban para la cena. Llamó mi atención un detalle en el que no había reparado antes: si bien la información sobre la enfermedad era fiable y extensa, muy parecida a la del resto de webs que había revisado de asociaciones similares, los datos sobre los actos organizados eran demasiado genéricos. Quise buscar en internet cada uno de los eventos que aparecían en la web y no encontré suficientes datos para hacerlo. No había más que ambigüedades. La única fecha que los identificaba era el año en el que se producían y no venían más que vagas referencias al lugar donde se celebraban: «Este mes hemos visitado las islas». O «jornadas al lado del mar con compañeros recién diagnosticados». Me fue imposible identificarlos.

También busqué a los patrocinadores de Santiago y eran todos extranjeros, la mayoría del norte de Europa. No conocía a ninguno, aunque eso tampoco quería decir nada.

Bajé a cenar con la esperanza de encontrar allí a Santiago Pérez Rubio. El restaurante de aspecto romántico estaba lleno de deportistas comiendo pasta cocida, sin salsa, lo que explicó la mirada de alegría del camarero cuando pedí un *smørrebrød* de queso y *gravad laks*, que resultó ser salmón marinado con mucho eneldo. Subí en un moderno ascensor hasta el *skybar*, situado en la última planta del hotel. Hacía una noche preciosa, ya no llovía y desde las inmensas cristaleras podía ver las luces de la ciudad y un cielo negro lleno de puntitos luminosos que me recordó a esos niños pelirrojos en los que es difícil encontrar un trozo de piel en el que no haya una peca. Nunca había visto tantas estrellas.

Llamé a Sarah. No había respondido a su mensaje acerca de las habilidades amatorias de Rodrigo Villarreal.

–Menos mal, necesitaba escuchar un idioma comprensible. El danés no hay quien lo entienda. Por suerte, aquí todo el mundo habla inglés –le dije a Sarah a modo de saludo.

–Disimula, que no me engañas. Me llamas porque estás deseando saber qué pasó ayer.

–Venga, cuéntame tu noche de sexo con Rodrigo. Eso sí, sin detalles, que vuelve a ser agradable conmigo y no quiero grabar en mi cerebro imágenes sobre él que prefiero desconocer.

–Pues conmigo no ha sido tan agradable. Ayer quedé en ir con él mañana a la exhibición de Krav Magá, me invitó y me pareció interesante, pero hoy, a media mañana, me llamó para cancelarlo porque se va fuera el fin de semana por trabajo. O sea, que me ha plantado después de habérmelo tirado. Estas cosas no son buenas para el ego. No suelen sucederme.

–Es posible que sepa que tú y yo somos amigas. Es colega del marido de la chica muerta en las vías del tren. Los que vimos en Gijón eran ellos.

–Aunque lo supiera, ¿qué tiene que ver? ¿Es que crees que no es por mí, que es por ti? –dijo Sarah entre risas–. Lo que ocurre es que es de los que quieren sexo y cree que necesita enamorar primero a la chica. No habría necesitado tomarse tantas molestias. Le dejé claro que no tengo ninguna intención de empezar una relación con él. Ni con ningún otro.

–¿No le habrás soltado tu discurso de «no creo en el amor y valoro la libertad mucho más que la compañía»?

–Ya sabes que prefiero sentar las bases al inicio. No voy a dedicarle un pensamiento más a Rodrigo salvo que tú me lo pidas. Me quedo con que el sexo de ayer fue bueno y el fin de semana pinta estupendo. Esta noche me voy a Gijón al concierto de Melendi con unos compañeros. Tenemos las entradas desde hace meses y lo estoy deseando. Voy a aprovechar que es el último fin de semana que los niños están con mis padres porque el siguiente pienso pasarlo entero con ellos jugando al FIFA, viendo Toy Story una y otra vez, comiendo helados y haciendo todo lo que a ellos les apetezca.

–Sarah, ¿cómo consigues ser siempre feliz? –le pregunté.

–Porque ni lo soy siempre ni lo pretendo. Soy feliz a veces, otras no, yo también tengo días de mierda, pero procuro que sean los menos. Intento hacer lo que me gusta y pasármelo bien. No tengo más expectativas. Y –continuó después de una pausa–, también porque mis hijos están sanos y felices. Deja de torturarte, ¿quieres? Estás en Dinamarca, tú sola, olvídate de Jorge y búscate un vikingo guapo que te dé una alegría.

–Lo del vikingo no lo tengo claro, pero prometo intentar pasármelo bien y disfrutar de la caza del defraudador.

Cuando colgué el teléfono, me levanté a pedir algo de beber. La conversación con Sarah me había levantado el ánimo.

Me percaté al llegar a la barra de que estaba en el bar de copas más saludable de la historia. Los camareros no daban abasto preparando los zumos naturales de frutas y batidos que pedían los atletas.

De vuelta en mi mesa, sentada en un sillón de diseño mucho más cómodo de lo que su forma sugería, con mi enorme copa repleta de zumo de frutos rojos a la que habían añadido un chorrito de champán y mi americana de seda envolviéndome con su tacto placentero, cerré los ojos mientras daba vueltas a la receta de Sarah para ser feliz. ¿Le estaba yo pidiendo a la vida algo que no podía darme?

Me sobresalté al escuchar mi nombre al oído y mi corazón dio un brinco cuando, al girar la cabeza, vi la cara de

Rodrigo Villarreal. La impresión me hizo revivir el momento en que el año anterior había probado la montaña rusa con gafas de realidad virtual.

–No suelo provocar este efecto en la gente –dijo Rodrigo con un gesto de burla.

Nunca le había visto sin traje, llevaba vaqueros y un polo negro, que dejaba al descubierto una inesperada corona de espinas tatuada en el brazo derecho.

–¿Qué haces aquí? –pregunté.

–Lo mismo que tú. Bueno, menos dormirme en un bar, espero que eso no me ocurra hasta cumplir, por lo menos, los ochenta.

–De los que estás bastante más cerca que yo. ¿A qué has venido? –volví a preguntar.

–He venido a evitar que la líes –dijo con una sonrisa socarrona.

–Vete a cagar… –dije, incorporándome de la silla. Todavía sentía el corazón latiendo con fuerza.

–No seas borde, que me he hecho un montón de kilómetros para estar aquí ahora mismo. Vamos a sentarnos, por favor, y te lo explico.

Le hice caso y me senté. Rodrigo hizo lo mismo.

–¿Vas a ir a Zúrich? –preguntó.

–Sí, te lo dije ayer.

–¿Vas a buscar información sobre Imelda?

–¿Por qué te interesa lo que yo voy a hacer en Zúrich?

–Me interesa si tiene relación con Imelda, es la mujer de un amigo y la han matado.

–¿Y qué tiene que ver el asesinato de Imelda contigo? –pregunté alerta.

–Así que tú sí estás segura de que fue un asesinato.

–¿Qué quieres decir?

–Oficialmente no se ha confirmado todavía, pero ya nadie lo duda. La policía judicial está investigando y no paran de hacer preguntas. Fidel me contó que quiso contratarte para que fueras a Zúrich a investigar qué hizo Imelda allí sus últimos días y no aceptaste. Entonces recordé que tú me habías comentado un rato antes que ibas a ir a Zúrich, no podía ser una coincidencia. ¿Por qué le dijiste que no a Fidel si pretendes ir?

–Lo siento, Rodrigo, pero no me parece correcto hablar de este tema contigo. Fidel y tú seréis amigos, pero yo no soy nada de ninguno de los dos. Fidel me hizo un encargo y el hecho de rechazarlo no me libera del código ético que debo aplicar con mis clientes.

–Quizá he sido muy brusco presentándome aquí por sorpresa y planteando el tema sin ninguna explicación previa. ¿Puedo volver a empezar?

Me callé haciendo un gesto de resignación. Él parecía estar buscando las palabras oportunas. Rodrigo era una parte de mi vida laboral no exenta de complicaciones, que acababa de acostarse con mi mejor amiga y que ahora se mezclaba en mis asuntos personales. ¿Qué diablos hacía en Copenhague?

–Fidel es un buen amigo. Y un buen tío –dijo de sopetón.

–Lo mismo dice él de ti –respondí escéptica.

–Porque soy un buen tío.

–Vale, y ¿qué haces aquí? ¿Qué quieres de mí?

–Quiero acompañarte a Zúrich.

–Ni en sueños –negué.

–Quiero ayudarte con lo que sea que tengas previsto hacer allí.

–En realidad, no tengo nada previsto, solo voy a ir a la Tasca Romero, el bar español donde Imelda hizo un cargo en su tarjeta de crédito –le expliqué en un intento de darle coherencia a la situación–. Pero si tú vas a ir a Zúrich, ya no es necesario que vaya yo.

–No, no, eso sí que no. Yo he venido a ofrecerte mi ayuda porque Fidel está en una situación muy comprometida y sé que no le ha hecho daño a su mujer. No es esa clase de persona. Tú eres la detective, tienes más posibilidades de conseguir alguna pista.

–Soy investigadora financiera. Lo sabes mejor que nadie. Ir a un bar a preguntar si han visto a Imelda y con quién no parece *a priori* una tarea que requiera demasiada cualificación. Me resulta muy noble que quieras ayudar a Fidel investigando los pasos de Imelda en Zúrich. Yo me quedo aquí con la investigación que nos interesa a los dos y tú te vas a Zúrich a ayudar a tu amigo. Así, cada uno en su lugar y yo no pierdo el tiempo y el dinero.

–Eso no es justo –protestó–. Sé que va a pagarte tus servicios. Da igual. Eso es cosa vuestra. Esto no está saliendo como había pensado.

–¿Cómo creías que iba a salir? ¿Por qué no me llamaste por teléfono antes de presentarte aquí? –pregunté.

–Con lo que me está costando convencerte en persona, cada vez me parece mejor idea no haberte avisado de mi llegada. Mira, Fidel es un tío legal y él cree que el tipo que se lio con Imelda es el que la ha matado y tú piensas que puede tener razón porque si no, no irías hasta Zúrich para averiguarlo. Y si tú tienes la nobleza de hacer algo así por un tío que acabas de conocer, lo mínimo que puedo hacer es acompañarte. Si hubieras aceptado su encargo, quizá no estaría aquí, pero vas a investigar por tu cuenta y eso cambia mucho las cosas. Seguro que puedo servir de ayuda, aunque sea de guardaespaldas si las cosas se complican. Déjame hacer esto contigo. Fidel me echó un gran cable cuando lo necesité y ahora es él quien lo necesita. Si dejas de investigar lo que le pasó a Imelda porque te ha molestado que yo me haya presentado aquí en vez de ayudar a

Fidel con mi viaje, lo que habré hecho será joderle y eso no me lo perdonaría.

—¿Por qué no has ido a Zúrich directamente? —pregunté reticente.

—Porque no sé dónde vas a alojarte. Además —continuó Rodrigo—, es agosto y aún no he cogido vacaciones, ¿qué mejor forma de disfrutar de unos días libres que ver un Iroman en directo y sentir lo que es pillar a nuestro impostor in fraganti? Ganar un juicio es un subidón y desde que dirijo el departamento solo piso un juzgado de cuando en cuando. Imagino que conseguir las pruebas debe de ser adrenalina pura.

—No es para tanto. Es un trabajo mucho más aburrido de lo que parece. ¿Fidel sabe que estás aquí?

—No, no he querido darle esperanzas.

—Seguramente no consigamos nada en Zúrich —dije. Y así lo creía.

Me di cuenta de que había usado el plural. Tarde para arrepentirme.

—¿Una copa? —propuso Rodrigo y yo acepté. ¿Qué podía perder?

Al mirar hacia la barra me percaté de que el bar estaba mucho más tranquilo. Ya no se oía el barullo de una hora antes, a pesar de que todas las mesas estaban ocupadas. Los atletas parecían haberse retirado a dormir. Les tocaba madrugar para ingerir un copioso desayuno al menos dos horas antes de que empezara la competición.

La noche transcurrió mucho mejor de lo esperado. Si no hubiera conocido a Rodrigo con anterioridad, habría dicho que era un tío muy agradable y simpático. Me contó anécdotas de la universidad, de la oposición, de su pueblo en Ciudad Real, de lo brutos que eran, y de que era uno de esos sitios en los que la Guerra Civil parecía no haber terminado para los convecinos. Un amigo de su padre, conde de no sé qué, de rancio abolengo, con muchas tierras, poco dinero y ninguna profesión rentable, o sea, un vago que vivía de vender lo que había heredado y del apellido familiar, a base de juntarse con esnobs y gente de dinero a los que les gustaba codearse con un aristócrata, tenía una finca de caza con un portón a la entrada donde se podía leer: «Zona nacional. Rojos: prohibido el paso» y había adornado las paredes del comedor de caza con el escudo franquista, ese que yo conocía desde la infancia con el nombre de «el aguilucho», y otros símbolos de la dictadura que acompañaban a las cabezas disecadas de distintos animales muertos.

–¿En serio, Rodrigo? –dije divertida, preguntándome si estaría exagerando.

–Te lo prometo. He estado muchas veces allí, desde niño, en las cacerías. La última no hace tanto tiempo.

–Yo no sé ni lo que es un comedor de caza. Me suena como si hablaras de hace dos siglos.

–Ahí es donde crecí yo. En esa España en la que todo el mundo usa internet mientras que algunos se quedaron anclados en el pasado, saliendo a cazar jabalíes vestidos de verde y contratando de jornaleros a inmigrantes ilegales en época de vendimia y de recogida de aceituna.

–Entonces, ¿tú también cazas? –pregunté.

–Allí todo el mundo caza. Mi padre piensa que me gusta y, aunque no es así, no le saco de su error. Ya es muy mayor y no quiero darle un disgusto: que a un hombre no le guste la caza está mal visto en su entorno. Cuando voy a verle, si no hay veda, lo primero que hacen es organizar una cacería para mí. Es una celebración.

–Y finges que disfrutas.

–Más bien intento ir en época de veda –confesó–. No porque tenga prejuicios contra la caza; al menos no los tengo si son otros los que lo hacen. Hay mucha gente que va y no dispara, pero le gusta el ambiente. Es como en Semana Santa en Sevilla, mucha gente va a verla, pero nunca serían costaleros, ni siquiera son religiosos. Lo que me pasa a mí es que me aburro. Te levantas a las cinco de la madrugada para meterte un plato de migas con chorizo acompañadas de vino peleón; después, un café con bollos; tras eso, vas a pasar frío a primera hora y calor a mediodía; luego, otra comilona y jugar a las cartas y tomar copas. Hablan de política y todos están de acuerdo, sin fisuras. No tengo que explicarte cuáles son sus ideas, las puedes adivinar. Se mofan de los gais, que para ellos son maricones, y las mujeres se habrán emancipado, pero son las encargadas de criar a los niños y ocuparse de las cosas de la casa. Es un plan que no me va. Me aburre, me siento fuera de lugar porque no tengo nada en común con ellos más allá de que todos hemos nacido y crecido allí. Cuando éramos pequeños fueron bastante capullos conmigo.

A mí no se me hacía extraño imaginar a Rodrigo en un entorno así.

–Entonces, solo vas a la finca del próximo premio Nobel de la Paz cuando no te queda más remedio –le animé a continuar.

–¿De quién?

–Del amigo ese de tu padre, el que prohíbe la entrada a su finca a los rojos con un cartel.

Soltó una carcajada.

–Hace mucho que no voy por allí. Cuando voy al pueblo es para ver a mi padre: salimos juntos a recorrer las tierras, me enseña las viñas, vamos a comer y a tomar unos chatos, jugamos a las cartas y pasamos tardes enteras con los álbumes de fotos y los recuerdos de cuando yo era niño. Con el resto, el Nobel de la Paz incluido, hace años que no tengo relación. No los soporto. Están anclados en el pasado. No evolucionan y ese cartel es un símbolo, continúa allí y no creo que vaya a quitarlo porque dice que es su propiedad, que hay libertad de expresión y que, en su casa, puede hacer lo que quiera.

–Tiene razón –afirmé–. Él tiene derecho a pensar como quiera. Vivimos en un país libre, pero hay cosas que decirlas no ayuda a nadie.

La conversación se prolongó hasta media noche y me resultó muy amena. Apliqué la filosofía de Sarah: si me sentía bien, el resto daba igual. Aunque fuera escuchando las anécdotas de la persona que menos hubiera esperado que me hiciera reír. Lo que iba a ser una noche sola y más bien triste, se convirtió en una interesante velada con un desconocido –el Rodrigo con polo y vaqueros era muy distinto al Rodrigo de traje y corbata– en un rascacielos construido sobre la cuna de los vikingos.

No me comprometí con él a ir juntos a Zúrich, a pesar de que en mi fuero interno sabía que no iba a impedirle que me acompañara. Su motivo era noble y seguro que su ayuda me vendría bien. Él conocía a Imelda y a Fidel mejor que yo. Quedamos en vernos a la mañana siguiente, temprano, casi de madrugada. Yo quería localizar a Santiago Pérez Rubio en el comedor, cuando abrieran para el desayuno de los atletas y, a fin de cuentas, el caso era tan suyo como mío. Era Rodrigo el que, si descubríamos el fraude real, tendría que defender las nuevas pruebas ante sus superiores para reabrirlo ante el juez.

Nos fuimos a descansar a nuestras habitaciones y tan solo cinco horas después estábamos en el recibidor del hotel vestidos con ropa de deporte para no destacar. Rodrigo iba de marca de arriba abajo y con el reloj deportivo más caro que había a la venta. Su postureo me pareció un poco pretencioso y enseguida me di cuenta de que Jorge vestía igual cuando iba a entrenar y me resultaba muy sexy. Tuve que admitir que mi rasero no era el mismo para todo el mundo.

Los triatletas llenaban el comedor y el recibidor del hotel. Se notaban los nervios previos a la competición. Nos mezclamos con ellos buscando a Santiago y, después de treinta minutos en los que recorrimos el salón varias veces hasta llamar la atención de los camareros, Santiago no apareció por ningún sitio.

–¿Cuál es el plan? –preguntó Rodrigo.

–O confirmamos que está en el hotel o tendremos que hacerlo en la salida de la competición y será más complicado. Hay más de tres mil participantes.

–¿Estás segura de que se aloja aquí?

–No, pero sé que siempre se aloja en el hotel oficial de la organización. Lo sé porque he comprobado los gastos de todas sus competiciones para el juicio. De todas formas, vamos a intentar averiguarlo.

Sin darle más explicaciones, me acerqué al mostrador de recepción.

–Necesito localizar a Santiago Pérez Rubio con urgencia –dije cuando me tocó el turno después de esperar más de diez minutos.

Tal como esperaba, el recepcionista al que me dirigí me explicó que no podía darme información sobre los clientes del hotel.

–Necesito hablar con él o dejarle una nota, tenemos un problema con su bicicleta y es imprescindible que lo solucionemos antes de la salida o no podrá competir.

–Espere un momento –me pidió impaciente por la cola que se estaba formando ante el mostrador. Era un día muy agitado.

En un sitio lleno de triatletas, justo antes del comienzo de un Ironman, nombrar un problema en la bicicleta era un asunto de gravedad que adquiriría carácter de urgencia máxima. Buscó en la pantalla del ordenador y me dijo:

—Acaba de registrarse en el desayuno, lo puede encontrar en el comedor.

Me impresionó el despliegue de tecnología. En la mayoría de los hoteles el registro del desayuno se hacía en un papel donde chequeaban que el número de habitación tuviera el desayuno incluido y que no se repitiera.

Volvimos al comedor, ante la mirada suspicaz de los camareros, pero ni rastro.

—Está claro que hay alguien registrado aquí con el nombre de Santiago Pérez Rubio que no es él. O estamos teniendo muy mala suerte al buscarle. Le localizaremos en la competición. Tengo su número de dorsal. Si te parece, desayunamos y nos vamos hacia la salida —propuse.

Durante el desayuno habló sobre todo Rodrigo mientras yo pensaba en Santiago Pérez Rubio. Cuantas más vueltas le daba, más me convencía de que allí no estaba el hombre que nos había ridiculizado en el juzgado. No confiaba en encontrarle en la salida. Aunque los participantes se lanzaban al agua escalonados, apenas había tres segundos de diferencia entre un grupo y otro. Era como ver una gran serpiente negra, por el color de los neoprenos, adentrándose con rapidez en el mar. Santiago tenía el dorsal número 651.

Cuando acabamos de desayunar, nos dirigimos a Amager Beach y, una vez allí, a las vallas que protegían el acceso a los cajones de salida de la natación en la laguna de agua salada.

La idea era apostarnos en el lugar por el que entrarían los triatletas y esperar a que apareciera alguno con el número 651.

Cuando llegamos ya aguardaban allí cientos de atletas con el neopreno puesto o a medio poner. Había muchísima gente y me di cuenta de que estábamos haciendo el canelo.

—Rodrigo, no van a llevar dorsal en la natación, no pueden tirarse al agua con él puesto. Hasta que no se quiten el neopreno y suban a la bici no vamos a ver el número.

—Joder, claro, estamos tontos, es de papel. ¿Cuánto tardará en salir del agua?

—Calculo que entre cincuenta y cinco y sesenta minutos. Lo podemos seguir en la app de la competición, que ubica a los atletas constantemente, aunque en el agua la localización es menos fiable —expliqué.

—¿Cómo sabes el tiempo que va a hacer con tanta precisión?

—Porque he analizado los tiempos de todas sus competiciones anteriores. En este caso la natación no es complicada porque son aguas muy tranquilas, no hay corrientes, así que hará un buen tiempo dentro de su media. El punto fuerte de Santiago es la maratón, luego la natación y donde tiene resultados más intermedios es siempre en la bicicleta. Venga, vamos a la salida de las bicis.

—Sí que te lo curras.

—Vaya, Rodrigo, la duda ofende.

—Era un halago —dijo y nos quedamos en silencio.

—Una cosa —preguntó al cabo de unos minutos—: si no llevan el número al nadar, ¿cómo saben quién es el que nada? Así vestidos parecen un ejército de cucarachas con cabezas de colores.

—Llevan un chip con el que miden sus tiempos y los tienen siempre localizados. ¿Nunca has corrido una carrera popular? —pregunté.

—No. Me gusta correr a mi aire, no me gusta competir.

—¿A ti no te gusta competir? —Mi incredulidad era evidente.

—No cuando no tengo oportunidad de ganar —respondió Rodrigo con una carcajada—. Soy bastante malo corriendo. Por eso me gusta más pelear. No tengo opción de huir.

Al menos era sincero, pensé.

Teníamos tiempo de sobra. Faltaba una hora para la salida, más lo que tardara Santiago en el agua.

—Esto de ser detective tiene su complejidad —dijo Rodrigo, que parecía estar de muy buen humor.

—No soy detective.

—Ya lo sé, era una broma para ver si salías del ostracismo. Te pones un poco áspera cuando trabajas.

—Dijo la sartén al cazo. Quiero encontrar a este tipo sea como sea, no voy a permitir que se me escape. No más fallos.

—Le estamos pisando los talones, lo vamos a desenmascarar —sentenció Rodrigo eufórico.

Yo no me sentía igual: no había localizado a Santiago en el hotel, no le iba a encontrar en la natación y tocaba intentarlo en las bicis. Se me escurría a pesar de saber que estaba a mi alrededor.

—¿Y ese optimismo repentino? —pregunté.

—¿Repentino por qué? Soy un tío optimista.

—Hace unos días este caso era un desastre: según tú, habíamos llevado a juicio a un discapacitado que nos había denunciado por acoso y no querías hacer nada más que pudiera importunarle porque estabas convencido de que todo había sido un error mío. Ahora, sin que nada haya cambiado, estás decidido a dar caza a un estafador y seguro de que lo vamos a conseguir.

—Hace unos días, la situación era tal cual la has descrito. Ahora han cambiado muchas cosas —replicó—. Has encontrado pruebas.

—Algunas pruebas —corregí—, nada definitivo y tú has venido hasta Dinamarca para ser testigo de una investigación que no sabes cómo va a terminar, en un caso como tantos otros. No lo entiendo y no me gusta no entender.

—Para mí no es un caso como tantos otros: es la primera vez que dejan a mis letrados en evidencia en un juzgado.

¿Sabes en qué posición me deja eso ante los miembros de mi equipo? Muchos de ellos llevan allí más años que yo, tienen unos resultados impecables, algunos están molestos con mi ascenso y, como ya habrás notado, en el trabajo no soy un tío encantador. No caigo bien.

–No entiendo por qué –dije riéndome. Al menos, Rodrigo reconocía sus carencias.

–Aunque he venido por Fidel –continuó–, ampliar el viaje un día más para acompañarte a dar caza al tipo que me ha humillado en el juzgado era un aliciente demasiado bueno para dejarlo pasar. Quiero ver su cara cuando le pillemos.

–En el fin de semana que se celebra el campeonato de Krav –apunté.

–¿Cómo lo sabes? En realidad, no es un campeonato, en Krav no hay combates, es una exhibición.

Lo sabía porque me lo había contado Sarah, pero eso no podía decírselo.

–Porque Fidel me habló de ello como algo extraordinario, así que pensé que, para los que os gusta, debe de ser un evento especial.

–Lo es. ¿Te dijo Fidel que yo iba a ir?

–No. Me dijo que se celebraba y que era importante –mentí. También sabía que Rodrigo iba a participar en la exhibición, pero eso no podía decírselo sin descubrirme.

–Y ¿por qué sabes que yo lo practico?

–Porque ayer me hablaste de ello y me contaste que ahí conociste a Fidel. Y acabas de volver a sacar el tema, has dicho que lo tuyo es pelear –respondí esta vez sin mentir.

–Cierto, tienes razón.

Parecía convencido. O no tenía ganas de desconfiar. Siempre es más fácil creer una mentira que nos satisface que asumir una verdad que nos resulta incómoda.

Casi sin darnos cuenta, llegamos a los *boxes* donde las bicicletas esperaban ordenadas y clasificadas a que sus dueños salieran del agua y empezaran la segunda parte de la gran prueba. No estaba permitida la entrada a los que no competíamos, así que nos apostamos en la puerta de salida de las bicicletas. Allí no podíamos fallar. Los acompañantes estaban en la zona de natación y no irían hacia las bicis hasta que los triatletas empezaran a salir del agua. Nos dio tiempo a explorar los alrededores, a asegurarnos de que todos los ciclistas pasaran por el mismo sitio y a encontrar un lugar donde esperar en el que, por muchos que se juntaran a la vez, no fueran tantos como para que no viéramos a Santiago con claridad. También tendríamos la oportunidad de localizarlo en la carrera y en la meta, donde mi intención era abordarle, pero no quería jugármelo todo a la última etapa. Muchas circunstancias podían impedir a Santiago llegar a la meta en una prueba tan larga y extrema. Cuanto antes me asegurara de que estaba compitiendo y pudiera tenerlo ubicado, más posibilidades tendría de dar con él y obtener las pruebas que necesitaba. El lugar que elegimos era perfecto, justo a la salida de la zona de transición, por donde los ciclistas acabarían de subirse a las bicis e irían muy despacio ajustando bidones y herramientas, concentrados en salir por el camino correcto. En una hora estaría lleno de espectadores. Estaba decidida a defender nuestros sitios ante familiares ansiosos por conseguir la foto perfecta.

Cincuenta minutos después, cuando el primer ciclista comenzó la segunda etapa de carrera, la cantidad de espectadores acumulados en las barreras era considerable. Ya había pasado más de una hora cuando empezamos a ver cómo los triatletas salían de los *boxes* en pequeños grupos. Eso indicaba que el grueso de los participantes empezaba a abandonar el agua.

Aparecían en las bicicletas, poco a poco, uno, luego otro, dos, uno, tres, otros dos. Diez minutos después, cuando empezaban a salir los primeros grupos grandes, vimos el dorsal 651.

–Allí –gritó Rodrigo.

–Calla –susurré en voz baja–. No sabemos quién está alrededor. Y desde luego no queremos que él nos oiga. Suele acompañarlo una chica a las pruebas, según me dijo el redactor de la revista *Triatlón*.

–Tienes razón, ha sido la emoción. ¿Le has visto la cara?

–He visto lo que he podido debajo del casco y las gafas, pero no hay duda. Llevaba el dorsal 651, en el traje podía leerse «Multiple Sclerosis Sport Life Foundation» y los logos eran de sus patrocinadores. He reconocido varios.

–Es él. Está compitiendo –susurró Rodrigo, que sonaba emocionado.

–En realidad, no sabemos quién es, pero, sea quien sea, el tipo al que buscamos está compitiendo.

–¿Será él? Tiene la piel mucho más morena que en el juzgado y parece bastante más ágil y musculado. Pudo engañarnos en el juicio, recuerdo que llevaba pantalones anchos y un jersey muy flojo.

–Y el «efecto silla de ruedas» hace que nuestra percepción cambie.

–No la necesita –afirmó Rodrigo–. La solicitó allí porque dijo que le fallaban las piernas. Las hay en el juzgado para esos casos, pero Santiago llegó por su propio pie.

–¿Cómo lo sabes? –pregunté.

–Porque me lo dijo el secretario judicial, que es colega mío, y después vi el informe del juicio.

–¿Quieres decir que Santiago podía haber ido corriendo al juzgado, pedir la silla, aplicarse unos polvos sueltos de color blanco en el baño y ahora estar compitiendo en un Ironman en Dinamarca? –quise confirmar.

—Lo de los polvos sueltos no sé cómo funciona, pero sí, podría haber sido como has dicho.

—Los triatletas suelen ser muy delgados. Incluso así, al Santiago del juzgado le faltaba tono muscular. Y ¿por qué iba a fingir ser hijo de Carolina Pérez Rubio cuando sabemos que no lo es? En esta historia hay algo más. Tenemos cuatro horas para ir con tiempo a la zona de transición a la maratón, buscar un sitio y ver el inicio de la carrera. Tardará alrededor de cinco horas en bajarse de la bicicleta si no pincha ni tiene ninguna incidencia.

No quería perderle la pista, quería asegurarme de que seguía en la competición en cada etapa de la prueba. Y quería verle la cara.

—Estoy impresionado con lo que sabes sobre triatlón —me halagó Rodrigo de nuevo. Empezaba a sentirme incómoda.

—No sé nada, he hecho un curso intensivo de esta categoría en particular para venir aquí y he decidido que no es lo mío, solo me motiva pillarle. O, al menos, entender qué está pasando.

—Pues estamos en el buen camino. ¿Qué hacemos mientras? —dijo frotándose las manos.

Rodrigo estaba exultante. Parecía que, en vez de dedicar el fin de semana a una investigación aburrida presenciando una competición tediosa incluso para el espectador más entregado a la causa, estuviera en pleno partido de su equipo favorito. En la final y ganando por goleada.

El punto de salida de la bicicleta no coincidía, como solía ocurrir en este tipo de prueba, con el de llegada, que sería donde daría comienzo la maratón. Entre los dos lugares había una distancia de poco más de una hora andando. Podíamos ir dando un paseo. Íbamos vestidos para ese propósito con ropa deportiva.

Cuando llegamos al centro de la ciudad, Rodrigo me preguntó:

—¿Te importa que demos un rodeo? Me gustaría ir a un sitio que está aquí cerca.

—¿Quieres hacer turismo justo hoy?

—Estás siguiendo a Santiago en la app de la competición, le quedan más de cuatro horas para llegar y estamos a diez minutos caminando, ¿qué quieres hacer allí?

—Explorar el terreno —respondí.

—Estará lleno de gente.

—Cogeremos sitio.

—Creo que encontraremos un buen lugar para ver la llegada a meta, aunque nos presentemos allí dentro de una hora. Como hay tanta diferencia de tiempos entre atletas, entiendo que la gente vendrá a animar a su amigo o familiar y luego se irán.

—¿Y si se retira? —insistí.

—Lo verás en la app. Si abandona, cogemos un taxi de inmediato y vamos para allá.

Reticente me dejé convencer ante la lógica del argumento y nos dirigimos a un lugar llamado Christiania, una comuna *hippy* en pleno centro de la ciudad, que conseguía sobrevivir desde principios de los setenta y que, después de años de enfrentamiento con la policía, habían logrado que la ciudad les cediera la propiedad de los terrenos y les otorgara un estatus de autogobierno parcial. Con sus propias normas. Sin impuestos y con propiedad colectiva. Los residentes de Christiania pagaban un alquiler según el tamaño de las casas que habitaban, la mayoría construidas en unos antiguos cuarteles militares. Otras eran casas prefabricadas y algunas edificadas desde cero. El lugar era pintoresco, alrededor de un precioso lago; tenían sus propias tiendas, restaurantes, una sala de conciertos donde había actuado hasta Bob Marley y una calle, Pusher Street, donde se vendía, además de algo de fruta, mucha marihuana.

—¿Por qué has querido venir aquí? —No se me habría ocurrido un sitio menos apropiado para Rodrigo Villarreal.

—Porque me trae recuerdos.

—¿Ya lo conocías?

—Sí. Hace mucho tiempo.

No insistí.

Cuando nos íbamos, vi un letrero sobre mi cabeza, en la simbólica frontera que separaba Christiania del resto de Copenhague, donde ponía: «Están entrando en la Unión Europea».

—Anda, mira —dije—. Aquí se consideran fuera de la Unión Europea.

—Y lo están.

—Bueno, Rodrigo, este sitio es muy turístico, utilizan la moneda danesa, algunas de las casas son puro diseño, aunque las hayan construido ellos mismos. ¿Has visto la roja con vistas al lago? Es preciosa y el sitio es de postal. Aquí pagan en función del tamaño de la vivienda, no de sus ingresos, y tienen tiendas donde cualquiera puede comprar. Hay más turistas que habitantes. Son una comuna poco comunitaria ya. Eso por no hablar del negocio de venta de marihuana que debe de ser bastante rentable.

—Es la forma más razonable de mantener el espíritu de la comuna sin convertirse en marginales. Continúan con su estilo de vida justa sin renunciar al progreso del mundo.

No quise discutir. Para Rodrigo parecía un tema casi personal, así que me interesé por saber más sobre aquel lugar. Me gustó, pero lo que no logré averiguar fue por qué Christiania era tan importante para él. Rodrigo no me lo contó y a mí no me pareció oportuno preguntárselo.

Santiago hizo un tiempo en la bicicleta acorde con los que solía hacer. Cinco horas once minutos. Le íbamos siguiendo en la app de la organización que se actualizaba con el mismo GPS que controlaba los tiempos y los kilómetros de los atletas. Le teníamos localizado en todo momento. En la salida de la carrera, en una posición de honor que defendimos como un oso que hubiera encontrado una colmena, vimos el dorsal 651 pegado a un cuerpo atlético, que debía de estar cansado ya y eso que aún le faltaba correr una maratón entera, con la cara despojada del casco y ya solo cubiertos los ojos por las gafas de sol deportivas.

–No es él. No es su nariz –me susurró Rodrigo.

–Ya lo he visto, no es la misma persona. Son dos hombres distintos, morenos, de estatura y edad similar. Ahí acaba el parecido.

–¿Y ahora qué? –preguntó.

–Vamos a la meta a hablar con él.

–¿Cuánto tardará en correr la maratón?

–Tres horas y media más o menos, si las cosas le van bien.

–¿Nos da tiempo a comer algo? Estoy hambriento.

No sabía qué estaba ocurriendo, pero sí sabía que no creía en las casualidades cuando había dinero en juego. No eran dos personas con el mismo nombre y la misma enfermedad, uno funcionario y otro triatleta. Nuestros ojos corroboraban lo que ya habían confirmado los documentos y la visita a Carolina Rubio. El fraude estaba allí, solo tenía que encontrarlo.

Nos dirigimos, atravesando la muchedumbre que se juntaba alrededor del recorrido de la maratón del Ironman, al Copenhague Street Food, a quince minutos de la meta en Ofelia Plads, con tiempo suficiente para comer tranquilos las delicias de los concurridos puestos, en una de las grandes mesas de madera situadas en el exterior y compartida con desconocidos, mirando a los grandes canales que atravesaban el centro de la ciudad. Hacía rato que había salido el sol y pese a la humedad y a que la temperatura no pasaba de los quince grados, era un lugar muy agradable.

Hicimos cola en varios puestos para comprar raciones en miniatura de distintos tipos de comida internacional, desde curry nepalí a tacos de cerdo crujiente, carne ahumada jamaicana con arroz o un delicioso wok vegano.

Rodrigo no dejaba de plantear hipótesis y yo solo quería concentrarme en la siguiente conversación con Santiago. Quería sorprenderle y sacarle un par de fotos. Esperaba que el cansancio y los nervios de que descubrieran lo que fuera que estaban haciendo, le llevaran a meter la pata.

–Eres una detective muy aburrida –me acusó Rodrigo.

–Por eso trabajo sola. Necesito pensar, me lleva tiempo poner en orden la información.

–Ya ni protestas porque te llame detective. Déjame que te ayude.

–No sirvo para trabajar en equipo –confesé.

–¿Qué hacías antes? En Nueva York.

–Dar forma legal a productos financieros que podían ser rechazados por fraude.

–Suena mal. ¿Te pagaban bien?

–Muy bien –admití–. La diferencia entre pasar la criba de la comisión financiera y no pasarla era ganar un montón de beneficios, directos a la cuenta de resultados, o perder varios millones.

–¿Perder? Más bien será no ganar.

–Perder –insistí–. Si no colocas los productos basura como parte de fondos complejos, no hay forma de deshacerte de ellos. Te los comes en los resultados y penalizas el valor de la acción en bolsa. Un descalabro financiero para el banco. En aquellos años, en Estados Unidos, los productos basura eran sobre todo hipotecas de alto riesgo, que allí se concedían a cambio de un alto tipo de interés a personas con elevado riesgo de impago. Esto lo metías como parte de los fondos o los planes de pensiones en los que invertía la gente, mezclado con otras inversiones de menor riesgo y ya tenías un producto financiero razonable y a la vez te habías librado de correr tú el riesgo de impago de las hipotecas que habías concedido a clientes que sabías que no iban a poder pagarlas.

—Entonces tú conseguías que esos productos con los que engañaban a ancianos y a no tan ancianos parecieran legales para que se aprobara su comercialización.

—No los hacía parecer legales. Los hacía legales —aclaré—. Es diferente. Ajustaba sus características al máximo riesgo permitido por la ley para que la Comisión Financiera los aprobara.

—Entonces lo que hacías no era ilegal.

—En absoluto. Podía ser poco ético, pero era legal. Habrían sido productos ilegales si yo, y otros como yo, no hubiéramos hecho lo que hacíamos. Así era la normativa vigente allí. Y sigue siendo muy parecida a pesar de todo lo sucedido.

—¡Vaya!

Rodrigo guardó silencio y yo también, no tenía ganas de dar más explicaciones.

—¿Por eso te dedicas a esto ahora? —volvió a la carga después de un rato de reflexión. Supuse que habría estado atando cabos.

—Quería pasarme al lado de los buenos.

—¿Por qué ha ido la gente a la cárcel en Estados unidos entonces?

—Por estafar —respondí sospechando que Rodrigo me estaba dando cuerda para que dejara de pensar en Santiago Pérez Rubio. Era abogado, seguro que entendía muy bien lo ocurrido en los escándalos financieros y la crisis que los acompañó. De todas formas, se lo expliqué—. En Estados

Unidos los altos directivos que han ido a la cárcel están acusados de estafa. Bien por falsear la contabilidad de sus empresas para subir el valor de sus acciones o por estafas más burdas como los esquemas Ponzi.

–¿Ponzi?

–Pagas a los inversores beneficios que no son reales porque utilizas para los pagos el dinero de los nuevos inversores. Como la rentabilidad es tan buena, cada vez tienes más personas dispuestas a invertir. Mientras creces todo va bien, nadie se entera. El día que dejas de recibir nuevas inversiones es cuando se destapa todo, no tienes dinero para seguir pagando intereses y se descubre que el capital ha desaparecido. Hay mucho financiero en la cárcel por ese tipo de chanchullos.

–Vale. Eso que tú llamas esquema Ponzi en España se llama estafa piramidal. Lo que tú hacías puede que fuera una canallada, pero una canallada legal. En mi trabajo también me toca hacer algunas cosas con las que no estoy de acuerdo, pero es lo que tengo que hacer. Ningún trabajo es perfecto. ¿Te fuiste?

–¿De dónde?

–Que si lo dejaste –aclaró.

–Sí, lo dejé. Un día pasó algo en mi vida que cambió mi percepción del mundo y de las cosas que importan de verdad y me fui.

–¿Puedo preguntar qué pasó?

–Demasiado para un día, Rodrigo–dije cerrando el tema–. Prefiero ir a esperar a la meta a nuestro estafador. Al ritmo que lleva, va a hacer la maratón en tres horas cuarenta minutos. Eso sí es que has terminado de rebañar tu curry, que ya brilla la bandeja.

–¿Puedo pedir otro para el camino? –bromeó Rodrigo.

23 de septiembre de 2012. 19:32. Friburgo

–¿Es QUE NADIE va a abrir la puerta? Emma, Patrick, ¿podéis bajar a ver quién es? –gritó Monika Bauer a sus hijos desde el baño de su habitación después de oír por tercera vez el timbre de la entrada principal.

Unos minutos después, sentada en el sofá del salón, la señora Bauer escuchaba a una pareja de policías explicarle que los restos del cuerpo de su hija mayor, Verena, habían sido hallados en un tramo de las vías del tren próximo a la estación de Dietlikon, en las afueras de Zúrich.

Todo indicaba que había sido un suicidio.

–¿Verena? No puede ser –negó Monika Bauer con la voz temblorosa–, tiene que ser un error. Está muy contenta en Zúrich. Hace nada que estuvo aquí. Ha conocido a un chico y está muy ilusionada. Vino para las vacaciones de verano. Estaba radiante. Aunque no quiso contarme nada. Del chico, digo. Ya saben, jóvenes, dijo que no era nada serio. Las cosas han debido de cambiar porque vienen mañana, quiere presentárnoslo. Todo sorpresa: ni siquiera nos ha dicho cómo se llama. Estaba muy contenta cuando hablamos por teléfono. Trabaja en la escuela infantil de la embajada alemana, ¿saben? Ella, quiero decir, su novio no sé. Es una oportunidad estupenda y la tratan muy bien. No puede ser Verena. Está muy feliz, le están pasando muchas cosas buenas.

–¿Cuánto hace que no habla con ella?

—No lo sé, tres días, quizá cuatro. Los diplomáticos tienen viajes y horarios complicados y ella a veces trabaja de noche con los niños. Espere, que ahora mismo la llamo.

El teléfono de su hija mayor estaba «apagado o fuera de cobertura».

Las manos de la mujer empezaron a temblar.

La agente que le había dado la noticia sacó un teléfono del maletín que llevaba con ella. Envuelto en una bolsa de plástico, el teléfono de Verena, un Nokia con su inconfundible rana de la suerte bailarina colgando de una esquina, y una esclava que Verena siempre llevaba en la muñeca, donde constaba su nombre, grupo sanguíneo y su grave alergia a las nueces.

Monika Bauer escondió la cabeza entre las manos.

—Lo sentimos muchísimo, señora Bauer. Si pudiera facilitarnos una muestra de ADN de su hija para asegurarnos de que es ella... Un cepillo del pelo bastaría. O uno dental también serviría para cerrar la investigación.

Sin previo aviso, la señora Bauer saltó del sillón y se arrojó contra la pared aullando como una leona herida mientras se golpeaba la cabeza contra el tabique una y otra vez. Los policías no eran capaces de controlarla y la frente empezó a sangrar, empapando la pared beige y su vestido de flores.

Emma Bauer, con sus dieciséis años recién cumplidos, presenciaba la escena desde lo alto de la escalera mientras su hermano Patrick, de solo diez, se escondía tras ella, agarrándose con fuerza a su espalda como si quisiera fundirse con su hermana para que nadie pudiera arrebatársela.

9

19 de agosto de 2019. Zúrich

Abrí los ojos sobresaltada por el sonido del despertador de mi móvil, en uno de esos momentos de desconcierto que ocurren a veces cuando viajas mucho y si te despiertas de repente, no reconoces el lugar en el que te encuentras. Eran las 6:30 de la mañana. Tardé unas décimas de segundo en identificar el hotel de Zúrich donde nos habían alojado después de que el que habíamos reservado tuviera un problema de *overbooking*.

Me levanté y contemplé el salón lujoso e impersonal que componía mi parte de la suite. La puerta de la habitación donde dormía Rodrigo estaba cerrada. Respiré aliviada. Podía retrasar el incómodo momento de encontrarme con él, después de mi patética actuación de la noche anterior. Me cambié de ropa, cogí lo necesario para ducharme a la vuelta en el gimnasio del hotel y salí a correr aliviada de posponer la incómoda conversación que teníamos pendiente. El baño estaba en la habitación, pero no me importó, usaría el aseo del hall.

Habíamos llegado a Zúrich hacía menos de veinticuatro horas, a mediodía, y en el hotel no tenían habitaciones disponibles. Ni la mía, reservada hacía días, ni la de Rodrigo reservada desde la web la noche anterior. No había alojamientos libres en la ciudad porque habían coincidido el festival de música tecno Street Parade, uno de los más concurridos del mundo, que atraía tanto a suizos procedentes de otras ciudades del país como a aficionados a la música de todo el mundo, y una cumbre internacional sobre la inmigración y los derechos de los refugiados.

No éramos los únicos que habíamos tenido el problema: cuando llegamos encontramos a varias personas en la recepción frustradas por la falta de solución. La representante del establecimiento, una mujer de mediana edad, vestida con uniforme azul marino, se dirigió primero en alemán y luego en inglés a todos los presentes para comunicarnos que se nos alojaría en otros hoteles y que el traslado correría a su cargo.

Nos acercamos a ella para agradecérselo. Sus abuelos eran españoles y eso, en una situación de crisis, creó un pequeño vínculo entre nosotros. Por esa afortunada casualidad, sin ningún coste extra, nos instalaron en la suite de lujo de uno de los mejores hoteles de la ciudad, el Baur au Lac, situado en pleno casco histórico. La suite consistía en salón, habitación y una terraza con vistas al lago. Debíamos compartirla, pero no había problema: teníamos un espacio privado para cada uno y la suite era mucho más amplia y lujosa que las dos habitaciones que habíamos reservado. El único inconveniente era tener que compartir el baño y dejó de parecerme tal cuando al entrar nos encontramos una cesta de bombones y una botella de champán francés, por las molestias. El personal masculino del hotel iba vestido de chaqué; parecía un palacio del siglo pasado.

El día anterior, durante el vuelo, había repasado la información obtenida en Copenhague. Seguíamos sin conocer los detalles del fraude, pero teníamos muchos más datos que antes de emprender el viaje. El domingo, después de seguir a Santiago Pérez Rubio durante la competición, conseguimos desvelar el misterio del caso que nos había llevado hasta Dinamarca. Santiago cruzó la meta cuando habían transcurrido diez horas y cinco minutos desde el inicio de la natación. La llegada de la maratón, la última prueba, estaba situada en Ofelia Plads, sobre un malecón que se adentraba en el mar. Nosotros estábamos esperándole rodeados de gente, curiosos y familiares, mientras los agentes de movilidad daneses intentaban, con poco éxito, que nos dispersáramos a lo largo de la gran plaza. Nadie quería perderse la entrada en meta del deportista al que había ido a acompañar.

Localizamos a Santiago sin que hubiera posibilidad de confusión. Como ocurría con todos los participantes, su nombre y su tiempo apareció en el marcador colocado en lo alto de la meta en cuanto la cruzó. En la pantalla, que permitía que se viera la llegada de los atletas desde cualquier lugar de la plaza, pudimos leer con claridad: «Santiago Pérez. 10:05:16.» a la vez que el locutor decía: «Santiago Pérez, from Spain: you are an Ironman». Vimos cómo le ponían la manta térmica antes incluso que la medalla y cómo, tras los primeros momentos de emoción, se dirigía a la zona de los *finishers*.

Le seguimos por el exterior de las vallas que separaban a los recién proclamados Ironmans del público, con la intención de esperarle en la puerta junto al resto de amigos y familiares de los triatletas. Llegaríamos antes porque él debía pasar por el guardarropa y por la zona donde les ofrecían masajes para los músculos agotados y hamburguesas, pasta, fruta, agua, bebidas energéticas y dulces para recuperar los nutrientes perdidos durante la competición.

Cuando por fin vimos salir a Santiago, miramos alrededor esperando que algún acompañante se acercara a felicitarle. Santiago parecía buscar a alguien y observé que una mujer de melena castaña le dirigía un gesto y se retiraba. Ya la había visto en la línea de meta animando.

–¿Santiago Pérez Rubio? –le pregunté.

–Sí, soy yo.

–Enhorabuena. Magnífico tiempo. Me llamo Gracia San Sebastián. –Me presenté extendiendo la mano, que aceptó en un acto reflejo. Rodrigo se presentó también.

–Nos gustaría robarle un momento de su tiempo –dije–, un minuto nada más porque imaginamos que estará usted agotado.

–No quiero quedarme frío y debo ir a recoger mi bici. ¿Qué desean?

–Le acompañamos al punto de recogida, solo será un momento –propuse–. Es impresionante lo que puede hacer usted con semejante enfermedad. Es un fuera de serie.

–¿Quiénes son ustedes? Si tiene que ver con los patrocinios pueden hablar con mi representante. Ya entenderán que no llevo una tarjeta encima, pero les doy el nombre y el teléfono y pueden contactar con él. Apunte. Federico Baides Rubio.

–Nosotros queríamos hablar de su enfermedad –comenté después de grabar en mi móvil el teléfono que me facilitó Santiago.

–Mejor hablen con Fede. Él se encarga de todo. Me duelen las piernas y noto ampollas en los pies, así que si no les importa… –dijo Santiago con una mueca de fastidio.

–Es solo un momento. Tenemos que hablar con usted, no con su representante –insistí.

–¿Quién diablos son ustedes?

–Gracia San Sebastián. Investigadora financiera.

–Rodrigo Villarreal. Represento a la Seguridad Social.

–¡No me jodan! ¿Han venido a Copenhague? ¿De verdad el Estado español tiene dinero para malgastarlo en gente como ustedes?

–Lo que no tiene es dinero para mantener estafadores –intervino Rodrigo, al que intenté parar con una mirada de advertencia. De nada nos servía cabrear más a Santiago.

Ese no era nuestro objetivo. Queríamos pruebas y una explicación.

–¿Ha venido hasta aquí para insultarme? –preguntó Santiago con un gesto de desprecio, dándose la vuelta y alejándose con más agilidad de la que se podía esperar de alguien que acababa de competir durante más de diez horas seguidas.

–Cambia el tono, Rodrigo, por favor, que no queremos cabrearle –le pedí mientras me adelantaba para alcanzar a Santiago y disculparme.

–Perdone, Santiago, tiene usted razón, no hemos venido a molestarle. Nuestro propósito era recabar las pruebas que necesitamos para el juicio y ya entenderá usted que ahora las tenemos –afirmé.

La realidad era que, en cuanto a pruebas, teníamos lo mismo de antes: una lista de participantes donde aparecían nombre y DNI de un funcionario con una gravísima enfermedad degenerativa que no era el que hacía triatlones y que no tenía que demostrar nada más. Con suerte, Santiago no lo sabía.

–Vamos a reabrir el juicio contra Santiago Pérez Rubio –continué–, el funcionario, independientemente de que sea usted o sea el hombre que se ha presentado en el juzgado, porque lo que es evidente es que no son la misma persona.

–¿Ustedes para quién trabajan? ¿Para la Seguridad Social española?

–Sí.

–Y ¿no les interesa nada más? –preguntó.

–¿A qué se refiere?

–Si yo les aseguro que no hay ningún fraude a la Seguridad Social, que la persona que está cobrando cada mes su sueldo de funcionario tiene esclerosis múltiple y el último brote que ha sufrido le ha dejado mal parado, ¿nos dejarán en paz?

—Si además de asegurarlo, nos da pruebas de ello, supongo que sí. Desde luego que sí, quiero decir —admitió Rodrigo.

Allí nos enteramos de que Santiago Pérez Rubio era el hombre que se había presentado en silla de ruedas en nuestro juicio. Era funcionario y tenía esclerosis múltiple. Le trataban en el hospital Montepríncipe de Madrid, donde había vivido desde la infancia y adonde regresó para vivir con su padre cuando se puso enfermo. Su madre, María Aurora Rubio, hermana de Carolina Rubio, había muerto años atrás, como ya sabía por su certificado de defunción. El domicilio que figuraba en su ficha de funcionario era el de su tía Carolina, la señora a la que tan nerviosa había puesto mi visita, madre de Fede, su primo, que acababa de terminar un Ironman y que, en ese momento, estaba hablando con nosotros. Un intercambio de identidad consentido y planificado.

—¿Por qué hacen esto? —preguntó Rodrigo—. ¿Por qué corre con el nombre de su primo?

—No estarán grabando la conversación, ¿verdad?

—No, claro que no —mentí. Había encendido la función de notas de voz de mi iPhone antes de abordarle—. Esto ya no nos interesa. Es mera curiosidad.

—Pues entonces, dejémoslo aquí.

—¿Cuánto tiempo lleva usted participando en este tipo de pruebas? —preguntó Rodrigo.

—Varios años ya.

—Con el nombre de su primo, me refiero.

—Esta conversación ha terminado. Está claro que para ustedes nada es suficiente, buscan hacer daño —dijo Santiago. Fede, en realidad.

—Buscamos la verdad —insistió Rodrigo—. Me la puede decir usted o lo puedo sacar del registro de las carreras.

—Pues sáquelo y váyase a la mierda —respondió Fede con un gesto de cansancio y volviendo a alejarse de nosotros.

—Ya lo he hecho y lleva usted cinco años con esto —continuó Rodrigo atosigándole. No sabía qué pretendía. Se estaba excediendo.

—¿Y qué? —Fede se paró en seco y se dio la vuelta con actitud amenazante. Rodrigo también se detuvo.

—Que si usted lleva corriendo cinco años por la esclerosis múltiple, su primo ha ocultado el diagnóstico hasta ahora —acusó Rodrigo— y eso es un fraude también. Su primo Santiago debería estar cobrando una pensión por incapacidad permanente, muy inferior a su sueldo.

—Son ustedes unos buitres asquerosos —gritó Fede acercándose a Rodrigo hasta situarse a veinte centímetros de él—. Una cosa es que persigan a una persona que creen que lleva diez años cobrando un sueldo de la Administración Pública sin trabajar y otra que pretendan quitarle parte de su sueldo a una persona enferma. ¿Usted sabe todo lo que necesita mi primo? ¿Tiene la menor idea de lo que cuesta todo lo que le hace la vida más llevadera? ¿Sabe usted lo que es esa enfermedad?

—Tiene usted razón, no hemos venido a eso —corté la conversación dirigiéndome a Fede—. Muchas gracias por atendernos. Nuestro trabajo acaba aquí. Enhorabuena por su excelente tiempo en la competición.

Esperaba que Rodrigo no quisiera añadir nada más porque Fede parecía dispuesto a llegar a las manos y era lo último que nos interesaba que ocurriera. Por suerte, Rodrigo, aunque no se movió, no dijo nada y Federico Baides, Fede, se fue echando pestes. Le habíamos amargado el estupendo resultado de su hazaña.

No le dije a Rodrigo lo inadecuado que me había parecido su acoso a Fede. Yo tenía que seguir trabajando con él —o, al menos, lo deseaba— y ahora que mi caso se acababa de cerrar satisfactoriamente, tenía la oportunidad de que así fuera, pero pensé que Rodrigo tenía algo parecido a un trastorno de doble personalidad. El Rodrigo del trabajo y el Rodrigo social eran muy diferentes: en el trabajo, Rodrigo era un tipo déspota y agresivo.

Por mi parte, había encontrado al defraudador, a Federico Baides, solo que no era el que creía y que no defraudaba a mi cliente. Defraudaba a unos empresarios extranjeros y seguramente a la Hacienda Pública. Desde la perspectiva económica era un fiasco porque solo iba a cobrar la tarifa base, ni un pequeño porcentaje de las comisiones que eran lo realmente rentable de mi trabajo, pero me suponía un gran alivio haber descubierto la verdad y esperaba que también rehabilitara mi prestigio profesional.

Pasé el resto de la tarde del domingo sola en el hotel de Copenhague preparando el informe del caso y me acosté temprano. El madrugón y las emociones del día me habían agotado. Rodrigo salió a visitar a unos «viejos conocidos». Me pregunté si tendría algo que ver con nuestra visita a la Ciudad Libre de Christiania.

Al día siguiente por la tarde nos encontrábamos en nuestra inesperada suite de lujo en Zúrich, sentados en la mesa del balcón contemplando el lago mientras disfrutábamos de la botella de champán francés con la que nos había obsequiado el hotel y comentábamos el final del caso Pérez Rubio. Nuestras emociones bailaban entre la frustración por el resultado de la investigación y la satisfacción de conocer la verdad. Después de la primera copa de champán nos dimos cuenta de que necesitábamos ingerir algo sólido. Desde el desayuno en el hotel de Copenhague, no habíamos comido nada más que un sándwich en el avión que nos trasladó de Dinamarca a Suiza.

Nos dirigimos hacia el centro histórico de la ciudad y huimos de las *fondues* de queso que encabezaban el menú de los restaurantes locales. Al parecer, a Rodrigo le desagradaban los sitios turísticos, aunque yo con gusto me habría apuntado a un menú tradicional que, por mucho que estuvieran diseñados para extranjeros como nosotros, no dejaban de parecerme un manjar con ese pan casero y consistente para sumergir en los tradicionales *caquelons* donde el queso derretido burbujeaba a cámara lenta. Media burbuja cada tres segundos, sonora y aromática.

Cenamos temprano, en la Brasserie Louis, un restaurante francés situado en una de las calles peatonales de la zona antigua.

–¿Qué vas a hacer ahora? –preguntó Rodrigo una vez acomodados en el restaurante.

–Cobrar mis escuetos honorarios porque, como sabes, por este caso no voy a recibir ninguna comisión. Al final no hay fraude. Con el dineral que me ha costado el viaje y el tiempo que he empleado, pierdo dinero. ¡Bah! No quiero pensar en ello. Caso cerrado.

–Fraude sí que hay –replicó–. A eso me refería, a qué vas a hacer ahora con Santiago. Con Federico Baides, quiero decir.

–Yo nada, ¿qué quieres que haga? –pregunté.

–Algo habrá que hacer porque es un estafador. Estafa al Estado. Y a los patrocinadores. ¿Dónde va el dinero que recibe de todos ellos?

–¿A su fundación para la esclerosis?

–¿La que no hemos conseguido localizar? Tal vez porque no existe –dijo Rodrigo.

–Eso ya no es mi trabajo. Será parte de mi informe y alguien lo investigará. O no. No sé cómo funciona el procedimiento una vez que yo termino mi labor.

En ese momento nos sirvieron unos mejillones en una salsa que olía a vino blanco, ajo, pimienta y nuez moscada, y se me hizo la boca agua. El ansia por probarlos me llevó a quemarme la lengua con el primer bocado.

—Ese es el karma haciéndote pagar por tu indiferencia —bromeó Rodrigo.

—Ya veo que no vamos a dejar el tema.

—Es que me parece muy raro que te apartes del caso, sin más. ¡Qué bien huelen los mejillones! Si no existe la fundación, ¿adónde va el dinero que recauda de los patrocinadores?

—A su bolsillo y al de su primo, supongo.

—¿Y te parece bien? —preguntó.

Estaba empezando a cargarme.

—¿Sabes lo que no me parece bien? Que cuando una persona sufre una desgracia como esta, una enfermedad degenerativa o un accidente que la incapacita para trabajar y necesita toda la ayuda que podamos darle como sociedad, se encuentre con que la declaran discapacitada y se queda, en muchos casos, con la mitad de lo que cobraba o mucho menos, pero sus gastos no solo siguen ahí, sino que se incrementan. Cuando necesita fisioterapeutas que le alivien, adaptar su casa para su nueva situación e incluso apoyo psicológico, ¿qué descubre? Que la mayor parte de esas cosas son privadas y que tiene menos dinero que antes para costearlas. Como si no tuviera bastante con el dolor físico y la desesperación por la nueva situación. Eso por no hablar de la carga que supone para su familia. Si llego a saber que este caso iba a terminar así, no habría seguido investigando. Una cosa es perseguir a un caradura que lleva diez años fingiendo una baja médica para dedicarse a su *hobby* y otra cosa quitarle parte de sus ingresos a un enfermo porque una ley estúpida considera que debe ser así. Para gustarte tanto el espíritu de Christiania, no parece que lo apliques en tu vida profesional —me explayé, enfadada con unas reglas que consideraba injustas y me recordaban demasiado a la parte laboral de mi vida anterior de la que no me sentía orgullosa.

Rodrigo no respondió, se quedó en silencio mirándome con gesto escéptico mientras mojaba un exquisito pan francés en la salsa de los mejillones.

Aproveché para cambiar de tema y suavizar la tensión que se había generado.

—Disculpa si te ha molestado mi discurso. ¿Te parece que hablemos de otra cosa? —pregunté.

—Te lo agradezco.

—Háblame de Fidel. ¿Por qué eres amigo suyo? Desde fuera os parecéis como una vaca y un avestruz.

—¿Lo dices porque los dos estamos muy buenos? —bromeó. Rodrigo seguía de buen humor.

—Sí, por eso —concedí siguiendo su chanza—. ¿Qué tenéis en común?

—Es un buen tío que me ayudó en un momento muy difícil cuando no me conocía de nada.

—¿Sabes que él y sus colegas le han dado una paliza a un tal Pelayo Granda?

—¿Al amante de su mujer? Algo sabía, pero Pelayo Granda no ha denunciado la agresión.

—A lo mejor piensa solucionarlo por su cuenta —apunté—. Es el dueño de una cadena de locales de prostitución, supongo que tendrá amigos más brutos que los de Fidel.

—Seguro que sí, pero si es el padre del hijo que esperaba Imelda, no va a empezar una guerra con la guardia civil. Lo dejará pasar. Y más cuando tiene a la policía investigándole. En su lugar, yo estaría calladito —opinó Rodrigo.

—Ya veo que Fidel te tiene bien informado. ¿Qué más me cuentas de él?

—Chaval de barrio, hijo único, padres trabajadores que se mataron a currar para darle una carrera y lo consiguieron. Fiel a sus raíces, trabajador, leal con sus amigos y un buen marido que metió un poco la pata, pero que quería a su mujer.

—¿Consume drogas? —pregunté sin rodeos.

—Pues no lo sé. Habitualmente seguro que no porque está en muy buena forma, entrena mucho y supongo que en un trabajo como el suyo les harán controles. Si le hubiera visto puesto alguna vez, lo habría notado. ¿A qué viene esa pregunta?

—A que Teo, el hermano de Imelda, ha declarado a la policía que Fidel e Imelda toman drogas, pero Fidel dice que no es cierto, que eso fue en los años de Universidad. Teo y Fidel se llevan mal.

—Yo no conozco al tal Teo, pero puedo decirte que Fidel es una persona excepcional y, desde luego, no es ni un adicto ni un asesino. Fidel es honesto, va de frente y, a veces, se equivoca, como todos. La diferencia es que él intenta arreglarlo. Y eso es mucho más de lo que hace la mayoría.

—¿Te das cuenta de que es el sospechoso con más motivos para matar a Imelda?

—¿Y tú te das cuenta de que, si se la hubiera cargado él, habría ocultado a la policía que el bebé que esperaba Imelda no era suyo? —cuestionó Rodrigo.

—No tengo eso tan claro como tú. Es capitán de la Guardia Civil. Es fácil que supiera si la policía iba a comprobarlo. Tal vez decidiera adelantarse para alejar las sospechas sobre él. Y se ha empeñado en culpar al amante de Imelda, Pelayo Granda. Mata a la mujer y consigue que acusen al amante de asesinato. El triángulo de sangre más antiguo del mundo.

—También puede ocurrir que Pelayo Granda, que no debe de ser un tipo dulce y encantador, visto a lo que se dedica, se la haya cargado porque ella se empeñó en tener el bebé. ¿Qué vamos a hacer mañana? —preguntó de pronto.

—Ir a la Tasca Romero y ver adónde nos lleva la pista. Está aquí al lado, en esta misma calle.

—Pues vamos ahora —propuso Rodrigo.

—No podemos, los lunes por la noche está cerrado. ¿En serio crees que iba a estar aquí cenando si estuviera abierto?

—No, supongo que no. ¿Qué más vamos a hacer?

No pude darle una respuesta. En la Tasca Romero terminaba mi plan. Esperaba que allí consiguiéramos alguna información que nos permitiera continuar. Si no era así, habríamos hecho el viaje en balde.

Cuando terminamos de cenar, volvimos caminando hacia el hotel. Eran casi las nueve de la noche y empezaba a refrescar. El tiempo en Zúrich era mucho más cálido de lo que esperaba, pero al oscurecer se notaba la brisa fría de los Alpes que rodeaban la ciudad y tenían las cimas cubiertas de nieve incluso en pleno agosto. Las calles del centro estaban llenas de gente. En verano, los turistas abarrotaban los bares, restaurantes y terrazas de las estrechas calles peatonales del centro. Los edificios bajos, antiguos, de estética centroeuropea, con contraventanas y cúpulas triangulares le daban un toque encantador a la ciudad, como si estuviéramos en el escenario de un cuento de brujas buenas. Llegamos al río Limago, que brillaba a la luz de las estrellas, y cruzamos al otro lado de la ciudad, mucho más señorial, palaciego, lleno de coches caros y tiendas de lujo.

Ya en el hotel nos repartimos la suite de la forma más práctica. El baño estaba en la habitación y me dejé convencer por las vaguedades de Rodrigo sobre los hombres y la próstata pasados los cuarenta. Sobre todo porque me apetecía levantarme temprano y salir a correr alrededor del lago. Él, en cambio, no tenía intención de madrugar. Nos encerramos cada uno en nuestra estancia y una vez acomodada en el sofá sobre un montón de almohadones blancos y suaves como los de los anuncios de papel higiénico, pertrechada con el ordenador, le envié un whatsapp a Rafa.

«Hola, Rafa. Estoy en Zúrich. Mañana voy a pasarme por la Tasca Romero, donde descubristeis el cargo en la tarjeta de crédito de Imelda.»

Acto seguido me puse a buscar toda la información posible sobre la fundación de Santiago Pérez. Ya no tenía una razón práctica para seguir, pero después de la conversación con Rodrigo tampoco quería dejarlo de aquella manera. Era lo bueno de mi nueva vida como trabajadora independiente, no necesitaba hacer siempre lo que se suponía que debía hacer. Podía dedicar mi tiempo a lo que quisiera. Sin motivos. Sin explicaciones.

Mi teléfono vibró encima del esponjoso edredón blanco con el que me había cubierto las piernas.

—¿Qué haces en Zúrich? —dijo Rafa cuando respondí a su llamada.

Habían pasado apenas cinco minutos desde que le había escrito.

—No esperaba que me llamaras. No quería molestarte a estas horas.

—Déjate de protocolos. ¿Qué haces en Zúrich?

—Vine por un encargo privado de Fidel.

—¿Aceptaste investigar para Fidel sin decirme nada? —me recriminó.

—Le dije que no, precisamente para evitar malentendidos, pero me decidí a venir por mi cuenta. Él no sabe que estoy aquí y no tengo intención de decírselo. Dependerá de lo que averigüe. Lo que no quería es ir a la Tasca Romero sin avisarte, por eso te he enviado el whatsapp.

—Y yo voy a hacer como que me lo creo —respondió. Parecía cabreado—. Ya estás en Zúrich y me has enviado el mensaje para que te dé información.

—Te equivocas. Te aviso porque no sé cómo se debe actuar en estos casos y ante la duda, he preferido decírtelo.

—¿Qué vas a hacer?

—Voy a ir a la Tasca Romero y enseñarles a los camareros una foto de Imelda —respondí. Me di cuenta, al decirlo, de que mi plan sonaba muy pobre.

—¿Solo eso? ¿Has ido hasta Zúrich para eso?

—Salvo que me digas que vaya a algún otro sitio.

—No quiero que te metas en líos.

—No estoy sola —confesé—. Me va a acompañar otra persona, que es experta en Krav Magá.

—¿Eso es lo de los israelís? ¿La lucha callejera?

—¿Tú también conoces el Krav Magá?

—Hubo una exhibición este fin de semana en el Palacio de los Deportes. Hemos reforzado la seguridad, como siempre que hay eventos. ¿Puedo preguntar quién es?

—Un abogado de la Seguridad Social con el que trabajo.

—Ah.

—Ah, ¿qué?

—Nada, que no pensé que pasaras página tan rápido.

—¿Página? ¿Has hablado con Jorge?

—Vino a cenar a casa el sábado para despedirse, pero no me malinterpretes, que me alegra mucho que rehagas tu vida lo antes posible. Geni y yo queremos que seas feliz.

Lo que me faltaba por oír. Respiré hondo.

—No, Rafa, no es nada de eso. Estoy en Zúrich con un compañero de trabajo, un cliente, el que me deriva los casos de fraude a la Seguridad Social. Vino a Copenhague a investigar conmigo un caso que se nos ha complicado y ha hecho una parada en Zúrich porque entrena con Fidel en Krav y quiere ayudar a despejar las sospechas sobre él.

—Eso no tiene mucho sentido.

—Me he dado cuenta al contarlo, pero todo es cierto.

—¿Es amigo de Fidel?

—Eso parece. Entrenan juntos –expliqué–. ¿Entonces qué? ¿Quieres que vaya a algún otro sitio?

—Me lo estoy pensando. Puede ser peligroso –dudó Rafa.

—Tendré cuidado. ¿Qué quieres que haga?

—El niño de Imelda es de Pelayo Granda.

—Eso ya lo sabíamos.

—No lo sabíamos, solo lo sospechábamos. Ahora sí podemos confirmarlo porque la prueba de ADN lo ha ratificado –aclaró Rafa.

—¿Habéis localizado a Pelayo? –pregunté.

—Está en busca y captura.

—Entonces, ¿cómo le habéis hecho la prueba de ADN?

—Al conocer su desaparición, la juez de instrucción emitió una orden. Resulta que la policía suiza investigó sus negocios en más de una ocasión por sospechas de tráfico de menores, pero no encontraron nada. En Suiza la prostitución es legal y él vive en la raya que separa lo legal de lo ilegal. Aunque sospechan que la haya podido cruzar en alguna ocasión, no han podido probarlo.

—A lo mejor se ha ido del país –aventuré.

—En avión no ha salido, pero puede haberse ido con el coche. Puede estar en Suiza incluso. Por eso quiero que tengas cuidado con lo que te voy a pedir.

—Lo prometo –aseguré, encantada de tener otra línea de investigación.

—Pelayo Granda está divorciado y tiene dos hijos. Su exmujer es española, vive en Zúrich, se llama Lola Estébanez, da clases de flamenco y tiene la custodia de los niños.

—¿Quieres que hable con su exmujer?

—Sí –confirmó Rafa–. Nosotros no tenemos autoridad para citarla a declarar y hacerlo a través de la policía suiza nos puede llevar semanas. En cambio, tú puedes hablar con quién quieras siempre que ella acepte verte.

Llevan varios años separados y lo más seguro es que no sepa nada, pero quizá te cuente cosas sobre Pelayo que nos ayuden a localizarle. Quiero que quedes con ella en un lugar público, donde haya mucha gente, que no le digas dónde te alojas y que después de hablar con ella cojas un taxi para volver al hotel. Y si das un par de rodeos mejor. Tienes que ir con mucho cuidado.

–¿Por qué? ¿Qué tiene que ver esta mujer con el caso? –pregunté sin entender el motivo de tantas precauciones.

–Ella nada. En caso contrario, no te pediría que fueras a verla, pero mientras no sepamos dónde está Pelayo Granda, puede ser peligroso.

–Cuenta con ello. ¿Y los negocios? ¿Quieres que eche un vistazo a sus negocios?

–Ni lo sueñes. Ni se te ocurra acercarte a esos sitios –advirtió Rafa.

–¿Por qué no?

–Porque es peligroso, porque allí nadie va a contarte nada y porque de sus negocios tengo toda la información que necesito y más. Limítate a su exmujer.

La conversación con Rafa me había hecho pensar en Jorge. Que Rafa y Geni supieran que nuestra vida juntos había terminado lo hacía más real. No tardaría mucho en convertirse legalmente en mi exmarido y yo no solo estaba lejos de pasar página, sino que cada minuto que pasaba le echaba más de menos. Estaba enfadada con él, pero mi necesidad de tenerle superaba el enfado. Quizá la próxima vez que nos viéramos fuera en el juzgado ratificando un acuerdo de divorcio. Esa imagen me aceleró el corazón.

Necesitaba pensar en algo diferente. Planear lo que íbamos a hacer al día siguiente era perfecto, así que le envié un whatsapp a Rodrigo. Que estuviera en la habitación de al lado no me daba derecho a invadir su intimidad.

«¿Estás despierto?»

«Sí, pasa.»

—¿Tienes que ir al baño? —dijo Rodrigo, sentado en el suelo en camiseta y calzoncillos. No quise mirar, pero vi de refilón que eran verde pistacho, estampados con grandes margaritas. Rodrigo era una caja de sorpresas—. Estaba haciendo unos estiramientos antes de acostarme. Espera, que me pongo un pantalón. ¿No eres muy joven para tener que ir al baño cada media hora? Espero que no me des la noche entrando y saliendo.

—Deja de decir chorradas, que no quiero ir al baño —dije desde la puerta, mirando hacia otro lado—. Quería contarte que el ADN confirma que el bebé era de Pelayo Granda. Fidel tenía razón.

—Nunca lo he dudado. Y el tipo, ¿qué dice? ¿Tiene coartada?

—No dice nada porque está ilocalizable. Está en busca y captura. Ni siquiera saben si sigue en España. Incluso podría estar aquí. Voy a intentar quedar con su exmujer mañana. Tengo sus datos de contacto. ¿Quieres acompañarme?

—Por supuesto que quiero. Deja de mirar fijamente la puerta que ya me he puesto el pantalón. No pensé que te asustara ver a un tío en gayumbos. Esto se merece una copa. ¿Te apetece?

—Cuando salga a correr mañana me arrepentiré, pero ahora me va a sentar de lujo. Vamos al salón —invité y Rodrigo me siguió.

—¿Qué quieres tomar? —ofreció mientras abría el minibar.
—Una cerveza.
—¿Con quién has hablado?
—Con el comisario —respondí con la guardia baja.
—Sí que tienes buenos contactos, sí. ¿Te puedo contar yo una cosa también? Ahora queda algo deslucida: la fundación de Santiago Pérez Rubio existe. Recibe fondos del Estado.
—¿Y qué hacen con ellos?

–Programas de ayuda para sus asociados, según su ficha.
–¿Tienen asociados? –pregunté.
–No figuran en las memorias.
–Ya entiendo. ¿Quiénes son los patronos?
–Adivina. Son tres.
–Santiago Pérez Rubio. Federico Baides Rubio. Y el tercero no sé –tanteé.
–Vas muy bien. Inténtalo con el tercero. Toma –dijo Rodrigo acercándome la cerveza ya abierta.
–Gracias. ¿Carolina Rubio? –aventuré–. ¿La madre de Fede, el triatleta, tía de Santiago, el funcionario con esclerosis?
–Muy bien –confirmó Rodrigo.
–Con razón se puso tan nerviosa cuando fui a visitarla. ¿Se reparten las ayudas y los patrocinios?
–Eso parece.
–¿Cómo lo maquillarán? –pregunté interesada. Esa era mi especialidad.
–Me imagino que eso será cosa de Fede. Es el de los números, de eso iba su posición en la Administración del Estado. Seguro que sabe cómo hacerlo.
–Al final el funcionario sí que es un estafador. ¿Ahora qué?
–Ahora no tengo ni idea de qué se puede hacer. Por mi parte, me encargaré de que cobres como caso ganado, no como caso perdido. Hemos encontrado el fraude –dijo Rodrigo.
–No creo que puedas conseguirlo, pero te agradezco el detalle.

Se lo agradecía de verdad. Hacía mucho que no sentía que alguien cuidaba de mí. Sin pensar bien lo que hacía, intenté probar la filosofía de Sarah y me acerqué a Rodrigo con intención de que me hiciera olvidar por un rato la ruptura con Jorge.

Rodrigo me rechazó con un gesto suave, sin palabras.

Cuando fui consciente de lo que acababa de suceder, le miré con una rabia que él no merecía.

–Gracia… –empezó a decir.

–No digas nada, por favor. Ahora no. ¿Te importa volver a tu habitación?

Rodrigo obedeció, guardó silencio y cuando cerró la puerta me sentí sola. Me costó horas dormirme y cuando lo hice caí en un sopor tan profundo que al despertar me costó incluso recordar dónde me encontraba.

19 de agosto de 2019. 0:48 de la madrugada. Zúrich

A PESAR DE LA VOZ interior que no dejaba de recriminarle sus planes, la decisión estaba tomada: iba a matar a una mujer cuyo único pecado era la curiosidad. Una curiosidad que suponía un peligro al que no podía arriesgarse. No había llegado tan lejos para perderlo todo. Confiaba en que Dios entendería y sabría perdonar.

Se preguntaba una y otra vez cómo habría descubierto Emma Bauer con quién había quedado su hermana Verena la noche de su muerte. Ni siquiera entonces la policía había encontrado pista alguna. Quizá le hubiera contado algo Verena años atrás. Fuera como fuera, Emma Bauer había conseguido su número de teléfono y tenía muchas preguntas. Si Emma acudía a la policía, sería cuestión de tiempo que relacionaran el suicidio de Verena con el de Imelda y descubrieran que no habían sido muertes voluntarias, sino asesinatos. Bien sabía que los llamarían así, sin importar sus razones. Esas mujeres habían sido un mal menor, una pérdida necesaria para proteger un bien mayor, pero no lo comprenderían. Por eso, Emma debía desaparecer. Tenía que actuar con mucho cuidado. De momento, estaba a salvo. Emma Bauer era la primera persona que sospechaba que había algo extraño en el suicidio de su hermana, pero aún estaba muy lejos de averiguar la identidad del verdugo de Verena.

Por suerte, tenía todo el material necesario. Eliminar a Verena requirió varios días de preparación. Los jóvenes consumían sustancias que no existían en su juventud como el MDMA, el bk.EBDP o el K2. Encontró todo lo que necesitaba en internet. Había agradecido no tener que buscar a un vulgar camello en las discotecas. Consiguió el GHB en la *deep web*. Crear una cuenta en Ágora y otra en Evolution, dos páginas conocidas en el submundo de la red como el Amazon de la droga, fue mucho más sencillo de lo esperado. En aquel momento, un presentimiento le dijo que era mejor comprar de más por si volviera a necesitarlas en un futuro. Cuando Imelda apareció, supo que había llegado el momento de utilizar sus reservas. Confió en que no estuvieran caducadas. Lo estuvieran o no, funcionaron a la perfección. En la dosis justa, el GHB anulaba la voluntad por completo y era difícil de rastrear en las autopsias, sobre todo cuando no se buscaba. Lo que no habría imaginado era que tendría que emplear de nuevo sus existencias tan solo unos días después.

No le costó elegir el sitio para matar a Emma Bauer: el mismo en el que había muerto su hermana Verena. El lugar seguía siendo igual de tranquilo y para la familia sería poético.

No había notado ni un ápice de desconfianza en la voz de Emma cuando la invitó a tomar café en su casa. Emma Bauer pensaba que seguía una pista cuando en realidad había llegado al final del camino. Se santiguó y rezó por el alma de la joven y por la suya propia.

10

20 de agosto de 2019. Zúrich

Después de correr diez kilómetros alrededor del lago, me di una ducha en los vestuarios del gimnasio del hotel y, sin pasar por la habitación, me fui a desayunar. Mientras desayunaba sola en el patio interior del hotel, rodeada de vegetación, con los primeros rayos de sol calentándome la espalda y los camareros ofreciéndome un festín, la penosa escena de la noche anterior con Rodrigo no me pareció tan horrible, solo incómoda. Decidí no sacar el tema cuando nos viéramos. Sería más fácil para los dos. ¿Qué me había pasado por la cabeza? Ni siquiera tenía claro que quisiera acostarme con él y, además, Sarah y él habían estado juntos, pero la verdad era que me quemaba su rechazo. Tenía que contárselo a Sarah y esperaba que no se molestara. Sarah no creía en el compromiso ni en la monogamia ni siquiera en las relaciones exclusivas, pero nunca nos habíamos fijado en el mismo tío ni habíamos hablado de la posibilidad de que un día sucediera. Calculé que mi amiga llevaba ya veintidós años en mi vida, desde que llegó a España, a mi colegio y a mi clase con catorce. Me sorprendió recordar aquel día con tanta claridad, como si el tiempo no hubiera pasado.

Después del espléndido desayuno, subí a la habitación reconfortada por las delicias suizas: queso, salmón ahumado, muesli de avena, café y fruta fresca. Cuando llegué, oí el agua de la ducha. Rodrigo ya se había levantado.

Mientras aguardaba a que saliera del baño, llamé a la exmujer de Pelayo Granda y la informé de que la policía española estaba interesada en tener una charla extraoficial con ella acerca de su exmarido. Al principio se mostró reticente, pero tras unos minutos de conversación accedió, no sin antes prometerle que solo respondería a lo que ella considerara oportuno, que no intentaríamos contactar con sus hijos, que sería en su casa y que iría yo sola. Una mujer. No quería hablar con hombres. No eran esas las condiciones que había acordado con Rafa, pero fue lo mejor que pude conseguir de Lola Estébanez, exmujer y madre de los hijos de Pelayo Granda.

Me fui a ver a Lola nada más hablar con ella, sin esperar a Rodrigo, que todavía estaba en el baño. Le dejé una nota encima de la mesa de la sala.

«Debo irme ya. Lola Estébanez me ha citado en media hora. Cuando termine, te llamo.»

Mi destino estaba a veinte minutos de tren, en un barrio llamado Thalwil, que bordeaba el lago por el lado oeste. En menos de media hora, me encontré en una encantadora zona residencial a unos ocho kilómetros del centro, donde se mezclaban pequeños edificios de apartamentos con lo que me parecieron casas individuales. La dirección que me había dado Lola pertenecía a una de estas últimas; tenía vistas al lago y un pequeño jardín donde lucía una moderna y brillante barbacoa americana, que compartían las dos viviendas en las que se dividía la casa. Sin ser grande ni lujosa, me fascinó la ubicación, solo se oía el ruido de los pájaros y la luz del sol reflejada en el agua le daba a la vivienda una luminosidad más propia del Caribe que del interior de Europa.

Cuando Lola abrió la puerta, entré con cautela, observándolo todo, con miedo a que Pelayo Granda saliera de cualquier rincón.

La casa era tan acogedora por dentro como por fuera. Emanaba una paz que su dueña estaba lejos de trasmitir. Lola Estébanez era todo color, estridente, gesticulaba mucho y no dejaba de moverse. La casa, en cambio, era hogareña y tranquila. Lola ahuyentó mis temores cuando, fiel a las antiguas costumbres españolas, se empeñó en enseñarme su hogar. Pelayo Granda no estaba allí, a no ser que estuviera metido dentro de un armario, y Lola era una mujer extrovertida y con mucho garbo.

–Me encanta tu casa, Lola. Es muy acogedora. Las vistas al lago son magníficas.

–Muchas gracias. Necesito encontrar paz en la vida y creo que, al menos, lo he conseguido en mi casa.

–Te entiendo. Sé por experiencia que cuando no hay paz por dentro, la vida se hace cuesta arriba –dije.

–Vaya, por lo que dices tú tampoco lo has pasado bien. ¿Quieres una infusión?

Lola era morena, de cuarenta y muchos y tenía un ligero acento andaluz que se mezclaba con la peculiar entonación que dan al español los que llevan mucho tiempo hablando otro idioma a diario. Podría haber sido de raza gitana por su aspecto, buena planta, pelo negro recogido en un moño al más puro estilo flamenco y vestida con un conjunto de estampados coloridos. Resultaba exótica y atractiva en su estilo. Un poco anticuada.

Lola practicaba yoga, meditación y taichí. Daba clases de flamenco en una academia de danza del centro y me sorprendió saber que tenía muchos clientes. Suizos y alemanes. Hombres y mujeres. Y la suya no era la única academia de baile español de la ciudad.

–No imaginas lo que es vivir al lado de un tipo como Pelayo Granda. El mayor error de mi vida fue casarme con él, un mujeriego y un déspota que arrasa con todo lo que se interpone en sus objetivos, pero yo era muy joven y él un hombre muy atractivo –se sinceró una vez que nos sentamos en el sofá del salón con sendas tazas de té. Yo hubiera preferido un café, pero Lola solo tenía infusiones.

–No suena nada bien, lo siento.

–No, mi niña, no lo sientas, tengo a mis hijos y ellos son lo mejor que hice en la vida. El divorcio fue muy doloroso, no sé qué habría hecho sin ellos. Pelayo puede ser encantador pero también muy cruel. Durante los primeros meses tomaba Valium como si fuera aspirina, incluso dejó de hacerme efecto. Todavía sigo necesitándolo de vez en cuando. La meditación me ayuda, pero hay momentos en los que el demonio se rebela dentro de mí y debo recurrir a la química. Lo importante es que estoy mucho mejor. Tengo mi vida, mi trabajo, mis niños y él está lejos de mí. Dios me apretó durante un tiempo, pero ahora es generoso conmigo.

–¿Hace mucho que no ves a Pelayo? –pregunté.

–Hace un par de semanas. Lo veo con regularidad, viene con frecuencia para atender sus negocios y aprovecha para visitar a los niños.

–¿No se van con él a España?

–¿Mis hijos? ¿Mis hijos con Pelayo? No le permito que se los lleve. ¡Por encima de mi cadáver! –respondió Lola airada, alzando la voz.

–Por supuesto, Lola, tú eres su madre –contemporicé.

–Me alegra mucho que lo entiendas. Son mis hijos, yo los parí y es conmigo con quien deben estar.

–Claro que sí –le di la razón, aunque no pensaba que la tuviera, y continué por otros derroteros–. ¿Puedo preguntarte por los negocios de tu exmarido? Por lo que sé, sigue teniendo locales aquí.

–De eso hace tiempo que no sé nada –respondió Lola más tranquila–. Cuando estaba casada con él, sabía la índole de su negocio y no me importó. Él era un empresario legal y eso me bastaba. Unos años después, empecé a sospechar que había algo turbio detrás, pero nunca quise ahondar en los detalles. Yo tenía una vida de ensueño. Había pasado de compartir un piso pequeño con tres compañeras y trabajar seis noches a la semana en un tablao flamenco poniendo copas y bailando para borrachos que se creían con más derechos de los que les daba la entrada con consumición, a vivir como una señorona, con servicio, manicura y peluquería semanal, masajista y clases de tenis. Pelayo nunca limitó el dinero que podía gastarme, al contrario, me animaba a que me diera todos los caprichos que quisiera. Vivíamos en Aurorastrasse, al lado del campo de golf, en una casa preciosa con vistas al lago.

–En esto último no has cambiado mucho.

–Sí, mi niña –le salió el ramalazo andaluz–, *na* que ver. Aquella era una casa enorme, llena de lujos. Es una zona carísima y todos nuestros vecinos eran políticos o empresarios. La flor y nata. Pero eso no lo echo en falta. Lo que echo de menos es la ilusión que tenía cuando me casé, cuando nació Daniel, el mayor, e incluso cuando nació Max. Por entonces todavía pensaba que seríamos felices. Tonta de mí.

–¿No lo fuisteis?

–Al principio sí. Cuando nos casamos no teníamos mucho dinero, yo seguí bailando en el tablao y Pelayo estaba levantando su negocio, era muy ambicioso, trabajaba mucho e invertía todo lo que ganaba. Sí que fuimos felices, pero se terminó pronto, ese hombre lleva el infierno con él.

–¿Qué pasó?

–Pelayo es un psicópata narcisista que solo piensa en sí mismo. Para él todo es cuestión de ganar o perder, incluso las mujeres son trofeos que sumar a su colección de triunfos. La ilusión por mí le duró hasta que me quedé embarazada de Dani y tuve que dejar de bailar. Entonces dejé de gustarle. Yo creo que lo que en realidad le atraía de mí era venir a buscarme cada noche al terminar de trabajar y llevarse a la bailaora que los hombres del público deseaban. El premio se lo llevaba él. Cuando me quedé en casa a cuidar de los niños empezaron los desplantes. Por entonces Pelayo ya ganaba muchísimo dinero y conocía a mucha gente importante. Empezó a saltar de flor en flor, él persigue a las mujeres hasta que las consigue y luego se cansa. No sé cuántas amantes llegó a tener. En el fondo ellas me daban pena. Yo, al menos, tenía a mis hijos y una casa bonita. Ellas no habían conseguido nada más que sufrimiento.

—¿Sabías quiénes eran sus amantes?

—No todas, claro está, solo algunas. Pelayo enseguida perdía el interés. Le duraba lo que duraba la conquista. Después de conseguirlas, las abandonaba como si no valieran nada. Les chupaba la juventud y solo dejaba sus cadáveres.

—¿Cadáveres? —repetí alarmada.

—Pues sí, cadáveres. Al menos uno. Una de sus amantes murió cuando él la dejó. Sufría una fuerte depresión. No me extraña, la pobre. Era la mujer de un político con mucho poder aquí, aspirante a la presidencia. Un tipo de la misma calaña que Pelayo o peor. Su matrimonio era una farsa y a ella le dio por la bebida.

—¿Cómo murió? ¿La arrolló un tren? —pregunté alerta, atisbando una pista importante.

Lola me miró con expresión de desconcierto.

—Pues no, Martina Krain murió ahogada en este mismo lago, pero cerca de su casa, en el mismo barrio donde vivíamos nosotros. Nunca se supo qué hacía allí fuera en plena noche. El caso es que cayó al agua. Las noches de invierno aquí son muy frías, nadie en su sano juicio pasea de madrugada por el borde del lago. Se filtró a la prensa que ella iba en camisón totalmente alcoholizada y que algunos testigos la vieron caminar haciendo eses con una botella de vodka. Enseguida los callaron. El dinero manda más que la libertad de prensa, pero ¡ay, mi niña!, todo Zúrich sabía hacía tiempo que la mujer del carismático ministro Krain era alcohólica. Él es uno de esos hombres que han nacido de pie. Lejos de perjudicarle en su carrera política, el problema con la bebida de su mujer hizo que la gente le admirara por seguir a su lado y mantener a la familia unida por el bien de sus hijos. Espera, que conservo los recortes de prensa, voy a buscarlos y te los enseño. ¡Pobre mujer! El marido era un sinvergüenza y ella, deseando que alguien la rescatara, terminó en brazos de Pelayo. No tuvo suerte.

Lola se levantó del sillón, abrió un cajón del aparador que servía de apoyo a un moderno televisor y regresó a mi lado para mostrarme una carpeta con los recortes de varios periódicos suizos, ordenados y plastificados. No entendí lo que decían porque estaban en alemán, pero Lola me permitió hacerles unas fotos con el móvil, que le envié a Rafa de inmediato por WhatsApp.

—¿Cómo sabes que era amante de Pelayo?

—Porque un día descubrí que el que todavía era mi marido tenía un segundo móvil y ahí los encontré: fotos y lugares de encuentro. Enseguida la reconocí, la había visto infinidad de veces en las revistas y en la televisión acompañando a su marido, como si fueran una familia feliz.

—¿Le dijiste algo a Pelayo? —pregunté.

—¿Que si le dije? ¡Le dije de todo! Y ese día se fue. Ni siquiera lo negó. Un malnacido, eso es lo que era mi exmarido. Un cabrón y un malnacido.

—Y os divorciasteis.

—No, ¡qué va! Pelayo volvió a casa una semana después. Con flores, unos preciosos pendientes de rubíes, mi gema favorita, y dos billetes de avión a Nueva York. Me juró que la había dejado y que jamás volvería a verla. Nos fuimos de viaje solos, Daniel y Max se quedaron con mis suegros y pasamos una maravillosa semana, como una segunda luna de miel. Cuando aterrizamos, nos enteramos de la muerte de Martina. En cuanto Pelayo encendió el teléfono, encontró varias llamadas perdidas del marido, el ministro Krain. Tenían negocios juntos. Ese hombre no era trigo limpio y Pelayo no tenía escrúpulos.

–Y seguisteis juntos. Deduzco que él volvió a las andadas.

–Al principio, no. Durante unos meses todo fue muy bien y yo me ilusioné pensando que la aventura con Martina había sido un caso aislado. Pensé que Dios nos daba una segunda oportunidad, que protegía a nuestra familia. No es que me alegrara de la muerte de esa pobre mujer, entiéndeme bien, pero la realidad es que fue un alivio: no tenía que preocuparme más de que él pudiera arrepentirse y dejarme por ella. ¡Qué ilusa! Como si el problema hubiera sido aquella mujer. Martina no fue más que otra víctima de Pelayo. El problema siempre fue él: al poco tiempo apareció una nueva conquista, y otra, y otra más. Ya no se molestaba en ocultarse, incluso las llevaba a las mismas fiestas a las que me invitaban a mí. Llegó un momento en el que me dio igual, yo tenía a mis hijos y ellos eran el centro de mi vida. Lo único que de verdad siempre me ha importado. Un día hablé con una de ellas. La advertí del tipo de hombre que era Pelayo. No me creyó y se lo contó a él. ¡Ay, niña! Ese día pensé que iba a matarme, pero no me hizo nada. Hay una mirada que cuando se posa en sus ojos parece el mismo Satanás. Se fue y no volvió a casa en un mes. Cuando regresó no dijo nada, como si nada hubiera ocurrido, y nunca más supe de aquella chica.

–¿Te pegaba? –pregunté sin rodeos.

—Jamás —negó Lola con rotundidad—. Lo de Pelayo era el maltrato psicológico y las infidelidades continuas. Nunca vi a mi exmarido perder las formas, ni siquiera levantar la voz. Pelayo siempre mantiene el control, como si nada ni nadie le importara lo suficiente como para lograr sacarle de sus casillas y eso le hace más temible. Es capaz de cualquier cosa. Busqué un abogado porque un día me amenazó con quitarme a mis hijos. Ni te imaginas cómo lo hizo. Nunca olvidaré aquel domingo: él estaba tomando un café en la mesa de la cocina mientras leía la prensa de la mañana cuando yo entré a prepararme un té y, sin apenas levantar la vista del periódico ni ninguna conversación previa, me dijo que si me volvía a inmiscuir en sus asuntos se llevaría a los niños y nunca volvería a verlos, después dio un sorbo al café y siguió leyendo como si hubiera comentado el pronóstico del tiempo. ¿Se puede ser más mezquino? Así es Pelayo, cruel y dañino.

—¿Cómo has conseguido impedir que se quede con los niños por temporadas? ¿Qué ocurrió?

—Yo no podía consentir que se los llevara ni siquiera en vacaciones. Te juro que habría hecho cualquier cosa antes que permitir que Pelayo metiera a mis hijos en su mundo depravado, rodeados de prostitutas, de las amantes de su padre, de hombres corruptos y pervertidos que venderían a su madre por sexo, dinero y poder. ¡Ay, niña! ¡No imaginas con qué clase de degenerados se relacionaba mi marido! Así que cuando él me amenazó, le amenacé yo a él. Gracias a Dios y así te lo digo, porque fue gracias a Él, que me puso la solución delante de mis narices. Cuando aquello sucedió ya hacía tiempo que yo había descubierto el talón de Aquiles de Pelayo. No puedo contarte los detalles, solo puedo decirte que deposité unas cintas y una declaración en la caja fuerte de una empresa de seguridad. Si un día me pasa algo, mis abogados las enviarán a la policía y te juro, niña, que a él se le caerá el pelo. Mientras yo esté a salvo y mis hijos estén conmigo, él estará a salvo también.

–Tienes un par, Lola.

–Yo soy una señora, no una de sus putas, y no iba a dejarme apabullar por Pelayo –dijo Lola negando con el índice de la mano derecha–. No cuando el futuro de mis hijos estaba en juego.

Estaba recibiendo mucha más información de la que había previsto obtener antes de acudir a visitar a la exmujer de Pelayo Granda. Lola era todo un carácter. Quería preguntarle muchas cosas, pero sobre todo me llamó la atención la alusión a las putas. ¿Se refería Lola a las amantes o a los negocios de Pelayo? Decidí seguir indagando por esa vía. Tenía que aprovechar que Lola tenía ganas de hablar. Supuse que llevaba mucho tiempo guardando silencio, sin poder contarle su historia a nadie.

–¿A qué te refieres con las putas, Lola?

–Pelayo se dedica a las putas. Aquí es un negocio legal. Antes estaban de moda las de Europa del este. Ahora hay mucha española trabajando aquí. Parece que el oficio se paga mucho mejor en Suiza que en España y además está regulado por la ley. Allí hay mucha competencia y peores condiciones.

–Ya veo. Eso no es un secreto. Se sigue dedicando a lo mismo. Ha montado varios locales en España. Todo legal. Allí la prostitución no está reglamentada, existe un vacío legislativo porque la sociedad no se pone de acuerdo y los políticos no se atreven a dar pasos en ninguna dirección. En cambio, el proxenetismo sí que es un delito, pero si el pago de dinero a cambio de sexo no se produce dentro del local, no hay nada ilegal, es un simple negocio de hostelería. ¿Aquí tu exmarido no se metió en nada turbio? ¿No había trata? ¿Explotación? ¿Menores? ¿Drogas? ¿Algo sucio?

–Mira, niña, Pelayo me pasa una pensión muy generosa para los chicos. En Zúrich la vida es cara y con lo que gano dando clases de flamenco no podría pagar esta casa y mucho menos los colegios. Seguro que la policía sabe de los negocios de Pelayo mucho más que yo y si tuvieran pruebas de algo turbio ya habrían intervenido.

–Te preguntaba por tus impresiones, Lola, por esas cintas que me decías. Esto no es una conversación oficial ni yo estoy buscando pruebas de actividades irregulares en los negocios de tu exmarido. Yo no soy policía –dije.

–Eso lo supe yo desde que te vi en la puerta. Ya me parecía a mí que me habías contado un cuento chino por teléfono. No tienes pinta de poli, sino de mujer que sufre por un hombre. –Me pareció advertir un punto de dureza en su mirada–. ¿Es por Pelayo? ¿Te has enamorado de él?

–¿Yo? –repliqué confundida.

–Sí, mi niña, tú, que no te dé vergüenza.

–No, Lola, claro que no –negué–. Ni siquiera conozco a tu exmarido. No soy policía, pero sí soy investigadora privada, persigo fraudes financieros y en este momento colaboro con la policía española en un asunto relacionado con Pelayo.

–¿Fraudes financieros? Ay, perdóname, chiquilla, ¡qué tonta soy! Habría jurado que estabas padeciendo un desamor.

–Y no te equivocas mucho, pero no tiene nada que ver con tu exmarido, sino con el mío.

–¡Ya decía yo! –exclamó dulcificando su sonrisa–. No suelo equivocarme con estas cosas. Tienes la mirada triste, pero, mira, que no te dure mucho, ningún hombre merece tanto la pena. Lo único que realmente importa en este mundo son los hijos. Ellos son lo más sagrado, pero ¿los hombres? –dijo exagerando una mueca de desprecio–. Enamorarse es la mayor tontería que puede cometer una mujer.

Cuando Lola me preguntó si tenía niños, consideré que había llegado el momento de despedirme.

–¿Por qué investigan a Pelayo? ¿En qué tipo de fraude se ha metido? –preguntó antes de que me fuera.

–En ninguno que yo sepa. Tenía una relación amorosa con una mujer que apareció muerta, arrollada por un tren, con la cabeza metida en una bolsa de plástico.

–¡Ay, niña, qué horror! Dios la tenga en su gloria –exclamó Lola haciendo la señal de la cruz entre aspavientos.

Salí de casa de Lola Estébanez y disfruté de la luz y la agradable temperatura de la mañana de agosto en Zúrich. Me apetecía dar un paseo. Según Google, me encontraba a casi dos horas de caminata hasta el hotel. Emprendí la marcha bordeando el lago y pasé de largo por la parada del tranvía. En la siguiente ya decidiría si tomarlo o continuar a pie.

Llamé a Rafa, le expliqué el significado de las fotos de los periódicos que le había enviado media hora antes y le informé de la conversación con Lola. Rafa se asombró de que Lola confesara que había presionado a su exmarido con material comprometedor para quedarse ella con los niños.

–No creo que eso sea legal allí –dijo.

–No lo sé, no tengo la menor idea de derecho penal y menos del suizo. En cualquier caso, no lo ha dicho en una declaración oficial. Me lo ha contado a mí.

–Tienes razón. Tu conversación con ella no tiene, por sí sola, validez ante un juez. ¿Cómo te has presentado ante ella?

–Como Gracia San Sebastián.

–¿De profesión? –insistió Rafa.

–Investigadora privada que colabora en un caso con la policía. En un momento de la conversación, pensó que era una amante despechada de Pelayo Granda.

–¿Por qué pensó algo así?

–Según ella tengo cara de estar sufriendo por amor, ¡hay que joderse! Si no fuera verdad, no me fastidiaría tanto.

–Si es cierto que tiene esa documentación depositada en una caja fuerte, está chantajeando a Pelayo Granda.

–Dijo que no quería hacerle daño, que vivía muy bien gracias al dinero que él le enviaba cada mes. Más que chantaje, parece un seguro.

–Le saca dinero y no le permite llevarse a los niños, ¿eso no te parece chantaje? –dijo Rafa–. Porque a mí, como padre, sí que me lo parece. Y eso la coloca en una situación de peligro.

–Si es verdad lo que Lola cuenta de Pelayo, no parece la clase de tipo que alguien desearía como padre de sus hijos. Si está metido en negocios sucios, es comprensible que quiera apartar a los niños de ese mundo. Tampoco sabemos si él tiene interés en estar con ellos, solo sabemos que la amenazó con quitárselos cuando se divorciaron, pero eso no quiere decir que los quiera, solo que la estaba presionando. Habría que escuchar la versión de él para conocer la otra mitad de la historia.

–Y lo haremos. En cuanto demos con él. Muchas gracias por haber ido a verla –Rafa hizo una pequeña pausa–. Supongo que no es necesario decirlo, pero prefiero asegurarme: no le cuentes nada a Fidel.

Me molestó su advertencia.

–Pues no, Rafa, no era necesario decirlo. Si ni siquiera le he aceptado como cliente para no tener ninguna obligación legal con él en este caso tan controvertido, mucho menos voy a revelarle lo que me ha dicho Lola Estébanez.

–Era mi obligación decírtelo. En este trabajo no se pueden dejar cabos sueltos.

–Entendido. ¿Me contarás lo que descubras sobre el material que tiene Lola contra Pelayo?

–Seguramente no.

–Genial, Rafa, la próxima vez que quieras encargarme algo, avísame para que prepare una manera original de mandarte a hacer puñetas.

Me reí, pero Rafa recibió el mensaje y por su respuesta no le gustó.

–Por ser tú y por la amistad que nos une, tendré la deferencia de informarte de lo que sea posible como he hecho hasta ahora, rozando incluso el límite de la prudencia debida, siempre y cuando tú acates todas mis instrucciones sin cuestionarlas, ¿así te suena mejor? –preguntó y comprendí que lo mejor que podía hacer era callarme.

No habían pasado ni diez minutos desde la conversación con Rafa cuando recibí un whatsapp de Fidel.

«Te agradezco muchísimo que hayas ido a Zúrich a investigar. Sabía que eras una tía legal. Sigue en pie lo dicho, yo corro con los gastos y con tu tarifa. No quiero molestarte, dime tú cuándo puedo llamarte para que me pongas al día.»

Me indigné con Rodrigo por ser tan bocazas. Le había dicho que no quería que Fidel supiera que estaba allí. Solo entonces recordé que Rodrigo estaría esperándome.

–Gracia, ya era hora –contestó cuando le llamé–. ¿Cómo ha ido la entrevista con esa mujer?

–Todo bien, no te has librado de mí. Ni rastro de Pelayo Granda. ¿Dónde estás?

–En el hotel.

–Voy para allá.

Colgué y me dirigí a la parada del tranvía.

Cuando llegué al hotel, Rodrigo me estaba esperando en la recepción. No hicieron falta más que cinco minutos de conversación conmigo para que se mosqueara: no le di ninguna explicación por el plantón y, en cambio, se las pedí por su filtración a Fidel. Juró y perjuró que no había hablado con Fidel y que ni siquiera le había contado que él mismo estaba en Zúrich.

–Espero que no le hayas dicho que he ido a ver a la exmujer de Pelayo, ¿en qué estabas pensando?

–Me estás ofendiendo. La próxima vez pregúntame antes de acusarme. No sé cómo se ha enterado Fidel de que estás aquí, pero yo no se lo he dicho.

No insistí, pero tampoco le creí. Que a veces pareciera un tío divertido e incluso buena gente, no quería decir que lo fuera. Yo conocía bien su cara más desagradable después de varios momentos tensos con él. Cada vez estaba más enfadada conmigo misma por haber querido tirármelo el día anterior. Sarah había estado con él y, aunque a ella no le importara Rodrigo, también era mi cliente y ahora estábamos en una situación incómoda, que yo bien podía haber evitado. Intenté no darle más vueltas. Tenía pendiente la lección de aprender a perdonarme a mí misma, a no flagelarme por mis errores. Recordé que todavía no había llamado a Sarah para contárselo.

Hicimos a pie la distancia entre el hotel y la Tasca Romero, situada en el corazón del casco histórico de Zúrich, en Niederdorfstrasse 37, muy cerca de la *brasserie* en la que habíamos cenado el día anterior.

Rodrigo no hablaba y me miraba con evidente cabreo. Me pareció una insolencia. Él era el que había hablado con Fidel, uno de los principales sospechosos, y le había informado de una investigación en curso. El precioso paseo bordeando el lago y adentrándonos en la zona más antigua de la ciudad se hizo muy largo.

La Tasca Romero era un bar antiguo, con las paredes forradas de madera, que podía haber sido alemán, suizo o castellano, recio, curtido por los años y listo para remontar el paso del tiempo durante otro siglo. El olor a las ricas salchichas de los bares que lo rodeaban se convertía en la

Tasca Romero en el peculiar aroma a chorizo curado. El tufillo que desprendían las *raclettes* ofrecidas por los restaurantes autóctonos poblados de turistas lo generaban en la Tasca Romero el queso manchego, el tetilla gallego, el cabrales asturiano y el queso puro de cabra en aceite con ramas de romero y clavo. Las enormes jarras de cerveza de todo tipo y color eran sustituidas por las elegantes copas de vino tinto de Ribera y de Rioja, de sangría y de manzanilla. La recreación de un trocito de España en Zúrich se completaba con el espectáculo gastronómico ofrecido por las cecinas, los jamones y las ristras de ajo y guindilla que colgaban encima de la barra. Era la hora de comer, algo tardía para los suizos, y los taburetes, las mesas altas y las mesas corridas al estilo de las tabernas alemanas estaban ocupadas por los turistas.

Apostados en la barra, nos dirigimos al camarero de más edad. El hombre era suizo, de origen leonés. Le mostré la única foto de Imelda que tenía: la de su carné de identidad. El camarero había trabajado la tarde en la que Imelda utilizó su tarjeta en el local, pero no la recordaba. Todos los días entraban en la tasca turistas españoles buscando, por inexplicable que resultara, la comida de su país, la misma que habían abandonado pocos días antes y a la que regresarían unos días después.

Pensé que Fidel podría enviarme algunas fotos que me sirvieran de ayuda. De todas formas, ya sabía que yo estaba allí.

–No parece que vayamos a sacar mucho de esta visita, ¿nos vamos? –propuso Rodrigo después de un buen rato sin decir ni una palabra.

–Prefiero quedarme. Voy a escribir a Fidel para que me envíe fotos de Imelda mejores que esta que llevo. Si me las manda no me gustaría estar muy lejos de aquí.

–Yo tengo fotos de Imelda.

—¿Y eso? —pregunté extrañada.

—Del último cumpleaños de Fidel, en enero de este año. Todavía no se habían separado.

En ese momento se acercó un camarero más joven, también de origen español como todos los que trabajaban allí, que había hecho turno la tarde en la que había estado Imelda. Nos dejó perplejos cuando aseguró que ya había pasado otro hombre preguntando por la mujer de las fotos.

—¿Un policía? —preguntó Rodrigo escamado.

—Pudiera ser —dudó el camarero—. No se identificó y yo no le pregunté.

—¿Suizo? —quise saber.

—Español. Estoy seguro porque ni siquiera hablaba alemán.

—¿Nos lo podría describir? —pedí.

—Alto, fuerte, de unos treinta años, pelo corto y castaño. Le asomaba un tatuaje por los botones abiertos de la camisa.

—¿Una serpiente? —pregunté.

—No puedo asegurarlo, solo se veía una esquina —respondió el camarero.

—Como Fidel —dije mirando a Rodrigo.

—Y, menos en la edad, como yo también —respondió Rodrigo levantándose el polo y dejando al descubierto un enorme y horroroso tatuaje que representaba algún tipo de ser demoníaco con cuerpo de serpiente—. Y, si buscas en la calle, como otros muchos hombres que hay fuera.

Rodrigo no dejaba de sorprenderme. Ya me había descolocado la manida corona de espinas que decoraba su brazo derecho, pero el tatuaje del torso era todavía más excesivo que el que lucía Fidel. No encajaba con la imagen que yo tenía de él. También influía que Rodrigo, sin estar fondón, no tenía una tableta abdominal marcada como la de su amigo y, aunque no tenía demasiado vello, no iba depilado. No causaba el mismo efecto que Fidel.

—Por favor, Rodrigo, enséñale una foto de Fidel. Solo para estar seguros.

Rodrigo guardó el móvil en el bolsillo delantero del pantalón y me miró desafiante.

—Ni lo sueñes —respondió y salió del bar.

Perpleja por su reacción, me quedé un momento en la barra con los camareros a los que dejé mis datos de contacto por si recordaban algo. No confiaba en que fuera así. No reconocían a la chica de la foto, no habían prestado mucha atención al hombre que les había preguntado por ella, tenían clientes que atender y se les estaban acumulando las comandas que debían llevar a las mesas.

Cuando salí a la calle, la expresión desafiante en la cara de Rodrigo me hizo saber que esperaba que le pidiera explicaciones por lo que acababa de ocurrir en la Tasca Romero y que estaba preparado para contraatacar. Intuí que no era el momento adecuado para discutir. Estaba a la defensiva y lo único que iba a conseguir enfrentándome a él sería enturbiar aún más la situación.

—¿Comemos algo? Estoy hambrienta y me apetece sentarme en una terraza a la sombra —pregunté, como si no hubiera ocurrido nada.

Tardó unos segundos en dulcificar el gesto. Había conseguido trastocar sus expectativas. Fue su momento de trastocar las mías.

—No me da tiempo —dijo—. Tengo que salir para el aeropuerto, cojo un vuelo en menos de tres horas.

—¿Has cambiado tu vuelo?

—Sí, esta mañana, mientras te esperaba. Debo volver —respondió críptico.

—Ya. Mira, puedo entender que estés incómodo por lo de anoche. Yo me siento avergonzada y te pido disculpas, pero eso no me va a impedir hacer lo que he venido a hacer. Jamás volverá a suceder. Fue una estupidez por mi parte y lo siento muchísimo.

–No me pidas disculpas por eso. Tengo que irme porque debo solucionar un imprevisto urgente en el trabajo y aquí ya no nos queda nada por hacer. Además, debo entregar cuanto antes el informe del caso de Santiago Pérez Rubio y, cuando vuelvas, quisiera hablar contigo de lo que vamos a hacer con ellos. No te lo he dicho antes porque has llegado de la visita de Lola soltando improperios y acusándome de haber filtrado información a Fidel.

–Me resulta sorprendente que ya no te interese seguir investigando el rastro de Imelda, ni siquiera saber quién diablos está preguntando por ella. ¿Tanto miedo tienes de que haya sido Fidel? –respondí ignorando su alusión al caso del fraude de la familia Baides-Rubio.

–No creo que haya sido él. Sería un policía.

–¿Que no hablaba alemán?

–Los que no somos policías somos nosotros –dijo volviendo a mostrarse tenso–. Ya hemos cumplido y tengo que irme.

La ofuscación de Rodrigo y sus prisas por abandonar Zúrich hicieron que me asaltaran las dudas sobre él, seguía convencida de que Fidel sabía que estábamos en Zúrich porque él se lo había contado y, si era así, también estaría al tanto de mi visita a la exmujer del amante de Imelda. ¿Era posible que Fidel hubiera estado en Zúrich preguntando por Imelda y que Rodrigo lo supiera? Si era así, Rodrigo no había ido a Zúrich a descubrir lo que le había sucedido a Imelda, sino a proteger a su amigo.

–Gracia –se despidió como si no pasara nada–, ten cuidado, por favor. Si Pelayo Granda es un asesino es mejor no incomodarle.

Le miré fijamente sin decir una palabra. Mi desconfianza seguía creciendo. Si Rodrigo era un farsante, yo era una idiota por haber confiado en él, por no hablar de mi acercamiento del día anterior que, ante el giro en los acontecimientos, me resultaba cada vez más humillante.

Me di la vuelta y me fui sin despedirme. Pasé una tarde improductiva husmeando por la calle donde Pelayo Granda y Lola Estébanez habían vivido antes de divorciarse. Era la zona noble de la ciudad, llena de casas enormes, cerradas como fortalezas mediante muros y verjas muy altos por las que sobresalían los árboles del jardín. No tuve ocasión de hablar con ningún antiguo vecino del matrimonio. En aquel barrio solo se abrían y cerraban las puertas de los garajes para dar paso a los coches, nadie parecía salir de casa caminando.

Sabía que debía contarle a Rafa lo sucedido en la Tasca Romero, pero no lo hice de inmediato. Al contrario, intenté olvidarme de Rodrigo, de Imelda y de Fidel por un rato para enfriar las emociones del día con una copa de champán francés que se convirtieron en dos para celebrar las excepcionales vistas del lago al anochecer. Pensé que podría acostumbrarme a vivir en un sitio como aquel. Al menos en verano. Incluso también en invierno si la montaña que veía nevada en pleno agosto desde mi privilegiada posición ofrecía los fines de semana de esquí que en mi imaginación prometía.

Me engañaba. Estuviera donde estuviera, mis sentimientos serían los mismos. Viajaban dentro de mí. Sentía que no había hecho nada que perdurara en el tiempo. Había ganado dinero con un trabajo del que no me sentía orgullosa, había enamorado a un gran hombre, había tenido un hijo perfecto y ya no tenía nada.

Me apetecía hablar con Bárbara, nadie mejor que ella para cortar un ciclo autocompasivo, pero a esas horas estaría en el hospital, así que llamé a mi madre. Hacía días que no hablábamos y ni siquiera le había dicho que estaba de viaje, pero de alguna manera se había enterado porque fue lo primero que me preguntó.

—Hola, hija. ¿Qué tal por Suiza? ¿Cuándo vuelves? Yo estoy en Arriondas. Regina me ha convencido para pasar un par de días en la casa que tiene aquí y hemos llegado hace un rato. El pueblo está muy animado ahora en verano, llevamos una hora en el jardín charlando con la gente que pasaba, pero cuéntame tú. ¿Hace mucho frío? —soltó mi madre de corrido sin dejarme decir ni hola.

—Hace calor y estoy en la terraza de mi suite en un hotel de lujo viendo el atardecer sobre el lago con los Alpes al fondo y bebiendo una copa de champán francés.

—¡Qué bonito! ¿Has ido con Jorge? ¿Os habéis reconciliado? —La voz de mi madre sonó emocionada.

—No, claro que no. Jorge está en Nueva York y no tiene intención de volver. Mi viaje es por trabajo, ¿por qué me preguntas eso?

—Pues por lo del champán francés... Hija, ¿estás bebiendo tú sola en la habitación?

—Por favor, mamá, no seas antigua. Anda, cuéntame qué estás haciendo tú, que será más interesante.

En ese momento me arrepentí de haberla llamado a ella en vez de a Bárbara.

—Adela —escuché decir a lo lejos en el otro lado del teléfono—, ¿estás lista? Ya ha llegado Fernando para llevarnos al restaurante.

—Esperad un momento —respondió mi madre en voz alta— que estoy hablando con Gracia.

Adiviné que se dirigía a Regina.

—Ahora mismo íbamos a salir a cenar —explicó mi madre—, ha venido el hijo de Regina a buscarnos, vamos a cenar a un restaurante con estrella Michelín. Se llama El Corral de no sé qué. Mira que poner un restaurante de lujo y llamarlo corral. Con lo antiguo que suena eso.

—Te encantará —dije riendo—. Mamá, antes de que cuelgues ¿cómo sabías que estaba en Zúrich?

—Porque me lo dijo Bárbara cuando vino a comer conmigo este mediodía, después de acompañar a Teo al notario por el testamento de Imelda. Yo creo que Bárbara tiene algo con él, pero no nos lo quiere contar. Tú le conoces, ¿verdad? ¿Es buen chico? Como Bárbara es tan reservada es capaz de no avisarnos hasta después de casarse, claro que teniendo a Marcos es más complicado que se casen, aunque también te digo que cada vez hay más divorciados con hijos que celebran una segunda boda y ni Bárbara ni Teo han estado casados nunca, que digo yo que así será más fácil…

—Mamá —interrumpí el chorreo de divagaciones— si Bárbara sale con Teo y es serio, ya nos lo contará. ¿Por qué sabía Bárbara que yo estaba en Zúrich?

—No lo sé. De eso no hablamos.

—Te dejo, mamá, que tienes que irte a cenar —dije a modo de despedida.

Miré el reloj, Bárbara estaría todavía en el hospital, pero no quería esperar, así que entré en la habitación y abrí el portátil.

—Hola. ¿Qué pasa? ¿Por qué me llamas al hospital? —dijo Bárbara al primer tono de Skype—. Ya me han dicho que estás en Zúrich investigando la muerte de Imelda. ¿Estás bebiendo champán?

—Sí, estoy bebiendo champán. Francés. Y estoy sola. ¿Cómo sabías que estaba aquí? ¿Has hablado con Fidel?

—Esta mañana. Nos conocimos en el notario, acompañé a Teo por el tema del testamento.

No tenía de qué preocuparme, eso quería decir que Rodrigo era el chivato y que Fidel no estaba siendo muy discreto.

—Por cierto —continuó Bárbara—, Fidel habla de ti como si fueras la Madre Teresa de Calcuta.

—Claro, como todo el mundo. Soy una tía estupenda —broméé aliviada por haber confirmado mis sospechas.

—Y yo que te veía más como SuperLópez...

—Anda, vete a cag...

—¿Sabes que Fidel fue al notario con Geni? —preguntó de pronto.

—Como se entere Rafa, se va a cabrear.

—Parece que le está ayudando con las cosas de Imelda. Fue ella la que nos contó que estabas en Zúrich. Desde luego, a Fidel la noticia le alegró la mañana. Parecía muy esperanzado con lo que sea que estés haciendo allí.

—¿Fidel se enteró por Geni esta mañana en el notario? No puede ser. No puede haber sido ella.

—Sí, ya estábamos todos allí cuando llegó Geni y fue lo primero que nos contó. ¿Va todo bien? ¿Por qué estás bebiendo champán tú sola en la habitación?

—Bárbara, tengo que colgar. Mañana te llamo.

No había sido Rodrigo el que le había dado el «chivatazo» a Fidel sobre mi viaje a Zúrich. Había sido Geni. Y yo había metido la pata con Rodrigo. Otra vez.

Pedí la cena al servicio de habitaciones y me puse un episodio de *Juego de Tronos* en el Ipad. Ya intentaría recapacitar sobre lo ocurrido al día siguiente. A veces pensar no era la mejor opción. Al menos, la conversación con Bárbara sí que había cortado mi ciclo autocompasivo.

21 de agosto de 2019. Oviedo

Era la primera vez que a Pelayo Granda le costaba tomar una decisión, por dura que esta fuera.

Sus negocios siempre habían sido legales. En Suiza porque la prostitución era una actividad profesional regulada y, en España, porque su negocio era un poco distinto: poseía locales frecuentados por *escorts* de lujo independientes. Ellas ofrecían sus servicios a los clientes y, cuando el trato se cerraba, los prestaban fuera de las instalaciones de Pelayo. Sus locales solo servían de lugar de encuentro, mantenía una clientela fija y se preocupaba de que las prostitutas que alternaban en ellos fueran las mejores, chicas jóvenes y guapas con carrera universitaria y modales elegantes. Incluso organizaba eventos camuflados como citas a ciegas entre solteros que buscaban pareja. Nada desvelaba a los clientes que solo entraban a tomar algo la existencia de un negocio paralelo y mucho más rentable que el que suponía la venta de copas en un local elegante y exclusivo.

Sin embargo, Pelayo Granda había facilitado la entrega de niñas, cuya procedencia y destino posterior prefería desconocer, para que las desvirgaran sin ninguna piedad clientes a los que no era prudente negarles nada. Despreciaba a los hombres que le solicitaban semejantes encargos. Sabía que aquellas niñas eran secuestradas por las mafias de trata de personas en los barrios más marginales de países en desarrollo, hijas de padres y madres ausentes o alcohólicos a las que nadie protegía ni buscaba después con demasiada intensidad. Pelayo se decía a sí mismo que el futuro de aquellas niñas no habría sido mucho mejor sin su intervención.

A Pelayo Granda no le temblaba el pulso en hacer lo necesario para defender sus negocios, su familia o su libertad. Incluso había encargado personalmente a un asesino a sueldo una ejecución, la del padre de la pobre niña ucraniana a la que raptaron por error. El único delito de aquel hombre, profesor universitario y padre de tres hijos, había sido adorar a su niña y buscarla contra viento y marea. Su hija se encontraba en el lugar erróneo y había sido raptada por la mafia al confundirla con uno de sus objetivos. Pelayo la había comprado para un alto mandatario ruso que frecuentaba Suiza y que mantenía relaciones diplomáticas, unas públicas y otras secretas, con Henrik Krain. Cuando Pelayo Granda se enteró del error, era tarde. La niña ya había cumplido el servicio por el que le habían destrozado la vida y él no podía permitir que su padre siguiera acercándose a la verdad. Fue el propio Krain el que le propuso la solución y Pelayo no dudó en aceptarla. Aquella fue la primera vez que contrató a Julien Bennot, el mejor y más caro sicario de Europa occidental. De eso hacía muchos años y no se arrepentía. Solo había hecho lo que tenía que hacer: escoger la opción menos mala de las que la situación le ofrecía. Pelayo no acababa de entender por qué la gente se complicaba tanto al tomar decisiones. Él siempre tenía claro cuál era la mejor alternativa: la que fuera más favorable para él. Así era la naturaleza y así había sido siempre. Desde el inicio de los tiempos, el animal más fuerte aniquilaba al más débil y después saciaba su hambre con el cadáver. No creía en las utopías ni en el concepto de justicia. ¿Desde cuándo la naturaleza era justa? El mundo tenía sus propias reglas: o eras el más fuerte y triunfabas, o intentabas ayudar a los débiles y fracasabas.

Sin embargo, la muerte de Imelda le había hecho sentirse vulnerable. No tenía esa sensación desde que era un niño y le irritaba profundamente.

Pelayo estuvo días dilatando ejecutar una sentencia de muerte que sabía inevitable hasta que se convenció a sí mismo de que era su mejor opción y dio por terminado el momento de debilidad. Las circunstancias requerirían utilizar de nuevo los servicios de Bennot.

Pelayo recordó aquel cuadro de Julio Romero de Torres que le regaló a su mujer por el nacimiento de Daniel, su primer hijo. A Lola le encantaba aquel pintor de su tierra.

11

21 de agosto de 2019. Zúrich

No había programado la alarma del despertador, no tenía prisa porque mi vuelo no salía hasta las doce, pero mi móvil sonó de todas formas. Esa mañana sí sabía bien dónde me encontraba. Sola, en una de las ciudades más caras de Europa, en el hotel de gran lujo que debía agradecer a los modernos sistemas de reservas que preferían el *overbooking* a la falta de ocupación.

No era el despertador. Era mi madre. Mi modo noche solo tenía cuatro excepciones: Mi madre, Bárbara, Sarah y Jorge.

—Gracia, hija, necesito que me ayudes.

—¿Qué pasa? —respondí somnolienta, incorporándome para apoyar la espalda en el cabecero de la cama.

—Que han despedido a tu prima.

—¿A quién?

—A tu prima Rebeca. Me lo acaba de contar su madre.

—Una pena —dije por decir. No tenía una relación estrecha con mi prima Rebeca—. ¿Qué tal ayer en el restaurante con estrella Michelín?

—Original, todo muy rico. Tienes que hacer algo.

—¿Yo? ¿Sobre qué? —respondí perpleja. Lo de pedirme ayuda en cualquier problema que se presentara alrededor empezaba a ser una costumbre muy propia de la familia San Sebastián.

—Sí, hija, sí, tú.

—Explícame algo más, porque me has pillado durmiendo y no te sigo.

—Tu prima tiene tres niños y un marido que está enfermo o que no vale para nada, nadie lo tiene muy claro. Resulta que padece depresión, no sé yo por qué, pero el caso es que la tiene y no puede trabajar. Hasta le han internado un par de veces y todo. Vamos, que está turulato perdido.

—Turulato. Ya veo —repetí aún a medio espabilar, tanto que dudaba si estaba soñando—. La depresión es una enfermedad muy seria, mamá.

—¿Puedes hacer algo? —continuó mi madre ignorándome.

—¿Por qué la despiden? ¿La acusan de defraudar? —pregunté mientras me levantaba de la cama, intentando averiguar cómo conectaba mi madre conmigo el despido de una prima a la que veía dos o tres veces al año como mucho.

—No. No la acusan de nada. La despiden porque están reduciendo costes. La empresa no gana tanto como antes.

—¿Es que sospechan que alguien está cometiendo fraude? ¿Falseando la contabilidad?

—No, hija, que no. ¿Por qué te ha entrado esa manía con el dichoso fraude?

—Pues porque es a lo que me dedico. Si no hay ningún fraude, ¿por qué me llamas a mí? —respondí empezando a mosquearme.

—Porque te dedicas a solucionar problemas.

—No me dedico a eso en absoluto.

—¿O sea que puedes investigar un asesinato tan horrible como el de la hermana de Teo, pero no un despido? ¡Pues vaya por Dios! Lo del despido tiene que ser más fácil.

—No estoy investigando un asesinato, solo haciendo algunas averiguaciones sobre el último viaje que hizo Imelda antes de morir. Y respecto a Rebeca, si la han despedido que se busque otra cosa. Supongo que tendrá derecho a cobrar el paro. No es para tanto. En Estados Unidos la gente se cambia de trabajo de un día para otro, no hay indemnización por despido ni subsidio por desempleo y todo el mundo sobrevive.

–Pero no estamos en Estados Unidos y tu prima necesita el dinero. Gracia, hija, que esta chica es muy buena y muy trabajadora. No la pueden despedir –dijo mi madre con la rotundidad que acompaña al convencimiento.

–Ya, mamá, pero si no hay trabajo, no hay trabajo. La empresa es un negocio, existe para ganar dinero.

Entré al trapo y perdí la partida.

–Pues que ganen menos.

–Sí, mamá –continué con paciencia–, pero vivimos en un sistema capitalista y no funciona así.

–Yo no sé cómo funciona el sistema capitalista ni me importa, lo que sé es que hacerle eso a tu prima no está bien –continuó mi madre que de rotunda daba en cabezona.

–Cuando vas al súper quieres que los precios estén bajos, ¿verdad? –intenté explicarle mientras abría las cortinas de la habitación. A pesar de que no hacía sol, la luz de la mañana me cegó por un instante.

–Sí, claro, es que cada vez es más caro hacer la compra. Cuando vosotras erais pequeñas una barra de pan costaba veinticinco pesetas y ahora cuesta más de un euro. ¡Es un disparate! –aseguró en un tema en el que se sentía más cómoda.

–Y entiendes que hay empresas que fabrican lo que tú compras y que sus ingresos son lo que tú pagas por sus productos, ¿verdad?

–Sí, hija, tan tonta no soy.

–Claro que no eres tonta, es por ir paso a paso. Entonces, si eso son sus ingresos –seguí explicando como si estuviera en una clase de educación infantil–, sus gastos son el salario de la gente que trabaja allí, el alquiler, lo que pagan a sus proveedores y el resto de lo que necesitan para funcionar. ¿Cómo les salen las cuentas? Por ejemplo, si es una fábrica de tomate frito, tiene que comprar los tomates a los agricultores, ¿verdad?

–Claro, y esa es otra, porque a los agricultores les pagan una miseria por sus productos y por eso ya nadie quiere trabajar en el campo. Se está quedando desierto. Dentro de poco no vamos a comer más que transgénicos de esos que dan cáncer. No va a quedar nada natural.

Con un frente abierto con mi madre era más que suficiente para mí. Preferí obviar lo de los transgénicos y el cáncer.

–En resumen, mamá, tú quieres que el precio que pagas por el bote de tomate sea muy bajo, pero que el que lo fabrica le pague mucho por los tomates al agricultor, tenga mucha gente trabajando para él y les pague sueldos altos, ¿correcto?

–Sí, más o menos –admitió insegura.

–Pues entonces le va a costar fabricar un bote de tomate más de lo que tú quieres pagar por él, así que o te sube el precio a ti, o paga menos a los trabajadores, o tienen menos gente empleada, o paga menos por los tomates, porque si no, perdería dinero.

–No, hija, tampoco es eso, pero ya se puede conformar con ganar menos. Que las empresas ganan un montón. Que ganen menos y así todo es más justo –afirmó con mucho sentido común.

–Eso sería lo ideal, mamá, pero ahí entran las miserias del capitalismo: la Bolsa y los inversores.

–Eso es lo que tú hacías en Nueva York y ya sabes que yo no lo entiendo–. Mi madre pretendía escaparse del tema.

–Ya, pero está ahí. El empresario para montar su empresa, para hacerla más grande, poder producir más botes de tomate y hacerlos cada vez más baratos necesita dinero. Y para conseguir dinero necesita inversores, accionistas, porque a base de créditos los bancos le hunden con los intereses.

–Bueno, los bancos. Lo de los bancos es la mayor vergüenza, usureros irresponsables... Mira, ¿sabes qué te digo? Que no sigas por ahí, no me expliques lo de la Bolsa que prefiero no entenderlo.

–Vale, no te lo cuento. Lo único que quiero que entiendas es que venderte a ti el tomate barato, pagar mucho a los que cultivan el tomate, tener mucha gente como Rebeca trabajando y pagarles un salario alto y además ganar mucho dinero para que los inversores les sigan prestando dinero a ellos en vez de a la competencia, no es posible en el sistema social actual.

–Y, como siempre, fastidian al más débil, al que no tiene nada más que lo que gana con su trabajo –concluyó–. Entonces, ¿qué vas a hacer?

–¿Con qué?

–¿Cómo que con qué? –volvió mi madre a la carga–. ¡Con el despido de tu prima! La empresa en la que trabaja no cotiza en Bolsa ni fabrica conservas.

Lo dejé por imposible. Una vez que mi madre enganchaba un hueso era como un pitbull: imposible conseguir que lo soltara.

–¿Y qué hace Rebeca? –Me rendí ante su insistencia.

–Trabaja de administrativo contable. Estudió Filología Inglesa, pero de eso no encontró trabajo. Te dejo, nena, que voy a pasear con Regina.

Colgué somnolienta y con la cabeza embotada por la absurda conversación. Necesitaba una ducha y un desayuno en la palaciega terraza del hotel. El día comenzaba tan extraño como había terminado el anterior. Por suerte el jardín interior, frondoso y fresco, y el exquisito despliegue de delicias del hotel obraron maravillas en mi estado de ánimo.

Después del desayuno dejé la habitación y fui caminando, acompañada por el traqueteo de las ruedas de mi maleta de cabina, hasta la gran estación central de Zúrich, construida en piedra, metal y cristal que, gracias a su impresionante tamaño, acogía desde el mercadillo navideño en el mes de diciembre hasta el inicio del Street Parade en pleno agosto, el festival que había provocado el *overbooking* de nuestras reservas.

Suiza era un país extraño donde los homosexuales tenían prohibido donar sangre, pero celebraba una de las fiestas más tolerantes de Europa, en la que los muchos asistentes bailaban medio desnudos, algunos practicando sexo en público, ensuciando las calles hasta convertirlas en auténticos basureros. Al día siguiente, eso sí, la ciudad volvía a estar limpia y en perfectas condiciones. Así eran de eficientes.

No tuve que esperar ni cinco minutos para tomar el tranvía hacia el aeropuerto. Eran las diez de la mañana y ya había pasado la hora punta en Zúrich. Me senté en el primer asiento del vagón y puse la maleta y el bolso en el asiento de al lado. Me encantaba el tranvía, funcional, moderno y a la vez un poco decadente. Nos alejábamos de la ciudad.

Con la cabeza apoyada en el cristal de la ventana, observando cómo la zona antigua se iba transformando en modernos barrios residenciales primero y en edificios de oficinas después, según nos alejábamos del centro de la ciudad, mis pensamientos vagaban a su antojo de Fede Baides entrando en la meta del Ironman bajo el nombre de Santiago Pérez Rubio, a la espantada de Rodrigo tras mi torpe acercamiento la noche anterior y a la absurda conversación con mi madre hacía solo un par de horas, cuando mi mirada se fijó en un hombre mayor, que leía un periódico impreso en alemán. No había reparado en él cuando subió. Lo que llamó mi atención fue ver el logo de los supermercados Alimerka en el artículo que ocupaba la parte baja de la portada del periódico que aquel hombre sostenía.

Alimerka era una cadena de supermercados extendida en el noroeste español, que había desplazado al resto de cadenas nacionales e internacionales en Asturias y Galicia, pero que estaba muy lejos de haberse expandido a Zúrich.

No entendía nada de lo que decía el periódico, mi alemán se limitaba a *Danke* y *Auf Wiedersehen*. En la foto del artículo se veían las vías de un tren y, al lado, un bulto, que supuse un cuerpo, tapado por una manta térmica, como las que se usan para tapar los cadáveres en las carreteras cuando se produce un accidente mortal. ¿Habría llegado hasta allí la noticia de Imelda? ¿Se habría abierto el secreto de sumario y hecho público que Pelayo Granda, ciudadano suizo, era sospechoso? ¿Por eso se hacían eco los periódicos de Zúrich? ¿En primera página?

Saqué, con todo el disimulo del que fui capaz, dos fotos al periódico. Una al nombre, imposible de recordar para una memoria como la mía y sin ningún conocimiento de su significado. *Neue Zürcher Zeitung*. Otra al artículo, con el mayor zoom que permitía mi teléfono para que Sarah, nieta de alemanes, pudiera contarme qué decía.

El hombre del periódico se dio cuenta de lo que estaba haciendo y me lanzó una mirada desafiante, así que miré para otro lado y llamé a mi amiga.

–Hola. Has llegado muy pronto –contestó Sarah animosa al otro lado del teléfono.

–No he llegado ni al aeropuerto, estoy en el tranvía. ¿Me harías un favor?

—Dime.

—Le he hecho una foto a un artículo de un periódico en alemán, ¿me lo podrías traducir?

—Por supuesto, esta tarde me pongo con ello.

—¿Puede ser ahora? —le pedí.

—¿Tan importante es?

—No lo sé, pero algo me dice que sí.

—Pásamelo por Whatsapp e intento traducirlo en directo.

Se lo envié sin colgar y esperé. Después de una nueva parada, me espoleó la impaciencia.

—Sarah, ¿sigues ahí?

—Sí, espera, que estoy alucinando con lo que estoy leyendo.

—¿Puedes compartirlo conmigo? Solo quedan tres paradas para llegar al aeropuerto de Flughafen.

—Querrás decir al aeropuerto.

—Sí, al aeropuerto de Flughafen.

—*Flughafen* significa aeropuerto, no es el nombre del aeropuerto.

—¡Ah! ¡Qué prácticos los suizos! ¿Me cuentas ya? Estoy impaciente.

—Se ve regular y parte del artículo está cortado en la foto, pero dice que ayer en las afueras de Zúrich encontraron el cadáver decapitado de una mujer de aproximadamente treinta años. Estaba apoyado en las vías del tren y, cincuenta metros más allá, apareció la cabeza envuelta en una bolsa de plástico de un supermercado español, de Alimerka para ser más concretos.

—¡No jodas! No puede ser casualidad. ¿Pone quién es?

—Aún no han identificado el cadáver y no encontraron su documentación, solo dicen que es caucásica. A partir de ahí no consigo leer más.

–En cinco minutos te llamo otra vez, que me bajo en la próxima parada.

Acababa de ver por la ventanilla un quiosco de prensa.

–¡Vas a perder el avión! –oí que decía Sarah mientras yo bajaba a toda prisa dos paradas antes de llegar al aeropuerto.

Me encontraba en un sitio llamado Bahnhof Opfikon. Respiré hondo y miré a mi alrededor.

La visión desde la parada del tranvía era deprimente. A la izquierda, unos edificios blancos de dos o tres plantas sin ningún adorno en la fachada daban la bienvenida a los viajeros. A la derecha, el intercambiador con aire industrial hacía su función sin contribuir en lo más mínimo a la estética del lugar. Hacía juego con un cielo gris que parecía empezar a unos pocos metros sobre mi cabeza.

En Suiza casi todo estaba viejo. Carecían de la cultura de modernizar edificios y viviendas. Se decía que, al no haber sufrido nunca una guerra, jamás habían tenido que reconstruir su país, así que solo cambiaban las cosas cuando se rompían, pero no lo hacían por estética. Por eso, todo lo que no era antiguo estaba muy pasado de moda. Fuera de las zonas privilegiadas, era como visitar la Alemania comunista de los años setenta.

Entré en el quiosco que había visto desde la ventanilla y compré tres ejemplares del mismo periódico que leía el hombre del tranvía. Después, crucé las vías y entré en el Coop, el supermercado que aparecía en cada esquina de la ciudad y del extrarradio, a por un café autocalentable que me ayudara a concentrarme en lo que acababa de descubrir. Agité la taza y me maravillé de que ese gesto produjera un café humeante al destapar el envase que estaba a temperatura ambiente un minuto antes.

Me senté en la parada del tranvía en el andén contrario al que llevaba al aeropuerto y llamé a Lola. Si Pelayo Granda era el asesino y estaba en Suiza, ella podía saberlo. Lo más adecuado habría sido llamar a Rafa primero, pero no fue eso lo que hice.

—Hola, Lola, soy Gracia San Sebastián, ¿has sabido algo de tu exmarido? —pregunté impaciente en cuanto respondió.

—Sí, mi niña, ayer, los martes y los sábados habla con los niños por videollamada. ¿Pasa algo? Te noto un poco acelerada.

—¿Podemos vernos dentro de una hora? ¿Te viene bien quedar en la Tasca Romero? ¿Sabes cuál es?

—Claro, si es la única tasca española de la ciudad, ¿cómo no la voy a conocer?

Lola no empezaba su jornada laboral hasta la tarde. Con mi maleta de ruedas tras de mí, tomé nuevamente el tranvía de vuelta al centro.

¿Era Pelayo Granda, además de un proxeneta, un despiadado asesino en serie? Si alguien podía saberlo era su exmujer. Aunque llevaran varios años divorciados, la gente no suele cambiar bruscamente con el paso del tiempo y es difícil ocultar tu ponzoña a la persona con la que duermes cada noche o, al menos, no dejarla entrever.

No dejaban de surgirme preguntas sobre Pelayo Granda. ¿Cuáles eran los secretos con los que Lola le amenazaba? ¿Sería la mujer muerta en Zúrich una de las chicas que trabajaban para él? ¿Se habría enterado de algo que no debía? ¿E Imelda? Porque Imelda no era prostituta. ¿La mató porque le chantajeó con el bebé? ¿Era esa una razón para matar a alguien? Pelayo tenía dinero de sobra y nadie a quién dar explicaciones. ¿También sabía Imelda algo oscuro sobre él? Si era así, Rafa estaba en lo cierto y Lola podía estar en peligro. Esa explicación no me convencía, ¿iba a ser Pelayo Granda tan descuidado como para permitir que tres mujeres averiguaran detalles comprometedores de sus negocios? Entonces, ¿era un psicópata asesino en serie? Tampoco resultaba una explicación razonable: de repente, en un plazo de dos semanas, dos víctimas y ninguna antes. Tenía que haber una relación entre ellas que yo desconocía y eso era precisamente lo que había que averiguar: qué tenían en común Imelda y la mujer asesinada en Zúrich el día anterior.

Yo investigaba fraudes, en aquel momento ya hacía tiempo que el caso de Imelda me quedaba grande. Iba a ver a Lola, a informar a Rafa y después cogería un avión de vuelta a España. A partir de entonces, la policía se encargaría.

Cuando llegué a la Tasca Romero, Lola ya estaba sentada en la terraza. Viendo a los turistas pasear por las pintorescas y animadas calles del centro de Zúrich, se me hacía inverosímil que a unos pocos kilómetros la cabeza de una mujer envuelta en una bolsa de plástico hubiera sido separada de su cuerpo por un tren.

Le conté a Lola con más detalles la muerte de Imelda Alborán y le enseñé el periódico con el artículo de la mujer decapitada.

—¡Qué espanto, chiquilla! ¡Qué cosa más mala! —se horrorizó Lola cuando vio la foto.

—Yo no entiendo el artículo, ¿me traduces lo que dice?

Sarah ya me había hecho un resumen de lo principal o al menos, de lo que había podido leer en la foto que le había enviado, pero me interesaba conocer todos los detalles.

—Que es una mujer alemana de unos treinta años y que están pendientes del resultado de la autopsia.

—¿La han identificado entonces?

—Aquí no lo pone.

—¿Quién descubrió el cuerpo?

—Unos operarios de mantenimiento —Lola hizo una pausa y cuándo la miré tenía la mano debajo del pecho y una expresión compasiva–. ¡Qué mal trago debieron pasar los pobres!

–¿No explican nada más? –insistí.

–Que la encontraron en una zona empresarial con pocas viviendas, casi todo son edificios de oficinas. Por la noche es una zona desierta. Nada más. Aquí no hablan de asesinato.

–O lo es, o Alimerka se ha puesto de moda entre los suicidas.

–Niña, qué escabroso. ¿Tú trabajas con la policía, entonces, o no?

–Soy investigadora privada –respondí.

Tenía reservas en contarle a Lola que no sabía muy bien qué pintaba yo allí.

–¿Y para quién investigas? El otro día no te pregunté.

–Para el marido de la mujer asesinada en España.

–Entonces es verdad. Eres detective privado como los de las películas. ¿Y no te llevas mal con los polis? –insistió.

–Como en las películas, no. Es otro tipo de investigación. Y tengo una excelente relación con la policía. El comisario y yo somos amigos.

No sé por qué le di esa información a Lola. Fue una especie de advertencia. Si estás ocultando las barbaridades de tu exmarido, la policía está muy cerca. Si quieres que le cojan, cuéntame lo que sepas de él.

–¿No has visto a Pelayo, Lola?

–¡Que no, mi niña, que no le he visto! Bueno, verle sí que le he visto, pero en la pantalla del ordenador. Vamos a ver, que igual ayer te hice creer que Pelayo era peligroso y, desde luego, lo es, pero de otra manera. Es un cabrón con el que es mejor no cruzarse, pero yo no creo que sea capaz de matar a nadie con sus propias manos. Es demasiado frío para eso, no tiene sentimientos, solo se quiere a sí mismo. Es verdad que es un indeseable, pero en otro sentido: es un picha brava y tiene algo que nos vuelve locas a las mujeres. En cambio, él solo juega y, cuando se cansa, nos destroza la vida. ¿Que una chica insegura se suicide después de que él le haga creer que es una princesa y luego la trate como si fuera basura? Dios las perdone. ¿Que él no siente remordimientos? También. No sabe lo que es la conciencia. Y respecto a sus negocios, son legales, igual no son muy éticos, pero es la profesión más antigua del mundo. Yo que tú miraría al marido despechado.

–¿Por qué iba a venir el marido de Imelda desde Oviedo a Zúrich a cargarse a una mujer desconocida? ¿Con qué motivo?

–Ay, niña, yo qué sé, la detective eres tú. Yo bailo flamenco.

–¿Qué más sabes de Pelayo? ¿Qué te dijo cuando te llamó? La policía lo tiene en busca y captura.

–¿En busca y captura? ¿Por qué? Mira, Pelayo y yo solo hablamos de los niños. Del resto de sus líos, no sé nada más ni lo quiero saber. Pero lo que sí sé es que me llamó desde su casa en Asturias. En concreto, desde el salón. Pelayo no está escondido, si queréis encontrarle solo tenéis que ir a su casa y llamar a la puerta, así que ¿por qué todo esto no se lo preguntáis a él?

Lola se despidió de mí sin ningún preámbulo, dijo que tenía que preparar la clase. Me quedé unos minutos en la terraza de la Tasca Romero con la sensación de que a Lola no le gustaba ver a la policía alrededor de su exmarido. Podía entender sus motivos: Pelayo, para bien y para mal, era el padre de sus hijos y, sobre todo, su sustento económico. Nada me quedaba por hacer y aún disponía de tiempo para pillar el último avión si quedaban plazas libres.

En el trayecto al *Flughafen*, ya podía decirlo con propiedad, cambié mi vuelo por uno posterior, le expliqué a Rafa todo lo que había averiguado y, antes de despegar, le envié un whatsapp a Sarah con una foto más clara del artículo de la mañana para pedirle una traducción literal y para que buscara la noticia en las ediciones digitales de los periódicos suizos y alemanes y me la tradujera también. No le conté nada de lo que había ocurrido la noche anterior con Rodrigo. Pensé que sería mejor hacerlo al día siguiente en persona.

22 de agosto de 2019. Como, Italia

JULIEN BENNOT, UN tratante de arte francés de mediana edad, entró en el salón de su casa de vacaciones en el idílico pueblo de Como, donde su mujer y el más pequeño de sus hijos le esperaban para cenar. Todos los años, la familia al completo pasaba allí el mes de agosto. A sus hijos mayores les encantaba, tenían su pandilla de amigos, todos ellos hijos de acaudalados empresarios y políticos europeos, con los que pasaban los días y las noches de verano de fiesta en fiesta.

–Cariño, tengo que salir de viaje mañana temprano –dijo Julien dirigiéndose a su mujer–, voy a perderme la fiesta de los Collingwood. Me ha surgido una operación urgente en Suiza. He intentado retrasarla un par de días, pero no es posible. Diviértete tú y discúlpate en mi nombre.

–¡Oh! Qué faena. ¿Volverás pronto? –respondió su mujer sin levantar la cabeza del libro que estaba leyendo.

–Solo estaré fuera una noche, se trata de un negocio rápido.

Bennot se subió al coche a las siete de la mañana. En solo tres horas estaría en Zúrich. Necesitaba tiempo para inspeccionar a conciencia la zona antes de actuar. A Julien Bennot le encantaba Como porque podía llegar a cualquier trabajo en coche. Era aún más cómodo que desde su casa de París. En su trabajo, los aeropuertos eran una pesadilla. Ese día iba a Zúrich con un encargo especial. Por un lado, suponía una complejidad que debiera parecer un asesinato imprevisto durante un robo. A cambio, no era necesario que se ocupase del engorroso trámite de hacer desaparecer el cadáver. El arma debía ser improvisada. Esa era la parte que más le inquietaba.

Julien Bennot tenía más de treinta asesinatos en su haber. Su trabajo como tratante de arte le proporcionaba mucho reconocimiento social y muy poco dinero. La realidad era que no tenía olfato para detectar a los genios del lienzo. Su pasión por la pintura no estaba en consonancia con su capacidad para distinguir la calidad de los artistas. Los clientes que financiaban su lujoso estilo de vida eran grandes hombres de negocios a los que el interés de Bennot por la pintura les era indiferente. Lo que les interesaba de él era su pulcritud a la hora de realizar los encargos, su pasión por el detalle y el trabajo bien hecho. Con Julien Bennot nunca había cabos sueltos y eso tenía un precio. Muy alto. El encargo que había recibido el día anterior de un antiguo cliente tenía un interés especial para él. Se trataba de algo más que hacer de verdugo. Era el asesinato soñado para un sicario apasionado de los grandes pintores. Fue la razón por la que aceptó, aunque el cliente le hubiera avisado con tan poca antelación.

12

22 de agosto de 2019. Oviedo

La noche anterior había recibido las traducciones hechas por Sarah de las distintas noticias que aparecían en la prensa suiza sobre la chica hallada muerta en las vías del tranvía en Zúrich con la cabeza cubierta por una bolsa de los supermercados Alimerka. Un detalle me llamó la atención. El resto del mensaje de mi amiga me preocupó: la noche anterior, Sarah había quedado con Rodrigo Villarreal y yo aún no había hablado con ella. No había tenido en cuenta la posibilidad de que volvieran a quedar y que ella no me avisara. Debía ir a verla cuanto antes, pero primero tenía que informar a Rafa.

Había quedado en pasar por la comisaría en cuanto me diera una ducha. Estaba cansada, me había costado dormirme la noche anterior porque no lograba dejar de pensar en Jorge, en Rodrigo, en Imelda y en Fidel, en el fraude de la familia Rubio y en la etapa de mi vida en la que me encontraba en la que parecía que pocas cosas resultaban como yo esperaba.

Me sequé el pelo, me arreglé y, más espabilada después de un café caliente muy cargado, salí a la calle. Hacía frío en comparación con el inesperado calor de Zúrich. Era muy temprano, la neblina no se había levantado y la fina americana que me había puesto sobre la camiseta sin mangas no me protegía de la humedad. Subí por el lateral del parque hacia la comisaría, dejé el elegante edificio colonial en el que se alojaba el hotel Reconquista a mi derecha y continué hacia el café Wolf. Rafa estaba esperándome en la terraza con una taza de expreso doble de la que salía vaho.

–Rafa, tío, ¿qué haces aquí fuera? Hace un frío que pela.
–Estamos en agosto, ¡va a hacer un día estupendo!
–No digo que no, pero ahora hay once grados.
–Venga, vamos dentro, friolera. Te entiendo porque yo antes siempre tenía calor y desde que me estoy quedando en los huesos, siento mucho más el frío. Cuando termine de perder peso voy a necesitar ir con ropa de nieve en verano.
–Y estarás estupendo y te las llevarás a todas de calle.
–No sé qué va a opinar Geni de eso, pero a mí me suena muy bien. Hablando de Geni, ¿has arreglado las cosas con ella?
–No. Llegué ayer por la noche, ya lo sabes. Te prometo que de hoy no pasa.
–Ella no habla de ti –dijo muy serio.
–Tiene buenas razones.
–No me refiero a eso. Cuando Geni se enfada o se emociona se lo cuenta a todo el mundo y da mil vueltas a las cosas. Cuando no habla del tema es que está triste.
–Hoy la llamo y me disculpo, Rafa, te lo prometo.
–Eso quería oír. Ahora empieza a cantar –pidió con pose de policía de los ochenta–. Quiero saberlo todo.

Nos sentamos en el rincón más apartado del local, lejos del resto de los clientes, donde nadie pudiera oír nuestra conversación. La Jefatura de Policía del Principado había enviado los datos del caso de Imelda a la policía suiza. Sabrían algo más cuando tuvieran los resultados de la autopsia de la mujer encontrada en Zúrich. Por mi parte, le entregué el periódico y la traducción de los artículos que me había enviado Sarah y le conté la conversación con Lola y la infructuosa visita a la Tasca Romero.

—Pelayo Granda no pudo matar a Imelda —dijo Rafa cuando terminé de ponerle al día.

—¡No fastidies! ¿Cómo que no pudo? Entonces, ¿a qué he ido yo a Zúrich? ¿Por qué no?

—Porque le estaban quitando el apéndice en el hospital. En la sanidad pública. Una operación de urgencia. Estuvo ingresado tres días. Imelda murió el veintisiete de julio entre las tres y las cuatro de la mañana. Pelayo ingresó en urgencias a las once de la noche y a las dos de la mañana le metieron en el quirófano. Tres horas de operación.

—Qué coartada más buena, ¿no?

—De las mejores que he oído. La segunda mejor, en concreto. La mejor fue la de un tío al que su exmujer denunció por amenazarla de muerte mientras él era rehén de un chalado que decía que el mundo se terminaba y secuestró con un rifle a todos los que estaban en un pub inglés. Nos costó toda una noche reducirle. El tipo tuvo de testigo a su favor a medio cuerpo de policía.

—¡Qué mala suerte!

—¿La de quién? ¿La del chalado o la del rehén?

—La de la exmujer —bromeé, y Rafa se rio como se reía cuando se relajaba, provocando que los clientes del café nos miraran—. ¿Por qué Pelayo no ha aparecido hasta ahora?

—Porque tuvo que volver al hospital, esta vez a una clínica privada a reponerse del encontronazo con los compañeros de Fidel. Él, por supuesto, asegura no saber quiénes fueron y no recuerda ningún dato que pudiera identificarlos.

—Entonces, cuando le dieron la paliza ¿acababa de salir del hospital después de una operación de apendicitis?

—Hacía apenas veinticuatro horas que le habían dado el alta.

—Podían haberle matado. En cambio, ni los denuncia ni ha devuelto la jugada.

—Un tipo como Pelayo —dijo Rafa— sabe defenderse solo, no es de los que avisa a la policía. Tampoco es de los que pone la otra mejilla. La jugada, como la has llamado, se la reservará para más adelante. Con nosotros vigilándole no es buen momento. Pelayo es mucho más frío que Fidel, no funciona por impulsos. Se retiró a una clínica hasta que se repuso y las marcas de los golpes desaparecieron de su cara. En sus negocios no es bueno parecer débil. Así nos lo ha contado. En cuanto se recuperó, se presentó en comisaría.

—¿Y ahora qué? ¿Fidel vuelve a ser el primer sospechoso? —pregunté, recordando nuestra visita a la Tasca Romero y a Rodrigo negándose a mostrar al camarero una foto de Fidel.

—Es el principal sospechoso, pero eso no significa que sea un asesino. Si descubrimos alguna relación entre él y la mujer muerta en Zúrich las cosas sí se pondrán feas para él.

Le conté a Rafa que un hombre, español según el camarero, había estado preguntando por Imelda en la Tasca Romero antes que yo.

—¿La descripción coincidía con la de Fidel? —preguntó.

—Incluso en el tatuaje. No es tan común tener el pecho tatuado y los brazos limpios. Él mismo me explicó que los lleva así porque en la Guardia Civil no permiten tatuajes en lugares visibles.

Rafa se quedó en silencio y yo continué.

—No iba a decirte nada, pero tu mujer está ayudando a Fidel. Siento muchísimo haberlos presentado.

El descarte de Pelayo como asesino material de Imelda y el ascenso de Fidel en la lista de sospechosos había cambiado mi decisión de mantenerme al margen. Podía ser peligroso para Geni.

—¿A qué te refieres con «ayudando»?

—Le acompañó a la lectura del testamento. Allí le contó a él, a Teo y a mi hermana que yo había ido a Zúrich a investigar.

—¡No me jodas! —exclamó Rafa endureciendo el tono—. ¿Cómo se le ocurre? ¿Ves por qué es importante que hables con ella? Está fuera de sí desde que discutisteis. Tienes que arreglarlo ya. Tú la metiste en esto, así que, por favor, soluciónalo.

—Es culpa mía haberle presentado a Fidel, pero no creo que lo que está haciendo ahora tenga nada que ver con mi discusión con ella. Tampoco somos tan cercanas. Hemos pasado quince años sin saber nada la una de la otra.

—Esa es tu visión de vuestra relación. En cambio, para ella sí que sois buenas amigas y eso es lo que importa.

—Cuando sepa que te he contado esto ya verás como cambia de opinión, así que problema resuelto.

—Es tu obligación contármelo. Por su seguridad y por la investigación. Estamos buscando a un asesino despiadado, a juzgar por la dureza de sus crímenes. Esto no es una broma. Mi mujer no puede andar por ahí jugando a ser una hermanita de la caridad.

—Supongo que es razonable pensar que Fidel matara a Imelda a la vista de los hechos —reflexioné en voz alta, más para mí misma que para Rafa—, pero ¿por qué diablos iba a ir hasta Zúrich a cargarse a otra mujer?

—Eso es lo que voy a averiguar. Lo primero es comprobar si el tipo que estaba en Zúrich preguntando por Imelda era él. Entiendo que no les mostraste una foto para ver si lo reconocían.

—No tenía ninguna —dije maldiciendo a Rodrigo para mis adentros.

—A partir de ahora te quiero fuera de esto —dijo Rafa con un tono más autoritario de lo que me pareció apropiado—. Tú no eres policía y ya te has implicado demasiado.

—No te preocupes, yo termino aquí.
—Eso ya lo has dicho varias veces.
—La última vez fuiste tú el que me pidió que fuera a visitar a Lola Estébanez, aunque ahora que sabemos que Pelayo Granda es inocente, supongo que perdí el tiempo.
—Te lo pedí porque tú estabas en Zúrich. Fuiste por tu cuenta y riesgo. Da lo mismo. Ya no tiene sentido discutir por eso: lo hecho, hecho está. Lo que pase a partir de ahora es otra historia y te ordeno que te alejes. Te lo ordeno –insistió.
—Así lo haré, comisario.
—Y llama a Geni –dijo dulcificando el gesto.
—Te lo prometo. Estoy segura de que pillarás al cabrón que está haciendo esto.

Después de despedirnos y sin ningún plan para pasar el día, volví al despacho dando un paseo. En solo media hora, la niebla se había ido y la temperatura era muy agradable. Crucé la explanada por la que se entraba al hotel Reconquista, elegante y solemne a pesar de su escasa altura, con un aire indiano diferente al resto de la ciudad. Admirando la regia fachada de piedra amarillenta, reparé en el sinsentido de tener una casa en propiedad y un despacho en alquiler que, en realidad, era un apartamento. Jorge se había mudado a Nueva York y yo ni necesitaba ni podía permitirme dos casas para mí sola, tenía que deshacerme de alguna de las dos. Al menos, no necesitaba pensarlo mucho: no quería vivir en nuestro dúplex, el lugar en el que habíamos intentado rehacer nuestra vida juntos. Tampoco me entusiasmaba la idea de seguir viviendo en el despacho, desangelado y sin garaje, pero era la opción menos mala; el precio y la ubicación eran excelentes y el contrato de alquiler seguiría vigente dos años más. Recordé que quería haber analizado con Rafa el caso de Federico Baides y Santiago Pérez Rubio, triatleta el primero y funcionario con esclerosis el segundo, primos y estafadores. Quizá a él se le ocurriera algo para destapar el chanchullo que tenían montado con la fundación.

Ya casi había llegado al despacho cuando cambié de idea: di la vuelta y desanduve mis pasos en dirección a la farmacia de Sarah. Estaba a solo un par de manzanas.

Sarah y las dos farmacéuticas que atendían por las mañanas llevaban puesto un uniforme granate, de casaca y pantalón.

En cuanto me vio, se acercó y me dio dos besos sonoros y sentidos.

–¡Qué buena la visita! No te esperaba.

–¿Qué haces así vestida? Hace años que no te veo con la bata puesta.

–Vienen de la Televisión del Principado a hacernos un reportaje. Estamos dejando todo impecable para salir bien en pantalla. Van a entrevistar también a un par de clientas habituales.

–¿En la tele? ¡Qué bien! No he venido en buen momento, mejor vuelvo por la tarde.

–¡Qué va! Si ya está todo. Hasta las once no llegarán. Me viene bien hablar contigo y así no me pongo nerviosa esperando a que lleguen. ¿Salimos a tomar un café? ¿Adónde vamos? Con Casa Anselmo cerrado todo el mes…

–Mejor subimos a la trastienda –propuse. Prefería hablar a solas con ella–. ¿O la van a sacar en la tele?

–Claro que no. Esa parte es privada.

Me senté, café caliente en mano, en el sofá con *chaise longe* del apartamento que Sarah tenía montado encima de la farmacia, el mismo que sufría cada tarde las batallas con la PlayStation de Alex y Hugo, los mellizos de Sarah, mis ahijados, y los escarceos sexuales de la propia Sarah. Llevaba allí a sus ligues porque no quería mezclar su vida como mamá con su vida de soltera y sin compromiso.

—Suelta ya lo que sea, por favor, que tienes mala cara, ¿qué pasa? —me animó Sarah.

—Es que he ido a ver a Rafa y he pasado un poco de frío. Además, el caso de Imelda se complica y está empezando a ser muy desalmado. Pero no he venido a eso. Tengo que hablarte de Rodrigo.

—Ni lo nombres. Menudo gilipollas —saltó de forma inesperada.

—¿Y eso? ¿Qué pasó?

—Ayer me llamó y quedamos a tomar algo. Si hubiera sido otro, después de que cancelara el plan para ir juntos a la exhibición de Krav, no habría vuelto a quedar con él, pero como sabía que lo hizo para ir contigo a investigar al funcionario triatleta ese en Copenhague, no le di importancia y acepté volver a vernos. Lo noté raro cuando llegó, pero no le di importancia. Todo el mundo tiene un día malo. Pensé que tendría problemas en el trabajo o que después de pasar un fin de semana currando contigo cualquiera necesitaría un período de recuperación —bromeó Sarah a mi costa y yo respondí con un amago de sonrisa—, o yo qué sé. Que habría perdido su equipo de fútbol.

Sarah le dio un trago a su café y tomó aire en un gesto que cualquiera interpretaría como parte de una personalidad zen y relajada, pero yo sabía que era una inhalación para controlar un cabreo creciente, que aumentaba con el recuerdo.

—Creo que es culpa mía —dije.

—No, qué va, no es culpa tuya, es suya, que se puso tremendista, me cogió las manos y con un gesto tan compungido que te juro que pensé que tenía una enfermedad grave o que le había pasado algo terrible, me dice que no puede verme más. ¿Para eso queda conmigo? Tío, si no quieres nada, no me llames y aquí paz y después gloria, pero no me fastidies la noche. ¿Por qué te disculpas? ¡Que solo hemos echado un polvo! Pensará este engreído que estoy buscando un marido funcionario.

Sarah no era una persona convencional: prefería que no le hicieran perder el tiempo y evitar situaciones incómodas. Ella no iba a dedicar un minuto a pensar si la llamaba o no. Si no volvía a llamar, ni se acordaría de él.

–No sé si quiero saber qué sucedió después. ¿En qué bar no podemos volver a entrar? Espero que no hubierais quedado en el Vinoteo.

–Cerca, en La Dicha, pero podemos ir cuando quieras porque me fui sin darle respuesta –continuó Sarah–. Pero ahora viene lo mejor: ¡el tío siguió insistiendo! Me envió un whatsapp una hora después que pone: «Sarah, lo siento. Eres una chica guapísima y encantadora, es que ahora estoy en otro momento de la vida.» ¿Se puede ser más lerdo?

–¿Qué le has respondido? –pregunté temiendo lo peor.

–Nada. ¿Qué le voy a decir? Si le digo «Mira, tío, solo quería que dejaras de incordiar a mi amiga y, como mucho, repetir un buen polvo», no se lo va a creer. Hay que ver qué especímenes hay por el mundo. ¿Pensará el Rodrigo este que las tías seguimos siendo Cenicientas esperando a que llegue un Príncipe Azul a rescatarnos y a resolvernos la vida? Por favor, que estamos en el siglo XXI.

–Yo te entiendo Sarah, pero no todas somos como tú.

–Vale, Gracicienta, su carroza la espera. ¿De verdad me estás diciendo eso tú? ¿El tiburón de las finanzas que se pone el mundo por bandera?

–Yo ya no soy esa. No solo es que Jorge se haya ido y me esté costando mucho asumirlo, es que ya ni siquiera soy capaz de echar un polvo cuando me apetece. Y ahora, por favor, déjame contarte algo que te va a sentar fatal.

–Pues no me lo cuentes.

–Debo hacerlo.

–¿Debes?

—Vale, no sé si debo o no. Quiero, así que, por favor, déjame hablar: intenté acostarme con Rodrigo. En Zúrich.
—¿Y?
—Que nunca lo habría hecho si hubiera sabido que ibas a volver a quedar con él. Pensé que le habías dado carpetazo después de que cancelara vuestra cita para ir a la exhibición de Krav.
—Ya te he contado el resultado de la cita, no tienes de qué preocuparte. ¿Qué pasó?
—Me rechazó.
—¿Ves cómo es un gilipollas? Tú tenías razón desde el principio –respondió Sarah.
—En el fondo, se lo agradezco. Si hubiera aceptado, habría sido raro. Contigo, conmigo, el trabajo, …
—No deja de sorprenderme que seas tan antigua y tan convencional. Es como si los años que viviste en Nueva York se hubieran esfumado de un plumazo.
—Puedes meterte conmigo todo lo que quieras –respondí sin entrar al trapo–, lo único que me importa es que no estés enfadada.
—Claro que no estoy enfadada. ¿Por qué iba a estarlo? ¿Qué os pasa a todos? Al final sí que vas a estar convirtiéndote en calabaza. No es mi marido ni mi novio. Como mucho habría pasado una o dos noches más con él. No me interesa para nada más. Le conocí para intentar ayudarte a ti y lo que siento es no haberlo conseguido.
—A lo mejor se ha comportado así contigo por lo que yo hice. Puede que no quiera líos.
—Lo que ocurre es que no le apetece seguir viéndome, pero cree que tiene que darme explicaciones porque soy emocionalmente frágil. Tiene una imagen de las mujeres muy alejada de la realidad.
—Muy alejada de ti –reí aliviada.

La ayudé a retocarse el maquillaje para que no saliera con brillos en la tele y me fui con el compromiso de quedarme con mis ahijados el siguiente fin de semana para que ella se fuera a las fiestas de Bilbao con unos amigos y la sensación de haber descargado un saco de plomo. Cuando salí de la farmacia, la temperatura había subido y, aunque el día no se había despejado, a mí me pareció precioso. Las distintas tonalidades de gris imprimían a la ciudad un aire elegante, serio, como de un lugar en el que se podía confiar. Caminé animada, haciendo un montón de planes para mi fin de semana con los niños. Íbamos a pasarlo en grande los tres juntos. Me encontraba tan eufórica que, por fin, le envié un whatsapp a Geni.

«¿Podemos vernos? Te debo una disculpa.»

Me dio la sensación de que no había terminado de escribir mi frase cuando Geni respondió. Como hacía siempre. No se separaba de su móvil ni un segundo.

«No me debes nada y estoy encantada de que por fin podamos vernos.»

Quedé con ella en mi despacho y solo media hora después apareció con una caja de moscovitas de Rialto, el único dulce al que no podía resistirme, y un elegante paquete de cápsulas Nespresso para tomar con hielo.

–Muchísimas gracias, Geni. No tenías que haberte molestado. Quiero disculparme contigo... –empecé a decir.

Había preparado un discurso para recuperar la paz entre nosotras, paz que buscaba sobre todo para no contaminar la relación con Rafa. Me estaba comportando con ella como un bicho frío y egoísta. Como suelen hacer las personas que se sienten injustamente tratadas por la vida.

–No necesito tus disculpas. Estás pasando un mal momento por lo de Jorge y la tomaste conmigo porque era la que tenías más cerca. Lo entiendo. Lo único que quiero es que estemos bien –me cortó Geni.

–Gracias, Geni, aun así, quisiera decirte… –insistí.

–No digas nada –volvió a cortarme y me dio un fuerte abrazo.

En general, me incomodaban las muestras de afecto de las personas que no consideraba muy cercanas, pero su abrazo me resultó reconfortante.

–¿Cómo estás? –Se interesó Geni cuando se separó de mí.

–No estoy en mi mejor momento –reconocí–. Me contó Rafa que Jorge fue a vuestra casa a despedirse antes de volver a Nueva York para empezar de cero.

–No dio muchas explicaciones, solo dijo que se iba. ¿Es definitivo?

–Eso parece. Y lo que más me cabrea es que vuelve a nuestra casa, a la que compramos cuando nació Martin.

–Lo siento mucho. Estaba convencida de que lo ibais a arreglar. ¿Sabes? Cuando de niña no conseguía lo que quería, mi abuela siempre me decía, «Geni, nenita, no llores, será para bien. A veces los deseos conseguidos se convierten en un infierno. Si esto no ha salido bien es porque te espera algo mejor». Y la mayoría de las veces era así.

Las palabras de Geni me molestaron y me costó disimularlo. Lo último que me hacía falta en ese momento eran consejos de autoayuda baratos.

–No lo es. No es para bien –repliqué–. En el mundo pasan muchas cosas horribles que no tienen nada positivo. Pero no me compadezcas, que ya conseguiré que mi vida funcione sin Jorge. Romper con él me disgusta y ahora estoy muy triste, pero lo superaré, no es lo peor que me ha ocurrido, he salido de agujeros mucho más profundos.

–Gracia, lo siento, no quería ofenderte –dijo Geni–. No quiero perderte ahora que me he acostumbrado a tener una amiga de verdad. Tengo una buena relación con mucha gente, pero no tengo tanta confianza con nadie. Te llevas tan bien con Rafa que es un alivio. El resto de la gente que conocemos parece que tiene miedo de decir algo inapropiado, incluso confesar que no le han pagado el IVA al manitas de turno. Es una tontería, pero muchas veces la conversación más banal se vuelve incómoda. Todos quieren quedar como ciudadanos impecables con nosotros. En cambio, Jorge y tú habéis sido tan normales...

Su discurso estaba logrando conmoverme así que cambié de tema.

—¿Sigues convencida de que Fidel es un marido ejemplar? —pregunté.

—No creo que sea ejemplar. Creo que, a pesar de los problemas que tenían, estaba enamorado de su mujer, ha sufrido una tragedia terrible, intenta localizar al culpable y yo quiero ayudarle a hacer justicia.

—Me dijo Bárbara que fuiste con él a la lectura del testamento. Se lo he contado a Rafa esta mañana.

—Te agradezco que me avises. De todas formas, tenía que decírselo yo en algún momento. Está mosqueado conmigo por haber metido la nariz en este caso.

—¿No te parece llamativo que Imelda, tan joven, hubiera hecho testamento?

—Es un caso especial, parece que Teo y ella decidieron hacerlo cuando sus padres murieron. Imelda se lo dejó todo a su hermano. El piso donde él vive y dinero. Cien mil euros en diferentes depósitos.

—¡Eso es mucho dinero! Y, a Fidel, ¿nada?

—Nada de nada. Es la herencia intacta de sus padres y es toda para Teo. No tocó nada desde su muerte. En realidad, se lo dejaba todo a sus hijos y, en caso de no tenerlos, a su hermano.

—¿Por qué? ¿Es que los padres no le dejaron nada a Teo en herencia? —pregunté extrañada.

—Por lo que escuché en la notaría, los padres eran de Barcelona y tenían algunas propiedades allí. A él le dejaron lo que fuera que tuviesen en Cataluña. Ahora se lo ha quedado todo. ¿Cómo es Teo? ¿Qué sabes de él? —preguntó Geni de sopetón.

—¿Teo? Un buen tío. Encantador. Es el pediatra de mi sobrino y se porta muy bien con mi hermana, que ya la conoces, es una tía genial, pero tiene las cosas tan claras y es tan lista e intolerante que apabulla a todo el mundo.

—¿Estás segura de que Teo es tan buena persona? A veces, hay una gran diferencia entre lo que la gente parece y lo que es. Si, al final, Fidel no es tan malo como decían, igual Teo no es tan bueno como parece. Vive sin pagar en una casa que es de su hermana mientras su hermana vivía de alquiler. ¿No te preguntas por qué?

—Sus razones tendrían. ¿Qué importa eso ahora? ¿Piensas que va a matar a su hermana por un piso en el centro en el que ya vivía y esa cantidad de dinero? Es mucho, pero no para matar. Teo no lo necesita.

—Eso no lo sabes. ¿Y si está desesperado? Si tiene deudas y se ha metido en problemas...

—¿Y por qué va a tener deudas? —dudé—. Es pediatra, soltero y tiene plaza fija en el hospital.

—Porque al tipo perfecto le gusta jugar. Le detuvieron hace años en una partida ilegal. Rafa ha pedido la ficha policial de todos los implicados en el caso.

—¿Te lo ha contado Rafa?

—Él no me ha contado nada. Este caso ha sido muy especial. Rafa se ha implicado mucho, trabaja en casa hasta altas horas y alguna vez se deja el portátil abierto y yo... Nunca lo había hecho, te lo prometo.

—¿Y por eso convertimos a Teo en sospechoso de matar a su hermana de una forma desalmada y atroz?

No quise plantearme qué tipo de delito constituía que Geni extrajera información del ordenador del comisario, fuera o no su marido, pero adiviné que uno grave.

–¿Por qué a Fidel sí y a Teo no? –dijo Geni.

–Porque su mujer estaba embarazada de otro. No es lo mismo.

–Pero él no lo sabía. No descartas sospechar de Fidel y te indignas si piensas que es Teo porque es el amigo de tu hermana o lo que sea que tengan esos dos. Que no digo que Teo sea un asesino, lo que quiero hacerte ver es que todo puede ser.

–Por favor, Geni, no compartas ese pensamiento absurdo con nadie. ¿Sabes el daño que le puede hacer a una persona que en su entorno piensen que podría ser un asesino?

–Sí, lo sé muy bien, por eso tenemos que ayudar a Fidel.

Tocada y hundida. Geni era cotilla, no había pasado de primero en la universidad, su pasión por el cotilleo era insufrible y el excesivo maquillaje que siempre enmarcaba su cara redonda y dejaba una frontera con su cuello blanco resultaba tan desagradable como su gusto por las marcas visibles en la ropa y los complementos, pero era capaz de ver más allá de la fachada de las personas. O, al menos, de intentarlo.

En ese momento atisbé lo que me molestaba tanto de Geni. Yo había estudiado en Londres, había alcanzado el éxito económico y profesional en Estados Unidos, me había casado con un hombre ideal y había tenido un hijo al que adoraba. Y ya no tenía nada. Geni, sin embargo, nunca había hecho nada más que charlar y tomar café. En cambio, tenía un marido enamorado, dos niñas preciosas, una casa en la que apetecía vivir e incluso un perro que era como un gran peluche. Quizá mi manía hacia Geni la causara algún demonio escondido en mi alma, que deseaba lo que ella tenía y consideraba que lo merecía menos que yo. La maldad vive dentro de todos nosotros y se esconde bajo buenas intenciones. La mejor jugada del diablo es convencernos de que no existe, pero yo acababa de descubrir en qué lugar de mi corazón se ocultaba.

24 de agosto de 2019. 3:45 de la madrugada. Zúrich

Lola Estébanez daba vueltas en su cama. Estaba inquieta. La visita de una extraña investigadora española dos días atrás preguntando por Pelayo y los acontecimientos de las últimas semanas la habían alterado y el diazepam hacía tiempo que no cumplía su función.

Sintió rabia hacia su exmarido. No le bastaba con ser un mujeriego, tenía que encapricharse de una mujer veinte años más joven que él, con la que pretendía casarse después de haberla dejado embarazada y ahora estaba muerta. Había sucedido otra vez. Sintió lástima por ella. «Volver a empezar.» Pelayo quería volver a empezar. «Como si eso fuera posible —pensó Lola—. Las personas se engañaban. Nunca se puede volver a empezar. Vayas donde vayas, el pasado va contigo.» Pelayo solo repartía sufrimiento entre las mujeres que caían en sus redes, todas terminaban con el corazón roto y, algunas, muertas incluso. Los caóticos pensamientos de Lola iban y venían en la soledad de la noche. Parecía que el sueño la evitaba aquella madrugada. Los niños estaban pasando el fin de semana con sus primos, en casa de su hermano y su cuñada, y ella se sentía sola. Al menos, había conseguido superar todos los intentos de Pelayo de llevarse a sus hijos. Seguirían con ella a tiempo completo. Lola sintió que una ola de ira subía desde sus tripas hacia la garganta. Pelayo no los merecía. No merecía a sus hijos y no merecía ser feliz después de todo el dolor que había causado. Nunca olvidaría lo que encontró en los vídeos que su exmarido guardaba en la caja fuerte: aquellas niñas raptadas por orden de Pelayo y violadas por hombres poderosos que lo tenían todo y no se conformaban con nada. Había reconocido al aclamado mandatario Henrik Krain forzando a una niña aterrorizada que no parecía tener más de quince años. Lola hizo un intento de distraerse pensando en su trabajo. Le encantaba. Cuando se vestía de flamenca y arrancaba la clase, se olvidaba de todos los problemas. También le gustaban el grupo de yoga y las sesiones de meditación. Intentó concentrarse en las técnicas aprendidas, pero no conseguía quitarse de la cabeza a su exmarido.

Incapaz de calmarse lo suficiente como para conciliar el sueño, Lola se levantó para prepararse una infusión. Salió de su cuarto en dirección a la cocina, descalza. Aún hacía calor en Zúrich. Bajó la escalera sin encender la luz. Una preciosa luna llena iluminaba de índigo la casa. Si hacía buen tiempo, tenía por costumbre no bajar las persianas. Vivían en una de las diez ciudades más seguras del mundo. Al pasar por la puerta del salón, le llamó la atención algo fuera de lugar. Al principio no supo identificar qué era. Después, lo vio. La pared, encima del sofá, estaba vacía. El Julio Romero de Torres no estaba en su lugar. Con el corazón acelerado, franqueó la puerta buscando el interruptor cuando, sin previo aviso, la luz de la luna se apagó. El cuerpo de Lola cayó al suelo como un fardo inerte y un charco de sangre empezó a formarse alrededor de su cabeza. Salía de la inmensa brecha provocada por la lámpara Tiffany al impactar contra su cráneo. Su tía Herminia le había regalado aquella lámpara el día de su boda con Pelayo y siempre había ocupado un lugar de honor en el salón.

13

24 de agosto de 2019. Oviedo

Me levanté tarde y sin nada importante de lo que ocuparme. Todavía no había tomado una decisión sobre el caso de Santiago Pérez Rubio y había prometido a Rafa no volver a meter la nariz en la investigación de la muerte de Imelda. Desayuné sin prisa y me entretuve quince minutos debajo del agua de la ducha.

Rafa llamó cuando estaba secándome el pelo.

—En las próximas horas una noticia saldrá en todos los periódicos y no quiero que te enteres por la prensa —dijo sin saludar.

—¿Qué pasa, Rafa?

—Hay restos de gamma-hidroxibutirato en el cuerpo de la mujer aparecida muerta en Zúrich. La juez ha emitido una orden para buscar la misma sustancia en el cuerpo de Imelda y, aunque es muy difícil de rastrear después de los días que han pasado, creen que las probabilidades de que consumiera la misma sustancia son muy altas.

—¿Qué es?

—Es una droga de diseño que se conoce como GHB o éxtasis líquido. Está de moda entre los más jóvenes y cualquier camello de pacotilla la suministra, pero se puede utilizar como droga de sumisión química porque en altas dosis produce un efecto anestésico. Además, es líquida, incolora y casi no tiene sabor, así que es muy fácil mezclarla con cualquier bebida sin que la víctima se dé cuenta.

El cuerpo la produce de forma natural por eso es tan difícil de rastrear.

—¡Qué horror! ¿Cómo se ha filtrado a la prensa?

—No se ha filtrado todavía, pero lo hará en los próximos minutos. Se lo vamos a contar extraoficialmente. Necesitamos información. Quizá alguien haya visto algo que nos pueda ayudar.

—¿Os interesa? ¿No aparece un montón de gente buscando protagonismo contando mentiras?

—Un montón no, alguno sí. En cualquier caso, es lo mejor que podemos hacer. Si hay algún testigo, tenemos que encontrarlo. Solo te llamaba para que supieras que tu viaje a Zúrich sí que sirvió de algo. Esta droga desaparece muy rápido del organismo y habríamos tardado semanas en relacionar la muerte de esta mujer con la de Imelda.

—¿Sabéis ya quién era?

—Se llamaba Emma Bauer, una joven alemana de veintitrés años. Vivía sola en Oerlikon, a pocas paradas de tranvía del lugar donde la encontraron muerta. Trabajaba como redactora en un periódico local. No fue a trabajar y tampoco avisó. Parece que era muy responsable y les extrañó, así que la llamaron, pero su teléfono estaba apagado. Un compañero de trabajo con el que mantenía una relación fue a su casa y al no encontrarla allí llamó a la policía y ya conoces el resto de la historia.

—¿No era prostituta, entonces?

—Nada de eso. ¿Piensas en Pelayo Granda? De momento no se ha encontrado ninguna conexión con él.

Le di las gracias por avisarme y me fui a comer sola al Vinoteo. Me merecía una comida especial, que habría sido excelente en compañía, pero nada impedía que fuera estupenda en soledad. Después de unas setas con queso y unos nísperos rellenos de chocolate me sentí muy reconfortada. Lista para enfrentar una nueva etapa de mi vida. Tenía una profesión que me encantaba y se me daba bien, personas estupendas a mi alrededor y sobre todo tenía un plan. Martin siempre formaría parte de mí y cada día le echaría de menos, cada noche le abrazaría en sueños y cada mañana al despertar besaría sus preciosos mofletes con los ojos cerrados para sentir la suavidad de su piel, pero estaba lista para intentar ser feliz de nuevo y no necesitaba a Jorge para conseguirlo.

Después de comer, me apeteció echarme una buena siesta. Ya era hora de empezar a cuidar de mí misma. Me acosté en el futón, puse un capítulo de *Juego de Tronos* y, antes de quedarme dormida, me di cuenta de que había vuelto a olvidar hablarle a Rafa del caso de fraude cometido por la fundación de la familia Baides Rubio.

Rodrigo Villarreal me despertó cuando se presentó sin avisar en mi despacho a las seis de la tarde. Una vez superada la confusión del brusco despertar a golpe de telefonillo y lo inesperado de la visita, le invité a entrar. Esperaba que no me estropeara el día. Hacía mucho que no me tomaba un tiempo solo para mí y estaba disfrutando con la experiencia.

–Pasa, Rodrigo. ¿Qué haces aquí? ¿Qué ocurre?

–Así que aquí es donde maquinas cómo perseguir a los defraudadores –dijo entrando en el desangelado salón que utilizaba como despacho sin dar ninguna explicación.

–Aquí es donde hago el papeleo infinito que necesitas que te entregue cada vez que me encargas perseguir estafadores.

–Minimalista –dijo mirando la mesa de Ikea blanca y la silla de oficina como principal mobiliario.

–Es una forma bonita de decirlo. Excelente ubicación y barato.

–¿Esto es barato? –preguntó extrañado.

Su sorpresa era justificada: el despacho estaba en la calle principal de la ciudad con vistas al parque y era bastante espacioso, un apartamento de dos dormitorios acondicionado como oficina. Me desconcertaba la banalidad de la conversación sin atisbar el motivo de la visita, pero decidí seguirle el juego hasta que se explicase.

–La vecina de rellano es una señora mayor y a los propietarios no les han dado la licencia para reconvertirlo en oficina porque ella temía el ruido y el tránsito de gente desconocida entrando y saliendo. Tiene un hijo concejal. Con la crisis se han quedado sin dinero para reconvertirlo de nuevo en vivienda, así que me lo han alquilado a mí por un buen precio. La visito una vez por semana y, de vez en cuando, le traigo casadielles, empanadas o algún bizcocho de parte de mi madre. Ahora que paso las noches aquí, está encantada. Lo que no quiere es verse sola ni rodeada de extraños.

–¿Pasas noches aquí? –Rodrigo miró a su alrededor.

–¿Qué te trae por mis dominios en fin de semana y sin avisar? –corté.

–Quiero encargarte un caso y he preferido venir en persona.

–Pues qué buena noticia, dudaba que fueras a transferirme más expedientes –confesé con sincera alegría.

–Hace una semana, después del fiasco inicial con el caso de Santiago Pérez Rubio, no lo hubiera hecho, pero dadas las molestias que te has tomado para repararlo he decidido darte otra oportunidad –dijo, mientras me entregaba un *pen drive* con forma de Darth Vader, al que tuve que descabezar para acceder al contenido.

–Pues muchas gracias por esta nueva oportunidad.

Se me ocurrían muchos lugares desagradables donde enviar a Rodrigo, pero nada conseguía entrando al trapo de sus pullas. Quería el trabajo. Necesitaba dinero y acción. Me pareció que se estaba riendo. ¿De mí?

—Era una broma —aclaró—. Esperaba que me respondieras con un «vete a cag...» de esos tuyos. ¿Estás molesta conmigo?

—Claro que no —negué—. Te lo agradezco de verdad. Estoy deseando empezar. No tengo nada que hacer ahora mismo.

Nos sentamos en las dos únicas sillas de la sala y Rodrigo me hizo el resumen de un caso que parecía sencillo y muy sustancioso. Uno de esos encargos que cualquier investigador habría peleado por conseguir.

—¿Te ocupas tú, entonces? —preguntó cuando terminó de contarme los detalles principales.

—Por supuesto. Un fraude de dos mil euros al mes durante veintiocho años, más de medio millón de euros más recargos, más sanciones... —dije calculando rápidamente mis comisiones—. Es un gran caso, de los que a todos nos gusta recibir.

—Has hecho un trabajo impresionante con el caso de Santiago Pérez Rubio. No ha terminado como esperábamos, pero eso no es culpa tuya. Esta vez te mereces uno bueno. —Me pareció que vacilaba antes de continuar—. ¿Te apetece que vayamos a tomar algo?

—No puedo, me voy ahora mismo, he quedado a las siete para correr, ya llego tarde —respondí sin aclarar que había quedado conmigo misma. No me apetecía salir con Rodrigo como si fuéramos viejos amigos.

Me puse en pie en una clara invitación a que se fuera, pero Rodrigo no se levantó.

—Podemos quedar después —propuso—. ¿A cenar? Alguien me ha dicho que el Vinoteo es tu restaurante favorito.

No le dije que ese mismo día había comido allí ni que no quería ir con él a un sitio especial para mí porque me sentía incómoda con él.

—Tienes buenos informantes —me limité a responder.
—Bueno, Gracia, ya vale. Dime cuándo podemos quedar. Necesito hablar contigo —dijo muy serio.
—No sé, ¿hablamos mañana y lo vemos?
—No me trates como si fuera un pardillo porque estoy muy lejos de serlo. Me estás dando largas y fingiendo amabilidad cuando en realidad estás cabreada. Quiero que hablemos porque tal como están las cosas no creo que vaya a poder trabajar contigo.
—¡Muy maduro y muy profesional! —respondí con un tono de voz mucho menos agradable del que había estado usando hasta ese momento—. También se llama chantaje. Llevas cartas ganadoras. O me comporto con sumisión, o no me encargas más trabajos, ¿es eso lo que quieres decir?
—Eso es, Gracia —respondió incorporándose con tal ímpetu que tuve que dar un paso atrás—, porque soy una mierda de tío y así es como hago las cosas.

Rodrigo se dirigió hacia la puerta y antes de salir, se detuvo y más calmado dijo:

—Lo que quería decir es que si no arreglamos esto, pasaré la gestión de los casos que lleves tú a alquien de mi equipo, de forma que sea más fácil para todos.

Se marchó dando un portazo y dejándome descolocada. No quise pensar en ese momento en lo que acababa de ocurrir. Me cambié de ropa y salí a correr. Una carrera larga era la mejor manera de despejar la mente. Pero a mitad del trayecto, paré, bebí agua y le llamé. La conversación que habíamos mantenido en mi despacho no me beneficiaba. Mi objetivo era seguir trabajando para la Seguridad Social y eso solo lo conseguiría si normalizaba la relación con Rodrigo. Él había venido a entregarme un buen caso y yo todavía le debía una disculpa por haberle acusado de filtrarle información a Fidel. Me tocaba a mí tenderle la mano a él.

«¿Sigue en pie la cena? ¿Me recoges a las diez?»

Dejé las señas de mi casa, la de verdad, la que tenía muebles y en la que no había dos aseos con el símbolo de hombre y mujer en la puerta, en el buzón de voz y colgué.

El recorrido de la carrera bajo los árboles que enmarcaban la senda de Fuso de la Reina, en el atardecer del mes de agosto, parecía recién sacado de un cuento infantil. Miraba a mi alrededor mientras corría, esperando ver aparecer gnomos en los huecos de los árboles. Buscaba setas rojas y blancas a sabiendas de que no era mes para que las hubiera, pero la sensación de paisaje encantado me transportaba al mundo de las hadas. Pensaba dar la vuelta en el kilómetro cinco, diez kilómetros eran más que suficientes y quería arreglarme para la cena con Rodrigo si él aceptaba, pero la perfección del entorno me invitaba a hacer los casi ocho que tenía la ruta. Dieciséis ida y vuelta. Llegué a casa cansada y reconfortada, con la energía que da el deporte al alma y el agotamiento que proporciona al cuerpo. Me duché y me senté un momento en el sofá y debí quedarme dormida. Me despertó de nuevo el sonido del telefonillo.

–Soy Rodrigo. ¿Bajas?
–¿Rodrigo?
–¿Estás de coña?
–No, te abro, sube.

Fui corriendo al baño a encender las planchas del pelo, parecía una leona recién salida de una pelea a vida o muerte. Eso no tenía arreglo inmediato. Tuve que decidir entre vestirme con algo más que el pantalón corto y la camiseta vieja que llevaba puesta o maquillarme un poco para ganar tiempo. Ganó lo segundo.

–¿Y esas pintas? –preguntó tan incorrecto como cabreado cuando abrí la puerta–. Tengo un límite, ¿sabes? –dijo haciendo ademán de irse.

–No seas borde, Rodrigo. Me he quedado dormida. He corrido más de quince kilómetros, me senté un momento y ya no recuerdo más hasta que me ha despertado el telefonillo.

–Te he llamado tres veces.

Busqué mi móvil y no estaba ni en el salón ni en la cocina.

–Lo siento, debí de dejármelo arriba en la habitación. No tardo. ¿Llamas y reservas mientras? Para dentro de cuarenta minutos.

–Vale, llamo y reservo para dentro de hora y media –concedió más relajado–. ¿Tienes algún trastorno del sueño?

–No, solo un poco de insomnio algunas noches –respondí mientras subía a plancharme el pelo y a terminar de maquillarme–. Sírvete un vino si quieres, están en una cava al lado del sofá, o si prefieres cerveza, hay doble malta en la nevera –dije mientras subía las escaleras.

–No tienen mesa tan tarde –oí que gritaba Rodrigo desde la planta de abajo–. ¿Alguna otra preferencia? Por cierto, ¡qué bonita tu terraza!

–¿Quieres que cenemos en la terraza? Hace una noche estupenda y, si refresca demasiado, tengo unos infrarrojos que dan mucho calor –propuse desde el baño casi a la vez que se me ocurría–. En la puerta de la nevera tienes la carta del Go Sushi y la del Telecachopo. Elige lo que prefieras.

–¡Hecho! Pagas tú –escuché decir a Rodrigo mientras cerraba la puerta del baño.

Tardé poco más de diez minutos en arreglarme. Nos dio tiempo incluso a tomarnos un aperitivo antes de que llegara la comida. Repasamos unos detalles menores del informe del caso de Santiago Pérez Rubio. Nada que explicara que quería Rodrigo de mí. No le pregunté, preferí dejar que él decidiera el momento.

Nada más empezar a cenar sonó el teléfono. Era Rafa.

–Tengo que cogerlo. Es importante –dije, mientras Rodrigo daba un bocado a un *temaki* de pez mantequilla con trufa.

–Dime, Rafa –respondí al teléfono.

–¿Has tenido algún contacto con Fidel?

–Ninguno. He seguido tus instrucciones.

–Me alegra oírlo. Ahora, escúchame: no quiero que hables con él ni que le veas. Bajo ninguna circunstancia.

–No he sabido nada de él desde Zúrich. ¿Qué pasa, Rafa?

Salí de la terraza y subí a mi dormitorio para asegurarme de que Rodrigo no pudiera oírnos. A fin de cuentas, era amigo de Fidel.

–Fidel estuvo en Zúrich justo antes que tú. Hemos comprobado los vuelos y la juez está emitiendo una orden de detención. En cuanto lo tenga entre rejas, te aviso. Te llamo para pedirte que si contacta contigo me avises inmediatamente.

–Entonces, estuvo en Zúrich el día que mataron a la chica. ¿Geni lo sabe?

–Sí. Está convencida de que me equivoco, pero está en casa con las niñas y una pareja de policías vigilan la entrada. Por si acaso Fidel intenta verla.

–Es más probable que sea Geni la que vaya a ver a Fidel que no al rev... Vale, ya entiendo. Gracias por avisarme, Rafa.

–No es un aviso.

–Sí, ya sé, es una orden directa del comisario. A mí no necesitas neutralizarme poniéndome vigilancia –respondí y colgué antes de que le diera tiempo a soltarme un par de improperios.

Al final, sí que parecía ser Fidel el que había estado preguntando por Imelda en la Tasca Romero. ¿Habría matado él a la chica alemana? ¿Por qué motivo?

Me estaba levantando de la cama donde me había sentado para hablar con Rafa cuando volvió a sonar el teléfono. Era Fidel. No quedaría con él y avisaría a Rafa nada más colgar, pero no veía peligro en responder.

–Hola, Fidel, ¿qué ocurre? –respondí cauta.

–Quería darte las gracias por haber ido a Zúrich. En estos tiempos, la gente no suele preocuparse por los demás. Es como una inyección de energía cuando alguien lo hace por uno.

–En realidad, lo hice por Imelda, no por ti. Me gusta pensar que, si me sucediera algo así, alguien querría descubrir la verdad.

–Ya sé lo de la otra chica muerta en Zúrich, está en todos los periódicos y sé que Pelayo Granda tiene coartada para la noche que mataron a Imelda, así que no van a tardar mucho en detenerme. Estoy en mi casa esperando, no creo que pase de esta noche. No fui yo, aunque pueda parecerlo. Hay un asesino suelto. No sé cómo lo ha hecho, pero estoy seguro de que detrás de la muerte de mi mujer está Pelayo Granda. En sus negocios se conoce a gente muy turbia y pudo conseguir que alguien hiciera el trabajo sucio por él.

–¿Por qué estás seguro de que van a detenerte? Que Pelayo Granda tenga coartada no es suficiente para acusarte a ti –pregunté tanteándole.

No mintió.

–Porque estuve en Zúrich la noche que mataron a esa chica. Cuando te negaste a ir después de pedírtelo, no me quedó más remedio que ir yo mismo. Regresé al día siguiente por la mañana. No lo dejes, Gracia, por favor. Sigue investigando. No fui yo. Si me encierran, vas a ser mi única esperanza de desenmascarar a Pelayo Granda.

Después de hablar con Fidel, le escribí un mensaje a Rafa y volví a la terraza.

—¿Todo bien? —preguntó Rodrigo.

—Ponme una copa de vino, por favor. Y sírvete otra para ti, que la vas a necesitar.

Rodrigo las sirvió en silencio.

—Primero debo pedirte que me des tu móvil.

No quería que llamara a Fidel y él, mucho más dócil de lo que yo esperaba, me tendió el móvil y observó expectante cuando lo guardé en uno de los cajones con llave del aparador del salón.

—Van a detener a Fidel —dije cuando me senté de nuevo a la mesa.

—Mierda.

—¿Mierda? Rodrigo, ni te imaginas por qué. Estuvo en Zúrich. Estaba allí la noche en que mataron a la chica.

—Ya lo sé.

—¿Cómo que ya lo sabes? ¿Qué sabes?

—Que Fidel fue a Zúrich siguiendo el rastro de los cargos en la tarjeta de crédito de Imelda. Hizo lo mismo que nosotros.

—¿Cómo lo sabes?

¿Rodrigo sabía que Fidel estaba allí? Cada vez tenía más claro por qué no quiso enseñar la foto de Fidel a los camareros de la Tasca Romero: no temía que hubiera sido Fidel, sino que sabía que había sido él.

—Me lo dijo él. No consiguió ninguna información en la Tasca Romero y tuvo que volver porque tenía que asistir a la lectura del testamento.

—¿Por eso regresaste a toda prisa? —acusé más que pregunté—. ¿Por eso no me dejaste enseñarle una foto de Fidel al camarero? ¿Tenías miedo de que le identificara?

—Volví por un tema urgente en el despacho —negó— y, en ese momento, ni siquiera sabía que Fidel había estado allí. Me lo contó cuando regresé. Aunque reconozco que cuando el camarero nos describió al hombre que estuvo preguntando por Imelda temí que hubiera sido él y que eso le metiera en un lío.

—¿Y no dijiste nada cuando te enteraste del asesinato de la chica alemana? —pregunté.

—Se lo dije a él y se asustó. Es como si alguien le siguiera los pasos.

—Sí, su propia sombra. Has puesto en peligro a mi amiga, a mí misma y a cualquier mujer que se haya cruzado en el camino de Fidel.

—Gracia, no puede ser él —afirmó Rodrigo.

—¿Estás seguro?

—Seguro no puedo estar. Convencido, sí.

—Pues eres un irresponsable. No se puede ocultar ese tipo de información. ¿Y si mata a Geni?

—¿Quién es Geni?

—Una amiga que está ayudando a Fidel. Da igual. ¿Y si me mata a mí?

Que no supiera quién era Geni me pareció un punto a su favor. Fidel no se lo estaba contando todo.

—No vas a convencerme de que Fidel es un asesino en serie que va matando mujeres por todo el mundo —aseguró.

—Si no las ha asesinado él, ya se descubrirá. Tú eres abogado, sabes bien que no puedes callarte ese tipo de información.

—Soy abogado laboralista. Y amigo de Fidel. ¿Qué pasa si le acusan y le declaran inocente, pero después la gente tiene dudas y no puede rehacer su vida porque le tienen miedo?

—¿Y si es culpable y mata a alguien más? ¿Qué escogemos? —insistí—. Si le pasa algo a Geni y el comisario se entera de que tú lo sabías no vuelves a ver la luz del día.

—¿Yo por qué? ¿De qué me iba a acusar a mí?

—Se llama encubrimiento. ¿De verdad eres abogado?

—De la Seguridad Social, no de asesinos psicópatas. En cualquier caso, no es encubrimiento porque no oculto a un criminal. Aunque Fidel hubiera matado a Imelda, ser su amigo no es un delito. Pero ¿qué estoy diciendo? ¡Me estás liando! No voy a dudar de Fidel, es una buena persona. No puedo imaginármelo haciendo daño a su mujer. Y mucho menos a una desconocida en Zúrich, ¿por qué iba a hacer tal cosa?

—No lo sé, pero eso se lo cuentas al comisario si Fidel termina matando a su mujer.

—¿Tu amiga Geni es la mujer del comisario? —dijo Rodrigo, entendiendo por fin—. ¿Y está ayudando a Fidel?

—Y adivina quién los presentó.

—¡Hostias! —exclamó.

—¿Ya te parece más grave?

—Me parece grave desde el principio. Ahora, además, estoy saturado de información. Entiendo que la presencia de Fidel en Zúrich la noche que mataron a esa mujer sea sospechosa, pero si Fidel hubiera matado a Imelda, ¿por qué retorcido motivo iba a ir a preguntar por ella en la Tasca Romero? —preguntó Rodrigo.

—En eso tienes razón —admití después de pensarlo unos momentos.

Nos quedamos en silencio comiendo sushi, cada uno inmerso en sus propias reflexiones.

—Entiendo que te fueras de Zúrich porque no querías verme la cara —dije después de un rato—, pero eso no es muy coherente con el empeño que has puesto en cenar hoy conmigo.

—Volví porque surgió un contratiempo en mi trabajo. Y si vuelves a preguntar me voy a cabrear.

Rodrigo volvió a callarse mientras se llevaba a la boca un *nigiri* de buey con huevo de codorniz sin darme ninguna explicación de por qué estábamos cenando juntos en mi casa y a mí me invadió una sospecha descabellada. ¿Rodrigo podía ser un asesino en serie? Él también había estado en Zúrich y ¿por qué llevaba fotos de Imelda en el móvil desde hacía varios meses? Sonaba a película de serie B. Me estaba volviendo paranoica. Noté que mi corazón se aceleraba. Respiré hondo. Podía intentar imaginar motivos descabellados para que quisiera matar a Imelda, al menos, la conocía, pero ¿por qué iba a querer matar a la chica alemana? La imaginación me estaba jugando una mala pasada. Más allá de su insufrible carácter, no había nada extraño en Rodrigo.

–Hice algo más que solucionar una emergencia laboral –dijo Rodrigo de pronto sacándome de golpe de mis disparatadas reflexiones–. Me gustaría aceptar tu propuesta. Si es que sigue en pie.

–¿Qué propuesta? –pregunté totalmente descolocada.

–Tu proposición personal.

Rodrigo esperó unos segundos y al ver mi cara de desconcierto, aclaró:

–La de la noche que pasamos en Zúrich.

–¿No estarás hablando de mi patética propuesta de sexo?

Me eché a reír mucho más relajada. Al parecer podía estar tranquila, asesinarme no era lo que pretendía Rodrigo de mí.

–Tú no buscas sexo conmigo –dijo.

–Claro que no –afirmé–. Aquello fue un momento de enajenación y no he dejado de arrepentirme desde entonces.

–Lo que quiero decir es que una persona que solo busca sexo no se molesta tanto en discutir. Creo que estás interesada en mí.

–¿Tú de qué clase de pueblo de la España profunda has salido? –pregunté pasmada ante su casposo razonamiento.

—De uno de Ciudad Real. Y ni allí ni aquí se toma nadie tantas molestias para despreciarte si no le interesas. Simplemente te ignora.

—¿A qué viene esto ahora? A ti no te interesó, me rechazaste, ¿qué ha cambiado?

—En aquel momento no podía ser —soltó.

—¿Estabas sin depilar? ¿No tenías condones? Seguro que en el hotel había.

—No hace falta que te pongas grosera. Tenía que cortar algo que estaba empezando. Con otra chica. Era una historia que se iba a complicar.

Según fui entendiendo, la confusión inicial se trasformó en una carcajada que no me apeteció reprimir.

—¿Todavía hay tíos así? ¿Por eso tuviste esa absurda conversación con Sarah? —pregunté sin dejar de reír—. Eres el primer hombre en la historia que rompe con ella. De hecho, eres el primer tío que rompe con alguien antes de empezar. Al menos en este siglo.

—¿La conoces? —preguntó Rodrigo con una sorpresa que parecía auténtica.

—¿No lo sabías? —Dudé antes de continuar. ¿Sería verdad que Fidel no le había dicho nada de Geni ni de Sarah? ¿Había cumplido su palabra?—. Somos grandes amigas. Desde el colegio. Posiblemente sea la persona que mejor me conoce y la única a la que le cuento todo lo que me ocurre.

—¡Qué embarazoso! —dijo desviando la mirada. Si Rodrigo fingía era un gran actor.

—¿Esto es embarazoso? Después de perder el juicio de Santiago Pérez Rubio me llamaste incompetente, negligente y no sé cuántas cosas más, me amenazaste con impedir que volviera a trabajar y ¿esto te resulta embarazoso?

—Eso era trabajo. Esto es distinto.

—Al menos reconoces que te has portado conmigo como un capullo. Entonces, ¿la cena y este inesperado discurso es para decirme que quieres algo conmigo?

Me arrepentí nada más decirlo. No me apetecía pasar por otro rechazo. Y menos de Rodrigo Villarreal. Al que hacía solo cinco minutos había creído capaz de matar a dos mujeres.

—Si crees que aguanto tus comentarios mordaces y que he venido hoy aquí a buscarte después de cómo me has tratado en tu despacho y de que no me cogieras el teléfono y que lo hago porque soy así de gilipollas, es que tienes muy baja opinión de mi autoestima.

—Déjame que grabe esto en mi cabeza: has preferido no volver a quedar con Sarah para poder llegar a algo conmigo.

—Detecto competitividad. No os traeréis algún rollo raro vosotras dos con los tíos, ¿verdad?

—Puedes estar tranquilo, es la primera vez que nos sucede algo así y espero que la última. Adoro a Sarah y por eso me asombran tus gustos: ella es preciosa, brillante y una tía genial.

—Sarah está muy buena, es espectacular, y le voy a durar el tiempo que tarde en cansarse de verme en su cama, que no creo que vaya más allá de unas citas. Es un felino solitario, no es un animal que vive en manada. Y ¿sabes qué pasa? Que los felinos primero ronronean, luego sueltan un zarpazo y después se van.

—¿Y yo qué soy? ¿Una vaca lechera? ¿De las que se quedan pastando donde la deja el pastor? —pregunté un poco ofendida.

—Te vuelves a comparar.

—No lo hago, te he entendido. Dejemos a Sarah, ¿y ahora qué?

—No sé, ¿qué quieres tú? ¿Esto puede suponerte un problema con ella? —preguntó.

—En absoluto, tengo vía libre. Lo que sucede es que ya no sé qué pensar porque yo pretendía irme a la cama contigo, pero después de lo que estoy conociendo hoy de ti quizá prefieras que estemos primero cinco años de casto noviazgo. Después le pedirás mi mano a mi madre ante la tumba de mi padre y, por último, me compraré un camisón de manga larga y cuello vuelto para la noche de bodas.

—¿Ves lo difícil que es aguantarte? —dijo mientras se levantaba y venía hacia mí con una media sonrisa que no dejaba duda de sus intenciones.

Cuando puso sus manos en la parte de atrás de mi cintura y me atrajo hacia él, noté una corriente eléctrica que me subía hacia el ombligo y me obligó a cerrar las piernas para disimular la contracción de deseo que ascendió dentro de mí como si fuera una cinta de gimnasia rítmica. Me asombró tener semejante reacción a su contacto. ¿Qué me estaba sucediendo?

Volvió a sonar mi móvil. Miré hacia la mesa y vi en la pantalla que era Rafa de nuevo.

—Es el comisario otra vez, voy a cogerlo —dije.

Rodrigo se apartó y yo descolgué mientras entraba en el salón dejando de nuevo a Rodrigo solo en la terraza.

Rafa estaba alterado. Dos policías acababan de detener a Fidel en su casa y al muy insensato no se le había ocurrido otra cosa que pedir que avisaran a Geni. En cinco minutos, toda la comisaría se había enterado de que el sospechoso del asesinato de la mujer muerta en las vías del tren había pedido llamar a la esposa del comisario.

—Te juro que no le he partido los dientes porque soy el responsable de que esas cosas no sucedan en mi comisaría, no porque me hayan faltado ganas. ¿Se puede ser más insolente? ¡A saber qué historias estarán circulando en este momento entre los agentes!

—Quizá no sea insolencia, tal vez esté tan desesperado que no se ha dado cuenta de lo que podía suponer pedir que avisaran a Geni.

—Es un insensato, no un retrasado mental. No te llamo para desahogarme. —Rafa hizo una pausa—. Ahora pide llamarte a ti y no podemos negárselo. Quiero pedirte que no respondas.

—Por supuesto, cuenta con ello. Apago el teléfono ahora mismo.

—Prefiero que lo dejes en silencio. No quiero que estés incomunicada mientras el caso no esté resuelto.

—Así lo haré.

—Una cosa más: ha llamado también a un tal Rodrigo Villarreal, un amigo suyo, pero no responde al móvil. No quiere llamar a sus padres ni que se enteren por otra vía. Quiere que ese tipo vaya a verlos. ¿Tú sabes quién es?

—Sé quién es Rodrigo. Está en mi casa y no tiene el móvil con él.

—¿Es el tío que fue contigo a Copenhague? Ten cuidado, esto no es un delito financiero, estamos hablando de un asesino que ha matado al menos a dos mujeres a sangre fría. Que Fidel esté detenido no implica que haya sido él, solo que las pruebas apuntan hacia él. En este momento, cualquier persona del entorno de Imelda sigue bajo investigación.

—A Rodrigo le he investigado yo —dije y al oír cómo había sonado rectifiqué—. Quiero decir que mi relación con Rodrigo Villarreal no tiene nada que ver con Fidel. Rodrigo es mi cliente, trabajo con él desde que empecé a recibir encargos de la Seguridad Social y de que todo esto sucediera, y ahora mismo estoy cenando con él por motivos ajenos al caso.

—Pues dile que Fidel quiere que vaya a ver a sus padres para decirles que está detenido antes de que se publique en la prensa. ¿Estáis solos en tu casa? En la de La Losa entiendo, no en el despacho.

Cuando respondí que sí, Rafa no hizo más comentarios. Se limitó a un «Ante la menor sospecha de un comportamiento extraño, llámame» que me dejó más inquieta que tranquila y pensé que seguramente era lo que él pretendía: mantener la alerta ante cualquiera que hubiera tenido la oportunidad de matar a Imelda.

Después de colgar salí de nuevo a la terraza donde me esperaba Rodrigo. Noté la diferencia de temperatura con el interior de la casa y me estremecí. No me había dado cuenta de cuánto había refrescado.

—Fidel ya está en comisaría. Quiere que vayas a ver a sus padres para decirles que le han detenido —dije.

—¿A estas horas?

—Como tú consideres. Lo que él quiere es que no se enteren por la prensa, pero eso no será esta noche: nadie excepto su abogado puede verle hasta mañana cuando declare ante la juez de instrucción. Han sido muy discretos en su detención y, dado que es un oficial de la Guardia Civil, van a intentar que tampoco se haga público después de la declaración judicial. Salvo que la juez, después de oírle, ordene prisión preventiva. En ese caso, no podrán mantener el secreto.

—¿Por qué no me han llamado a mí?

—Lo han hecho, pero tu móvil está guardado en un cajón, ¿recuerdas? Te lo devuelvo.

Me fui hacia el aparador del salón donde había dejado el teléfono de Rodrigo y él me siguió.

Sentí sus manos en mis caderas, primero inmóviles y luego moverse a cámara lenta, acercándome hacia él.

—¿Puedo? —preguntó.

—Puedes hacer lo que quieras.

Esperé una reacción rápida por su parte, atropellada y llena de ganas, pero no fue así. Su ritmo no se aceleró. Empezó a moverse detrás de mí mientras yo buscaba su móvil sin éxito, efecto secundario de la excitación y de notar cómo la sangre de Rodrigo se concentraba contra la costura que dividía la parte de atrás de mi falda en dos.

Encontré su móvil y aproveché para darme la vuelta, insinuante, y él se separó unos centímetros. Cogió el teléfono, lo consultó, escribió un mensaje y se lo metió en el bolsillo.

—Hasta mañana no puedo hacer nada más por Fidel —dijo Rodrigo después de unos segundos en silencio—. El dormitorio está arriba, ¿verdad? ¿Quieres que subamos?

Acepté sin dudar. Estaba expectante. Lo que estaba sintiendo con Rodrigo era muy distinto al deseo individual y ansioso de los últimos años con Jorge, el que surgía del intento de encontrar algo que me faltaba. Con Rodrigo me estaba divirtiendo, sentía la excitación del juego, las ganas de disfrutar de mi cuerpo, sin objetivos, solo de pasar el rato, de experimentar el tacto y los sabores desconocidos de su piel, de su boca, de todo su cuerpo. Yo no sentía urgencia y Rodrigo era lento. Me desnudó poco a poco, a su ritmo, sin permitirme decidir. Y yo le dejé hacer. Me quitaba una prenda cuando él me lo pedía y me mostré dócil cuando prefirió hacerlo él. Me costó acostumbrarme a la visión del ser demoníaco que tatuaba su torso, pero poco a poco también se fue haciendo parte del juego de caricias que duró un largo rato desde que me quité el sujetador hasta que empezó a bajarme el tanga.

—¿Y esta cicatriz? —preguntó cuándo dejó al descubierto la línea por donde la cirujana sacó a Martin de mi cuerpo—. ¿Tienes hijos?

—Lo tuve. Uno. Murió.

—Lo siento mucho. No debería haber preguntado.

–Al contrario, todo es más fácil cuando se habla con naturalidad. El silencio alimenta los demonios.

–Entonces, ¿puedo tocarla? ¿Te duele?

–Puedes tocarla, es mi tatuaje favorito. No me duele, al contrario, adoro esa parte de mi cuerpo.

Posó su mano entera sobre ella, la dejó caer con suavidad y la separó, no más de medio centímetro, la mantuvo ahí y volvió a bajarla. Una ola de calor y de energía entró por la cicatriz de Martin y me hizo retorcerme de placer. Rodrigo sonrió seguro de sí mismo. Nunca había imaginado que un sexo así de lento pudiera hacerme sentir algo tan intenso que no fuera aburrimiento. Cuando notó mi contracción de placer retiró la mano y recorrió la marca con la lengua, de izquierda a derecha, de derecha a izquierda, y otra vez empezó, pero esta vez haciendo un pequeño zigzag. Estuve a punto de tener un orgasmo mientras me acariciaba la cicatriz, pero en el momento justo bajó unos pocos centímetros y, en cuanto su lengua rozó mi punto más privado, que le aguardaba fuera de sí, no pude evitarlo y estallé. Continuó durante un tiempo eterno y delicioso mientras yo no podía dejar de tener un espasmo tras otro.

–Lo siento –le dije al terminar–. Ahora mismo te compenso.

–¿Lo sientes? Si no acabas ni de empezar.

Comenzó a subir hasta que encontré al lado de mi boca una invitación para devolverle el favor. Me gustó que lo diera por hecho, que no pidiera permiso esta vez. Se lo devolví encantada. Intentaba contenerse y no podía evitar gemir hasta que no pudo controlarse más.

–Eso ha estado brutal –exclamó cayendo de espaldas sobre la cama–. No era lo que quería, pero no me ha dado tiempo a pedirte que pararas.

–¿Querías que parara?

–Lo que no quería era terminar –confesó–, pero dame cinco minutos y volvemos a empezar.

–¿Cinco minutos? Menos lobos, Caperucita –bromeé contenta ante la expectativa de repetir. Hacía mucho tiempo que con Jorge el sexo era apresurado y animal. Cuando terminábamos cada uno se iba por su lado, sin compartir los momentos posteriores y sin dar a nuestras ganas del otro la oportunidad de que volvieran a surgir.

La noche con Rodrigo continuó, con descansos más largos de los minutos prometidos y con los compromisos satisfechos. Hablamos de muchas cosas que nada tenían que ver con Imelda, Santiago, Fidel, ni con ninguno de los asuntos que nos habían ocupado los últimos días.

Rodrigo era intenso y divertido. En un momento, se me cruzó por la cabeza el absurdo pensamiento de que quizá todos teníamos un ligero trastorno de personalidad y que en Rodrigo se notaba más. Conocía a dos Rodrigos diferentes. Podía ser un borde en el trabajo, pero también un amante generoso, ocurrente y divertido.

–No tienes fotos por la casa –disparó sin ser consciente de la transcendencia de sus palabras.

–Mi marido no quería. No quiso después de que muriera Martin.

–¿Tu marido? –se apartó dirigiéndome una mirada airada.

–Sí.

–¿Estás casada?

–Sí –respondí porque cualquier otra cosa era mentira.

–¿Estás follando conmigo en la cama que compartes con tu marido? –preguntó muy serio mientras se levantaba como un resorte.

–Estoy contigo en mi cama que en otros tiempos compartí con mi marido –aclaré con paciencia pensando en lo poco que le pegaba a Rodrigo, tan poco reprimido en el sexo, ser tan puritano con otras cosas.

—Mira, Gracia —resopló—, no busco un rollo de una noche. Para eso, me acuesto con una desconocida a la que no tenga que aguantar después. No con alguien a quién tengo que verle la cara por trabajo.

—¿Y qué buscas?

—Alguien con quien conectar.

—¿Durante más de una noche? —pregunté intentando entender su forma de pensar y despejar mis dudas sobre él.

—Una noche no es conectar. Es un polvo desesperado.

—¿Desesperado por qué? Depende. También puede ser divertido.

—¿Qué buscas tú? —preguntó directo.

—No tengo ni idea. De hecho, hasta el otro día contigo en Zúrich ni siquiera sabía que estaba buscando algo. Acabo de separarme después de varios años de matrimonio y no tengo ningún plan. Acostarme contigo complica nuestra situación profesional. No es muy sensato, así que no sé por qué lo he hecho, más allá de porque me apetecía. Y no me arrepiento. —Estaba racionalizando en voz alta algo que no me había parado a pensar ni cuando le busqué en la habitación del hotel de Zúrich ni esa noche.

—Ya, claro. Soy irresistible —ironizó Rodrigo.

—Eres una pasada en la cama, pero eso antes de empezar es imposible saberlo.

—¿Te parezco una pasada en la cama? —repitió. Rodrigo era un tío raro, pero era un tío.

—De los que deja a la mayoría a la altura del betún —halagué. Y era verdad.

—¿Solo a la mayoría? Querrás decir a cualquier otro.

—Para eso tienes que conseguir recuperarte para el tercero de la noche.

Y lo hizo. Vaya si se recuperó.

25 de agosto de 2019. 6:30 de la mañana. Zúrich

DANIEL Y MAX se bajaron del coche de su tío Curro, sacaron sus mochilas del maletero y se dirigieron a la puerta delantera de la casa. Daniel, el mayor, ya hacía un año que había recibido el privilegio de tener sus propias llaves.

–Espero hasta que entréis –gritó su tío desde el coche–. Decidle a mamá que mañana la llamo, que ahora tengo prisa.

La puerta estaba abierta, Daniel la empujó y le dijo adiós a su tío con la mano. Supuso que su madre estaría en el jardín. Ellos tenían prisa por conectarse a la Play. Habían quedado con sus primos en retomar *online* la partida al Fornite.

–¡Mamá, ya estamos en casa! Dice el tío que te llama mañana –anunció a gritos Max desde la puerta.

Los chavales tiraron las mochilas con la ropa sucia en la entrada y subieron corriendo las escaleras para encerrarse en su cuarto. Dos horas después, cuando sus primos se desconectaron, acudiendo a la llamada de sus padres para cenar, Daniel y Max, extrañados de que su madre no hubiera subido a verlos, bajaron a buscarla.

A Daniel se le aceleró el corazón cuando vio las mochilas aún tiradas en la entrada. Max, su hermano pequeño, entró en el salón buscando a su madre.

Los vecinos de la casa de al lado acudieron alertados por los gritos y encontraron a los hermanos en estado de histeria. El cadáver de Lola Estébanez reposaba en el suelo del salón, tumbado boca abajo. Una larga fila de hormigas acudía desde la ventana hasta el amasijo de sangre y sesos que se descomponían en el agujero abierto en su cráneo.

14

25 de agosto de 2019. Oviedo

RODRIGO SE LEVANTÓ temprano y, sin desayunar, llamó un taxi para volver a su casa en la zona sur de la ciudad, frente al parque de invierno. Quería cambiarse de ropa antes de emprender la intensa mañana que había planeado. Iba a hablar a primera hora con los padres de Fidel para estar en la comisaría antes de que la juez reclamara a Fidel para prestar declaración. No había hecho el menor ademán de irse la noche anterior y yo tampoco se lo había pedido. Al contrario, le ofrecí un cepillo de dientes de esos que se encuentran en los hoteles entre los productos de cortesía que hay en el baño. Hacía muchos años que no me acostaba con nadie que no fuera Jorge. No sabía cómo funcionaba lo de quedarse a dormir. Mi única referencia en ese tema era Sarah, pero Sarah era especialmente celosa de su intimidad. Imaginé que no sería lo mismo con alguien conocido como Rodrigo que con un extraño con el que acabas de ligar en un bar. Tampoco sabía cómo continuar la relación laboral después de acostarte con tu cliente, ¿seguiríamos como si nada? Confiaba en poder manejar la situación de manera óptima, aunque no tenía claro cómo lo vería Rodrigo. Intuía que nuestra forma de gestionar las relaciones personales era muy diferente. La buena noticia es que yo me sentía pletórica después de pasar la noche con él y que había desechado, por disparatadas, todas las dudas que hubiera podido tener respecto a una posible implicación de

Rodrigo en los asesinatos, ni como asesino ni como encubridor. Solo era un tío especialmente vehemente en todos los aspectos de su vida. Esa intensidad suponía una gran ventaja en la cama y en la vida social; en el trabajo, en cambio, era un incordio para los que teníamos que lidiar con él. Me apetecía volver a verle.

Quedé en pasarme por la comisaría después de ducharme y desayunar. Yo no pintaba nada allí, pero Rodrigo insistió y yo estaba de demasiado buen humor para negarle nada. Me sentía mucho mejor de lo que me había sentido en meses. Cuando llegué a la comisaría, encontré en la sala de espera a Rodrigo y a Geni con otra mujer a la que no conocía.

Rodrigo se puso en pie en cuanto me vio.

—Ya he conocido a Geni —me dijo mientras me daba un corto e inesperado beso en los labios que multiplicó el tamaño de los ojos de mi amiga por dos.

Me presentó a la otra mujer, la abogada de Fidel, penalista y colega de Rodrigo. Fidel seguía allí. Ya habían terminado de tomarle declaración policial y le habían permitido ir a asearse para la vista con la juez. La abogada y Rodrigo confiaban en que le retirarían el pasaporte y le dejarían en libertad provisional.

—¿Qué ha sido eso que he visto? —me preguntó Geni en cuanto terminaron las presentaciones y la conversación informativa—. ¿De qué conoces a ese tío?

—Trabajamos juntos.

—¿Y te da un beso en los labios cada vez que te ve?

—En realidad, es la primera vez que me saluda así. A mí también me ha pillado por sorpresa. Serán los nervios, es muy amigo de Fidel, entrenan juntos —respondí y todo era verdad.

—Pues si los nervios le provocan la misma reacción con él que contigo, le hace un *striptease* cuando lo vea.

—¿Tú qué haces aquí? —pregunté con intención de cambiar de tema—. Rafa no quiere que te acerques a Fidel.

—Así es, pero ahora no le hablo, así que no puede prohibirme nada. Tienes que arreglar esto. Fidel no es el asesino.

—A ver, Geni —intenté razonar con ella, aunque yo también tenía muchas dudas—, es lógico que hayan centrado la investigación en Fidel, estaba en Zúrich cuando mataron a la chica.

—Tú también. Y no te han detenido.

—No es lo mismo.

—Si tú le hubieras contado a Fidel que ibas a ir a Zúrich a investigar los movimientos de Imelda en vez de hacerlo sin decírselo a nadie —replicó—, él no habría ido. ¿Por qué iba a matar a esa otra chica? ¡Es de locos!

—No lo sé, Geni, no se me ocurre ninguna explicación lógica —reconocí. Por más vueltas que le daba no encontraba ningún motivo razonable para que Fidel hubiera ido a Zúrich a matar a otra mujer y mucho menos para que se hubiera pasado antes por la Tasca Romero para preguntar por Imelda.

—Tenemos un proxeneta suizo que vive en Oviedo —continuó mi amiga—, que deja embarazada a una mujer casada que aparece muerta a cinco kilómetros de su casa, y luego encuentran a otra mujer muerta en Suiza, en la ciudad dónde él vivía hasta hace dos años y dónde sigue teniendo sus principales negocios, además de a sus hijos y a su exmujer, y ¿el sospechoso es Fidel? Parece de broma.

Al oír el razonamiento de Geni, tuve una idea. Tenía que hacer una llamada.

—Geni, tengo que irme. ¿Me cuentas luego si hay novedades?

—Claro. Yo te llamo.

Evité el beso de despedida de Rodrigo para no tener que aguantar el interrogatorio de Geni.

Tenía la impresión de haber comenzado una relación sin darme cuenta. Y la había empezado a lo grande: en presencia de Geni, que era equivalente a anunciarlo en el periódico. No me importó. Me sentía bien.

Cuando salí de la comisaría, busqué en Google el teléfono de la Tasca Romero. En Zúrich no tardaría en empezar la hora de comer.

Quería saber qué era exactamente lo que Fidel había preguntado a los camareros. Geni tenía razón, no tenía sentido matar a su mujer y luego ir allí a buscar pistas sobre su asesinato. ¿Y si su intención con la visita era asegurarse de que no hubiera testigos? ¿Habría visto algo la chica muerta que pudiera suponer un peligro para Fidel?

Tuve que llamar tres veces para que me atendieran y tardé un rato en que me pasaran con Tomás, el camarero de origen español que había atendido a Imelda.

—Soy Gracia San Sebastián. Estuve hace unos días hablando con usted, preguntando por una chica española, Imelda Alborán, ¿se acuerda de mí?

—Sí —asintió—. Ya vi que habían dado con su acompañante.

La respuesta de Tomás me pilló de sorpresa.

—¿A qué se refiere?

—Estuvo usted aquí comiendo con la otra señora, la del moño y el vestido de colores. Al verla me acordé de la mujer de la foto. Estuvieron las dos con un hombre, tomaron unos vinos y unas tapas en la terraza. Si me llega a enseñar una foto de esa señora, seguro que me hubiera acordado. Ya siento que tuviera que encontrarla sin mi ayuda —se disculpó.

—Al contrario, se lo agradezco, me ha ayudado usted mucho.

¿Imelda había estado con Lola en Zúrich? ¿Por qué Lola me lo había ocultado? Y ¿el hombre que las acompañaba? Pelayo supuse. Eso tenía que significar algo importante. Estaba convencida de que Lola estaba protegiendo a Pelayo Granda.

Cuando colgué vi que Jorge me había llamado durante mi conversación con Tomás.

En ese instante entró una llamada de Geni. La rechacé sin descolgar. Parecía que se hubieran puesto todos de acuerdo para llamarme en el momento en que necesitaba tranquilidad para pensar. No pasaron ni dos segundos cuando llegó un whatsapp de Geni:

«Fidel está en libertad provisional. Tu amigo el sobón me ha pedido que te diga que tiene que ir a la oficina y que, en cuanto termine, te llama.»

Y al instante otro más:

«Quiero ayudarte a buscar pruebas de la inocencia de Fidel. Llámame. No me dejes sola en esto.»

A pesar de mi promesa a Rafa de apartarme de la investigación sobre la muerte de Imelda, de vuelta en el despacho busqué la forma de localizar a Pelayo Granda. No me costó dar con él. Tenía perfiles en distintas redes sociales.

Le dejé un mensaje en LinkedIn y otro en Facebook con una breve explicación y mis datos de contacto. No tardó ni media hora en llamarme. Cuando le expliqué quién era y lo que quería de él, me invitó a visitarle en su casa esa misma tarde. Su excusa para citarme allí fue que estaba convaleciente de una cirugía. Faltaban varias horas. Solo entonces respondí a Geni.

«Me comprometo a seguir buscando datos sobre la muerte de Imelda si tú te comprometes a no hacer nada. Absolutamente nada.»

Geni llamó al instante y esta vez sí contesté. Tardé un buen rato en convencerla de que nada incluía ver o hablar con Fidel. No sabía si Rafa me iba a perdonar mi intromisión en su caso, pero tenía claro que si involucraba a su mujer, la línea directa con el comisario desaparecería y sería irreversible. Mientras hablaba con Geni, Jorge había vuelto a llamar. Le devolví la llamada, pero estaba ocupado.

La expectativa de ir a casa de Pelayo Granda, por sólida que fuera su coartada la noche de la muerte de Imelda, me inquietaba. Necesitaba encontrar algo que me distrajera hasta que llegara la hora de ir a verle y sabía que no iba a conseguir concentrarme en ninguna de las tareas que tenía pendientes.

Hacía días que no veía a mi madre. Estaba evitando contarle que la vuelta de Jorge a Nueva York convertía nuestra separación en definitiva. Si seguía dilatando la conversación, aumentaban las posibilidades de que interviniera de alguna forma que no me atrevía a imaginar haciendo más triste e incómoda una ruptura cordial y civilizada. Iría a verla, se lo contaría y volvería antes de comer con la excusa de seguir trabajando.

Me dirigí a su casa dando un rodeo por las calles peatonales, deteniéndome a observar los escaparates de las tiendas de ropa y las zapaterías que ocupaban los locales de la zona más céntrica de la ciudad. Cuando llegué, Tania me abrió la puerta.

—Jorge acaba de irse —dijo—. Iba a buscarte, ¿no os habéis encontrado?

—¿Qué Jorge? —pregunté mientras *Gecko*, con sus patas en mi pecho, intentaba lamerme la cara.

—Pues Jorge. Tu marido.

—¿A qué ha venido? ¿Qué hace aquí? ¿No está en Nueva York?

—No lo sé, Gracia, mejor será que le preguntes a Adela —respondió Tania refiriéndose a mi madre.

Me liberé de *Gecko* con menos miramientos de los que merecía y avancé deprisa por el pasillo de la casa de mi madre, a la que encontré en el cuartito anexo a su dormitorio hablando con Bárbara, cada una en uno de los sillones mecedora que ocupaban casi todo el espacio libre del habitáculo. Aquella minúscula habitación, inservible como dormitorio, era el lugar que mi madre había reservado siempre para ella misma y para las confidencias cuando no quería que nadie oyera su conversación. A pesar de que ya hacía años que tenía la casa para ella sola, continuaba con la misma costumbre.

–Hola. ¿Jorge ha estado aquí? –pregunté sin rodeos.

–Sí, hija, pasa. Vamos al salón, que aquí no cabemos todos –dijo refiriéndose a nosotras tres, al bebé y al perro, que acababa de tomar posesión de su dueña.

–Da igual, me quedo de pie, ¿qué quería?

–Ay, hija, explicarse, supongo. Estáis haciendo unas cosas muy raras. Cuando le he dicho que no estabas, se ha marchado como si le persiguiera la policía.

–¿Por qué está aquí? Tenía que estar en Nueva York.

–No lo sé. Dijo que llevaba llamándote toda la mañana. Como nunca coges el móvil… –me acusó mi madre.

–¿Alguna vez has hablado tú conmigo por el móvil?

–Sí, hija, claro –asintió mi madre sin verme venir.

–¿Y alguna de esas veces me has llamado tú?

–Muchas –contestó despacio oliendo que la conversación iba a volverse en su contra.

–Pues entonces sí que cojo el móvil, ¿no?

–Quería decir… –empezó mi madre un poco acobardada.

–Déjalo, mamá –intervino Bárbara–, cuando empieza así es mejor dejarla tranquila.

–¿Adónde ha ido? –pregunté.

–A vuestra casa –respondió mi madre.

—¡Mierda!

—¿Mierda por qué, hija?

—Por nada, mamá. ¿Qué ha dicho?

—Que se va a vivir a Nueva York —sollozó mi madre.

—¿Y para eso ha venido? Porque a mí ya me lo había dejado claro.

—Anda, nena, vete a hablar con él. Solo hace diez minutos que se ha ido. Seguro que si ha vuelto es para que te vayas con él.

—Ni me voy a ir con él ni él ha venido a pedírmelo, así que mejor que vaya a nuestra casa. Le importará cero, pero seguro que, aunque sea de forma irracional, un poco sí le molestará.

—¿Montaste una fiesta ayer? —adivinó Bárbara.

—Para dos. Y está todo sin recoger, mi ropa interior incluida.

—¡Hija! ¿Qué hiciste? —preguntó mi madre atónita.

—Parece que invitó a un tío a ver *La Sirenita* —le explicó Bárbara con una carcajada—, en versión porno. No sabes cuánto me alegro.

—¡Qué tonterías dices, Bárbara! —la riñó mi madre—. ¿Es buen chico, Gracia?

Mi madre no podía evitar ser quien era, siempre a lo práctico.

—Estupendo, letrado de la Seguridad Social. De los que te gustan a ti, mamá, aunque de chico ya tiene poco.

—No estará casado, ¿verdad? —preguntó.

—Te recuerdo, mamá, que la que está casada soy yo, aunque solo sea ya en los papeles.

Después de cortar el interrogatorio de mi madre, le conté a mi hermana todo lo que sabía del caso de Imelda mientras ella mecía a Marcos en brazos. Sentí crecer la rabia en mi interior al pensar en Imelda embarazada. ¿De qué clase de maldad estábamos hechos los seres humanos que éramos capaces de asesinar, maltratar y torturar con total insensibilidad ante el sufrimiento de nuestros semejantes?

—¿Teo juega? —pregunté después de contarle a Bárbara la detención de Fidel y la coartada de Pelayo Granda.

—¿A qué?

Estaba claro que Bárbara no sabía nada de la detención de Teo en una partida ilegal. No creía que Teo tuviera nada que ver con el asesinato de su hermana, pero con dos mujeres muertas, estaba alerta contra todos. La gran baza de los psicópatas es que suelen tener cara de gente normal. Lo que me quedaba claro de los últimos acontecimientos es que las apariencias mentían más que las personas.

—¿Vas a verle hoy? —le pregunté a mi hermana.

—No puedo, me voy a trabajar. Por eso he venido tan temprano a dejar a Marcos y a *Gecko*. Ni siquiera me quedo a comer. Mañana llegan los ingleses, los del laboratorio de Londres. Voy a pasar tres días dedicada a ellos y quiero tenerlo todo preparado.

—¿Sin ver a Teo? ¿No va a dormir contigo?

—Sin ver a Teo, y no empieces: no duermo con Teo.

—Me da igual si hay algo entre vosotros o no. Solo quiero que me avises si quedas con él o si aparece en tu casa y quiero que lo hagas de inmediato. ¿Dónde estuvo Teo la noche del 19 de agosto?

—¿Eso fue la semana pasada? ¿Después del puente? De vacaciones, pasó la semana en Luanco con su pandilla de toda la vida. Tuvieron la despedida de soltero y la boda de uno de ellos. En la despedida acabaron bañándose en pelotas en la playa. ¿Sospechas de Teo? —preguntó escéptica.

—En este momento no podemos descartarlo. Piensa en Marcos. Si hay una mínima posibilidad…

—Me estás asustando.

—Eso pretendo.

—Gracia, hija, ¿no estarás insinuando que Teo puede ser el asesino de Imelda? —preguntó mi madre llevándose la mano a la cabeza.

—Todo el mundo puede ser un asesino. Y más cuando tiene motivos.

—¿Qué motivos puede tener Teo para matar a su hermana? —preguntó mi madre de nuevo.

—Dinero. La razón por la que se cometen la mayoría de los asesinatos en el mundo.

—¿Dinero? El dinero de Imelda no era suficiente para matarla —dijo Bárbara.

—Eso es muy relativo. Depende de lo que necesites. Para muchos, el dinero de Imelda puede ser una auténtica fortuna y tú no sabes en qué líos podría estar metido Teo. La única razón por la que no parece probable que haya sido él es por la muerte de la chica alemana, pero tampoco Fidel tenía ningún motivo para matarla y está detenido —respondí.

—Te avisaré si le veo —se comprometió mi hermana.

Bárbara no mostró ninguna emoción al escuchar que Teo había sido detenido en una partida de póquer ilegal. En momentos de crisis mantenía la cabeza fría y las emociones bajo control. Por eso era tan buena en su trabajo. Si alguna vez me daba un infarto, esperaba que ella estuviera a mi lado.

Envié un whatsapp a Rafa para advertirle que, el día que mataron a la mujer alemana, mi hermana no había visto a Teo porque él estaba en una despedida de soltero. Luanco era un pueblecito marinero donde no sería difícil comprobar su coartada a pesar de ser la época en la que los pueblos de la costa multiplicaban sus habitantes. No sabía si ya la habían comprobado, por si acaso, no quería dejar ningún cabo suelto. Y menos tan cerca de mi familia.

Me quedé a solas con mi madre en la cocina con *Gecko* tumbado a mis pies cuan largo era y con mi sobrino, al que mi madre acostó a nuestro lado en un moisés blanco y rosa, rescatado de nuestra niñez.

–Ese capazo necesita una funda más adecuada para un niño –dije.

–Ya lo he intentado, pero tu hermana no me deja. Yo quería comprarle uno azul, pero me ha amenazado con tirarlo a un contenedor de ropa usada. Quiere que Marcos utilice el mismo que ella. Dice que eso de los colores es una tontería.

–Lo que me sorprende es que le hayas hecho caso.

–¿Me guardas un secreto? –preguntó mi madre con ojos brillantes y gesto travieso antes de salir de la cocina. Volvió en pocos segundos con una funda azul llena de puntillas blancas, digna de un príncipe del siglo pasado–. Mira, le he hecho una funda preciosa, se la cambio cada vez que Bárbara se va.

Me reí. Mi hermana era como era, pero mi madre también. Distintas e igual de cabezotas. ¿Quién sabe cuánto se habrían parecido de haber nacido en la misma época?

–¡No va a estar el pobre Marcos en un moisés rosa y viejo! Merece uno nuevo, hecho para él, pero no se lo digas a Bárbara que es capaz de tirarlo a la basura de verdad. ¡Con los días que pasé cosiendo! Y las puntillas son hechas a mano, las encargué a una bordadora que hace maravillas. Se lo pongo encima del rosa y solo lo quito un rato antes de que llegue Bárbara. Como ella siempre llega y se va a la misma hora, no hay problema, no es como tú que tan pronto apareces tres veces en un día como no te veo el pelo en una semana.

–Tu secreto está a salvo conmigo, no te preocupes –aseguré ignorando su pulla sobre mis hábitos de visitas–. Bárbara es todo un carácter. Ya la has visto. Le he dicho lo de Teo y no se ha inmutado. Envidio su aplomo. Esta tarde voy a ir a ver a Pelayo Granda y te confieso que me siento un poco inquieta.

Temí que mi madre pusiera el grito en el cielo, pero no fue así.

–¿No irás a presentarte con las manos vacías? –preguntó.

–¿Qué quieres decir?

–Que vamos a preparar unas casadielles para que se las lleves.

–¿Cómo le voy a llevar casadielles a un proxeneta sospechoso de asesinato, mamá?

–Pues precisamente por eso, porque todo el mundo quiere lo que no tiene. ¡Como que él no sabe lo que los demás piensan de él! Seguro que aspira a ser tratado como un vecino respetable en su tierra y aquí, cuando se va de visita, se lleva un detalle, así que lávate las manos, que vamos a hacer casadielles. Justo me pillas con la masa preparada, iba hacerlas para llevarlas mañana a la timba, pero ya merendaremos otra cosa, que últimamente me aprietan todas las faldas.

La timba era la partida diaria de cartas que mi madre jugaba con sus amigas. Apostaban pesetas que llevaban la cara de Franco y las guardaban como un tesoro en una bolsa de tela bordada.

–¿Vamos? ¿A qué esperas? –increpó mi madre–. Si no empezamos ya, no nos va a dar tiempo. Vamos a llevar a Marcos al salón, no quiero que esté en la cocina mientras freímos. Enchufa el vigilabebés ese que ha dejado tu hermana, ¿tú sabes cómo se usa?

Aquella era una escena surrealista: yo iba a preparar casadielles para Pelayo Granda mientras Jorge ya habría descubierto en casa los restos de mi noche con Rodrigo. Me di cuenta de que empezaba a perder mi capacidad de sorprenderme. Conecté el vigilabebés y me dirigí tras mi madre a la cocina.

–¿Por qué no me lo cuentas todo, a ver si así, al ponerlo en orden, se te ocurre alguna idea? –propuso mi madre mientras sacaba de los distintos armarios los ingredientes, la sartén y el rodillo de amasar.

–Porque vamos a tardar dos horas.

–Estupendo, a esa hora habremos terminado con las casadielles y se despertará Marcos pidiendo el biberón.

–¿Y me olvido de que Jorge está aquí? –pregunté.

Yo sabía por qué no quería verle, pero lo que no entendía era que ella no quisiera que le viera. La conocía bien y sabía que lo de las casadielles era una excusa para retenerme en su casa.

–¡Ay, nena, que le den a Jorge! –dijo mi madre, firme y decidida.

–¿Que le den? Pero si siempre le has tenido en un pedestal. Te encanta Jorge.

–Pues claro que me encanta, pero me desespera verte sufrir a ti. Y hoy, hija, hay poco que arreglar: sea a lo que sea que haya venido Jorge, ya sabe que has pasado la noche con otro. ¿A que no te ha vuelto a llamar? No imagino lo que estará pensando. ¡Solo hace una semana que se fue! Es que tú también, nena, ¡vaya ocurrencia! ¡Mira que llevar un extraño a casa! ¡A saber qué intenciones tendrá ese hombre, que anda por ahí buscando mujeres casadas! Espero que tengas cuidado con quién metes en casa, que ahora hay muchas enfermedades raras y mucho loco suelto, que mira lo que le pasó a la hermana de Teo...

–Frena, frena, mamá, que te embalas.

–Ya me callo, ya me callo. –Si no fuera porque mi madre desconocía la existencia de las técnicas de relajación, hubiera jurado que respiró hondo antes de continuar–. Mira, nena, ojalá esto le sirva de acicate a Jorge para darse cuenta de lo que va a perder, pero eso no va a ser hoy. También puede ser que reafirme su decisión de irse, pero lo hecho, hecho está, y eso ya no podemos cambiarlo. Lo que sí podemos evitar es que vaya a peor. Si os veis ahora, no va a salir nada bueno del encuentro. Así que sí, hija, ¡que le den! Al menos por hoy. Si dentro de unos días, cuando se le cure el orgullo, se da cuenta de que está haciendo una tontería, ya lo arreglará y, si no se la da, poco puedes hacer tú. Venga, empieza a contarme todo desde el principio, cuando Bárbara te pidió ayuda porque Teo no encontraba a Imelda. Por cierto, nena, al chico ese de ayer, ¿dónde le conociste? –preguntó y continuó divagando un buen rato.

No protesté por que mi madre diera por hecho que yo iba a aceptar a Jorge si él decidía volver. No merecía la pena explicárselo. No en ese momento. Ya había tenido suficientes impresiones para un día. A fin de cuentas, mi madre ya no cumplía los setenta y, aunque de mente abierta para su generación, sobre todo cuando se trataba de los actos de sus hijas, no dejaba de ser un ama de casa con valores más bien tradicionales.

Mientras mi madre extendía la masa en la encimera de granito, le conté todo lo que sabía sobre el asesinato de Imelda. Desde el principio. Ella tenía razón, explicarle en voz alta la investigación me estaba ayudando a poner en orden los hechos. Le conté también el caso de Santiago Pérez Rubio, a raíz del viaje a Copenhague.

–Entonces este chico, el abogado, ¿estuvo allí contigo? Hija, fue irse Jorge y no tardaste en buscarle sustituto. No estarías con él ya de antes, ¿verdad? Porque eso sí que no está bien.

–No, mamá, no estaba antes con él. Te estoy hablando de una fundación fraudulenta cuyos socios se quedan el dinero que reciben para ayudar a enfermos de esclerosis múltiple y de un caso donde han decapitado a dos mujeres, ¿te parece buen momento para preguntarme eso?

—Hija, si no te estoy criticando, solo es que me parece muy precipitado, pero ahora las cosas son distintas, el mundo se mueve cada vez más rápido y, por mucho que yo intento estar al día con internet, el whatsapp y todo eso, no dejo de asombrarme. Pero tú tienes que vivir tus tiempos, no los míos. ¿Cuántos años tiene?

—No se lo he preguntado, pero calculo que cuarenta y bastantes.

—Tu padre también era unos años mayor que yo. ¿Cómo dices que se llama? —preguntó mi madre haciéndose la tonta como nadie.

—No lo he dicho. ¿Puedo seguir con el resumen del caso?

—¿Y por qué se fue antes que tú?

—Mamá, o te callas o no sigo —advertí.

—No sé de dónde habéis sacado Bárbara y tú ese mal carácter. Yo creo que de tu abuela paterna porque en mi familia todos somos muy agradables y tu padre era encantador.

—Si sigues interrumpiendo, me voy y te dejo aquí con las casadielles —amenacé.

Gecko se revolvió en el suelo, inquieto ante el tono de voz con el que pronuncié el ultimátum. En cambio, mi madre ni se inmutó.

—Yo me callo por ahora y tú tienes que hacer algo con los estafadores —dijo—. No puedes tener pruebas de que hay un fraude alrededor de una enfermedad tan grave y no hacer nada para evitarlo. Es una ofensa para los enfermos.

—¡Qué casualidad! Esto ya lo he oído yo antes. A ver si te va a caer bien Ro... —callé antes de darle a mi madre más datos de los que necesitaba—. El problema es que no veo justificación para meterme en su vida; en el fondo, yo no les reprocho nada. Ellos no estafan a enfermos y Santiago

Pérez Rubio sí que tiene esclerosis múltiple. Es una enfermedad cruel e impredecible. Es como vivir con una amenaza permanente.

—Siempre se puede encontrar una buena excusa para hacer algo ilegal —dijo mi madre muy convencida—. Si lo permitimos, cualquiera puede tener un buen motivo para saltarse la ley. Y después ¿qué? ¿Encontramos también buenos motivos para matar? ¿O para empezar una guerra? Hay que tener mucho cuidado, que las barbaridades que comete la humanidad siempre empiezan por un pequeño paso, el problema es que el siguiente cada vez es más fácil y, al final, se coge carrerilla.

Antes de que me convenciera de remover el caso de Santiago Pérez Rubio, me despedí de ella y volví al despacho con una caja llena de casadielles todavía calientes. Jorge no había dado noticias. En cuanto llegué, llamé a Rafa. Aunque sabía que la conversación no podía terminar bien, debía avisarle.

Descolgó y oí tras él el inconfundible sonido de una máquina de café.

—Perdona que te moleste en domingo —dije—. Quería comentarte algo.

—Estoy con Geni y las niñas en La Mallorquina. Hemos estado en los columpios y las niñas querían merendar. ¿Dónde estás?

—En el despacho. A cincuenta metros de vosotros.

—Voy para allá, así huyo de los frixuelos rellenos de chocolate que me han tentado nada más verlos. Tienen una pinta totalmente incompatible con mi balón gástrico y el jueves tengo que ir al endocrino a revisión.

Cinco minutos más tarde, estábamos sentados en mi mesa de trabajo, con dos cafés y dos vasos de hielo.

Rafa había investigado la historia que me contó Lola cuando la visité en su casa acerca de la amante de Pelayo

Granda muerta en el lago Zürisee. Con las fotos de los periódicos que Lola me había enseñado, localizaron rápidamente el caso.

—Entonces, ¿no hay nada extraño en la muerte de la mujer del ministro suizo que estaba liada con Pelayo?

—Hay muchas cosas extrañas, pero no la causa de la muerte: ahogamiento. Sin violencia. Además, hay testigos. Unos universitarios la vieron caminar borracha y la oyeron caer al agua. Fueron los que avisaron a la policía. Todo indica que Martina Krain resbaló o se mareó. Es improbable que se arrojara al agua voluntariamente o que alguien la empujara. Su grado de alcohol en sangre era de casi 3 gramos por litro. Pelayo y Lola estaban en Nueva York cuando ocurrió, volvieron al día siguiente en un vuelo de Swiss Air. Aterrizaron después de que se encontrara el cadáver.

—¿Y ya está? ¿No hay nada más?

—Nada más. Los accidentes ocurren —dijo Rafa.

—Quería preguntarte —empecé— si hay alguna forma de saber si ha habido más «suicidios» en las vías del tren con una bolsa en la cabeza. De Alimerka o no. En Suiza o aquí. Mujeres.

—Los hay. Muchos más de los que imaginas. Pero si se han cerrado como suicidios es que nada indica que fueran algo distinto a lo que parecían.

—¿Ya lo has comprobado? ¿Tienes la lista de los que son?

—Claro, fue lo primero que hicimos al confirmar que la mujer que encontraron en Zúrich había sido asesinada.

—¿No se pueden exhumar los cadáveres? —pregunté.

—Por supuesto que no. En España ha habido en el último año unos cuatro mil suicidios contabilizados. De esos, unos cuatrocientos decidieron morir en las vías del tren. Hay empate entre los que deciden tirarse al paso del tren y los que se tumban a esperarlo. Unos se ponen la bolsa para no ver y otros no.

—Vale, ya comprendo por qué lo de exhumar cadáveres no es una opción razonable. Casi todo mujeres, supongo.

—Lo de que los suicidas son mujeres es una leyenda urbana, se suicidan más hombres que mujeres. De todas formas, sigue sin ser una línea de investigación porque son muchísimas.

—¿Y si lo dejamos en mujeres entre veinticinco y treinta y cinco años?

—Unas cincuenta.

—¡Pues vaya! Una cosa más. ¿Has comprobado las coartadas de Teo? —pregunté.

—Sí, Gracia. Desde el primer momento. El dinero siempre es un buen motivo.

—¿Son sólidas?

—Su coartada para el día en que mataron a Imelda es tu hermana. El día que asesinaron a la mujer alemana hemos confirmado que estaba de juerga en Luanco con unos amigos. Todos estaban borrachos, pero no tanto como para no acordarse y tienen fotos hechas con los móviles en los bares, en la playa, por la calle e incluso subidos a una barca de pesca en el puerto. También los recuerdan en varios bares del pueblo y en el restaurante en el que cenaron, a pesar de que es temporada alta y hay muchos turistas.

Iba a hacer una nueva pregunta cuando Rafa me interrumpió.

—¿Vas a seguir con el examen? —dijo—. Porque ya te garantizo que sabemos hacer nuestro trabajo. ¿Para qué me has llamado un domingo por la tarde? No creo que sea para que te dé una clase magistral sobre los hábitos de los suicidas ni para comprobar las coartadas de Teo. ¿Qué es lo que te cuesta tanto contarme?

—Te he llamado para decirte que voy a ir a ver a Pelayo Granda. He quedado con él dentro de una hora.

Rafa me miró fijamente a los ojos. Le sostuve la mirada durante unos segundos que se me hicieron muy largos.

—No vas a ir —dijo sin apartar la vista. La aparté yo.

La respuesta de Rafa me descolocó. Me esperaba una negativa, pero no tanta contundencia.

—Solo quería avisarte —insistí con firmeza, intentando mirarle con normalidad. Sin éxito. Rafa seguía con los ojos fijos en mí.

—Ya habíamos cerrado este tema. La policía investiga y tú haces lo que te dé la gana siempre que sea lejos del caso. Eso incluye entrometerte, husmear y, por supuesto, ir a ver a ese hombre. No tengo ni idea de qué estabas haciendo ayer en tu casa con un tío que es amigo de la persona que hemos detenido como principal sospechoso del caso. Sea lo que sea, es una imprudencia y posiblemente una estupidez.

—¿Estamos hablando de Pelayo Granda o de Rodrigo Villarreal?

—De los dos, aunque lo que hagas con tu vida es cosa tuya. En cambio, mi caso sí me incumbe y te prohíbo que vayas a ver a Pelayo Granda.

—¿Has visto a Jorge hoy? —deduje.

—Me ha llamado hace un rato. Desde vuestra casa.

—Ya entiendo. —Deseaba hacerle un millón de preguntas sobre la vuelta de Jorge, pero hablar de mi vida privada con Rafa no iba a traerme nada bueno. Parecía que él ya había tomado partido antes de que yo supiera que había dos bandos—. Respecto a Pelayo Granda, soy una ciudadana libre que puede visitar a quien considere oportuno. Esta tarde he quedado con él y voy a acudir a mi cita.

Nos quedamos en silencio, mirándonos el uno al otro. La situación era muy incómoda.

—Si Geni está alguna vez a menos de cien metros de ese tipo —me dijo en voz muy baja después de darle un trago a su café—, ya puedes cuidarte mucho de no cometer ninguna irregularidad durante el resto de tu vida porque…

—¿Porque qué, Rafa? —corté una amenaza que no podía terminar bien—. No necesitas intimidarme, no se me ocurriría volver a involucrar a Geni. No debí presentarle a Fidel. No voy a hacer lo mismo con Pelayo Granda.

—La cagaste con Fidel y no va a volver a ocurrir. Geni es la mujer del comisario, ¿entendido?

—Ocúpate de que lo entienda ella. Es Geni la que está casada contigo, no yo.

Rafa se levantó cabreado y se fue dando un portazo. No había esperado que se lo tomara bien, pero su reacción fue desproporcionada. ¿Qué mosca le había picado?

Terminé mi café, esperé cinco minutos y fui caminando hacia el garaje con mi caja de casadielles, para dirigirme a casa de Pelayo Granda, en el Naranco, cerca de las iglesias prerrománicas y del Match Point, su negocio.

Pelayo vivía en un chalé independiente, de nueva construcción: dos plantas y estilo moderno, una estructura formada por dos cubos blancos con tejado plano y mucho cristal, sin estridencias, con vistas a la ciudad por un lado y a la ladera del monte por el otro. Nada más llegar a la casa, un policía se bajó del coche patrulla que estaba apostado enfrente de la puerta sin ningún disimulo.

—¿Gracia San Sebastián?

—Sí, agente, soy yo.

Temí que no me permitiera entrar.

—Tengo orden del comisario de acompañarla dentro de la casa.

—Pues no seré yo quien le vaya a poner en problemas con el comisario. Acompáñeme —respondí.

Puede que Rafa estuviera cabreado, pero se ocupaba de que nada me ocurriera. Aunque le resultara un incordio, seguía siendo la amiga de su mujer. Y hasta esa misma tarde, creía que también la suya.

Pelayo Granda nos recibió con una sonrisa y la mano tendida hacia mí.

—Pensaba que se iban a quedar ustedes en la puerta toda la noche —dijo con un imperceptible acento alemán, dirigiéndose al policía—. Pasen. Su compañero de fuera puede entrar también si quiere.

—Sí que tiene usted seguridad en casa, que no me han dejado pasar sin la compañía de un uniformado —intervine.

—¿No vienen juntos? —preguntó Pelayo.

—No, me lo he encontrado aquí y ha sido la condición que me ha puesto para llamar al timbre.

—Debe de ser usted alguien importante.

—Antes de nada, quisiera darle el pésame por la muerte de Imelda y de su futuro hijo.

Pelayo Granda pareció descolocado durante un instante, casi imperceptible. Me recordó a Jorge. Él también estudiaba las situaciones en milésimas de segundo y se acomodaba a las circunstancias.

—Muchas gracias. Tome asiento, por favor —ofreció mientras señalaba uno de los dos sillones tapizados en terciopelo amarillo, a juego con el sofá.

—Le he traído unas casadielles —dije entregándole la caja—. Espero que le gusten, las ha hecho mi madre.

Si Pelayo se sorprendió, no lo demostró.

—¡Qué detalle! ¿Me permite ofrecerle un café? Me encantaría probarlas. Si están la mitad de ricas que las que hacía mi abuela, serán una delicia.

Pelayo me dejó en el salón mientras él iba a la cocina a buscar los cafés. Me extrañó que no tuviera servicio. Un hombre con semejantes negocios debía ganar mucho dinero y la casa era muy espaciosa. Tal vez fuera su día libre.

Por dentro, la parte de la vivienda a la que accedí era de líneas sencillas, espacios amplios, grandes ventanales y decoración intemporal: suelos de tarima blanca, paredes también blancas, sofás y butacas amarillos, cojines y mantas en tonos tierra, alguna pieza étnica para decorar y nada que diera un carácter personal a la casa. Parecía encargada a un interiorista con indicaciones de sobriedad.

Pelayo resultó ser un hombre muy distinto a la imagen que me había formado de él. Era atractivo a pesar de la madurez y las canas, interesante y educado sin empalagar. Desprendía la soberbia típica de los empresarios hechos a sí mismos, de las personas que pelean por lo que desean y lo consiguen. Derrochaba seguridad y parecía estar preparado para el combate en forma de negociación, aunque fuera con el repartidor de pizzas. Buena ropa, de la que no destaca, pero sienta como hecha a medida, pantalón beige, camisa de cuadros ingleses, buen corte de pelo y más bien delgado. Entendí lo que las mujeres veían en él.

Unos minutos después, con dos cafés con leche y las casadielles de mi madre sobre la mesa de centro del salón, Pelayo Granda fue directo al tema que nos ocupaba.

—Me dijo usted que quería verme por el asesinato de Imelda —abrió la conversación y su acento alemán fue más apreciable.

—Supongo que de eso se ha ocupado a fondo la policía.

—Supone bien. ¿En calidad de que viene usted?

—Soy investigadora privada. Ha sido usted muy amable al recibirme.

—¿Para quién trabaja?

—Para mi hermana, en nombre de Teo, el hermano de Imelda.

—Dígame en qué la puedo ayudar.

—Me gustaría preguntarle por su relación con Lola Estébanez.

Pelayo calló unos segundos que se me hicieron eternos. Me miró fijamente y después sonrió con suficiencia.

—Lola es la madre de mis hijos. ¿Qué quiere saber de ella?

—Una mujer impresionante.

—¿La conoce usted? —Pelayo no ocultó su sorpresa.

—Sí, me entrevisté con ella.

—¿Aquí?

—No, en su casa de Zúrich. ¿Estuvo Lola aquí?

—Sí.

Mi asombro no pudo ser mayor. Disimulé lo mejor que pude.

—¿Cuándo vino Lola a Oviedo? —pregunté.

—Dos días antes de la muerte de Imelda. Fue un viaje rápido. Queríamos dejar las cosas arregladas antes de casarme. Trataba de que pudiera haber una relación cortés entre ellas y que mis hijos vivieran en un entorno de cordialidad. Los niños iban a pasar con nosotros las próximas vacaciones de otoño. Dos semanas en octubre. Las vacaciones escolares allí son distintas de las que tienen aquí. Quería enseñar la casa a Lola y a los niños y construir una relación civilizada. Mi plan era que, poco a poco, mis hijos empezaran a pasar más tiempo con nosotros, incluso que pudieran estudiar en España algún curso escolar para mejorar su español. Cuando hay hijos de por medio, es mejor tragarse el orgullo y llevarse todos bien.

—O sea que Imelda y usted iban a casarse. —Quise confirmar lo que acababa de oír en boca de Pelayo.

—Sí, como ya sabe, estábamos esperando un hijo.

—Mi sorpresa se debe a que ella no había hablado de divorcio con su actual marido. Al contrario, ha declarado que Imelda iba a volver con él.

—Imelda no se lo contó y no tenía intención de hacerlo. Le preocupaba que el mal trago de decírselo a la cara pudiera afectar a su embarazo. Llevaba demasiado tiempo deseando ser madre y tenía un miedo casi irracional de perder al bebé, no quería hacer nada que le causara estrés ni que pudiera poner en riesgo al niño, así que lo dejó todo en mis manos. Era yo quien iba a comunicarme con su marido y a negociar las condiciones del divorcio con él.

—¿Tenía miedo de que Fidel se pusiera agresivo con ella?

Pelayo pensó la respuesta un momento.

—Potencialmente todos somos agresivos. Decirle a su marido que estaba embarazada de otro no era un trago fácil. Aunque llevaban un tiempo sin convivir, aún estaban casados.

Hasta ese momento, Pelayo Granda no estaba poniendo pegas a mis preguntas. No esperaba tanta colaboración de un tipo al que, dados sus negocios, había supuesto reservado en extremo y, por supuesto, desconfiado, pero Pelayo estaba dando cuenta de una de las casadielles de mi madre. No parecía preocupado por si yo intentaba envenenarle, aunque quizá se debiera a la presencia de la policía que, si bien estaban allí para vigilarle, también suponían una protección para él.

—Imelda también estuvo en Zúrich con Lola antes de morir —afirmé.

—Correcto. Y conmigo y con mis hijos. No se conocían y me pareció mejor para ellos presentársela en su entorno.

—¿Cómo fue el encuentro?

—Correcto —se limitó a contestar.

—¿Lola volvió con ustedes?

—Así es. Se nos ocurrió sobre la marcha y nos pareció buena idea que todos vinieran a conocer la casa. Pensé que si mis hijos venían la primera vez acompañados de su madre estarían más cómodos y, de paso, Lola me pidió que acordáramos con el abogado unas disposiciones sobre la herencia, en caso de que a mí me pasara algo. Accedí y así lo hicimos. Iba a haber hijos de dos mujeres distintas y en esas situaciones es mejor dejar claro desde el principio qué corresponde a cada uno para evitar futuros problemas.

–¿Por qué no denunció la desaparición de Imelda?

Mientras Pelayo siguiera respondiendo a las preguntas que le hacía, mi intención era sacar todos los temas posibles hasta encontrar una información que pudiera darme una pista o confirmar la idea que me rondaba desde la mañana.

–Eso ya se lo he contado a la policía: estaba ingresado en el hospital.

–Y cuando Imelda no apareció, ¿qué hizo?

Pelayo hizo una nueva pausa.

–¿Quiere oír la verdad? Pensé que había vuelto con el tonto de su ex. En Zúrich estuvo muy rara. Cuando volvimos a Oviedo se dejó el móvil en la mesa del salón. Aproveché para revisar sus mensajes y encontré una conversación con su marido. Él se había instalado en su casa y hablaban de verse en unos días. Esa misma noche me llevaron a urgencias con un ataque de apendicitis aguda. Cuando salí del quirófano, solo me esperaba Lola. Llamé a Imelda para avisarla de que había terminado la operación y no respondió. Di por hecho que estaba con él.

–¡Vaya situación! ¿Qué pensaba hacer?

–Eso no importa porque no volví a verla. Acababan de extraerme el apéndice, no tenía mucha capacidad de acción. No le voy a negar que estaba muy enfadado. La encontraron muerta al día siguiente. Estuve unos días en el hospital, pero la policía no contactó conmigo. Cuando salí, tuve un desafortunado encuentro que obligó a que me ingresaran de nuevo. Esta vez en una clínica privada. La policía tiene los detalles. En cuanto me dieron el alta, me personé para hacer una declaración completa.

Deduje que el desafortunado encuentro había sido con los compañeros de Fidel.

—¿Cuándo regresó Lola a Zúrich?

—A la mañana siguiente de mi operación. Voló con los niños a Madrid y de ahí a Zúrich. Yo mismo les pedí que se fueran. Empezaban a preguntar por qué no estaba Imelda a mi lado en el hospital y no quise que sospecharan que me había dejado. Cuando eso ocurrió, todavía no sabíamos que había muerto. Tardé dos días en enterarme.

La cara de Pelayo se torció en un gesto que me pareció más de ira que de dolor.

—¿Le habló de Lola a la policía?

—No me lo preguntaron. No sé qué relevancia tiene ella en esto.

—¿Sabe usted quién es la mujer alemana que han encontrado muerta en Zúrich?

—Sí —afirmó y supe que había encontrado algo importante.

—¿Quién era?

—La hermana de una chica con la que tuve una relación en el pasado.

—¿Tenía usted trato con la muerta? —pregunté.

—Ni siquiera la conocía. Me llamó hace unas semanas. Quería que respondiera a unas cuestiones.

—¿Puedo preguntarle sobre qué?

—Sobre la muerte de su hermana.

—¿Cómo murió? —pregunté.

Pelayo calló unos segundos. Temí que pusiera fin a la conversación, pero no lo hizo.

—Se suicidó —dijo por fin.

—¿Cómo se suicidó?

—Se tiró a las vías del tren —respondió Pelayo.

Sentí un escalofrío en la columna y agradecí a Rafa el policía que me esperaba en la puerta.

—¿Después de que usted la dejara?

—Al contrario. Después de pedirle que se casara conmigo.

Esta vez la que hizo una pausa fui yo. Respiré y aparenté una seguridad que no sentía. Por suerte, tenía experiencia fingiendo aplomo.

—¿Se lo ha contado a la policía? —pregunté.

—No.

—¿Y por qué me lo cuenta a mí?

—Porque usted me lo está preguntando.

—¿Qué cree usted que ha podido pasar? —insistí.

—No me mire con esa cara, que no he sido yo. Eso se lo aseguro —dijo con una sonrisa torcida.

—¿Tiene alguna sospecha?

—Tengo muchos enemigos.

—¿Y Martina Krain? ¿Cómo murió? —pregunté.

—En un accidente. Se ahogó en el lago Zürisee. ¿Por qué me lo pregunta?

—Según su exmujer, ustedes dos tenían una relación.

Pelayo se puso tenso y cambió el tono de voz. Supe al instante que la conversación con él había terminado.

—Eso, señorita, no es de su incumbencia y no creo que haya nada más que pueda contarle que le sea de utilidad.

En ese momento, la pantalla de mi móvil se iluminó y desvié la vista hacia ella. Vi de refilón un whatsapp de Rafa.

«Sal de ahí ahora mismo.»

Casi al mismo tiempo, el policía que me había acompañado entró en el salón con otro agente, el que se había quedado en el coche y, mirando a Pelayo Granda, me dijo:

—La visita ha terminado. Es hora de irse.

Pelayo dirigió la vista hacia el policía, luego hacia mí y, sin inmutarse, se despidió mostrando de nuevo su faceta más cautivadora.

—Creo que alguien no considera oportuno que continuemos hablando —dijo—. De todas formas, no había más que decir. Muchas gracias por las casadielles. Ha sido un precioso detalle. Están deliciosas, tan ricas como las de mi abuela. Veo que se acerca otro coche policial —continuó, dirigiéndose al policía—. No necesitan refuerzos. Esta señorita puede irse de mi casa cuando quiera. Soy un empresario, no un criminal.

Salí de casa de Pelayo escoltada por los dos agentes. El otro coche patrulla que Pelayo había visto entrar en su jardín desde la ventana se quedó en la puerta de su casa. Arranqué mi coche y llamé a Rafa.

—¿Ya estás fuera? —preguntó.

—Estoy en el coche. ¿Qué ha ocurrido?

—Lola Estébanez ha sido asesinada en su casa. La han encontrado sus hijos. Parece un robo con asalto, pero hasta dentro de unas horas no será posible confirmarlo. Le han pegado un tiro en la cabeza. Y, ahora, si te queda algo de sensatez, vete a tu casa, cierra la puerta con llave y no vuelvas a hablar con ningún involucrado en el caso. Ninguno.

Rafa colgó sin ni siquiera despedirse.

Todas mis suposiciones sobre el caso acababan de saltar por los aires con la muerte de Lola. Supuse que las de la policía también: Fidel no había podido matar a Lola.

Cuando llegué a casa, me tumbé en el sofá. Tenía varias llamadas de Rodrigo. En cambio, Jorge no había llamado ni había enviado ningún mensaje. Creo que por primera vez fui del todo consciente de que ya no había marcha atrás. Mi etapa con Jorge había sido la más feliz y la más dolorosa. Ahora solo era historia.

26 de agosto de 2019. 8:30 de la madrugada. Como

Julien Bennot se sentó frente a su ordenador, en el despacho de su casa en Como, y admiró las preciosas vistas sobre el lago antes de consultar el saldo de su cuenta de bitcoins.

Su tarifa era una de las más altas del mercado. Su efectividad, del cien por cien. Jamás le había detenido la policía, ni siquiera por exceso de velocidad. Eso, tenía un precio.

Tecleó las claves y confirmó que el segundo pago había sido realizado a través de la entidad con la que trabajaba. Sin dejar rastro alguno. Mucho más cómodo que el dinero en efectivo o los lingotes de oro enviados a un apartado de correos que usaba en sus inicios.

En su trabajo, no tenía problemas con los pagos. Sus clientes eran tan cumplidores y discretos como esperaban que fuera él.

En unos días, los bitcoins habrían sido convertidos en dinero real en su cuenta de las Islas Caimán y entrarían en el proceso de blanqueo habitual. Collingwood, su vecino durante los veranos y cliente desde los inicios de Bennot, era el experto. Julien Bennot desconocía los detalles, no entendía de finanzas. Solo le interesaba que en unos meses el dinero aparecería, una vez descontados impuestos y comisiones, en su cuenta de un prestigioso banco francés, como fruto de transacciones de arte legales y documentadas.

Esta vez, parte del dinero se destinaría a pagar al ejecutor de la segunda fase del encargo: debía hacer desaparecer el contenido de una caja fuerte privada en Suiza a nombre de Lola Estébanez. Necesitaba un colaborador porque algo así solo podía hacerse desde dentro de la empresa de seguridad que gestionaba las cajas. Esperaba recibir la confirmación en unas horas y el encargo habría sido completado. Excepto por el cuadro.

Bennot era incapaz de destruir aquella obra de arte. No conocía en profundidad a aquel pintor español, pero la gitana de ojos verdes que le miraba desde el lienzo le había conquistado.

La mayor ventaja de los asesinos a sueldo era que no había móvil que los relacionara con el crimen. Su mejor protección, que el cliente jamás supiera con quién contactaba o que tuviera más que perder que él mismo. El peor error, conservar objetos que pudieran relacionarlos con sus víctimas. Y él iba a cometerlo.

15

26 de agosto de 2019. Oviedo

EL LUNES NADA más salir de la ducha le envié un whatsapp a Rafa.

«Sé que no estás de acuerdo con mi visita a Pelayo Granda, pero creo que debes saber lo que hablé con él.»

«Pediré que te citen para hacer una declaración oficial a lo largo del día.»

Rafa seguía cabreado. Como era de esperar.

Era una mañana preciosa, no había nubes en el cielo y desde la ventana de mi habitación podía ver que el sol iluminaba el agua de las fuentes de la avenida de La Losa. Había algunos señores mayores caminando sin prisa, disfrutando del buen tiempo.

Desayuné en la terraza y fui dando un paseo hasta el domicilio de la madre de Santiago Pérez Rubio.

Delante de la verja blanca de entrada a la casa de Carolina Rubio, madre de Federico Baides Rubio, triatleta con un gran estado de salud, y tía de Santiago Pérez Rubio, funcionario con esclerosis múltiple al que un brote reciente le había hecho bastante daño, inspiré hondo y repasé los objetivos de la visita. ¿Era posible que Carolina no fuera consciente del lío en el que estaban metidos? ¿Quién era el cerebro del fraude?

No me abrió la asistenta de la vez anterior, sino una mujer a la que calculé más o menos mi edad, vestida con bata blanca. Me sonaba su cara, pero no recordaba donde la había visto antes.

—Pase y siéntese en la sala de espera que ahora la atiendo —dijo.

Me sorprendí al escuchar su voz. No era la primera vez que la oía.

La sala de espera era un cuarto que parecía haber sido un *office* al lado de la cocina o un despacho. La decoración de la estancia reflejaba un cambio de función reciente y apresurado. Cuatro sillones de terciopelo granate, demasiado grandes para el tamaño de la habitación y bastante usados, rodeaban una mesa camilla cubierta por una tela brocada que hacía juego con el color de los sillones. Sobre el cristal que protegía la mesa había revistas y folletos que hablaban de la esclerosis múltiple. En la pared se veían marcas de haber retirado un mueble. El color contrastaba con el resto de la pintura, que había ido amarilleando con el paso del tiempo. En la salita había tres personas más: una chica joven, un hombre de mi edad y una señora que rondaría los sesenta. La mujer de bata blanca que me había recibido salió con un hombre de poco más de treinta años, que tenía los ojos rojos como si hubiera estado llorando. La chica y la señora que esperaban a mi lado en la sala se levantaron y se acercaron a él. «¿Cómo ha ido?», escuché que le preguntaban mientras se dirigían a la puerta.

—¿Alberto Castro? —preguntó al hombre que estaba sentado a mi lado.

Entonces recordé dónde había oído su voz: ella y yo ya habíamos hablado por teléfono. Sabía quién era, pero además estaba segura de haberla visto antes y era incapaz de recordar dónde.

Cuando el hombre confirmó que era el paciente que ella esperaba, se dirigió hacia a mí

–¿Tiene usted cita? No tengo a nadie más en la lista de esta mañana –me preguntó la mujer de la bata blanca.

–No tengo cita. Soy Gracia San Sebastián.

–¿Gracia San Sebastián?

Su cara reflejó el sobresalto al oír mi nombre como un espejo de sus pensamientos. A pesar de ello, intentó disimular.

–Debo irme nada más que termine con este paciente. Si quiere usted, puedo darle hora para otro día –dijo.

Le seguí la farsa.

–Vengo a ver a Carolina Rubio. Si la avisa, estoy segura de que querrá recibirme.

Si la vez anterior la mención de la Seguridad Social me abrió las puertas del salón de Carolina, esa vez fue mi nombre el que obró la magia.

–Así que al final ha conseguido su objetivo –dijo Carolina por saludo.

–No crea. Me encuentro en una encrucijada. No sé qué hacer con ustedes –confesé.

–¿Y espera que yo la ayude a decidirse? –me preguntó con la sonrisa derrotada del que se sabe atrapado.

Asentí con la cabeza.

–¿Tengo elección? –quiso saber.

–La tiene. Puede decirme la verdad o mentirme. Si decide contarme toda la verdad, le prometo que intentaré ayudarla.

–¿Qué quiere saber?

–¿Qué han hecho con los ingresos de los patrocinios?

–Los hemos utilizado para darle los mejores cuidados a Santiago, mi sobrino: fisioterapeutas, especialistas, una persona que le atiende y una casa donde tiene todo a su alcance. Mi hermana murió hace años y mi cuñado tiene párkinson. Más que para ayudar a mi sobrino está para que le ayuden a él.

—¿Y a qué más?

—A financiar el entrenamiento de Fede y a los gastos de la fundación.

—¿Qué tipo de gastos? —insistí buscando una confesión. Sabía que la fundación no solo no generaba gastos, sino que era la principal fuente de ingresos.

—La fundación se dedica a dar soporte psicológico a enfermos y familiares. Organizamos actos informativos y sesiones de apoyo por toda España.

—¿Podría facilitarme un listado de esos actos con lugares y fechas concretos, así como nombres de los asistentes? —ataqué segura de que los actos que aparecían en la web de la fundación eran falsos.

Carolina calló y se apoyó en el respaldo de un sillón.

—Le doy otra oportunidad. Una mentira más y me iré sin preguntarle lo que quiero saber —advertí—. Si eso ocurre, haré todo lo posible por meterlos en la cárcel y conseguir que les embarguen lo que tengan hasta que devuelvan el último euro que han estafado. ¿Me ha entendido, Carolina?

—La he entendido.

—¿A cuánto ascienden los ingresos anuales entre patrocinios y subvenciones?

—Eso lo sabrá usted mejor que yo. No soy yo la que lleva las cuentas.

—Haga un esfuerzo. Quiero que me lo diga usted.

—No lo sé con exactitud y le juro que digo la verdad. Mi sobrino es el de los números. No más de quinientos mil al año. Fede tiene muchos gastos. No es barato competir en tantos países. ¿Sabe usted lo que cuestan las bicicletas de triatlón, los neoprenos y el resto del equipamiento? Por no hablar de los traslados y el alojamiento.

Ni lo sabía ni me importaba. No pensaba entrar en el juego de Carolina. ¿Acaso pretendía justificar de ese modo su delito?

–¿Cuándo le dio a su sobrino Santiago el brote por el que le diagnosticaron la enfermedad?

–Hace cinco años.

–¿Qué es lo que tiene aquí montado ahora? –continué preguntando.

–La fundación. Silvia, la persona que ha conocido usted al entrar, es una psiquiatra experta en pacientes con enfermedades degenerativas y en terapias de apoyo para familiares cuidadores. Atendió a Santiago y le ayudó mucho.

–¿Y cuándo empezó esto?

–Llevamos haciéndolo desde el principio, pero de manera formal hace poco. Estábamos haciendo las entrevistas a los pacientes que habían pedido entrar en el programa el día que se presentó usted aquí.

–¿Me asegura que Silvia está contratada por la fundación y que su intención es empezar a ayudar a los enfermos de forma gratuita? Cuidado con lo que responde porque lo voy a comprobar.

–Se lo aseguro. Compruébelo, está contratada. Hemos montado la consulta aquí y vamos a poner incluso un servicio de transporte especializado para los pacientes que estén en fase crítica o tengan problemas de movilidad. Ya tengo los presupuestos. Espere un momento.

Carolina me dejó sola en el salón unos instantes y volvió con su iPad en la mano. Me enseñó dos correos donde le ofertaban el transporte a domicilio de dos personas diarias en un área de cuarenta kilómetros desde la casa de Carolina.

–¿Dos enfermos al día?

–Diez a la semana. La mayoría pueden venir por su cuenta o los traen sus cuidadores. Por las personas que nos han llamado para pedir cita calculamos ese número. Hemos empezado con terapias individuales y estamos montando grupos de apoyo para que enfermos y familiares puedan compartir lo que les ocurre, sus experiencias y sus sentimientos.

–¿Por qué la fundación no tiene asociados?

–Nos financiamos con los patrocinios de Fede, no queremos dinero de los enfermos.

–Creo que ya tengo toda la información que necesito –aseguré.

–¿Qué va a hacer usted ahora?

Habría jurado que Carolina estaba muerta de miedo.

–Comprobar los datos que me ha dado. Y, si son ciertos, proporcionarle una secretaria administrativa y contable que trabajará con usted en la fundación y se encargará de certificar que todo lo que hacen es legal y que emplean los fondos en ayudar a los enfermos.

–No la entiendo.

–Escúcheme bien, Carolina: voy a comprobar lo que me ha dicho, hasta el último detalle y, si es cierto, la fundación va a contratar una persona de mi confianza y podrán seguir con su proyecto. Si encuentro la mínima inconsistencia, la policía tendrá un expediente a su nombre mañana mismo.

–¿Habla usted en serio? –dijo con un nuevo brillo en los ojos–. Los datos son ciertos, ya lo verá. Si nos mete en la cárcel, dejará a un enfermo sin nadie que le cuide y a muchos sin el apoyo psicológico profesional que necesitan. Vamos a hacerlo bien, se lo aseguro.

–Me alegra oír eso, Carolina. Solo espero que aprovechen la oportunidad y hagan algo bueno. Despídame de la doctora Silvia Molina, que al entrar no la he saludado. Me alegro mucho de que haya retomado la psiquiatría. Supongo que pronto será su nuera, ¿me equivoco?

Ya había recordado dónde había visto a Silvia. En Copenhague, buscando a Fede, el que yo entonces conocía por Santiago, en la meta del Ironman.

Admiraba la compostura de Carolina, pero no aprobaba que hubieran cometido un delito fiscal. Tampoco me horrorizaban. Tenía el listón muy bajo, ellos no habían matado a nadie, les había tocado una enfermedad muy dura en la familia y se habían buscado la vida de un modo poco ético. No eran criminales ni asesinos.

Lo que más me molestaba era que llevaban años quedándose con las subvenciones y el dinero aportado por los patrocinadores en beneficio propio en vez de en beneficio de los enfermos y pretendían hacerme creer que, en realidad, todo era por una buena causa.

El daño estaba hecho. No podía cambiarlo. Lo que importaba era lo que iba a ocurrir en el futuro. La primera beneficiada sería mi prima Rebeca, despedida hacía unos días para indignación de mi madre y con un marido turulato, según su descripción, a la que acababa de encontrar trabajo en la fundación como contable y espía, y esperaba que le durara muchos años. Eso significaría que mi decisión había sido la correcta.

Cuando salí de la casa de la familia Rubio Baides, me dirigí caminando al centro. Hacía buen día y el recorrido se me antojaba apetecible. En el camino encontré un quiosco de prensa y compré varios periódicos locales y nacionales.

«Matan de un tiro en la cabeza a una mujer española en su domicilio de Zúrich para robarle un cuadro del famoso pintor Julio Romero de Torres» decía la noticia repartida por la agencia Efe a todos los periódicos del país. Con mayor o menor incidencia en los detalles escabrosos todos los medios de comunicación se hicieron eco de la historia. Unos se centraron en la tragedia de que sus hijos adolescentes la encontraran en un charco de sangre; otros en la vida de Lola, desde que el padre había emigrado a Zúrich con ella y su hermano pequeño desde Málaga tras la terrible muerte de su madre cuando ella solo tenía cinco años; la mayoría resaltaban el móvil del crimen: el robo del cuadro.

Ya de vuelta en el despacho, le envié un nuevo whatsapp a Rafa. Quería recuperar la relación de cordialidad que teníamos hasta hacía una semana. Si después de lo ocurrido en los últimos días, él prefería mantener el papel de comisario cabreado con una investigadora financiera que se excedía en sus funciones y metía la nariz en un caso de asesinato, tendría que conformarme y aceptar su decisión, pero antes haría todo lo posible por hacer que cambiara de opinión. Ya no solo me caía bien Rafa, sino que además los arrestos demostrados por Geni en el caso de Imelda habían despertado mi admiración.

«¿Una caña puede hacer que baje un uno por ciento tu enfado? Si te invito a una al día, para después de Navidad volveremos a ser amigos.»

Respondió al cabo de media hora. No estaba todo perdido.

«Podemos probar.»

Unas horas después, estábamos sentados en una mesa apartada del Carta de Ajuste disfrutando de nuestras cervezas. Había muy poca gente en el interior, los clientes se concentraban en las terrazas.

—Lo siento, Rafa, de verdad —me disculpé.

—No mientas porque sé que no lo sientes y que volverías a hacerlo. Lo único que sientes es que yo esté cabreado. Y eso que me he cortado y no te he detenido.

—¿A mí? ¿Por qué?

—No sé, no me hagas pensarlo que seguro que se me ocurre algo. Para retenerte un par de noches en el calabozo me sobra con tu presencia en los lugares donde se han cometido los asesinatos y tu falta de coartada, pero no me mires con esa cara, que ahora que Geni y tú volvéis a ser amigas, te libras. Por esta vez. –Rafa sonrió y yo noté que relajaba la tensión que sin darme cuenta se me había ido acumulando en los hombros desde la visita a Pelayo Granda–. No estamos pasando por el mejor momento de nuestro matrimonio y no quiero complicar más las cosas entre nosotros. Eso sí, ya puedes prometerme que no vas a volver a presentarle a mi mujer a un sospechoso en un caso de asesinato.

–Si te soy sincera, espero no volver a conocer a ningún sospechoso de asesinato. De todas formas, supongo que Fidel ha dejado de serlo porque Lola murió la noche que le detuvisteis y me parece mucha casualidad que de verdad la hayan matado por ese cuadro y su muerte no esté relacionada con Pelayo Granda y los otros dos asesinatos.

–De ninguna forma debí haber permitido que te entrevistaras ayer con Pelayo Granda.

–No podías impedirlo. Me ordenaste que no fuera y no te hice caso.

–Yo puedo hacer muchas cosas y tú estás en modo mosca cojonera revoloteando y algo más alrededor de todos los implicados.

No me gustó su alusión a Rodrigo, pero no me di por enterada.

–Bueno, superpoli, ¿quieres que esta mosca cojonera te cuente la conversación con Pelayo Granda o no? –pregunté.

Le conté todo lo hablado con el exmarido de Lola Estébanez y padre del hijo que esperaba Imelda Alborán. Rafa ya conocía los detalles de la muerte de Verena Bauer, de la que yo solo sabía por Pelayo Granda. La policía suiza había reabierto el caso de Verena en cuanto identificaron el cadáver de su hermana, Emma Bauer.

–¿Sabes qué? Tenía el pálpito de que Lola Estébanez podía tener algo que ver con los asesinatos, que podía ser cómplice de Pelayo porque llevo unos días dando vueltas a un pequeño detalle que no encaja. Cuando ayer Pelayo Granda me dijo que habían estado los tres juntos con los niños, primero en Zúrich y luego aquí, pero ella no me contó nada, pensé que quizá... –me callé. ¿Tenía importancia lo que le iba a contar a Rafa después de que Lola hubiera sido asesinada?

Rafa me invitó a seguir.

–Te escucho. Si no nos sirve, da igual, prefiero que me lo cuentes.

–Verás, el día que me enteré de la muerte de Emma Bauer, yo iba en el tranvía hacia el aeropuerto de Zúrich y vi a un hombre leyendo un periódico con la noticia en portada. Le saqué una foto y se la envié a Sarah para que lo tradujera. Me bajé en la siguiente parada y compré el periódico.

–Todo eso ya lo sé. ¿Adónde quieres ir a parar?

–Después me cité con Lola y también le pedí que me tradujera el artículo del periódico. Lola me dijo que hablaban de una chica alemana que había sido encontrada en las vías del tren. Ya sabes los detalles.

–¿Y? –preguntó impertérrito.

–Pues que Sarah también tradujo el artículo y todavía no habían identificado el cadáver. Si no sabían quién era, no podían decir que era alemana. Al principio pensé que Lola habría visto la noticia en otro periódico o en la tele, antes de que yo se la enseñara, pero he buscado todo lo que se publicó en la prensa ese día y Sarah me ha hecho el favor de buscar ese dato. No está. Fue el 21 de agosto. No se publicó quién era hasta hace dos días, cuando tú me avisaste de que iba a salir en los periódicos.

–Pudo haber salido en cualquier otro medio. Es imposible que los revisaras todos y, además, ya sabes que los detalles en prensa no suelen ser precisos.

—Lo sé, y ahora que Lola también ha muerto es evidente que no ha podido ser ella. Aunque estoy convencida de que Lola sabía mucho más de lo que quería aparentar. Creo que sospechaba de su exmarido y que no me contó que había estado con Imelda porque vio u oyó algo que involucraba a Pelayo Granda y, o bien tenía miedo, o bien pensaba utilizarlo para seguir manteniéndole a raya. Parece que se arriesgó demasiado. Pobre mujer y pobres sus hijos.

—De todas formas, comprobaré lo que me has dicho. No vamos a dejar cabos sueltos.

—Te confieso —añadí— que también he llegado a sospechar de Teo e incluso de Rodrigo Villarreal. Me estoy volviendo paranoica.

—Las sospechas sobre Rodrigo Villarreal parece que te duraron poco —empezó a decir Rafa, pero en cuanto se percató de mi mirada de advertencia, cambió de tercio—. Lo que parece cada vez más claro es que el hilo común de todas las muertes es Pelayo Granda. La policía suiza sigue buscando restos de ADN y huellas dactilares en casa de Lola Estébanez. Espero que encuentren algo pronto porque allí el caso ha saltado a la prensa sensacionalista y es cuestión de horas, un día a lo sumo, que aquí los medios descubran la conexión de Imelda y Lola con Pelayo. Entonces tendremos todavía más problemas.

—¿Vas a ir a por él?

—¿Con qué? No tengo ninguna prueba. Es más, tiene una coartada perfecta para cada asesinato. El día que murió Imelda estaba en el hospital, el día que murió Emma Bauer, en una clínica privada y el día que murió Lola no se movió de aquí, teníamos agentes vigilándole. De momento, a Pelayo Granda le doy trato de caballero. Está convaleciente y ha perdido a la mujer que iba a dar a luz a su bebé, y también a su exmujer y madre de sus hijos. Lo que no haré será llevarle casadielles —se burló.

—Pues seguro que si se las llevas, se muestra mucho más comunicativo contigo. Si quieres, le digo a mi madre que prepare una docena. Le encantaron —dije devolviéndole la broma—. Y yo que pensaba que deteníais a la gente para que se sintieran intimidados por la presión y hablaran.

—Nosotros no detenemos a nadie sin pruebas que lo justifiquen. Además, la gente corriente ante una detención se asusta, pero Pelayo Granda dirige negocios de prostitución y tiene clientes en puestos claves de la política y la sociedad europea. La mejor estrategia es tratarle como un hombre respetable.

—Eso mismo dijo mi madre.

—¿Se lo contaste a tu madre? Ahora me explico por qué terminaste en casa de ese hombre con una docena de casadielles —bromeó Rafa. Me alivió ver que estaba de buen humor. Ya no parecía enfadado—. Pelayo Granda es un hombre inteligente y se comportará como tal porque no quiere ver redadas en sus locales cada dos días. Eso espanta a la clientela. Es mejor para él y para nosotros llevarnos bien.

—Tu trabajo es muy complicado. Han muerto cuatro mujeres y todos los sospechosos tienen coartada —dije con sincera admiración.

—¿Quieres otra caña? —preguntó Rafa.

—¿Y tu régimen?

—Hoy me lo voy a saltar. Yo también necesito tomarme un respiro de vez en cuando y tú y yo tenemos que hablar —dijo haciéndole una señal al camarero para que nos sirviera otra ronda—. Quiero preguntarte algo importante. Me gustaría saber por qué fuiste a Zúrich.

—¿A qué viene eso ahora? Entiendo que tengas que sospechar de todo el mundo, pero te juro, Rafa, que yo no he matado a nadie —respondí medio en serio medio en broma, extrañada por su pregunta.

–Ya sé que no has matado a nadie. Al menos, eso espero.

–Mis motivos son personales. No es nada racional.

–Me sentiré muy halagado si los compartes conmigo.

Me extrañó su insistencia y, aunque tenía reparos en poner mis sentimientos en palabras, no quise decepcionarle después de lo bien que había reaccionado.

–Fui a Zúrich porque necesito que mi vida tenga sentido. Desde que murió Martin me cuesta encontrar razones para seguir cada día en el mundo. Por eso abandoné el FiDi, Nueva York y mi vida anterior, pero no solo no ha funcionado, sino que Jorge también se ha ido. Sé que lo que voy a decir va a sonarte un poco ingenuo, pero si no siento que cada día contribuyo a que el mundo sea mejor, no tiene sentido seguir en él. Cuando Fidel me pidió que fuera a Zúrich, pensé que si había alguna posibilidad de que mi viaje ayudara a detener al psicópata que mató a una mujer embarazada de forma tan fría y cruel, eso podría darme una buena razón para levantarme cada mañana.

Cuando terminé de hablar, Rafa siguió en silencio y yo sentí que, al contárselo, se habían ordenado mis propios pensamientos. Hasta ese momento, había intuido lo que quería hacer, cuál quería que fuese mi nuevo lugar en el mundo, pero al decirlo en voz alta lo tuve claro. Necesitaba un propósito y acababa de formularlo.

–Me imaginaba algo así –dijo Rafa por fin– y he estado reflexionando: creo que puedo ofrecerte colaborar puntualmente con la policía.

–¿Esto era una entrevista de trabajo, señor comisario?

–Supongo que, en cierto modo, sí. Tú quieres contribuir a crear un mundo mejor y nosotros cada vez estamos encontrando motivaciones económicas más complejas entre los delincuentes. Es posible que a veces no lleguemos a detectar los fraudes o las maquinaciones financieras como podría identificarlos un experto en el tema. Tenemos equipos especializados, claro está, pero solo intervienen en los grandes casos. Nos vendría bien tener un colaborador externo a nivel local que pueda ayudarnos de forma extraoficial, pero bajo nuestra protección y supervisión.

–Me encantaría. ¿Es una oferta en firme?

–Lo es, a falta de asignación de presupuesto.

–¿Cuánto piensas pagarme?

–Poco.

–Suena bien –dije sonriendo–. Se trata de arriesgar mi vida metiendo la nariz en los asuntos turbios de potenciales asesinos que actúan con premeditación y frialdad a cambio de una miseria.

–Todo sea por la contribución a la justicia. Y olvídate de arriesgar tu vida o investigar delitos violentos y, mucho menos, asesinatos. Además de que iría contra las normas del Cuerpo porque no eres policía, no quiero volver a verte metida en medio de algo así. Tú estarás aburrida en tu despacho punteando cifras y emitiendo informes sobre lo que te pidamos. Nada más.

–No suena muy emocionante, pero te prometo que lo pensaré –respondí, aunque sabía que mi cara dejaba clara la ilusión que me había hecho la propuesta.

Cuando salimos del bar, me fui a casa. Me apetecía ver *Juego de Tronos* con un gran bol de palomitas, pero antes tenía que hacer algo. Si bien iba a darle una oportunidad a la familia Rubio Baides, eso no significaba que no me guardara un as en la manga para el caso de que decidieran volver al camino fácil. Si eso ocurría, los estaría esperando con todas las pruebas para denunciarlos ante Hacienda. Se me había ocurrido que no sería mala idea poder amenazarlos con la Agencia de Protección de Datos. Las sanciones eran millonarias y estaba segura de que cometían irregularidades. Como tantos otros.

«Hola, ¿te apetece ayudarme en otro caso? Rafa no está involucrado y no ha muerto nadie», le escribí a Geni.

—Hola, guapa. Claro que sí. Cuéntame —me saludó Geni en cuanto respondí a su llamada.

Me asombraba su velocidad con el móvil, parecía telepatía en vez de tecnología.

—¿Qué te parece ir a un psiquiatra diciendo que tu marido, hermano, hermana o alguien igual de cercano, tiene esclerosis múltiple y que está muy deprimido desde que recibió la noticia? Tendrías que informarte mucho sobre la enfermedad.

—Conozco la enfermedad. Por la peli.

—¿Qué peli? —pregunté.

—La de *100 metros*, de Dani Rovira. Sobre el hombre con esclerosis múltiple que consiguió hacer un Ironman. ¿No estabas investigando tú algo de eso?

—¿Lo dices en serio? ¿Cómo has dicho que se llama?

—*100 metros*. Es de hace unos años.

—¡No fastidies! Si hubiera sabido esto cuando empecé a investigar, me habría ayudado mucho.

—Si quieres, puedo buscarla y la vemos juntas.

—Estaría genial. Aun así, tendrías que documentarte más y montar una historia completa y creíble. Hospital, diagnóstico…, de todo. Barbará podrá ayudarnos.

—Claro que sí. Yo me encargo. ¿Cuánto tiempo tengo? —preguntó.

—El que necesites. No hay prisa.

—¿Has liberado ya a mi marido?

—Sí, nos hemos despedido hace unos minutos. Por cierto, Geni, he pensado mucho en lo que me contaste de Teo. Aquella partida de póquer en la que le detuvieron, ¿pudo ser un hecho aislado?

—No lo sé. A él no le sucedió nada, lo soltaron a las pocas horas, pero está en el informe del expediente de Imelda.

He investigado por mi cuenta en internet y he visto que las personas que llegan a las partidas ilegales ya están muy enganchadas al juego. Son sitios peligrosos y sin límites de cantidad. Tal vez fuera a acompañar a alguien, ya sabes, lugar equivocado, momento equivocado. Por favor, no le hables de esto a Rafa. Nuestra relación está un poco tensa y si se entera de que he fisgoneado en su ordenador aprovechando un descuido suyo, se va a enfadar mucho.

–Lo siento, Geni, es culpa mía, nunca debí pedirte ayuda con el caso de Imelda. Lo último que imaginé cuando quedamos con Fidel es que Imelda hubiera sido asesinada. Yo no voy a decirle nada a Rafa de lo de Teo, te lo prometo. Pero te confieso que se lo he contado a mi hermana, aunque no le he dicho cómo me había enterado. Hablaré con ella para que no diga nada que pueda comprometerte.

–No importa, Rafa y Bárbara casi no se conocen. Y no sientas haberme involucrado en el caso, me ha encantado poder ayudar. Y me encantará volver a hacerlo. Yo también necesito sentirme útil, más allá de atender a las niñas y a Rafa. Últimamente sentía que me faltaba algo, incluso había empezado a pensar en montar un pequeño negocio, pero gracias a lo que he vivido estas semanas me he dado cuenta de que me encanta ser ama de casa y cuidar de mi familia. Ya sé que no resulto muy moderna y mucho menos si me comparo contigo o con Sarah, pero es lo que me hace feliz.

–De eso se trata, Geni. Te admiro mucho. Tú sabes lo que quieres y lo has conseguido. Yo, en cambio, en este momento, ni lo uno ni lo otro.

–¡Qué tontería! ¡Claro que lo sabes! Y volverás a conseguirlo, tú siempre lo haces, pero muchas gracias por decírmelo. Me has hecho muy feliz.

–Cuéntale a Rafa que vas a ayudarme con mi caso, por favor. No quiero más líos con él.

–¿Me dejas que me lo piense? No quiero tener que dar explicaciones de todo lo que hago, no soy una niña. Por el momento quiero organizar un fin de semana los dos solos. Necesitamos poner un poco de romanticismo en nuestra vida y dejar de discutir durante un par de días. Después decidiré si se lo cuento o no.

–Rafa te adora.

–Y yo a él. Y quiero que siga siendo así toda la vida.

–Geni, ¿sabes si Jorge se ha ido o sigue aquí?

–Su avión salía esta mañana. Se lo contó a Rafa, ya sabes que Jorge y él se llevan muy bien –dijo a modo de explicación.

Resistí la tentación de preguntarle si ella sabía a qué había vuelto. No quería saberlo. Los problemas de Geni me parecían tan cotidianos y vitales que me daban paz. En cambio, yo tenía la sensación de que cada vez que cerraba un asunto me surgía otro igual de complicado. Me recordaba a esas máquinas típicas de las ferias y los parques de atracciones para que niños y mayores prueben sus reflejos, donde salen cabezas de una mesa llena de agujeros a las que hay que golpear con el martillo antes de que vuelvan a esconderse. Menos mal que había personas normales en el mundo como Geni. No todos teníamos algún pasado o presente maloliente.

Me había ganado un par de capítulos de *Juego de Tronos*. Decidí dejar para otro día las palomitas y acompañarlo de un cachopo del Vinoteo, el de foie y queso azul, mi favorito. Ya saldría a correr al día siguiente para compensar. Nunca pedía comida para mí sola, quizá era hora de empezar a hacerlo. Me daba igual que sobrara la mitad. Aunque no llegó a ocurrir porque en ese momento llamó Rodrigo con intención de quedar a cenar y me agradó la idea de pasar la noche en su compañía.

31 de agosto de 2019. 16:00. Zúrich

DANIEL Y MAX se abrazaban a su padre sentados en el primer banco de la iglesia católica de Liebfrauen, en el centro de Zúrich, donde celebraban el funeral de su madre, María Dolores Estébanez. El sacerdote hablaba del valor de la vida humana, de cómo Lola había sido brutalmente asesinada cuando unos ladrones entraron en su domicilio buscando un cuadro valorado en cuarenta mil euros. Unos miles de euros era lo que valían para algunas personas una madre, una hermana o una amiga.

Mientras el cura continuaba su homilía, Pelayo recordó el día que conoció a Imelda, tan solo diez meses atrás en el elegante restaurante del balneario de Las Caldas, a pocos kilómetros de Oviedo. Era el tipo de mujer que le gustaba, joven, guapa sin estridencias y con gesto dulce e inseguro. A Pelayo se le daban bien las mujeres. Imelda había acudido al hotel con dos amigas a pasar la noche del sábado. Pelayo esperó a que terminara la cena y observó que se acercaban al bar a tomar una copa. Esperó su momento. El local estaba lleno: muchas parejas de diferentes edades y grupos de amigas. No tardó en enterarse de que Imelda estaba casada. Su marido, artificiero de la Guardia Civil, trabajaba ese fin de semana. Pelayo atacó a su víctima como una avispa, con la intención de picar y abandonar la presa. No quería líos con la guardia civil. Lo último que pensó aquella noche es que la avispa iba a verse atrapada en una tela de araña. La aparente dulzura de Imelda le engañó, era una mujer mucho más lista de lo que aparentaba y no se dejó conquistar tan fácilmente. Pelayo no estaba acostumbrado al rechazo y menos aún a ese tipo de rechazo indirecto, que ni ofende ni ahuyenta, sino que mantiene a la presa a una distancia corta. Imelda aseguró estar enamorada de su marido a pesar de reconocer que tenían problemas graves. Ella quería un hijo. Fidel no podía dárselo y no quería oír hablar de otras opciones. Ahí encontró Pelayo la debilidad de Imelda, la forma de atraerla hacia él. Le gustaban los retos. Ya había cumplido los cincuenta y quería una vida familiar estable. Y un hijo. Un nuevo hijo del que disfrutar, ahora que atravesaba una etapa vital tranquila. Por segunda vez, Pelayo se ilusionó por una mujer. Recordó a Verena, muerta antes de poder cumplir sus sueños. Hasta que no cumplió los cuarenta la estabilidad y la familia no empezaron a parecerle un activo. Sin embargo, en su juventud veía el matrimonio como una obligación, un halo de seriedad necesario para sus negocios. Aquella fue la única razón por la que le propuso matrimonio a Lola. Podía haber sido ella o cualquier otra. Se decidió por ella porque era española, como él, eso haría más fácil la educación de los hijos que tuvieran. Pelayo era incapaz de enamorarse, nunca había comprendido que un hombre pudiera perder la cabeza por una mujer, pero con Verena y con Imelda había sentido algo especial. Pelayo deseó a Imelda y cuando deseaba algo era capaz de hacer cualquier cosa para conseguirlo. No dudó en dejarla embarazada. Le dio lo que ella quería mientras el tonto de su marido se hacía de rogar. Lo que no imaginó Pelayo es que la estaba conduciendo hasta la muerte.

Lola nunca habló con Pelayo del suicidio de su madre. Aseguraba no recordar nada de su vida en España. Sus primeros recuerdos ya eran en Zúrich. Cuando sucedió la tragedia ella solo tenía cinco años y dos semanas después del funeral, el padre se trasladó con ella y con su hermano Currito, todavía bebé, a Zúrich, donde vivían las tías de Lola. Paco Estébanez solo le habló a Pelayo una vez de la muerte de su mujer y de aquellas dos semanas en España antes de emprender viaje de ida a Suiza con sus dos hijos. Fue la noche en que nació Daniel, el primer hijo de la pareja. Pelayo y su suegro compartieron aquella madrugada una botella de whisky de malta, dos puros y la historia familiar de Lola. A pesar de los años que habían transcurrido, Pelayo notó el dolor de Paco cuando relataba los llantos de Currito que, muerto de hambre, buscaba el pecho de su madre, que ya reposaba fría en su tumba, o cuando encontró a Lola, casi a media noche, después de horas sin percatarse de su ausencia, escondida en el armario de su habitación y, sobre todo, recordaba a los periodistas haciendo guardia a las puertas de su vivienda. En aquella época, la prensa todavía no tenía reparos en publicar los detalles escabrosos de los suicidios y una joven bailaora, guapa, madre de dos hijos y en apariencia feliz que se tumbaba en las vías a esperar el paso del tren después de ingerir una caja de Valium, era una noticia muy jugosa. La depresión posparto en los años setenta todavía no era un tema socialmente aceptado en España.

Cuando se divorciaron, Pelayo quiso que los niños vivieran con él algunas temporadas, pero Lola lo impidió. Le robó las cintas donde aparecían Henrik Krain y otros clientes como él violando a niñas, incluso le amenazó con matarle si intentaba llevarse a sus hijos, pero él lo tomó como se tomaría cualquiera una amenaza así en una discusión con la mujer de la que se está divorciando. Cedió entonces. Era lo mejor para sus negocios. No le interesaba que Lola aireara trapos sucios y descartó desde el inicio hacer daño a la madre de sus hijos. Max todavía era muy pequeño.

Cuando se planteó formar una nueva familia con Verena, intentó forzar a Lola para que recapacitara y le permitiera que sus hijos pasaran tiempo con él y su nueva mujer. Ahí empezó todo. Unos días después, Verena murió. Parecía una broma que Verena se suicidara igual que la madre de su exmujer y Pelayo desconfió, como desconfiaba de cualquier casualidad, pero lo dejó estar: en aquel momento no encontró ningún indicio de la perturbación de su exmujer. Lola tenía muchos defectos. La obsesión por sus hijos iba más allá de ser una madre abnegada, era una persona dependiente y dañina, pero no le pareció que fuera capaz de matar. Pelayo descartó que Lola hubiera intervenido en la muerte de Verena. Se equivocó. Aunque Lola estuviera muerta, era Pelayo el que había perdido la partida.

Mientras el cura continuaba con la retahíla de virtudes de Lola Estébanez, Pelayo recordó el Julio Romero de Torres que le había regalado cuando nació su hijo Daniel. A ella le encantaba aquel pintor de su tierra. El lado más irracional de Pelayo Granda se alegraba de que aquella obra de arte fuera a perderse para siempre. Era su venganza póstuma.

Con la muerte de Lola todos los cabos quedaban atados. Sus hijos nunca sabrían nada. Daniel y Max podían vivir con una madre asesinada en un robo con violencia, pero no con una madre encarcelada por ser una asesina múltiple.

Pelayo respiró hondo y apretó a sus hijos contra él. Al día siguiente volarían los tres a España.

16

21 de noviembre de 2019. Oviedo

ME SENTÍA ALEGRE y optimista mientras me alejaba de la que pronto dejaría de ser mi casa. El sol brillaba desde primera hora y eso era un fenómeno raro en la cornisa cantábrica donde, por principios inamovibles, el sol no solía dejarse ver en plenitud antes de las once. El otoño era la estación más bonita del año en el norte de España, templado, luminoso y casi sin lluvia. En los días de buen tiempo, echaría de menos la terraza. Había puesto nuestra casa en venta esa misma mañana en una conocida agencia inmobiliaria. Al día siguiente estaría publicada en varios portales especializados de internet. No la necesitábamos: Jorge llevaba tres meses instalado en Nueva York y estaba de acuerdo con venderla. Yo iba a vivir en el despacho. El contrato de alquiler estaría vigente dos años más y cuando venciera ya me plantearía qué hacer.

Estaba a punto de empezar una pequeña colaboración con la policía. Rafa había conseguido autorización puntual para que yo pudiera investigar un posible caso de estafa piramidal. «Solo para probar, sin ningún compromiso de continuidad, ni por tu parte ni por la mía», había dicho Rafa. Al parecer no era fácil solicitar colaboraciones externas en la policía.

Como me había tomado el día libre y ya había resuelto los asuntos que quería solucionar, salí a correr. La temperatura era perfecta para hacer ejercicio al aire libre. Deporte, siesta y un buen libro me parecían un plan excelente hasta que llegara la hora de arreglarme para ir a cenar.

El tiempo se me pasó volando hasta que sonó el telefonillo. Era Rodrigo.

–Pasa. Me arreglo en diez minutos.

–¿Diez minutos? Seguro que me da tiempo a ver una peli –se burló sonriente antes de darme un beso.

Nos dirigimos a pie a la cena que había organizado Fidel en La Leyenda del Gallo, un restaurante cercano a la catedral, a cinco minutos andando desde el despacho, al que debía acostumbrarme a llamar «casa».

Rafa había tenido reparos en asistir porque no quería comprometer su posición, pero Geni había conseguido convencerle. Fidel estaba fuera de toda sospecha y era un respetable oficial de la Guardia Civil. No había ningún motivo para que Rafa no cenase con él. Al contrario, era un compañero de otro cuerpo de seguridad y se lo debíamos para eliminar cualquier rumor que se hubiera podido producir en su entorno después de su detención.

Fidel eligió para el encuentro el restaurante favorito de Imelda. Rodrigo y yo llegamos unos minutos tarde. Nunca había estado en aquel local y entendí por qué a Imelda le gustaba tanto. Al entrar te sentías transportado a una antigua capilla, a un castillo o a una bodega centenaria. Paredes de piedra vista, bóvedas, luz cálida que imitaba a la producida por el fuego, forja negra lisa para las estanterías donde se almacenaban las botellas iluminadas por suaves neones en el fondo, suelo hidráulico para los pasillos y capitoné en los asientos. Muchos *lofts* que se vendían a precio de oro en Nueva York habían intentado conseguir el mismo efecto sin lograrlo del todo. Perfectamente ubicado para empezar la noche, una vez que terminaba el servicio de cenas se transformaba en bar de copas.

Cuando llegamos, Rafa, Geni y Fidel estaban en la mesa. Después de los saludos de rigor, nos sentamos, yo al lado de Geni y Rodrigo junto a Fidel. Hacía mucho que no le veía y le noté agotado, pero sonreía. Era un tipo duro.

–Qué sitio más chulo, Fidel. Me encanta –dije con entusiasmo.

–Mi mujer tenía buen gusto.

–Claro, te escogió a ti –concedí.

–¡Ey! ¿Debo ponerme celoso? –bromeó Rodrigo.

No había querido hacer oficial mi relación con Rodrigo ante Rafa y Geni, a pesar de que Geni me hubiera interrogado varias veces al respecto. Aunque llevábamos tres meses viéndonos en exclusiva, sentía que todo iba muy rápido para mí y no quería contar nada hasta que no me sintiera cómoda. Si meses atrás hubiera visto cómo iba a cambiar mi vida en tan poco tiempo, habría sentido vértigo. Jorge se había ido, acababa de poner mi casa a la venta, tenía una relación inesperadamente feliz con Rodrigo Villarreal y una tal Sloane Miller había etiquetado en Instagram a Jorge en la que todavía era mi casa de Nueva York en una actitud que no dejaba lugar a dudas. Todo ello me hizo darme cuenta de que el final había llegado hacía mucho más tiempo del que yo creía. Meses atrás, Sarah y yo nos habíamos encontrado con Jorge acompañado de aquella rubia en el Vinoteo, cuando nada me hacía sospechar que nuestro matrimonio dejaría de existir en menos de un año. Hubiera algo entre ellos entonces o no, ahora tenían una relación y era pública. Por mi parte, la etapa de discreción también acababa de terminar: el comentario de Rodrigo dejaba poco lugar para dudas.

–Entonces ¿estáis juntos? –preguntó Geni con los ojillos brillantes–. Gracia, es para matarte que no hayas querido contármelo. ¡Con lo que me gusta a mí saber! No me he ganado el apodo de la Chismes sin esfuerzo –confesó y enseguida rectificó–. Aunque en tu caso sabes que no se lo habría contado a nadie. Somos amigas.

–Felicidades, Gracia –dijo Rafa, cortando la verborrea de su mujer–. Me alegro mucho por ti. –Y poniéndose muy serio añadió–: Y tú, tío, casi no te conozco de nada, pero más vale que te portes como un caballero si no quieres tener problemas con la policía.

Rodrigo le miró desafiante y no dijo nada.

–Era una broma –aclaró Rafa.

Me pareció que se había molestado.

–¿Sabes, Rafa? –intervine–. Es que Fidel va por la vida con el tricornio puesto, haciendo a la gente el test de explosivos, como en los aeropuertos, porque hasta sus íntimos son susceptibles de poner una bomba en algún sitio público. Y ándate con ojo en confesar que no pagas la seguridad social de tu asistenta porque Rodrigo caerá sobre ti implacable con todas las sanciones que marca la ley.

–Bueno, vale –dijo Rodrigo con cara seria–, pero las cuotas de la asistenta las pagáis todos, ¿verdad? –añadió, riéndose a continuación para aligerar el ambiente.

–Me gustaría proponer un brindis –anunció Fidel levantando una copa de champán. Me fijé en que todos teníamos una, pero no me había percatado del momento en el que las sirvieron–. Por Geni. Por la única persona que creyó en mí, sin dudar, desde el principio. En los momentos en los que era difícil apostar por mí, estuviste de mi lado. Me consta que no ha debido de ser fácil estando casada con el comisario, que, por cierto, es mucho menos majo que Rafa, tu acompañante de esta noche. Por ti, Geni. Por que siempre podrás contar conmigo.

Geni se emocionó con las palabras de Fidel. Había seguido su instinto y había peleado por un desconocido en las peores circunstancias y en contra de la opinión de los demás.

–Yo quiero añadir –dijo Rafa levantando de nuevo su copa– que me siento muy orgulloso de mi mujer, aunque me gustaría pedirle que, a partir de ahora, se mantenga al margen de mis casos, y a Gracia que cuando quiera meter a otra persona a enredar entre mis principales sospechosos, se abstenga de involucrar a los miembros de mi familia. Te quiero, Geni –añadió dirigiéndose a ella.

Todos brindamos por Geni y tuvimos palabras especiales para ella. Alabamos su buen pálpito con Fidel y sus ganas de ayudar. No pude evitar pensar que el instinto funciona a veces. Otras no. ¿Qué habría ocurrido si Fidel hubiera resultado ser el culpable? ¡Qué diferente habría sido la percepción de todos los que estábamos allí sobre la involucración de Geni en su defensa! Fidel era inocente y Geni había creído en él. Eso era lo único que importaba esa noche.

–Por favor, contadme ahora que ya se ha hecho público y la investigación está cerrada, ¿qué os puso sobre la pista de Lola Estébanez? –preguntó Fidel mirándonos a Rafa y a mí.

–La primera pista fue un cabo suelto que Gracia encontró en su historia. Le dijo algo que era imposible que supiera si no estaba implicada, pero mejor que te lo cuente ella –respondió Rafa señalándome para que continuara.

–Lola sabía que la chica muerta en Zúrich era alemana antes de que ese dato saliera en la prensa –expliqué–. En aquel momento, supuse que lo habría leído en otro periódico o lo habría visto en la televisión. No le di importancia hasta que hablé con Pelayo Granda. Cuando supe que otra mujer relacionada con él había muerto igual, recordé ese detalle y no pude dejar de darle vueltas. Como Rafa averiguó, en el momento en que Lola mencionó que la mujer muerta era alemana todavía no habían identificado el cuerpo. El mismo Pelayo me contó que Lola estuvo aquí y en Zúrich con él, los niños e Imelda, y el camarero de la Tasca Romero confirmó que habían estado allí los tres, Imelda, Lola y Pelayo.

—Y yo ni siquiera di con el camarero correcto —se lamentó Fidel—, tuve que volver a la lectura del testamento y eso casi me hace pasar el resto de mi vida en la cárcel.

—De todas formas —le dije a modo de consuelo—, no habrías obtenido nada. No recordaban a Imelda. Lola era más difícil de olvidar. El pelo negro recogido en un moño y su tez morena llaman mucho más la atención en Zúrich que el de Imelda. Si no llego a quedar con ella en la Tasca Romero, no la habrían identificado. Y no es mérito mío, no elegí la tasca como fruto de una maquiavélica estrategia, sino porque no conocía otro lugar.

—¿Por qué las mató? No hay nada en el informe oficial sobre el motivo de los crímenes —preguntó Fidel.

—¿Quién puede saberlo ya? —respondió Rafa—. Por lo que le contó a Gracia, si es que le dijo la verdad, a Lola, Pelayo ya no le interesaba, pero estaba obsesionada con apartar a sus hijos de él. Pelayo intentó que pasaran temporadas con él cuando iba a casarse con Verena, hace siete años, y de nuevo ahora que planeaba formar una familia con Imelda. Al menos, eso declara él. La mirada de Fidel se nubló al escuchar la última frase de Rafa y decidí intervenir.

—Sin Lola, Verena e Imelda, nadie puede confirmarlo ni desmentirlo —intervine.

—Ya lo hablamos una vez, Gracia: deberías ser detective —respondió Fidel.

—De hecho, tengo una primicia. Rafa ya me permite hacerlo público: voy a colaborar con la policía. En lo mío. Una investigación financiera.

—Y si sale bien, ¿quién sabe? —dijo Rafa en un ataque de euforia—. Quizá podamos repetir la experiencia en nuevos casos.

—No hace falta, Rafa. Yo me comprometo a tenerla ocupada —saltó Rodrigo dejándome estupefacta—. Tenemos más estafadores defraudando a las arcas públicas de los que Gracia puede perseguir. No me parece prudente que trabaje rodeada de criminales.

—A ti puede parecerte lo que quieras, pero lo único que cuenta es lo que le apetezca a ella —le espetó Geni, verbalizando lo mismo que yo pensaba y no quería decir delante del resto.

—Tú estás acostumbrada a que tu marido esté entre asesinos y delincuentes de todo tipo —respondió Rodrigo muy tranquilo—. Para ti es lo cotidiano, pero para los que no lo estamos, impresiona. Y me parece aún más peligroso cuando uno husmea sin tener placa. ¿Os dais cuenta de que estuvo a solas en casa de una asesina a petición tuya, Rafa?

Fidel le lanzó a Rodrigo una mirada inquisitiva que si pretendía ser discreta, no lo consiguió.

—Bueno, Rodrigo, Gracia hará lo que considere —dijo Rafa en un tono que daba el tema por finalizado.

No sé si esperaban algún tipo de reacción por mi parte, pero no me pareció que fuera el momento de discutir con Rodrigo, así que nos quedamos unos instantes en un incómodo silencio hasta que Fidel cambió de tema.

—¿Cómo murió Lola? Quiero saberlo todo —preguntó.

—Robo con violencia —explicó Rafa—. No hay testigos ni signos de violencia, solo una cerradura forzada, su cadáver con el cráneo fracturado y un cuadro desaparecido, un Julio Romero de Torres que le había regalado Pelayo Granda.

—Eso es lo que han dicho los periódicos. Menuda casualidad más oportuna —dijo Fidel con gesto de incredulidad—. ¿La policía no ha investigado nada más?

—El caso está cerrado —confirmó Rafa.

—Ya entiendo que tú no puedes contarnos nada más que la versión oficial —dijo Fidel y mirando hacia nosotros añadió—: ¿qué creéis vosotros que sucedió?

—Lo que creamos, da igual —dije—, porque son suposiciones, nada que pueda demostrarse.

—O sea que tú crees que fue Pelayo Granda —respondió Fidel—. Cuéntamelo. Es una cena entre amigos. No hacemos daño a nadie.

—Pelayo tiene una coartada sólida —intervino Rafa antes de que yo me viera obligada a responder—. Estaba aquí, en su casa, vigilado por dos agentes de policía.

—Ya, Rafa —respondió Fidel—, ¿recuerdas que a Pelayo Granda le dieron una paliza?

—Cuidado con lo que vas a decir —advirtió Rafa—. Yo soy comisario veinticuatro horas al día. Tengo que ir al baño, quizá sea un buen momento.

—No te preocupes, comisario. No hace falta que te vayas. Yo también soy capitán de la Guardia Civil veinticuatro horas al día —dijo Fidel mientras detenía con un gesto a un camarero que se dirigía a nuestra mesa con evidente intención de tomar la comanda—. Solo quiero decirte que, cuando eso ocurrió, yo estaba trabajando. Varios guardias civiles de diferentes rangos están dispuestos a jurar por su honor que yo estaba allí porque es verdad.

—Y este tema termina aquí, capitán —dijo Rafa.

—Por supuesto. No hay más que decir. Solo quería preguntaros si es posible que Pelayo Granda haya sido el responsable de la muerte de Lola para incriminarla. ¿Y si no fue ella la asesina de Imelda y este tío se está librando después de cargársela y preparar las pruebas para que ella parezca culpable? Necesito saber. Llevo semanas dándole vueltas y no puedo pasar el resto de mi vida con semejante incertidumbre.

—¡Joder, Fidel! —intervino Rafa—. Yo te entiendo, no imagino cómo reaccionaría en tu situación, pero te aseguro que Pelayo no mató a Imelda. La investigación sobre Lola no deja dudas de que ella mató a Imelda y a las hermanas Verena y Emma Bauer. Había huellas suyas por todas partes, tenía dos botes de GHB casi vacíos en el armario de su baño y no tenía coartada para ninguna de las muertes. No se ocupó de ocultarse porque nadie tenía motivos para sospechar de ella. No se investigó a Lola por la muerte de Verena Bauer y posiblemente no lo habríamos hecho cuando murió Imelda. Si no hubiera matado a Emma, ¿quién sabe? Ahora se ha destapado la vida de Lola y sabemos que su madre se suicidó esperando tumbada en las vías el paso del tren a las afueras de Málaga cuando ella solo tenía cinco años. ¡A saber qué pasaría por la cabeza de esa mujer! Como ves, hemos hecho los deberes.

—¿Te han contado que otra mujer relacionada con Pelayo también murió? —preguntó Rodrigo dirigiéndose a Fidel en un alarde de indiscreción que me enervó.

Rafa me lanzó una mirada asesina. No era un dato confidencial, pero supuse que habría preferido que yo no comentara los detalles del caso mientras desayunaba con Rodrigo.

—¿Quién? ¿De qué habláis? ¿Otra mujer? Joder, con el Pelayito de los coj... —dijo Fidel.

De mala gana, Rafa le explicó a Fidel quien era Martina Krain.

—Aquello fue un accidente, cayó al lago de noche y el agua estaba casi helada. En cualquier caso, ni Pelayo ni Lola tuvieron nada que ver —concluyó Rafa muy seco.

—Ya, igual que Pelayo Granda no tuvo nada que ver con la muerte de su exmujer —insistió Fidel.

—Toda la investigación indica que la muerte de Martina Krain fue un accidente —insistió Rafa, armándose de paciencia.

—¿Quién sabe? —intervino Geni—. Quizá eso le dio a Lola la idea. Su marido la engaña, pero cuando su amante muere, él vuelve a su lado. Es posible que pensara que era cosa de la justicia divina.

—No vas desencaminada, algo así debió de suceder —dije apoyando la teoría de Geni—, porque me lo dijo la propia Lola cuando hablé con ella. En aquel momento no me sonó tan raro, pero afirmó que Dios había protegido su matrimonio con la muerte de Martina Krain. Tal vez, como en la siguiente ocasión la justicia divina no actuó, decidió hacerlo ella.

—En cualquier caso —cortó Rafa—, Lola está muerta y nunca sabremos qué pasaba por su cabeza.

—El muy cabrón de Pelayo Granda envió flores al cementerio para el entierro de Imelda —saltó Fidel bruscamente—. No tenían remitente, pero sé que fue él. Llamé a la floristería que las sirvió, pero el encargo se hizo por internet y se pagó a través de PayPal.

Nos quedamos todos en silencio.

Pelayo Granda había abandonado la ciudad con sus hijos en cuanto la prensa aireó la vinculación de su exmujer con los asesinatos. Solo la policía y la juez de instrucción conocían su paradero.

—Espero que Imelda no sufriera, que no se despertara cuando la arrolló el tren —dijo Fidel.

Se había quedado pálido. Supuse que visualizar un tren acercándose a su mujer, dormida sobre la vía, un gigantesco y letal monstruo del que ella no podía escapar, era demasiado para cualquiera.

—No teníamos que haber llegado tan lejos con esta conversación —dijo Geni.

—No pasa nada, estoy bien, mejor que cuando llegué —respondió Fidel—. Necesitaba saber. Gracias a todos por haber compartido conmigo los detalles del caso. He pasado un infierno pensando que el asesinato de mi mujer iba a quedar impune.

Por fin, abrimos las cartas y llamamos al camarero para que nos tomara nota.

A pesar de lo crudo de la conversación, era tarde y estábamos hambrientos. Geni hizo una excelente selección de delicias para compartir y pidió en nombre de todos.

La conversación sobre Imelda terminó y derivó en otros temas más agradables y mucho menos dolorosos. Fidel demostró una gran fortaleza durante el resto de la cena, estuvo simpático y nos hizo reír con sus agudos comentarios en varias ocasiones. Incluso nos tomamos una copa después del postre. Pensé en el esfuerzo que debía de estar haciendo.

–¿Vamos al baño antes de irnos? –me propuso Geni cuando nos levantamos de la mesa.

No acepté su invitación, no me gustaba ir al baño en compañía. Geni insistió y yo volví a negarme. Vi cómo resoplaba en silencio, resignada. Supuse que quería preguntarme por los detalles de lo que había entre Rodrigo y yo y no me apetecía contárselo en ese momento.

Cuando salimos, nos despedimos todos calurosamente y Rodrigo me rodeó la espalda con su brazo.

–Te acompaño a casa –dijo– y si me dejas, me quedo a hacerte compañía el resto de la noche.

–Punto a favor tuyo que reconozcas que tengo motivos para estar enfadada.

–¿Me das la oportunidad de hacerme perdonar?

–Vale –acepté–, pero tenemos que quedarnos en el despacho. La casa está recogida, el lunes habrá visitas de posibles compradores y tienen que encontrarla en perfecto estado.

–Te diría que nos fuéramos a la mía que es más cómoda, pero sé que vas a negarte porque no tienes desmaquillante, ni maquillaje, ni plancha para el pelo, ni acondicionador y no sé cuántas cosas más que consideras imprescindibles para quedarte una noche –dijo Rodrigo mientras echábamos a andar.

–Como ya lo sabes, no insistas.

–También podías dejar todo eso en mi casa. Tu despacho no tiene ni un triste sofá en el que tumbarnos a ver la tele.

–¡Ah! ¿Es que vamos a ver la tele? –broméé.

–Lo digo en serio. ¿Por qué no dejas cosas en mi casa? Es como si te diera miedo que eso hiciera nuestra relación más real. Tenías que haber visto tu cara cuando Rafa y Geni nos felicitaron.

Y ahí estaba la razón para el comportamiento de Rodrigo durante la cena.

–No les hablé de nosotros –expliqué–, pero no tiene nada que ver contigo, es solo que no me gusta hablar de mi vida personal. Además, te prometo que, en cuanto venda la casa, me llevaré los muebles al despacho y se convertirá en un apartamento bonito y acogedor. Ahora no es buena idea. La agencia dice que las casas resultan mucho más atractivas para los compradores cuando están amuebladas. Mientras tanto, si te parece bien, dejaré un cepillo de dientes en tu casa y unas planchas para el pelo.

–Por algo hay que empezar.

Me había sentado mal su postura posesiva y fuera de lugar sobre mi colaboración con la policía, pero al menos ya entendía por qué se había puesto así y preferí tomármelo como un halago.

–Tus amigos son encantadores –dijo Rodrigo–. Es un detalle que Rafa haya accedido a compartir con Fidel los pormenores del caso y que lo acerquen a casa en coche.

–Conociendo a Geni es capaz de subir con él, prepararle un ColaCao y asegurarse de que se lo toma y se mete en la cama.

—Te prometo que en el futuro desplegaré todos mis encantos para caerles bien.

—Más te vale.

—Dame un poco de cancha, que bastante difícil me lo está poniendo Sarah.

Me reí con ganas apretándome más contra él. Sarah le estaba haciendo pagar sus desplantes hacia ella, aunque él hacía todos los esfuerzos por mostrar su mejor cara.

—Por cierto —dijo Rodrigo—, me ha comentado Geni en las copas que ha estado ayudándote con el tema de Santiago Pérez Rubio. ¿Hay algo que deba saber?

Apunté en mi agenda mental matar a Geni. No había querido contarle nada a Rodrigo de mi acuerdo con Carolina Rubio todavía. Gracias a Geni no me quedaba más remedio que confesar y así lo hice. De todas formas, necesitaba la colaboración de Rodrigo, así que le conté mi plan mientras caminábamos abrazados hacia el despacho.

—Le veo una laguna a tu idea —dijo después de escucharme—. Los fraudes prescriben a los cinco años. Si después de ese plazo cierran todo, ¿se libran?

—Cinco años son muchos años. En un par veremos si van en serio, tenemos tiempo de sobra para presentar la denuncia. Si lo hacen bien, merecerá la pena que sigan y todos saldrán ganando, sobre todo los enfermos. Si los denunciamos, ¿quién gana? Además, tendremos una persona dentro de la fundación que vigilará cada paso que den.

Le conté quién era mi prima Rebeca y que Carolina había accedido a contratarla.

—Adelante. Me has convencido —accedió Rodrigo.

—¿Lo he hecho? Al final vas a ser un tío con ideales, de los que creen en el bien común y luchan por ello —dije apretándome aún más contra él.

No había cogido abrigo y la noche era fría, a pesar de que durante el día hubiéramos llegado a los veinte grados.

—Claro que creo en ello, ¿qué te hacía pensar que no?
—Tu pose de tío duro y autosuficiente —me sinceré—. Ahora me dirás que lo tuyo es el espíritu de Christiania.
—No tanto, pero si tengo que elegir, elijo Christiania.

Hicimos el resto del camino en silencio, abrazados, disfrutando de la noche de otoño que, aunque fresca, había llenado el oscuro cielo cantábrico de nubes que reflejaban la luz de la luna. Las baldosas de piedra que cubrían las calles relucían señoriales bajo las farolas de hierro forjado y los edificios centenarios del centro se mostraban, como siempre, elegantes y distinguidos. La ciudad desprendía nobleza.

A la mañana siguiente, cuando Rodrigo se metió en la ducha, me di cuenta de que tenía un larguísimo whatsapp pendiente de leer.

«Gracia, llámame. Ayer quería contarte que Rafa también comprobó la ficha policial de Rodrigo. No iba a decirte nada, pero esta noche me ha parecido que vais en serio, aunque Jorge y tú todavía no hayáis tramitado el divorcio. Rodrigo tiene antecedentes penales. Hace doce años atropelló y mató a un ciclista en Ciudad Real. Iba borracho y puesto de coca. Se libró de la cárcel, pero estuvo ingresado en un centro de rehabilitación.»

Por fin había encontrado el talón de Aquiles de Rodrigo Villarreal, cuando ya no me interesaba. Me levanté de la cama y me dirigí a la minúscula cocina del despacho a preparar café y tostadas para dos. Todos teníamos un pasado que no queríamos recordar.

Epílogo

13 de diciembre de 2019. París

Últimas horas de la Operación Rembrandt: Noticia de la Agencia Reuters distribuida a la prensa internacional.

La investigación sobre la trama de blanqueo de dinero y falsificación de obras de arte llevada a cabo por la Interpol, conocida como Operación Rembrandt, que condujo hace días a la detención en Londres del banquero inglés Edward Collingwood, ha continuado esta noche con la detención en París de un presunto sicario que llevaría años cometiendo asesinatos por encargo para grandes personalidades del mundo de la política y los negocios: se trata del francés Julien Bennot, un tratante de arte relacionado con las altas esferas de la política europea.

Durante el registro realizado en la residencia de verano de Bennot, a pocos kilómetros de la de la familia Collingwood, situada en Como, una exclusiva población del norte de Italia, se incautó el cuadro del pintor español Julio Romero de Torres, desaparecido en Zúrich el pasado mes de agosto durante la controvertida muerte de María Dolores Estébanez, bautizada por los medios como La Flamenca.

En la caja de seguridad de Bennot se encontró una agenda codificada. Los expertos de la Interpol no tardaron en descubrir la clave de cifrado, basada en un antiguo libro de arte: el Tratado de Pintura de Leonardo Da Vinci.

Nada más conocerse el contenido de la agenda se decretó el secreto de sumario, pero antes fuentes oficiales confirmaron que podría contener un registro de nombres de los objetivos y clientes de Bennot. El nombre de Martina Krain, la malograda esposa del mandatario suizo Henrik Krain, muerta en el año 2009 en un accidente en el lago Zürisee, se ha filtrado como uno de los que aparecen en la agenda. Desde esta madrugada, Krain está recluido en su domicilio de Zúrich y ni él ni los portavoces de su partido han hecho ninguna declaración.

Este hallazgo apunta a Julien Bennot como autor del asalto a la vivienda de La Flamenca. De ser así, la identidad del ordenante podría encontrarse en la agenda incautada.

Se esperan nuevas detenciones en los próximos días que impliquen a distintos empresarios y cargos públicos ingleses, franceses e italianos, por lo que el panorama político y empresarial puede convulsionarse en los próximos meses con importantes consecuencias para la economía europea.

Agradecimientos

Gracias a todos los que formáis parte de esta vida de libros, niños, prisas y sorpresas que tanto me gusta vivir.

A Mathilde, mi editora, y a Alicia, mi agente, que confiaron en mí cuando todavía no había motivos y siguen a mi lado en cada historia.

A David, mi marido, que está más seguro de mí que yo misma.

A David, Alberto y Álex, que llenan de ilusión y alegría nuestra vida, nuestra casa y cada proyecto que emprendemos.

A mis lectores beta: Asier, Ainhoa, Begoña, Cristian, Christian S., Cristina, David, Eva, María, María Jesús, María José, Miguel A., Miguel A.G., Soraya y Vero.

A Ana, que ha corregido esta obra con cariño y buen hacer.

A Laura, a Joaquín y a todo el equipo editorial por el cuidado con el que tratáis las historias que tenéis en vuestras manos y por vuestro incansable esfuerzo para acercarlas a los lectores.

A Jose María Guelbenzu, por dedicar su tiempo a una colega novata, que empezó a admirarle como escritor, después como maestro y ahora, además, como persona.

Y a ti, lector, que eres el gran motivo de esta aventura literaria. Si quieres saber más acerca de mí o de Gracia San Sebastián, si tienes algo que contarme o que aportar a futuras historias, aquí me tienes:

Info@analenarivera.com @AnaRiveraMuniz
www.analenarivera.com https://www.instagram.com/analenarivera/
www.facebook.es/analenarivera https://www.linkedin.com/in/anariveramuniz/

La autora responde a preguntas frecuentes sobre la serie

Quiero leer las novelas de la serie en orden, ¿por dónde empiezo?

La primera entrega es *Lo que callan los muertos,* la segunda, *Un asesino en tu sombra,* y la tercera, *Los muertos no saben nadar,* pero no es necesario leerlas en orden. Cada caso es independiente del anterior y autoconclusivo. La vida de Gracia, la investigadora protagonista, continúa, pero en cada libro hay datos suficientes para seguirla sin ninguna dificultad.

¿Qué voy a encontrar en los libros de Ana Lena Rivera?

Novelas de intriga ambientadas en Oviedo, personas fallecidas en extrañas circunstancias, una investigadora de fraudes financieros, tramas con mucho ritmo y toques de humor y personajes muy reales con los que cualquiera de nosotros puede sentirse identificado, o en los que es posible reconocer rasgos de personas de nuestro entorno. Después de leer la serie de Gracia San Sebastián, nunca miraremos a nuestros vecinos de la misma forma.

¿Qué no voy a encontrar?

Escenas sanguinarias, psicópatas asesinos, crudeza extrema, carnicerías, héroes o antihéroes.

¿Por qué hay tanta comida en las novelas?

Porque la comida hace a los personajes humanos y reales. Cuando comemos mostramos nuestra forma de ser (si somos ansiosos, tranquilos, glotones, austeros, sibaritas) y también las relaciones que tenemos con aquellos con los que compartimos mesa. Además, es una forma de lograr una ambientación fidedigna porque Asturias está íntimamente ligada a la gastronomía.

¿Cuál es el personaje de la serie que despierta más simpatías?

Adela, la madre de Gracia. Es el personaje favorito de los lectores porque a todo el mundo le recuerda a alguien: a su propia madre, a su tía, a su suegra, a la madre de una amiga. Es cariñosa, simpática, caótica y tradicional, una madre gallina clueca. Yo la adoro, y también siento debilidad por Sarah, tan vitalista, tan decidida a sacar todo lo positivo de la vida que no se preocupa por lo malo que pueda venir y disfruta de lo bueno que le trae el presente.

¿En qué se parece Ana Lena Rivera a Gracia San Sebastián?

Compartimos lugar de nacimiento, nos gusta la buena comida y seguro que muchas más cosas, aunque no sé cuáles, al igual que ocurre con el resto de los personajes.

En términos generales, los personajes toman forma a partir de los recuerdos conscientes e inconscientes del autor: de gente que conoce o conoció, de personajes sobre los que leyó o vio una serie, de historias que le contaron, de anécdotas que escuchó. Todo eso se mezcla en el subconsciente y da lugar a los personajes. Los autores no podemos inventar características humanas que no existen en la vida real porque de lo contrario crearíamos superhéroes o supervillanos que no serían creíbles. Por eso todos los personajes tienen algo de su creador.

¿Cuáles son las fuentes de inspiración para las historias de Gracia San Sebastián?

Cada trama tiene una inspiración diferente. *Lo que callan los muertos* nace de las historias sobre la posguerra que escuchaba cuando era pequeña; *Un asesino en tu sombra,* de un hecho terrible que ocurrió cuando yo era adolescente; y *Los muertos no saben nadar,* de una serie de sucesos que leí en la prensa durante unas vacaciones y que me impactaron.

Todas tienen en común la maldad del mundo que nos rodea y la idea de que esta ataca en el momento de mayor debilidad, por lo que la confianza te hace débil. Es más fácil asesinar a una persona que confía en ti que a un desconocido. Es más fácil timar a alguien con el pretexto de una buena causa.

¿Por qué Oviedo?

Es la ciudad donde nací y crecí, aunque llevo muchos más años fuera de los que viví en Oviedo. Escribir esta serie me hace recordar los lugares que me gustaban y pasear por las calles de la ciudad como si fuera una turista, redescubriendo los rincones. Además, es el marco perfecto para las investigaciones de Gracia. En una ciudad de millones de habitantes, el modelo de preguntar a unos y a otros hasta encontrar lazos entre ellos no es posible y, en una más pequeña, lo que no sería factible es el anonimato que algunos hechos requieren.

¿Cómo fue ganar el Premio Torrente Ballester con tu primera novela?

La sensación es sobrecogedora. Cuando terminas tu primera novela no sabes si has escrito una buena historia o no. Que un jurado como el del Premio Torrente Ballester diga «¡Ey, lectores, aquí, leed esto, que es bueno!» te hace sentir un batiburrillo de emociones: incredulidad, sorpresa, alegría, ilusión, expectación… Participar en un concurso literario es como comprar lotería, lo haces con la ilusión de que te toque, pero nunca piensas realmente que te vaya a suceder a ti.

¿Por qué escribes?

Porque leer es el mejor antidepresivo. Como lectora, devoro libros desde niña y hoy estoy convencida de que cualquier libro es un manual de conocimiento personal y del mundo en que vivimos. Cuando lees te sientes identificado con situaciones, momentos y rasgos de los personajes, y aprendes múltiples formas de gestionar lo que te sucede o lo que te sucederá en el futuro. Cuando lees una novela, los personajes están emocionalmente desnudos delante del lector, le cuentan no solo su parte buena, como hacen las personas, sino también sus miserias. Eso te da unas herramientas muy valiosas para vivir. Eso fue lo que los libros me dieron y me siguen dando: opciones, alternativas, vías de escape, soluciones. Si mis libros pueden aportar lo mismo a otras personas, habré conseguido mi objetivo.

¿A qué personaje literario te hubiera gustado conocer?

A ninguno. Los personajes, al igual que las personas, son imperfectos, y me gusta quedarme con la cara que me muestran. Seguramente, si los conociera, me decepcionarían. Cuando admiramos a alguien, nos gusta un aspecto suyo, pero en realidad puede que si llegáramos a conocerlo, no nos despertara admiración.

¿Crees que la buena literatura puede ser comercial?

Hubo una época en que la literatura era un bien exclusivo de una élite, que no era tal por su inteligencia sino por su acceso a la formación y a los libros, un hecho que solía depender exclusivamente de la fortuna familiar. Considerar en estos tiempos que la literatura que se vende o que gusta es mala y que la que no se vende tanto es mejor porque solo la aprecian unos pocos, me parece una visión muy poco respetuosa sobre los lectores.

¿Qué es lo más complicado de escribir?

Transmitir las ideas de forma sencilla y ágil a través de un medio tan frío como es el papel impreso, donde no existe la posibilidad del lenguaje no verbal ni los tonos de voz. Por eso tienes que ser muy claro. En la escritura, complicar los pensamientos más simples es muy sencillo, lo que realmente cuesta es transmitir de manera clara lo que es complicado. Cuando una persona se comunica y solo la entienden unos pocos o hay diferentes interpretaciones sobre lo que quiso decir, lo que suele ocurrir es que no se ha explicado bien.

¿Cómo es tu lugar de trabajo o donde generalmente sueles escribir?

Solo necesito luz, mi portátil y una conexión de red. Pero, sobre todo, silencio. Tiempo y silencio.

¿Tienes presencia en redes sociales? ¿Crees que ayudan o perjudican a la cultura?

Tengo presencia, las utilizo para hablar de literatura con gente a la que le gusta. Una red social es un lugar de encuentro y gracias a ellas puedo estar en contacto con lectores y escritores con los que compartir experiencias y aprender, y que, de no ser por las redes sociales, me habría resultado mucho más difícil conocer.

Lo importante en las redes es centrarte en lo que te interesa y dejar de lado lo que no. Es como ir al cine: puede tener doce salas, pero tú solo entras a ver la película que te gusta. En las redes sociales es igual.

¿Un truco para enfrentarse a la hoja en blanco?

Escribir en ella cualquier cosa que te haya pasado, por aburrida que sea, así dejará de estar en blanco. Luego solo tienes que seguir.

Cuando te viene la inspiración y no te sorprende escribiendo, ¿tomas notas en algún sitio?

La inspiración suele llegarme sentada delante del ordenador, trabajando, leyendo lo que ya he escrito, metiéndome de lleno en la historia que estoy creando. Lo que sí me ocurre a veces es que un lugar me llama la atención, o una persona, incluso una frase. Entonces me envío un e-mail desde el móvil para que no se me olvide. Algunas veces solo me envío una palabra porque tengo prisa o estoy con alguien, y luego me cuesta recordar lo que quería decirme a mí misma.

Durante el proceso de escritura, ¿imaginas un lector? ¿Es alguien definido?

Yo misma. Escribo lo que me gustaría leer porque no tengo ni idea de lo que le va a gustar a otro.

¿Hasta cuándo habrá casos de Gracia San Sebastián?

Hasta que ella quiera quedarse conmigo y vosotros, los lectores, sigáis queriendo que ella sea la protagonista de vuestras lecturas.

Ya puedes comenzar a leer el nuevo libro de **Ana Lena Rivera**

LOS MUERTOS *NO* SABEN NADAR

La **tercera novela** de la autora de *Lo que callan los muertos*, ambientada entre **Oviedo** y **Gijón**

Sábado, 7 de diciembre de 2019. 10:00 horas
Playa de San Lorenzo, Gijón

—¡Mira, papá! Mira lo que he encontrado.

—¿Qué es eso, Isma? —preguntó el hombre extrañado al ver a su hijo acercarse con lo que parecía la mano de un maniquí viejo y sucio.

El horror que sintió cuando el pequeño le entregó su recién encontrado tesoro lo persiguió durante varios días. Los momentos siguientes se fijaron de manera caótica en su memoria: cómo arrojó el brazo putrefacto de una patada lejos de su hijo, los ojos llorosos de este ante la reacción de su padre, la confusa llamada a emergencias, la carrera desenfrenada y torpe por la arena con el niño en brazos, la cara de los agentes cuando les explicó que había dejado un brazo humano en la arena, el traslado a comisaría para tomarles declaración después de examinar el brazo y de permitirles recoger su pelota abandonada.

A Ismael, en cambio, la visita a la comisaría con todos aquellos policías alrededor le compensó con creces la pérdida de su hallazgo. Los agentes se interesaban en su historia, tuvo que repetirla varias veces, le dieron gominolas y un batido de chocolate. Su padre le permitió tomárselo todo y le prometió llevarle esa tarde a darle la carta a Papá Noel. Fue uno de los días más geniales de su vida.

—Entonces —quiso confirmar el agente de policía con el pequeño Ismael—, ¿no encontraste el brazo en la orilla?

—No, estaba escondido en mi agujero del muro. Siempre dejo allí las conchas que encuentro.

—¿Cuándo fue la última vez que dejaste conchas en tu agujero del muro?

—El último domingo que estuve con papá. Si hace bueno bajamos a jugar al fútbol a la playa.

—¿Y eso cuándo fue exactamente? —preguntó el policía mirando al adulto.

—Hace dos semanas —respondió Julio, el padre de Ismael—. Mi mujer y yo estamos divorciados, paso con Isma un fin de semana de cada dos. Si no llueve y hay marea baja nos gusta jugar al fútbol en la playa. Ismael tiene la ilusión de que lo fiche el Real Madrid, ¿sabe usted? Está en la escuela de fútbol del Sporting.

—¿Dónde estaba usted cuando su hijo encontró el brazo?

—Lo estaba esperando en la zona húmeda. Si la arena está seca no se puede jugar bien. Isma fue a revisar el agujero del muro. Le gusta recoger conchas y meterlas dentro. Siempre que bajamos a la playa, comprueba si todavía están allí. A veces las encuentra y otras no.

Después de hacerles algunas preguntas de rutina y tomarles los datos, los dejaron ir, no sin antes dar las gracias a Ismael y nombrarle miembro honorífico de la policía de Gijón en una ceremonia improvisada que hizo las delicias del niño.

«Espero que esto no me cueste un disgusto con mi ex», pensó Julio cuando iban para casa. Todavía sentía el estómago un poco revuelto.

1

Sábado, 7 de diciembre de 2019. 21:00 horas

Mario Menéndez Tapia, jefe de policía del Principado, encendió un puro sentado en el sillón orejero de su salón y miró a los turistas que caminaban por su calle, en pleno casco histórico de Oviedo, en busca de un restaurante para cenar. Menéndez fumaba de tanto en tanto, resto de un hábito que intentó asumir como propio cuando los hombres muy hombres fumaban y más si eran tipos duros como los policías. En aquella época no llegó a conseguir que el tabaco le enganchara del todo. En cambio, cuando llegó el momento en el que las fotos de pulmones podridos por la nicotina sustituyeron a las del vaquero de Marlboro, el hábito no arraigado se negó a abandonarle. El cerebro humano, como la vida, era caprichoso. Mario era un hombre de principios, satisfecho con su trabajo, a pesar de los treinta años que llevaba dedicado al Cuerpo de Policía, y firme creyente de que la labor policial era vital para la sociedad. Policías, médicos y profesores eran, en su opinión, los pilares básicos de la humanidad, los que conseguían que la sociedad siguiera funcionando y que el mundo fuera cada día mejor. Con semejante visión de la vida y de su profesión, recuperaba en los integrantes del cuerpo la ilusión infantil que los había llevado a ser policías: perseguir a los malos y proteger a los buenos. Sin familia directa, sin más aficiones que cantar en el Coro Vetusta, con el que incluso había grabado un disco, dedicaba muchas horas al trabajo y exigía lo mismo a sus equipos.

Los primeros análisis del brazo encontrado en la playa de San Lorenzo revelaban que pertenecía a un varón de mediana edad y las huellas dactilares correspondían a una persona registrada en la base de datos de la policía: un hombre que había sido detenido por intento de soborno a un funcionario público hacía varios años y por un delito de falsificación de tarjetas de crédito cuando aún estaba en la universidad estudiando Ciencias Empresariales. En la actualidad, la comisaría central de Oviedo lo estaba investigando por una posible estafa piramidal. Acababa de hablar con el comisario de Gijón al que correspondía la investigación del brazo hallado en la playa y, preocupado por la situación de la comisaría, con varios inspectores de baja y un repunte del contrabando que entraba por el puerto del Musel, dio una profunda calada a su puro y llamó a Rafael Miralles.

—Rafa, quiero que te encargues de supervisar personalmente el caso del brazo de Santamaría —dijo Mario al comisario de Oviedo en cuanto este respondió al teléfono.

—¿Y Granda? ¿Has hablado con él? —preguntó Miralles refiriéndose al comisario más veterano de Gijón mientras se levantaba de la mesa del comedor, donde se encontraba cenando con su mujer y sus hijas.

—Aún no, pero voy a arreglarlo. Por supuesto, tendrás que trabajar en estrecha colaboración con él y formar un equipo mixto, pero el brazo es tuyo.

—Eso ha sonado raro, Mario —respondió Miralles.

—Pon manos a la obra —ordenó su jefe ignorando la chanza del comisario—. Yo me encargo de que te dejen trabajar. La Judicial de Gijón te lo traspasará de mil amores. Están colapsados y no pueden asumir la desagradable tarea de buscar en el mar un cuerpo que, si tenemos suerte, le faltará un brazo y si la tenemos mala, estará totalmente desmembrado. Lo que más les preocupa es que empiecen a aparecer partes de Alfredo Santamaría por las distintas playas de la región. Menos mal que no estamos en verano. Confiemos en resolverlo pronto y que cuando llegue el buen tiempo se haya olvidado. Ningún turista quiere bañarse en un mar donde aparecen restos humanos. Deberás mantenerlos informados, a ellos y a mí. En todo momento.

—¿Y el juez de Gijón al que corresponde el caso?

—Todavía tengo que hablar con ella. Es una vieja conocida. No pondrá problemas.

—¿Tendremos presupuesto?

—Tendremos presupuesto limitado, como siempre, pero dime qué necesitas y yo me encargaré de conseguírtelo. ¿A quién le vas a asignar el caso? Tiene que ser alguien discreto y minucioso.

—Ese es Sarabia —propuso el comisario refiriéndose a Fernando Sarabia, uno de los inspectores jefe más jóvenes y brillantes.

—¿No está con el caso de las agresiones a los mendigos?

—Acaban de empezar y parece violencia pandillera. Es más adecuado para Ramón Cabán, habla con esos niñatos de tú a tú, no sé cuál es más bestia.

—Tu criterio manda, Miralles, asigna a Sarabia. Yo voy a hacer política y a conseguir la pasta. Una cosa más —dijo el jefe de policía cuando el comisario estaba a punto de colgar—. Esa investigadora que hemos contratado...

—¿Sí?

—¿Es buena de verdad?

—¿Lo dudas por algo?

—He tenido que dar muchas explicaciones para dedicar fondos a un experto externo y ahora el caso se complica, ya no es solo una estafa. Hay un muerto y no creo que sea una coincidencia. Después de venderla como si fuera la Sherlock Holmes de las finanzas, si algo sale mal, olvídate de conseguir más partidas especiales en años.

—Soy consciente, Mario. Confía en mí.

El comisario colgó el teléfono deseando no equivocarse.

EL INVIERNO ACENTUABA el encanto de las calles de París, decoradas para recibir la Navidad. El frío y la humedad invitaban a entrar en los cafés, a disfrutar de la excelente cocina autóctona y a pasear abrazados para compartir el calor que emitía nuestro cuerpo.

Rodrigo me había invitado a pasar unos días con él. Tenía un congreso europeo de unificación de normativa sociolaboral. Sonaba muy aburrido, pero no le requería total dedicación. La última vez que había estado en París había sido con Jorge, el que todavía era mi marido. Llevábamos más de un año separados, pero el divorcio todavía no estaba formalizado. Yo no tenía interés en pedírselo ni él parecía tener prisa en solicitarlo. Jorge se había mudado a nuestra antigua casa de Brooklyn Heights, en Nueva York y, a juzgar por las redes sociales, no vivía solo. Desde entonces, únicamente nos habíamos cruzado unos cuantos whatsapp relativos a la venta de nuestra casa de Oviedo. Estábamos rehaciendo nuestra vida por separado.

Esa noche, Rodrigo había escogido el lugar de la cena: Maxim´s. Era clásico hasta para elegir restaurante y el sitio no me decepcionó. La tarrina de pato con *foie* y trufa negra me hizo sentir un placer que rozaba lo sensual, la pularda estaba exquisita y de postre, muy francés, un plato de quesos me transportó a la campiña, que en mi imaginación olía al aroma dulzón de las vacas, de la leche cuajada y de la hierba húmeda de los pastos.

—¿Sabes, Gracia? —dijo Rodrigo—. No quiero estropear la cena, ni siquiera espero una explicación, pero me gustaría que reflexionaras sobre lo que voy a decirte.

—Vaya, con semejante introducción es difícil esperar algo bueno.

—No es malo. No creo que sea malo.

—Pues dímelo.

—Cuando me llegó la convocatoria del congreso en París, lo primero que pensé fue que quería que vinieras conmigo y traerte aquí, a Maxim´s —explicó Rodrigo y se calló.

—Y aquí estamos. Es un sitio precioso —lo animé a continuar después de unos segundos de silencio.

—Este es el lugar donde hubiera querido pedirte que te casaras conmigo.

Me quedé boquiabierta. La realidad es que teníamos una relación que me hacía sentir bien, pero según la ley todavía tenía un marido y Rodrigo y yo ni siquiera vivíamos juntos, aunque ya nos lo estábamos planteando.

—Pero no puedo hacerlo porque aún estás casada —continuó— y no has dado ningún paso para dejar de estarlo.

—¿Quieres que hablemos de eso ahora?

No podía creer que fuéramos a estropear la cena con un tema tan delicado, en el que ni yo iba a ser sincera ni él comprensivo.

—Solo quería que supieras qué es lo que me gustaría hacer y que pienses en ello.

—Te prometo que lo haré.

—Rafa te está llamando —dijo Rodrigo señalando mi teléfono con gesto de desagrado.

Mi móvil, en modo vibración, encima de la mesa, anunciaba en la pantalla una llamada de Rafa Miralles, el comisario, mi nuevo cliente y marido de Geni, compañera de colegio desde que teníamos cuatro años.

—Seguro que puede esperar —dije ofreciéndome a no responder al teléfono.

—Contesta si quieres. Si es Rafa, será importante.

No supe distinguir si era una ironía o una deferencia por parte de Rodrigo. Por si acaso, decidí no arriesgar. Él no estaba de acuerdo en que aceptara casos derivados por la policía, a pesar de que solo me hicieran encargos de investigaciones de fraudes financieros. Rodrigo estaba convencido de que si venían de la poli eran peligrosos y podía verme involucrada en crímenes mucho más violentos, como ya había ocurrido en una ocasión.

—Muchas gracias, Rodrigo, los estafadores pueden esperar.

La pantalla por fin se apagó y empecé un discurso que no sabía bien cómo terminar. Los últimos meses con Rodrigo habían sido los únicos en los que había podido sentir algo de paz después de la muerte de mi hijo, Martin, hacía más de dos años. No quería estropearlo.

—Rodrigo, quiero decirte que el tiempo que llevo contigo...

No había terminado la frase cuando un whatsapp de Rafa iluminó de nuevo la pantalla.

> Llámame cuando puedas. El brazo del tipo que estás investigando ha aparecido en la playa de Gijón. La forense calcula que lleva muerto alrededor de un día.

Antes de asimilar lo que acababa de leer, miré a Rodrigo, que tenía los ojos fijos en mi móvil.

—Lo dicho, Rodrigo, Rafa puede esperar —aseguré con menos serenidad de la que intenté trasmitir con mi tono de voz mientras guardaba el teléfono en el bolso como si el mensaje hubiera sido uno de tantos que recibía a diario.

—Menos mal que solo ibas a perseguir estafadores, nada de crímenes violentos —ironizó con una sonrisa tensa en la cara.

—¡Que les den, Rodrigo! Esta noche es para nosotros.

—¿Vas a ignorar un mensaje... —Rodrigo buscó una palabra que no encontró—... así? ¿Hacemos como que no pasa nada?

—Sí —afirmé en un vano intento de convencerme de que podría olvidarme del brazo de Alfredo Santamaría.

—¿Y después?

—Después, ¿qué?

—¿Después de esta noche?

—Habrá muchas noches más —respondí con la mejor sonrisa de mi repertorio. Y para confirmarlo añadí—: Tantas como tú desees, porque te quiero y me encanta estar aquí contigo.

Rodrigo se relajó, pidió champán y la cena volvió a ser perfecta, aunque no pude dejar de pensar en su propuesta ni en el whatsapp de Rafa.

Rodrigo era, además de mi pareja, mi principal cliente. Representaba a la Seguridad Social. Trabajar como asesora externa para la policía era solo una prueba. Acababan de encargarme mi primer caso con ellos y empezaba regular, a juzgar por el mensaje del comisario.

A LAS ONCE de la noche, el comisario Rafael Miralles se encontraba en el despacho de su casa, leyendo la documentación que había recibido de la Judicial de Gijón.

Como ya sabían, las huellas dactilares correspondían a Alfredo Santamaría, hombre de negocios, subastero, agente financiero, significara eso lo que significara, y sospechoso de perpetrar y beneficiarse de una potencial estafa en el sector inmobiliario. El comisario Miralles había solicitado la colaboración de Gracia San Sebastián, una investigadora privada experta en fraudes financieros, proveniente del FiDi de Nueva York, y, después de superar burocracia y reticencias por distintas secciones del Cuerpo Nacional de Policía, por fin estaban probando un nuevo modelo de colaboración externa para lidiar con delitos económicos. Cuando les derivaron el caso de la estafa piramidal desde la central de Madrid, no dudó en hacerle el encargo a ella. Lo que no esperaba el comisario era que, nada más empezar, apareciera un cadáver. La policía no colaboraba con agentes externos en casos de asesinato y su experiencia le decía que era poco probable que el propietario del brazo lo hubiera perdido de forma accidental. Al menos, estando vivo.

Gracia no respondió al teléfono. Recordó que le había avisado de que el fin de semana no estaría disponible porque se iba a París. Miralles sabía que los últimos años no habían sido buenos para ella, era muy difícil remontar la muerte de un hijo. Él no podía imaginar que le faltase alguna de sus niñas. El marido de Gracia era un tipo excepcional, al que consideraba un amigo, pero el matrimonio no había sobrevivido a la tragedia. Lo habían intentado.

Continúa en tu librería

LO QUE CALLAN *LOS* MUERTOS

Una novela de misterio ambientada en Oviedo y protagonizada por la original investigadora de fraudes, Gracia San Sebastián, y un variopinto grupo de mujeres.

LOS MUERTOS *NO* SABEN NADAR

Gracia San Sebastián se estrena como colaboradora policial en un caso que la lleva de Oviedo a Gijón.

FIC RIVERA Spanish
Rivera, Ana Lena.
Un asesino en tu
 sombra [español]

12/14/21